武稚 著

看见即热爱

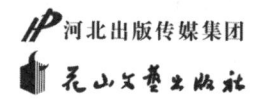

"新实力"中国当代散文名家书系

河北出版传媒集团
花山文艺出版社

图书在版编目（CIP）数据

看见即热爱/武稚著. —石家庄：花山文艺出版社，
2016.4（2021.1重印）
 ISBN 978-7-5511-2764-6

Ⅰ.①看… Ⅱ.①武… Ⅲ.①散文集－中国－当代
Ⅳ.①I267

中国版本图书馆CIP数据核字(2016)第049204号

书　　名：**看见即热爱**
著　　者：武　稚

责任编辑：梁　瑛
责任校对：杨丽英
美术编辑：胡彤亮
出版发行：花山文艺出版社（邮政编码：050061）
　　　　　（河北省石家庄市友谊北大街330号）
销售热线：0311-88643221/29/31/32/26
传　　真：0311-88643225
印　　刷：三河市华东印刷有限公司
经　　销：新华书店
开　　本：650×940　1/16
印　　张：24.5
字　　数：330千字
版　　次：2016年5月第1版
　　　　　2021年1月第2次印刷
书　　号：ISBN 978-7-5511-2764-6
定　　价：65.00元

（版权所有　翻印必究·印装有误　负责调换）

序

　　武稚爱诗，与诗最亲近，写诗已有二十多年。她喜静爱思，默默地写，慢慢地热，自家的趣味自家欣赏，写诗已经成为她的生活方式、生命的表达。自从进入优秀诗人行列后，她的才能迸发，一边写诗，一边荡开笔写散文。知道她的人都说她的诗好，殊不知，她的散文丰富灵达，反倒在她的诗之上。

　　诗之后再造散文，且待到历经沧桑岁月的中年之际，这一步就走实走通了。在许多人的观念里，文学之中的散文最容易写，似乎只要文笔好，人人都可以成为散文家。散文门槛低确是事实，偏偏是这看似最容易的文体不知折损了多少文学爱好者。散文虽为俗世文，却生就富贵身，要富养。散文不易独养，更不能年年大面积耕种；它最适宜生长在田头地边、原野山川，且宜稀不宜密，如此这般才能饱吸天地之气、日月之精华、万物之芳香。自"五四"新文学以来，专治散文的作家，有几人能成为真正的大家？当代"散文三大家"的秦牧、杨朔、刘白羽曾盛极一时，其实，他们早在写作的中途就把散文写僵了，模式化了，如今，还有多少人愿意读他们的作品？鲁迅、周作人、林语堂无意散文却成为散文大家，多倚仗学问对其的沾溉，以及来自诗歌、小说等文学技法对其的滋养。窃以为，真正的好散文多数不是出自散文家之手，而是出自诗人、小说家、戏剧家、学者之手，小说家贾平凹的散文、诗人北岛的散文、学者金克木和季羡林的随笔，其品相、其成就，远在专业散文家之上。多数作家偶一为之，一出手便独标高格，史铁生的一篇《我与地坛》直冲云霄，震撼灵魂，至今无文与之比肩。

　　武稚由诗而散文，仍不脱诗的质地。毕竟是散文，她心领神会地遵循散文的法度，叙事抒情，多写游记见闻和身边俗事。她的本领在于不管写什么，都能脱俗出彩。她的长处显然不是贴着所写对象写，而是从中生发诗思乃至哲思，通过诗思撑开所写对象，让"思"寄居其中又超越其上。这"思"不是一般的抒情性的思绪，而是凝聚了人生感悟、生命意识的哲思，带有忧患伤感和孤独自由的情怀。比如《江南古镇》，应该是一篇游记，这类散文该怎么写，会写成什么样子，中国几千年的散文早就为它提供了无数的前文本，不出意外的话，我们完全能够想象得出它会是什么样子。江南古镇多偏僻闭塞，怡然自得地藏于群山深处，是现代的桃花源。我曾在一篇散文中描写了江南古村落的面貌："村庄古貌古韵，如若'武陵桃源'：屋舍相拥，傍山依水而筑，烟树葱茏，流水人家，多数因上了年岁而呈古旧之状；村人悠然祥和，或门前祖孙嬉戏，或三五人闲坐吃烟，或数人聚于古亭闲聊，溪边洗衣洗菜的妇女嘻嘻哈哈，还有那漫步者，后面跟着几条游狗，甚至几只懒懒的鸡鸭。村里多为老人和孩子，年青人耐不住寂寞，奔外面世界闯天下去了。"看得出来，我是贴着所写对象写，其中自然有我的临境感受和文笔趣味。武稚破了游记的古制法度，不专意写随游历而流动的景物，而是写附着于古镇之上的抽象性的"老"，这就奇特了！老通于旧而不等于旧，老是生命存在状态，它在时光中穿梭变化，又在时光中存在。老爬上石桥，白天在石桥上晒太阳，晚上在石桥上看月亮，夜深了就卧在石桥上。老爬上树，负责拔去黄叶，拔掉一片又一片。老喜欢在街上溜达，一条小巷一条小巷地走；又喜欢串门，在一家一家的屋里走动。古镇老而安宁，这里的人中规中矩地守着老，无论外面的世界怎么变，他们都默默地种地，默默地划船，默默地蹲在桥上，喝茶、听戏、弄月、切糕，过着"不知有汉，无论魏晋"的世外桃源般的日子。由此而羡慕古镇人的生活态度，同时担忧随着游人的越来越多，会打破古镇的幽静安宁，迫使"老"飞走。

《江南古镇》是奇崛之文，《老镇子里的人》的意蕴旨趣与之相同，可谓姐妹篇。古镇人慢悠悠地生活，闲适安逸，于是感叹"他们有着一个睿智的祖先，他们老早就懂得生活的真谛，他们老早就品味生活了。他们知道日子要不紧不慢地过"。由此而顿悟：生活的最高境界不就是这样吗！

写着写着，武稚把自己写出来了。"老"成了她反复吟咏、一再深思的意象，《苍绿的老》写母亲的老，感叹人生易老、世事沧桑；《三只碗》写回乡卖房子，感叹时光飞逝，岁月神偷，"老"成了忠实的守望者；《和富人在一起》写与富人一起到国外旅游，欣赏的却是土著人无忧无虑的生活；《我的诗意栖居》之五《我的敌人》直言时光是我的敌人，人是我的敌人，病是我的敌人，感受着难言的悲观和疼痛，于是对现实产生了抵抗情绪。与之对应的是另一种情感的升起，她想来生做一个农妇，生一双儿女，养几只鸡，在一个小镇上健康终生。不要再想着工作、书本，千万不要再遇到那个叫电脑的家伙。我们不需要这些，没有这些我们一样过得很好，甚至更好。

这种退守到生命本真的状态，"任其性命之情"的想法，是对现代社会"人为物役"的生存现状的否定，其中涌动的生命意识，与中外古老的生存智慧相通，伤感而不颓废。伤感是文学的最爱，里面装着至爱至善的情愫。但伤感常与孤独相生，读武稚散文，不难读出"孤独的气质"。对于武稚，孤独不是因为情感、交往及距离等因素的阻隔而产生的生存状态，而是一种心境、一种精神状态，即拒绝平庸、拒绝流俗、拒绝从众，具有超越性和自在精神的状态。

沈从文说："孤独一点，你会发现，原来有十个你自己。"这种洁净的孤独精神无疑会提高文学的品质。但孤独毕竟是一把双刃剑，它既能升华文学的审美品质，也能把文学锁进幽闭灰暗的铁屋，关于这一点，武稚当时时警惕。

还有一点亦为武稚戒，即武稚日后若想散文创作有更大的发展，必须在吸纳自家诗歌的创作资源之外，博采古今中外之学，多读书而广集资粮，否则就会如胡河清告诫格非、苏童、余华时所说："一俟先天之气用尽，学无隔宿之储，纵然蛇精、灵龟、神猴化身，也难保不坠入凡尘、沦为俗物！"作家唯有不断地吸取丰富的资粮，才能写出优秀的超拔之作。

王达敏

2015年3月8日

目录

【第一辑 丢失的声音】

002 我的诗意栖居
020 锃亮的耳朵
037 大饭店
063 小树林笔记
076 倾听火车
082 火车上的女人
088 江南古镇
094 老镇子里的人
098 别人的屋子
104 寻找一把斧子
110 在城市的夜晚走动
115 车来车往
120 第一场雪

125　在天空

130　麦子回家

133　一个人的春天

136　理查德·克莱德曼的夜晚

【第二辑　诗人的乡愁】

140　祖父的麦田

162　北方的风

　　　　　——速写潘小平

166　乡村底版

　　　　　——速写许春樵

170　这个地方少了一个人

174　这个地方多出来一个人

178　对　花

182　找　还是不找

185　卖服装的女孩

192　消失的村庄

196　雁过留声　人过无名

199　柴堆生活

202　水滨庄园

206　吴校长

212　我的大娘

215　方老师

219　小陈老师

222　埋在岁月深处的酒

227　和一座小城相守

232　麦穗女孩

236　秋天让我们走进田野

【第三辑　开窗的人】

242　三只碗

248　共　游

254　苍绿的老

259　姐姐搬家

265　父爱是一个抽屉

268　人在途中

271　家有考生

282　回家的女儿

287　饺中岁月

291　和你一起慢慢变老

294　四外爹的爱情

298　表舅的一生

【第四辑　流离时光】

304　与富人同游

321　在山中　在雨中

326　青海湖

330　堰下人家

336　新疆时间

341　101.1 米的山

344　徽　娘

348　红尘中的寺庙

351　怀念一条河流

354　济南泉思

360　栖霞枫叶

367　阳光之村

373　附录：存在的取向与问题
　　　——读武稚的散文《我的诗意栖居》

377　后记

第一辑
丢失的声音

我的诗意栖居

我的诗歌

得去找间屋子,给诗歌找间屋子。这句话是我躺在黑暗当中说的,而且下了很大的决心。

有些话只能在黑暗当中说,特别是有关诗歌的事。

早些时候我还没有离开家乡,我住在我们县城的边缘,我吃完晚饭,收拾妥当,把灯打开。我把屋子关得严严的,连黑暗都不准溜进来。我整晚整晚坐在屋子里,不会告诉别人我在做什么。

傍晚,当太阳由普照改为单独关注时,诗歌就会走出家门,诗歌善于捕捉有温度的眼神。诗歌总是会先来到村庄,炊烟还是原来的炊烟,它们蹲在房顶飘忽不定地向前望,有人朝灶膛里又填了几根柴,炊烟坐不住了一下子蹿出老远,熟透的蒸馍香味也一下子撵出老远,好一阵子诗歌才把自己从半空里给找回来。诗歌站在村口,它等到了一串杂沓的脚步声,牛哞羊咩,跟着一个黑乎乎的身影,诗歌早一步把他们捕捉到诗里。诗歌把村子里的每户人家、每件事儿都捕捉到诗里,村里人不知道,只知道太阳照到院子某处时,就得蹲在小桌子边吃饭,他们以为自己天天做着和诗歌无关的事。

诗歌来到田野，庄稼们白天属于太阳，夜晚属于诗歌，它们在诗歌里低着头儿，温柔地说着一些小话，恬静地做着一些小梦。在秋天有的庄稼是那么圆润饱满，而有的是那么单薄，太阳与风是一样的光顾，只不过有些庄稼知道在暗夜要把头低下去，低到诗歌里去，而有的庄稼在黑暗中还扛着头，那时候太阳不曾光顾，诗歌却又从脚边溜走。

诗歌在走到更黑的黑暗中以前，诗歌也会到我的屋里小坐。它不能拒绝一个等诗的人，一个把头低下渴望在水中照见自己影子的人。

诗歌只到我这里止步，它不愿深入到那一片灯火当中去，诗歌随黑暗而来，随黎明而去。而那里黑暗已经死亡了，白昼是个越来越大的窟窿，任是一双什么样的手也无法再将它们缝合，那里的人们总是睁着一双饱经失眠的眼。那里也没有四季，也没有快乐与不快乐。但是诗歌和它们之间总是抱怨。诗歌抱怨那里的人不会生活，把日子过混了，过乱了，过成了荒草与荒漠。而那里的人也在抱怨，抱怨诗歌贵族化、矫情、莫名其妙，不愿意深入生活，说生活里缺乏诗意，完全是诗歌的过错。日子过得越来越不好，失眠、忧郁、杀人、放火，责任也完全在于诗歌。那里的人爱着诗歌，又讨伐着诗歌。他们说生活里需要诗歌，但又都不愿停下脚步看看，他们总是说太忙。他们盼望着诗歌，又憎恶着诗歌，讨厌着诗人。诗歌在城市边缘漠然走过，诗人们在城边漠然活着，看城里的人像一群干涸的鱼在煎熬。

我也越来越捕捉不到诗歌了，白昼的利剑已暗中指向我，我也越来越不敢写诗了。白昼时我和别人一样生活，离诗歌远远的，生怕别人说我是写诗的。晚上我看诗，偶尔也写些别人看不到或不看的诗。晚上做什么事都可以，黑夜是叛逆的，黑夜又是宽容的。没有黑夜我们怎么过。

我只是爱诗，还没到被人憎恨的地步。我去读诗没有错吧，我想过诗意的生活也没有错吧。但是我不敢跟外面人说。其实没有谁不让我说，也没有谁不让我追随着诗歌，也没有谁说要消灭诗歌。但是我还是不想让人知道。这是一个什么样的念头。是诗歌要被拯救，还是我要被拯救，还是大家都要被拯救，又派谁来拯救好呢？

这些问题我还没考虑清楚，我的生活却发生了变化。

我离开了家乡，把我的诗歌小屋丢在边缘地带。我住在集体宿舍，两个人一间房子，什么都是一人一半，黑夜也分成一人一半，诗歌没有来，它一个人在我的小屋里吟诗，它吟给黑暗听，它们都不愿意来。不愿意来或是找不到。每晚我坐在灯下，捧着一本书，我希望诗歌在远方能打开我小小的屋子，像一群雁在黑暗中向南迁移。我希望它能停泊在我的面前，我手中有它想要停泊的湖。可是暗中赶来的只有风，风从我头顶漆黑地飞过，吹起了一些东西，又吹落了一些东西，落到我纸上的只有一些断章残句。有时我躺在床上，闭着眼，我看到黑暗中一个一个字飞过来了，我把它们排成诗歌的模样，但是它们还是字，仓颉造的字，由繁而简，由简而繁，我不知道它们要说什么。

有时我站在窗口向外看，我同室的姑娘问我在看什么，我说，看麦田，她知道我想家了，她很同情地看着我，有时也帮我一块儿向外看，但是我没有看到我想要的东西。

我开始睡不好觉，半夜里我分明看到了诗歌，它在窗外不肯进来。

我猜想，好东西只要一个人赏，不可以让外人看吧。

我猜想，应该为它找间屋子，像我们先前那样过日子。

让黑暗还是我一个人的黑暗，让诗歌还是我一个人的诗歌，让这个城市的黑暗里也能暗中长些麦香与稻香。但是我不能以黑暗、麦香和稻香的名义去找房子，这样会让我说不清，还会让它们蒙上尘。

好人和坏人有时是在一条道上走着的。好事情和坏事情往往也是靠在一块的,能说清楚的是好事情,说不清楚的必定沦为坏事无疑。

我的家园

现在我天天晚上出去,装着没事,其实去做一件很重要的事。

城市里最不缺少的就是房子,城市也不知道自己到底有多少间房子。城市就是一个大蘑菇,每一层老蘑菇上都不时想长出新蘑菇,谁也不知道这个蘑菇群的边缘在哪里,说我跑去你们家玩儿已经是神话了,那得累坏多少双腿,踏破多少双鞋子。谁也不知道这个蘑菇群的高度在哪里,看似夜空中的一颗星,白昼里却是蘑菇柱上的一颗珠子。

房间把这个城市越垒越高。房间垒到哪里,灯光就照亮到哪里,城市是一个错落起伏的大灯塔,只是灯光下每一个人都不是我。

看呀,那个亮闪闪的屋子我曾经住过一次,是一个大酒店,我从楼的半腰探出头来,没有看到麦田,我们的母亲河淮河从城边小心地流过也没敢弄出半点喧闹。这屋子高大厚实,屋顶的银灯足以把每个角落照亮,四壁的射灯也会帮忙寻找一些银针、银饰,甚至连叹息与影子也能找到。这里的叹息不是普通的叹息,是羽毛一样飘忽不定的叹息,影子也不是普通的影子,是饰了银边的影子。这屋子窗帘共三层,贴墙的是白纱,贴着我的是红绒,中间是彩色的树叶纷纷。屋子正中是一张黄铜大床,宽得横竖不分,床头上盘旋着卧龙与卷云,床脚从长布幔下稍稍探出,露出四只金灿灿的鳞爪,不知道那是谁的脚趾。

我在屋里兴奋地旋转,片刻之后,我想干点有意义的事,干些和这里的时光相匹配的事,哪怕只能打捞到一些金色的碎片,哪怕只能荡起一些金色的涟漪。我想起那些贵重的东西,那些消失很久了像幽灵一样的东西，我想让它们现身。我在窗口呼唤着它们，可是它们没有应声。也许灯光让它们望而却步，也许它们牢记着了飞蛾扑火，也许杂花野草羞于露面，因为一路赶来露水早已被风干。我在屋里无所事事，我去念诗，念给这间屋子每个角落每一件摆设听，它们还不知道什么是诗，但是房间每一件摆设都保持着高贵的沉默。我听到诗歌在窗外发笑，这些有着世面、有着见地的家伙，它们不屑在这里露面，它们说富贵如过眼云烟，它们保持着自己的尊严。它们在广阔的田野里昂首阔步，它们不屑躲在这里猥猥琐琐。再说我等平民女子，也就是搬个小板凳子在这里坐一坐想一想。谁知道我明天在哪里，谁知道这间屋子明天还认不认识我。

我还住过快捷酒店，把东西往两张床上一扔，睡哪张床都可以。桌子上有彩电，有网线插口，这样的房间一般不会配商务电脑。房间干净整洁，很安静。我依然在房间无所事事，我想召唤诗歌，但是我没有诗歌的门牌号，我们无法串门，也许花公家的钱只能做公家的事，困了睡公家的床做的也是公家的梦吧，早晨我爬起来就得退房走人，诗歌可能看不惯我居无定所，东奔西走的样子。诗歌要的是我那样的小房子，它要的是诗意地栖居。

我无限地向往着那些人家。靠近街边，或者远离街边，黑暗中黑乎乎地一大片，小灯一盏一盏地亮着，我向着那些低矮的地方走过去。那一间应该是一个卧室，灯光半开半合，有一个女子在盯着电视看，孩子在隔壁房间安静地看书，中间暗淡的客厅空无一人。那家男主人没有回来。如果是我的话，我会和一盏灯、一本书独处一会，我会忘掉等人。等他来敲门时，才惊觉时光又恍惚过去了一个晚上。走过那么多盏灯，我没有敲门，我想总会有一扇门会为我打开。我一间屋子一间屋子地走，终于有一扇门轻轻掩着，风把门刮得晃来晃去，风从门缝里来来往往已经很多次了。我轻轻一推就走进去了，会有一个人问，是你吗？我说，是我。她说，回来了吗？

我说，回来了。她还会责怪我怎么这么迟才回来。我一点也不诧异，一声不吭地走了进去，就像我刚上完晚学才回去那样。那间屋子仿佛一直在那里等我，而我也不是跨过千年黑暗才找到的。

可是我不能在小巷中走得太远太久，我又折了回来，又回到大街边我曾经坐过、站过的地方。我看见那个地方的灯火还固执地亮着。百十公里之外，我听到我母亲的声音在轻轻地叹息。

我走向集体宿舍，一辆平板车经过我的身边，车上横七竖八码着一堆货物，那些塑料袋随时会掉下来，细看里面叠着一件一件的衣物，摆地摊的也回家了，老头在前面拉，妇人提着凳子尾随后面，她的腿有些僵硬，她庞大的影子似乎像走不动的样子，有几次影子缩成一团，看不见妇人了，她在影子里捡拾掉下来的东西。我不知道他们要走多久才能走到家中，他们的家一定在巷尾，或在某一个不起眼的地方，可能有一个小院，小院四处漏风，或许只是两间小房子，里面有一堆破烂的家具，还有几只肮脏的鸡在门边不远处卧着。但是有一个家在等着他们回去。有一段安宁的时光等着他们享用。

这一切和诗没有什么关系，但似乎又不无关系。

我的房东

终于有一间屋子收留了我，它在城市的中心地带，在那最繁华的灯火的下面。

我摸黑一步一停顿地走上二楼，迟疑了一下，揭开了一户人家的帆布门帘，门是开着的，立刻有一屋子橘黄的灯光冲我涌来。我走了进去，走两步停下，眼睛适应了才四下里看看，屋角一个半截旧木质吧台，一个老者正低头站在里面，手里翻着一本破旧的发票，吧台上一堆一堆像瓦片一样覆盖着东西。他看见我向他走去，呆呆地停止了动作,问,你是谁?

我说,住店。

他待在那里,像是没有听见,或是不敢相信。

我说,我来这里看书准备考试,家里不安静,急着呢。

这回他明白过来了。说,哦,我说呢,像你这样一个年轻的姑娘怎么会住这里,你有工作吧?

我说,我不住这里,每晚看完书就走。

他说,有大间有小间,大间40,小间30。你住小间吧,小间价格合适。小间就是不带卫生间。

我快速地计算了一下他报的价格,盘算一下一个读书人能承受的底线,但是我还是问,能不能再便宜点,我不睡你的铺,不用你的东西,我可以长期来住。我说的是真的,我随后在这里住了七个月的时间。

他说,不行,瞧瞧这是什么地段!低到底的价格。

我心想这房价跟周边比,是低,但还没有低到底。可老头的话斩钉截铁,像削东西一样干脆。

这是什么地段,城市中心地段。只不过沿街的房子是站着的,这里的是趴着的,沿街的房子是金砖造的,这里的是灰砖搭的。沿街的房子会生金蛋,这里会生鸡蛋。沿街的房子会唱时髦歌,这里老头会唱昆曲。外面一大片一大片的楼房像一个个金色王冠覆在大街两边,高一顶的气势磅礴,低一顶的珠光闪烁,胖一顶的雍容华贵,瘦一顶的娇小玲珑,它们在夜空极尽吐芳纳翠,而这里除了一两个旧烟筒冒烟外,其他什么也不吐。这里是王冠中蜷着的茅草与乱发,灰沉沉的一片,这里一堆那里一片,所有房高不过五层,路也不叫路叫胡同,七拐八拐的才能到一户人家,巷里少有年轻人出入,路上走着的也是一些暮年的狗,倒是鸡还活泼一些。人家外面是金腰带箍着的水桶,这里面装着的是脏水。

拆房子的人从城外往城里拆，拆一片盖一片，拆着拆着，离他们还老远，人家就扛锨走掉了，并给他们留下一个称呼，钉子户。于是这些人家就还像钉子一样扎根这里。沿街的房子年轻高大，老房子也用金粉饰了一遍又一遍，能做百货大楼做百货大楼，能做大酒店做大酒店，中间的原来是啥模样还是啥模样，反正外面人也看不到，也不往里来。但你不能否认他们的贵族身份，人家20世纪七八十年代就在城市中心站着了，你那会儿还漂在哪？

这老头就是一个典型的没落贵族，话少而气硬。

猜猜他家的旅馆叫什么名字？天山宾馆！人家天山山脉海拔几千米，而他家藏在这一片民居中还没敢露面。他家的招牌不是挂在自家门前的，挂在自家门前谁也看不见。他家的招牌挂在百米开外胡同口的一家大型超市门前，超市门前有一棵极高的树，一块从木匠铺子或从谁家倒出的装修垃圾中找出的一块四方旧板挂在树杈上，四个黑压压的大字"天山宾馆"就像驴子的四颗门牙龇在那里，风一吹就一摇摆，像驴子在笑。下面还有一个粗壮的箭头指着巷子深处。这牌子极高却又不大，宾馆不会注意到，下面走着的人也不会注意到，除非有人专门寻找。这壮举肯定出自老头之手。

这老头长相就像他的话语一样简明扼要，不拖泥带水。六十开外的年纪，个头适中精干，皮肤略黑，脸长下巴无赘肉，腹部平平，胳膊腿还精壮有力。他上身常穿白色棉绸衫，下身也是白色棉绸短裤，在膝盖下面，他走在终年不见阳光的屋子里，悄无声息，周身的棉绸却在一抖一抖。如果他马步蹲下，再左云手右云手的那么一比划，我丝毫不怀疑他的气功内力。但是他摆来摆去的，不知怎么就挥洒出树梢上那几个劣等大字来。

我坐在小屋听他和住客讨价还价。

人家问，不是淋浴热水一应俱全吗？

他手一指说，那不是。他肯定指向他们家一个黑旮旯处。

人家急了问，怎么不在屋里？

他说，在哪洗不是洗？

人家又问，卫生间怎么不在屋里？

他说，在哪解不是解？

人家还想问，老头却低吼，爱住就住，不住就走！也不看这是什么地段！

人家这回没话了，火车站附近有的是这样的旅馆，不过来回打两次车，就不止这个价了。

我在数次听过这番谈话后，所有来人都像斗败的公鸡，头低着，却又怀十二分的不满，嘟哝着，"吱呀"一声推开他的柴门，然后拖拖拉拉一阵出去，再回来捣鼓两分钟电视，就一夜无声了。

在这里值班过夜的，除了老头还有两个女人，都是四十多岁，一替一晚来，可能有一个是老头子的妻子，可能又都不是。我最先认识的那个女人，微胖健康，肤白脸红，一晚上不听她说一句话，来了默默地做饭，默默地吃饭，半个钟头之后，就听她洗碗的声音。如果不是我深夜踮脚回去，她轻轻地问一句，你走了吗，我真怀疑她早不在房间里了呢。

而若是另外一个女人来，那就不一样了。那顿饭从我来时就摆在小客厅，有几次一直吃到我离开。两个人面对面坐在一张矮桌子前，桌上摆满大碗小碗，客厅上方昏暗的灯光照着，两个人吃一阵谈一阵，吃得少谈得多，那女人每晚都是说一阵哭一阵，情绪总是很激动，每到她情绪激动处，那老年男子就发出"哦""呀"的喟叹声，除此之外也没有什么多余的话。那女人夜夜这么讲，老头夜夜这么听。那女人夜夜精神饱满，那老头坐在蒲团上，丝毫不挪窝，夜夜伸长脖子等着她下文。我若有幸能记下来的话，可能就是另外一个"365夜"。可惜我不便出去听，在屋里又听得不甚明白，有几次我就伸出半个脑袋来请她小声讲，她立马把脖子一缩，声音压下去了，因为故事没有说完，听故事的人又不肯挪窝，她还得继续说，说着说着她的脖子又伸了出来，整个人又陷到情节里去了。深夜我回家时，看到桌上碗全是空的，所有的骨头堆在桌子上老高，那女人还在抽纸巾抹眼泪。这女人皮肤黝黑，脸长得接近三角形，有点像螳螂，我没有丝毫贬低她的意思，我想她和那个过夜女子一定不存在男女瓜葛，否则她会挥舞着双臂冲上去，她的两个胳膊就是两把大刀，谁也不敢惹她。

　　我对我的小房间已经很熟悉了。长条状，像砖头，原来应该是五步长六步宽的样子，那老头精打细算在中间用木板隔开，我的这边就是五步长三步宽了，一张单人床靠里放，我就只能在五步长、一步宽的空间里走动了。床头有一个床头柜，放电脑就不能放书，我一般把电脑放上面，书可放膝盖上。床尾有一个破电视，不知道能不能看，反正我也用不着。一切都很好。我时常在屋里走五步折回来，再走五步。有时我也躺在他们家床上，房顶有一盏灯，房顶是长方形的，地是长方形的，床是长方形的，躺着的我也是长方形的，这点从我的肩宽可以看出来，上帝造我时肯定也是先塑一个长方形模板。如果把覆在我身上的书摆正，书也是长方形的。外面的天空是圆的，什么东西到我这都变成长的。长孕育着天机，圆则圆滑世故，长里有棱有角，能养精蓄锐。

　　后来我来时先住大间，如果夜晚有客人来，我就退到好一点的单间，再有客人来我就退到我的小单间，再来客人，我就退到储藏室，而我的房价永恒不变。七个多月的时间里，我把他的所有房间轮流住遍，我和那老头一样熟悉他们家屋子了。有几次我住在储藏间，一样砖头块的房间，只是床上堆满被单、床单，一步宽的空隙里放着不知从哪淘来的几个大旧窗，叠在一起靠着墙站着，玻璃还完好透着亮，五六个破电扇依次在地上摆着，走五步已是不可能的了。放电视的长木桌上，还放着一个大黄盆，老头赶紧过来把黄盆端走，说你放电脑,你放电脑。

  我坐在凳子上这里看看,那里看看,一屋子旧货,连灯光也是旧的,时光也是旧的,我似乎也是旧的,如果我们都能再古老一点就好了,在古老的房子里,在古老的时光里,翻一些古旧的书,做一会有狐狸精跳到房间里来的梦,像是一个要去赶考的书生,那是多么有意义的事。一些小虫子在脚边爬来爬去,它们爬过旧书,爬过旧货,它们从门缝里又爬出去,不知又爬到哪个朝代里面去了。

  三十块钱的时光像油灯一样快用完了,半夜我悄悄溜出去,扶楼梯踉跄而下,以三步并作两步的速度穿过黑暗汹涌着的胡同,在灯光处站定,喘口气,再用百米冲刺的速度向前赶,在出租车车灯瞄准我之前,在司机两眼微微睁开一条缝之前,我又已经蹿到黑影地里去了。

  一个误入闹市、生活在砖头瓦缝中的一只灰色的狐狸。

我的小屋

  我终于有了一个梭罗一样的小屋。我的小屋显然比不上他的,他的小屋三间面南,有地下室,常有一些松鼠躲在里面过冬,把地板搞得呼呼地响。他自己盖房子,自己动手砌烟囱、砌壁炉,劈柴火。他的屋外遍地是桦树、红松,是无边的森林,鹳鸟来回飞着,瓦尔登湖水长年碧绿,冬天的时候冰覆盖在上面,敲敲咚咚地响。

  我的小屋外面是无边的车声、人声,场面和他的森林面积一样庞大,一样壮观,我们都是被围在孤岛里的人。

  他的小屋时常有客人来拜访,他不在时,会有一些人在他屋里留下烟头,路上会有一些折断的草茎,被抛弃掉的小花。他会据此判断会是谁来过,他们已经走了有多久。他有一双敏锐的眼睛,睿智的头脑。

而我的小屋不会有人来拜访，我好不容易从他们中间脱身出来。他们知道我活在那一大片里，却不知道走哪一条小路刚好能碰到我。

我们都是为了让别人找不到我们。我们都爱独居，不爱被打搅。

他去翻地、锄草、种豆子，他去摘浆果，去测量瓦尔登湖水位，去采冰块。

我坐在屋里，看他锄地、种豆子，去采浆果，去瓦尔登湖闲逛。他走到哪，我跟到哪，他在油灯下写，我就在油灯下看。他写到夜深，我就看到夜深。我不劳而获地品尝他的谷子，偷食他的浆果，当然他不在家的时候也替他看看门，告诉他那段时光里他家发生了什么，有哪些鸟和动物窥探过，又大摇大摆地走进来过。

我对他充满了兴趣。我喜欢他。这个男人胸无大志，不务正业，而又精力旺盛、喋喋不休、理直气壮。没有哪本书说他婚姻事，似乎连恋爱也没有过，他从来就没想过要养活她们。他自己吃得也少，做得也少，生活简单，却过得滋润又实在。

我在屋里看乔治·桑，这个可怜的女人早年像一只病猫，终年蜷曲在沙发里，脸色苍白，见不着太阳。那个叫乔治的男人，终于勇敢地推开她家的大门，这是上帝少有的一次苦心安排,幸福而又畸形。他一封一封写着情书，她终于勇敢地抛弃轮椅，用双脚迈向了通向幸福的第一步。她带着女佣私奔，他们的婚礼无人祝福。她气急败坏的父亲和她断绝了关系，她再也没能走回家门。真不知道她的父亲是怎么想的。她去爬山挽着爱人的胳膊，告诉妹妹不要再宣称有一双好腿是稀奇的事情，直到最后一刻，她躺在他的臂弯里像草叶一样睡去时，还说了一句 beautiful，好极了。真的是好极了。

我在小屋里，抬腿走进了一间小屋，又走进一间小屋。他们变成一个个泡泡，在我的屋顶闪亮，它们不会破碎，没有人能让它们破碎，它们将长久地照亮我的屋顶。他们每一个都是独特的，他们固定住了一段时光，他们让那段岁月有了具体的形状、颜色、味道，那一段时光不再逃离，那一段时光得以保存重现，时光因他们而站住。就是同一个时代，他们固定住的东西也不一样。他们如此迥异，如此热烈，又如此深沉、颓废，世界在他们眼里是一个多棱镜。因为他们，人类社会不再死板，人类夜空也才熠熠生辉。他们是点缀在时光里的一颗又一颗珠子，他们是一个坐标，时光因他们而不再漫长枯燥死寂。时光因此而被记住。

我还从电脑里贴着地，嗅着脚步，一步一步去找他们。不仅是脚印，还有气味、声音、颜色、味道，只要有他们的一点蛛丝马迹，我都能找到他们。只要他们像风从空中划过，只要田野里还有他们的一丝余温，我都能找到他们。我从八十岁看着他们，一直看到他们六十岁、四十岁、二十岁直到出生，又从出生看到他们死亡。我就这么找他们，读他们。电脑让我走遍世界，我走遍世界只因电脑里有他们。我能钻到电脑里去，他们为什么不能从长满草的地下爬起来，也站到电脑跟前？电脑是无所不能的啊，这似乎不难实现。

我极力去靠近他们，而他们却对我无动于衷，没有一点点关心的表示。他们也没有问我是谁，深更半夜打搅他们想要做什么，有什么企图没有？这让我又觉得有点不公平，有一丝被冷落。不过生前他们都是被冷落惯了的人，他们还不习惯被人追捧。他们活着的时候穷困潦倒，似乎又都没有什么名声，死亡让他们终结，死亡又变戏法似的逆转了他们的人生，似乎只有死了，他们的躯体才能变成营养，才能去茁壮那一地的作物。历史真是一个薄情寡义、反复无常，甚至充满仇恨的人。

整晚我都是这样欣赏着珠子，我在灯光下反复喟叹，感觉良好。

我是什么时候注意到这些珠子的？可能就是在我父亲斥责我不要乱看闲书的时候吧。后来我总是有意无意地去寻找它们，它们在我的天空中飘着，携着魔幻的浆果，或者它们本身就是天堂里的浆果，让我在无人的时候,总想去偷偷地摘一把,嚼一嚼。

我为什么不去干干别的事?为什么不去找找别的朋友?我夜夜不挪窝地坐在花钱租来的小屋里想干什么?我是一个什么样的人?我只能说我喜欢这种感觉,不喜欢去干别的什么事情,不喜欢去找别的什么朋友,没有什么为什么。

我的小屋子的外面,有人在黑暗中还在捣鼓电视,有人在黑暗中咳嗽了一声。那个有着三角形脸面的女人还在讲故事,老年男子伸长脖子还在不挪窝地听。

而我却不知走在何年何月何人的旅途中。

我的敌人

坐在小屋里,想想谁是我的敌人。

时光是首要的敌人。多少美人在时光里变老、变丑,多少英雄暮年悲若秋虫。

想当年时光宛若女子矜持而来,眼光让人沉醉,身姿让人沉沦。遇到时光的人,身子徒然长了力气胆气,他们像迎接黎明似的迎接着它,供奉着它,他们像稻草一样抓住它,希望时光久久留在自己的身边。倘若时光能抢来,能换来,能修行来,人类得修多少房子来珍藏它们啊,围绕时光又将发生多少意想不到的事情,时光在这个时候很中庸地分配了一下。但是这个世上,有人需要时光多,有人需要时光少,就像胖人吃得多,瘦人吃得少,一个懒汉八十年的时光显然太富余,而那个有为的人才华才露出冰山一角,时光就早早地催他上路了,人类的很多项目不得不一代一代接力下去,时光像一头执拗的驴,蒙着眼向前跑。

遇到时光的人以为自己很幸运,但是他们不知道遭遇到时光的人必死。在时光里纠缠越久的人，死的时候越难看，甚至剜去了双目，振聋了双耳，塌陷了颧骨，干瘪了嘴唇，掉光了牙齿，沙哑了喉咙。在时光中走动的人注定下落不明，他们的来路与去路最终被荒芜抹平。时光让人死的时候可以不是这样，可以是鹤发童颜，可以是健步如飞，但是时光偏不，时光总是让人难堪而死，这是时光对贪婪人的惩罚。

旧时光随人一代一代逝去了，人被埋在土下，新时光却可以破土而出，浮出的新时光有时把黑的说成白的，把白的说成黑的，让对的变成错的，让错的又变成对的，让英雄沉淀下去，让小丑浮出水面，让英雄变成恶棍，让恶棍又变成英雄，让美女变成丑女，让丑女变成美女，反正没有谁看到。时光里的事谁能说清楚。我们都是不小心见到时光的人，我们注定会受到处罚。但是时光太强大了，人类不是它的对手，我也不想单枪匹马对着干，我不打算和它交手。我忍着它的种种不是，表面上装着不介意。

再一个，人是我的敌人。其实我不应该这样想，但有时人的确是人的敌人。我内心很想这样的，终年躲在屋子里，歪在沙发里捧着书一本接一本看，高兴了，就在键盘上敲敲感言，我根本就不想过问窗外的事，窗外的事是我能问得了的吗，比我有能耐的人太多了，让他们去改造世界、创造世界，而我是个没有用的人。小时候我父亲就交代过我，没用的废书不要看，他潜意识是不是想让我走出屋子去和人相处相处呢。但是我那个时候就没听父亲的话，我太迷恋屋里的世界。

不过现在真的如我所愿的话，我就像一棵歪在沙发里的白菜，用不几天就得脱水变形，我就得饿死，除非我替别人写感言。一早晨为了上班不迟到，我准时向外面跑，迎面总是遇到形形色色的人，我在单位里坐下，开始了一天与人相处的日子，我出去办事，和各种各样的人交手。我的周边全是人。我像一个铁桶里的蚱蜢，不时和这个人碰撞一下，和那个人碰撞一下，有碰出温馨的，有碰出麻木的，也有碰出愠火的。有时躲在屋子里闷闷不乐，想先找一个人过过招，但是他们实在人数众多，有的站在明处，有的躲在暗处，有的装着没得罪过我的样子，有的就等我动手，我反倒不知如何下手，不好意思先下手。像那个老李，他背后就说过我许多坏话，但每次他见我又都笑嘻嘻的，装着无事人似的，就让我觉得这颗钉子不好拔。

我们家乡有很多老松树、老榆树、老柳树，它们的皮是那么的厚，有时斜斜的被时光拧成纹路，头发快掉光了，还顽强地活着，这让我羡慕，我觉得它们是有用意的，它们故意让我看到。几百年来，风来了，它们迎着风；雨来了，它们迎着雨，被雷电劈了，支离破碎的老骨头还支离破碎地活着，还活出了风骨，只要树自己不倒下，谁也不能让它倒下。我不可能让自己这么皮糙肉厚，但是我的面前可以永远立着这样一棵大树，可以让我的内心足够强大。他们不全是我的亲人，不全是我的朋友，在好处面前，他们可以得罪我，他们应该得罪我。你们去得罪我吧，你们去伤害我吧，你们可以背后说我的种种不是，可以做着对不住我的事，只要你们不透过盔甲，伤到我的内心就行。只要你不提着锯子来伐倒我就行。

当然我不是树，我也没有树那么傻，我还不是那么厚道，我还是暗中备了几门钢炮，要是迫不得已时，我也会温文尔雅地、有理有据地、有节制地发出几枚炮弹试试。

现在我却遇到一个真正的敌人：病痛。我准备的任何武器都用不上。它们离我太近了，近到我无法下手，近到肉搏战时难免会失手伤到自己。它们让我的胃难受，让我大脑难受，让我的手臂难受，让我左顾右盼都受到限制。

我去找医生，医生把片子高高举起，仰面对着亮光看，十几块骨头像地瓜似的在一条垄上纠缠着，又像恐龙的脊椎骨。这是我的骨头？我第一次看见它们，它们是我的，我时常摸着它们、用手按着它们，但是它们像不认识我似的，茫然地不知瞧着哪里。医生说不要小看了这几块颈椎骨，这是"龙骨"，人的身上的"龙骨"，看看这里压着这里了，那里压着那里了。123456全变形了，已经看不出S形了，医生弹了一下黑白相间的骨头，骨头们一阵骚动，还是茫然地不知瞧着哪里，仿佛说的不是它们。

我给它们好吃的，可是一段时间它们还是那么细，我给它们好喝的，它们一点也不留全给了胃。我给它们涂化妆品，白皙的皮肤下，它们该痛还是痛。我拿钱收买它们，它们不要。我唱歌给它们听，它们不感动。我只有给它们围着大围巾。我日日摸着脖子，头仰着向天上看，人家都说我变得冷漠高傲了。这些小骨头们密谋着造反。它们密谋有一段时间了。

不得已我又去找医生。在医院我看到一条又一条长脖子，被拔出来，长长地向上固定着，贴着墙的全是一条一条伸直的脖子。满屋子都是躺在床上的人，脸覆向白色被单，脖子被最大限度地扒出来，上面敷着药或扎着针。墙上的脖子、扎着针的脖子，全是僵硬的、一动不动的脖子。脖子被一双手揉来捏去，脖子被左摇右摆，脖子像一枚钉子想被拔出来，脑袋是一个无用的玩具了。

晚上我想看一会儿书，我把头低下去，对待书我们要虔诚才行，在书面前，我们只能低下头去。我感到我弓起的脖颈嗖嗖的，有冷箭似乎从暗处飞来，不偏不倚正中目标。我能感到，这个时候时光也赶到了，它抚遍我的全身，找出我的破绽。它按一下我的脖颈，软软的，没有遭到反抗，它顺着倾斜的骨纹走进去，它从扩大的骨头缝里钻进去，这个时候我的骨头，似乎变成别人的骨头，它没有反抗。我绷紧的脖子只想看一会儿书，源源不断的时光，源源不断地拿着一把小钻子不断地向里面试探。我感到疼痛一丝丝向骨髓袭来。

我对自己感到了悲观。半年多的时间里，我不断地往返于医院与家之间。时光、疼痛想把我往病床上赶,它们想把我固定在床上。远离工作、远离书本、远离天空,它们把我往废人的路上赶。

那时候我就想来生做一个农妇,不要再想着工作、书本,千万不要遇到那个叫电脑的家伙。我们不需要这些,不需要这些一样过得很好,甚至更好。生一双儿女,养几只鸡,在一个小镇上健康终老。

今生我只有周转在这里面了,疼痛不让我脱身。时光弄死掉一个人,总是从一个零部件开始的。

歌唱家是从喉咙开始的。

运动员是从一只脚开始的。

医生是从一只手开始的。

科学家是从大脑开始的。

而我必将是从颈椎开始的。

那个时候我的灵魂升入了天堂,而我残缺的身躯必将沉入大地。它需要被重新铸造。

那个时候人世间什么都不是我的敌人了,只有死亡与黑暗是我永恒的敌人。

锃亮的耳朵

一

　　早晨起来，觉得哪里不对劲，像是睡蒙了。上班走在人车互不相让的大街上，不由自主地跺跺脚，又跺跺脚，我想跺出我体内的寒、体内的神，精气神，瞧初冬的早晨一切是多么透明。中午下班走在斑马线上，在左右扭头看人看车的空隙，脚不由自主地又跺了几下。路过一个小型广场，中午的小广场没有什么人，人都压在马路上，我环绕着广场慢走一圈，太阳很好，不由自主又想做那个动作——跺脚，我想我这是怎么了，脚怎么了。

　　我忽然明白一个事实，我的脚步声没有了，脚在寻找它的声音，这是一个新鲜事件。这么多年，影子、脚步声，还有我，我们三个三位一体，从来没有分开过。瞧，影子是多么的忠实，即便是我远行，即便是我中弹，它都默守着我脚下的土地，没有谁能拽走它，或割走它一块。还有那脚步声，它一直在明示或是暗示我，你的双脚多么有力，你还很年轻，你还有很多很多的路要走，脚步声就是明证。

　　现在，我成了一个没有脚步声的人。我把远方弄丢了。

　　我那么谨小慎微地走，我还是丢掉了东西。在人生的旅途上，我是不是开始走一路掉一路，掉一件少一件了呢？

我从包里掏出手机，又有几个未接电话。

耳朵嗡嗡的，一直在嗡嗡的。好多声音从我的耳朵旁边跑掉了。它们无视耳朵的存在。我的耳朵拉不住它们了。耳朵开始有意识地找它们，从大街、从广场、从树下、从旮旯，找它们回到耳朵里去。

我开始爱幻想起来，幻想有一天，在我早起的某个时刻，耳朵一激灵，声音"嗡"的一声飞回来了，或者在我使劲吞咽之际，耳朵一激灵，声音"嗡"的一声飞回来了，或者像我曾经的一次军事打靶，在扑地一声之后，耳朵惊晕多日，多日之后声音在外游荡够了，觉得在外游荡也没有什么意思，终又悄悄地溜回到我的耳郭。

耳鼓胀胀的，有什么东西在向外推送，小心翼翼地一串一串向外送。有时我按按，在我按住的当下，它们马上停住了。它们懂得适时收手。

就这么顶住了七日。七日之后，终觉该去见见医生。

在经过了一连串的检查之后，医生看着我的检测单，他很平静地告诉我，我得了神经性耳聋。

就这样我得了神经性耳聋！

走出医院的大门，心里迸出一句话，你的耳朵叫驴毛给堵住了。这是我们乡下骂人的一句话，经常是骂不听话的孩子的，耳朵叫驴毛给堵住了，而不是说被棉花给堵住了，想是驴毛更厉害些吧。现在我的耳朵就被驴毛堵住了。我千辛万苦从乡下走出来，小时候的诅咒还是如影随形地应验到了我身上。

我把脚步声弄丢了，我把手机声弄丢了。不久我还要把喇叭声弄丢。这些车子早上吵、晚上吵，这以后你们还吵给谁听。你们也有噤声的时候。

还有楼上打孩子的声音。哭声是从一个七八岁的男孩嗓子里发出的，夜晚经常是一声赛过一声，可以听得出打他的那个父亲一点都不手软。那是一对农民工夫妇,我白天看过他们,头发都是乱乱的,一副没有精神的样子,夜里打起孩子来精神倒十足得很。多少次我停下笔来谛听,我想我应该去把那男孩子领回来,告诉他们家人说,我这里正好多一张桌子,我可以和那个男孩好好谈一谈。但是我不是他们家什么人,那个男人会用什么样的眼光打量我?世界上最晦暗不明的目光莫不过如此,人与人之间最远的距离也莫不过如此。

还有我的对门,近日我在家总是听到一连串钥匙的声音,接着是一个五六岁小女孩的哭声,"爸爸我实在学不会呀,我实在学不会呀"。接着是一个男人的声音,他一点也不着急,他说,"再试一下,再试一下,一定能会"。还是那个小女孩的哭声,"爸爸我实在开不开,我开不开门"。接着又是一连串钥匙响动的声音。

这个女孩的父亲或是母亲,在夜里的时候,不知是谁会偶尔嗷地先叫一下,接着你嗷一下,他嗷一下,像扔砖头似的,一块一块对扔过去,所幸不久就停住了,想是屋里的砖头准备的不够充分。

这些声音本来就和我没有什么关系,现在我把这些声音统统还给他们。以前我在他们面前装着自然,装着不知道他们的任何事情,现在我更坦然、更放心地走自己的路了。只是我以后还能不能知道,那个学开门的小女孩到底什么时候才能打开自己家的大门呢?

至于屋里的声音,坐在马桶上,电水壶尖叫的声音。刚把双手伸进水里,手机催命的声音。

从今后再也没有这些刺耳的声音。

窗外再也没有风声、雷声、雨声、下雪的声音。天上该下什么下什么,那是天的事情。我的耳朵再也不屑管这些事情。

也再没有生的声音、死的声音。棒喝的声音。正义的声音、非正义的声音。

也不要再考虑什么是分贝,它们到底有多大量的分贝。

大海的声音,花开的声音,露珠滴落的声音,心跳的声音。这些心底的声音，它们会不会也被带走？那会是在什么时候？

不要碰我的耳朵。现在心中只有这一个声音。

晚上睡觉前，把手机定好闹铃，把这东西端端正正地放在枕头边，不知道它明天是否还会准时叫醒我。

这个用声音和我保持联系的家伙，不知道以后它将怎么过。

夜里睡觉，梦到过一次带血的耳朵，那是凡·高的耳朵。

还梦到过一群人在跳舞。我听不到她们的脚步声，她们也听不到自己的脚步声。

我以后会干什么呢？我这么一把年纪了，还能变成莫扎特吗？

二

到底是什么原因引起的神经性耳聋？这是一个迫切的问题。

似乎也没有吃过药物。

染过一次发，是不是用了毒药水？是不是吃了毒大米？以此类推，还有毒牛奶、毒馒头、毒鸡蛋、毒蘑菇、毒红枣……上次吃过一次螃蟹，人类把该吃的东西吃遍了、吃完了，连这么丑陋的东西也不放过，螃蟹藏在污泥里，螃蟹一生气浑身长毒，人类一吃到它们，耳朵嗡地一下就背过气去了。这是螃蟹唯一能做的事情。

再或者就是近年才流行的"雾霾""沙尘暴"这些个词搞的怪？电视里天天都在播放空气指数。每到一个季节，田野里的秸秆总是明明灭灭，有人点火，有人灭火，有人被关，有人被放，电视、报纸上每天都在为这个事长篇累牍地报道。人的两眼照例流着泪，嘴巴咳嗽着，嘴巴一咳嗽，耳朵一生气，两耳一背，什么事也不问了。嘴巴不能不议论，因为嘴巴咳嗽着，报纸也不能不报道，报纸需要增加发行量。耳朵不再想知道了，耳朵不听不行吗？上帝开始揪驴毛堵一些人的耳朵了。

也或许是我自己的事。我家的巷口，有一个卖盒饭的，白铁皮手推车里，有红油烧的鱼、红油的茄子、红油的豇豆、大块的红烧肉，那个穿着白大褂的姑娘总是麻利地给别人盛菜，歪着勺子舀一下、又歪着勺子舀一下，多次才把泡沫饭盒点满，她似乎是舍不得多给，但又得把泡沫盒子装满，她就这么点啊点的，每回用电子秤称完报过价目后，勺子又都故意地给饭盒里再点一次，好让别人心知肚明，她向饭盒点勺子的频率极高，也很好看。我每次就是她这么点啊、点的，用一个塑料袋子装着，提着菜一盒、饭一盒上楼去了。

后来自是好长一段时间不买她的饭菜了，也还是日日从她家手推车门前过，我有时在观察她，看她接电话的手是不是迟钝，我有时也在观察我们小区里的人接电话的手是不是迟钝，是不是越来越多的人也像我一样，揣着手机，没事人似的，专等着别人急吼吼地来提示。

如果有一天，刚好在我走过她家的白铁皮手推车前，忽然有人没收了她的家伙、她的饭，或者某一天她的手推车忽然不见了，墙上贴着一张告示，她的手推车被公家整治了，她被查出使用了地沟油，那么好了，我的心就终于放下来了，瞧瞧，终于被我猜对了，早就觉得她的态度那么谦卑似乎在包藏着什么。可是我日日从巷口走，她日日在我面前点菜，用勺子挖一下、点一下，又用勺子挖一下、点一下，没有穿制服的人来收拾她，人们还照样用一个塑料袋装着菜一盒、饭一盒走掉了。这是怎么回事呢？

近日去了一趟九华山，别人去礼佛，我也跟去了，我去拜佛，我这一拜，佛一高兴，我的耳朵啊嗡一声就好了。从山上下来，坐在车里，耳朵呜呜似乎更厉害了，我用手揉着耳朵、摸着耳朵，心想佛也不管我了，佛什么时候会管我。车子里坐得挤挤的，一个孩子坐在母亲的腿上，母亲不时按住他的腿、他的手，不让他手舞足蹈，孩子的嘴也不闲着，他的母亲大喝一声道："瞧把你阿姨吵的，把阿姨的耳朵也吵聋了吧，看阿姨不打你！"我一向还怀疑，我这耳聋是不是大街上的声音吵聋的，这母亲的言论，却给我的耳聋另开辟了一条思路。但我没有苟同，我的耳朵可以聋，孩子的心灵不可以玷污。

我像放电影似的日日把这些东西无声地过一遍，又过一遍，我急切想揪出其中的主谋。他们是如何对我下手的，我想弄清事实真相。

总之，我认为耳聋了，是我吃了不该吃的东西，住了不该住的地方，做了不该做的事情。

不久母亲到我家。母亲终于知道了我耳聋的事。母亲随口就做出了结论："冻的，肯定是冻的，你想你天天坐到半夜，坐得浑身冰凉，耳朵能好受吗？耳朵一不好受，不聋才怪呢！"

我愣着神想了一会儿，我长时间地坐，颈椎会痛、坐骨神经会痛、胃会受凉、五脏六腑会受凉，凭什么耳朵老是热乎乎的、直愣愣地为你服务？耳朵想通了，耳朵想体现自己的重要性，耳朵嗡地一下子背过气去了。

这是我听到的最直接，最不容置疑的结论。谁又敢肯定它不是元凶呢？

三

以前对于未接电话，我给人家的解释是，哎呀，真不好意思，手机在包里没有听见。

或者是，哎呀，真不好意思，我听到手机铃声了，手机在包里就是找不到。

现在我给人家的解释是，真不好意思，我得了神经性耳聋。

朋友对我得了神经性耳聋，首先是不相信。瞧瞧，眼神既不空洞，也不飘忽，甚至嘴角还挂着笑，怎么会耳聋了呢？怎么看也不像啊，谁得你也不能得啊。

还有的朋友是惊奇之后，表示了极大的热心，没有关系的，没有关系，放宽心，能治好，该吃就吃，该喝就喝……

还有的朋友是大手一挥，说，没事的，没事的，能治好，现在除了癌症，啥病都不是病，该吃就吃，该喝就喝……这话我就不爱听了，什么叫没事的，我摊上大事了，这倒霉的事叫我摊上了。什么叫能治好，我都吃了两个多月的药了，耳朵还嗡嗡叫。你这么急吼吼的样子，根本就没有心思就这个问题和我谈一谈。你这是不关心我，不爱护我，心里眼里没有我。你这是草菅人命。

还有的朋友态度是，不就是嗡地一下耳朵背过气了吗，不要理他，该吃就吃，该喝就喝，说不定哪天，耳朵嗡地一下又回来了。你要是得了这个病，你就不会说这个话了，我现在是站也不是，睡也不是，那个嗡嗡声索命似的跟着我。再说，你怎么能知道声音就一定能找回来呢，它跑远了、跑丢了、到处找我找不到怎么办。你这是误导我，你这是不负责任。你这是让我过一天是一天，过一天少一天。好死不如赖活着。

我其他的朋友就不这样讲。有的朋友说，用双氧水洗，洗过后再涂酮康唑，这个软膏一涂就灵。临走了，还不忘叮嘱一句，一定要试试。过几天还要打电话询问，涂了没有。还有的朋友说，去吊水，吊青霉素、吊头孢，一吊就管用。他们不劝我"怎么活不是活"，他们知道生命的意义在于当下。他们不劝我草草度日。我把这些都当救命稻草似的收藏着，哪一天医生对我失望了，或者我对医生失望了，它们就该派上用场了。

针对我的这个病，我的朋友无一例外地都劝我，要吃好喝好，该吃就吃，该喝就喝。这个问题说到核心上去了。自从我得了病，就再也不知道啥叫吃好、喝好了。

朋友们聚会，要给我倒酒，我说我得了神经性耳聋，不能喝酒了。一圈人都在叫，倒上倒上，酒能活血，一活血耳朵就好了。经过几轮推搡好不容易达成协议，倒一小杯看着。一小杯看完了，人家端着一杯酒站在你面前，人家"滋儿"一声下去了，你说人家能放过你吗？刚才一开始说自己胃出血的那个人也不再坚持了，那个说自己痛风的人也不再坚持了，桌子上一开始还有得胰腺炎的、口腔扁平苔藓的，那个手里提着一个大水杯，杯里装着黑乎乎的保肝护肝药，现在也不再说有病了，一桌子都是满上满上，走一个走一个。

人活着就应该是奔着快乐去的，谁能拒绝酒赋予我们的快乐呢？谁能阻挡我们奔向快乐的步伐呢？

吃完饭回来后，我疑心耳病又加重了，或者本身并没有加重，但疑心也是一种病。

后来我再外出吃饭，我不说话了，躲在一拐角。既然不喝酒，还叨叨啥呢。我埋头吃东西，吃完了盘盘碟碟杯杯盏盏，再吃主食。吃完了主食，人家正喝在兴头上。人家正说得兴高采烈，人家活在天堂里，你坐在小板凳上。你们无话可说。你们活在不一样的世界里。别人嘴都在动，你的嘴已经动完了，你的嘴只能闲着。别人白天清醒，而你呜呜独醉。现在别人沉醉，唯你独醒。你说你这是什么人生。

后来别人再叫我吃饭，我支支吾吾推三阻四不去了。因为我坐在那里实在不知道应该怎么吃，我还能怎么吃。现在我才知道拥有一双好耳朵的吃，才是色香味俱全的吃，才是世界上最动人的吃。

不出去吃了，偏偏又知道谁和谁围在一块儿吃。人家吃得热气腾腾、妙语连珠，人家一晚上云里雾里的。你说你一个人在家，默不作声地捧着一只碗，整晚都蹲在黑影地里，吃什么能吃好、喝什么能喝好呢。思前想后，日子越发回到过去一般。

自从我得了这个病，我和我朋友之间的关系变了。虽然他们中有的人仍试图对我很好。但是我正在远离他们，我正在泊去。我们之间的关系就像一锅老汤，那味道渐渐寡了、淡了。

四

我听到过最美妙的声音，那是任何一双好耳朵都不曾听过的。

我到我们市医院治疗。我歪着一边耳朵接受光束探测，然后又歪着另一边耳朵接受光束探测，光束肯定没摸索到什么问题。年轻的医生给我开了一张单子，叫我到听力测试室。在听力测试室，护士把我关到一个小玻璃房里，给我带上耳麦，吩咐我说左耳听到声音举左手，右耳听到声音举右手，她把玻璃门关上，坐在对面遥控我。耳朵还没有全聋，当然还能听到声音，叮的声音、嘟的声音、当的声音、嘤的声音，声音那么小，怕惊醒我似的，只是那么小心地害羞地盯着我一下，小心地神圣地电击我一下，它像微小的颗粒，仿佛拿着抹布轻轻一擦就能擦掉。

那是夏夜星光灿烂，大地深处发出的声音。我轻轻俯下身子，把耳朵贴在树叶上，我继续俯下身子，把耳朵贴在大地上。翅膀抖动的声音，真空盘旋的声音，叶子落下的声音，踩踏树枝的声音，一只小虫子被打搅的惊讶声。或是根本就没有声音，只是萤火虫的荧光一闪，只是小虫子的虚晃一枪。我不敢抬起脚，抬起脚就踩灭二亩地的声音，抬起脚又踩灭二亩地的声音。我甚至不敢咳嗽，怕惊跑了它们。

我不停地举左手，举右手，或是忘了举也不尽然。我听得太认真了，有时忘了自己的存在，有时忘了大地的存在。

我以为此生仅有幸聆听一次这样天籁的声音。后来我到省城医院接受治疗。我拿出我们市的结果单，省城医生不看，他让我再听一次。也许他认为我听得太嘈杂、也许他认为我听得太不可思议，或许他认为我举手举得太迫不及待、太不合时宜。总之他要我再听一遍。我珍惜这样的机会，老老实实又听了一回。

我记起了一件事，那是在我上次聆听的时候发生的。我正在聚精会神地寻找大地深处的声音，如果我不找，它们就会在我的眼皮子底下统统消失掉，我抢救似的，找一个是一个，忽然手机爆炸似的响起，我想把手机的声音捂住，事实上是赶快地打开了接听功能，我要和天籁之外的声音对话。护士忽然发现了什么，她大喝一声，你怎么能听电话，赶快放下！经这么一闹腾，你说多少声音走形、不翼而飞了。

我还记得有一次，我正在做心电图，在打印机将打未打、即将输出结果的时候，忽然手机响了，那个时候我接听手机，心跳得不正常，我不接手机，心跳得更不正常。这天外的声音，粗鲁得近乎无礼，但是我们又都无时无刻不带着它、惦记着它，生怕搞丢了它、慢待了它。似乎只有它在，我们的生活才纳入正轨。可是有了它，我们的生活又哪一天安顿过呢，即便是躺在医院也不例外。我们需要被它唤醒吗。

和这最美妙的声音能相媲美的，我以为是瑜伽养生益智功的声音。"让我们选一个最舒服的姿势，盘腿坐下，现在请将你的注意力放在你的身体上，由内到外去关心你身体的每一个部分……将注意力集中在你的呼吸上，让你的呼吸越来越慢，越来越深……并且在整个练习过程中保持这种呼吸方式……"我最喜欢瑜伽的最后一节，"让我们轻轻地仰卧下来，请你闭上眼睛，放松你的面部表情，把你的双脚分开30厘米左右，让你的脚心放松……让你的脚背放松……让你的小腿、小腿肚放松让你的膝关节、大腿内侧放松……让你的骨盆区域得到充分的加强和滋养……"

假如能在这种声音里静静地睡去，让夏日深夜里嘤嘤嗡嗡的声音萦绕耳畔，让这些声音轻轻地贴近你，让它们感受你的呼吸、你的心跳，这多么好。再也不用为耳朵的前途担心了，也不用担心自己能不能成为莫扎特了，也不用担心自己成为游离的一分子了。这个被驴毛堵住耳朵的女人，这个生活总爱给她搞点恶作剧的女人，这个听到过最美妙声音的女人，心安理得得像一个婴儿，她静静地躺去，她将不再接受任何考验。她躺成遗忘，躺成骸骨，躺成大地的一部分，然后和大地上的声音融为一体，这又有什么不好。

五

坐火车到另外一个城市接受中医针灸治疗。这是个和我生命有关联的地方，这些年来我反反复复坐着这趟火车去看和我生命里有关联的人。

这次坐上这趟火车去看医生。为治疗耳朵已经浪费了太多上班时间，且这回是每天都要去针灸。为此我请半天假，上午在单位上班，下午去治疗。亦即是中午坐火车走，治疗完毕，晚上坐火车回来。第二天中午再坐火车走，晚上再回来。没有比抢救一双好耳朵，更让人活得有耐心。以此类推，人在危难之中，想拽自己一把的愿望多么强烈。

火车还躺在铁轨上静静地等我。这趟火车哪个车厢我没坐过？甚至有的座位是重复坐过，有的地点是重复站过的，甚至整列火车每个座位我都有可能目测过、染指过。我又走进这列火车，车厢里浓重的带着酸味儿的气息又熟悉地"嗡"的一声向我扑来，照例又被呛得一个趔趄，但站稳脚跟，适应一会儿就闻不到了，如果有座位的话，一会儿就会觉得有一种暖暖的美好。这回是站着的，两个车厢之间的吻合地带，似乎吻合得不是很好，地板在脚下扭来扭去，带动着身子也在扭来扭去。车厢照例很嘈杂，即便我耳朵出问题了，我还是能感觉到它们的嘈杂程度一点不减。车厢里坐着是坐着的，站着是站着的，照例是腿贴着腿，腿靠着腿。腿边都是行李，行李架上也是行李。车厢里每个人都捧着一部手机，他们都紧紧捏住自己的声音，每个人都神情庄重木然。

我听挤在我旁边的三个姑娘讲话。一个姑娘讲，就这样回去，怎么和家里人交代啊。另一个姑娘说，没办法交代也得回去，早上八点钟干到晚上八点钟，不被主管管死才怪。第三个姑娘说，再干下去，耳朵就被振聋了，不给钱也得走。三个姑娘一时陷入沉寂。我听明白了，这三个姑娘在厂里干不下去了，不给工钱，也卷铺盖回家了。除了每个人一个鼓鼓的包，也没见什么行李。我忽然觉得我们市的老板有点太抠了，她们就这么空荡荡地回家。我突然又突发奇想，以后耳朵要真不行了，我是不是适合在这样的地方干活，瞧，耳朵再也不怕被吵了，多大的声音也不是问题了。这三个姑娘给我提供了一个新的适合的地方。但我不愿往深处里想。一会儿一个姑娘说，瞧瞧我回家还给孩子买了新衣呢，她一定会高兴坏了。另一个姑娘说，我也给孩子买了吃的，他最喜欢棒棒糖了，不知道他还认不认我。另一个姑娘说，马上要到家里了，我要找小学同学到小吃街大吃一顿。她们像是马上要扑到家的样子，一会儿又说得兴高采烈起来。年轻真好。不像我因为一双耳朵，弄得就像活不下去似的。

我另一侧还有一个姑娘，她和那三个姑娘就不一样。她一上车，挤好站立位置，戴上耳麦，就开始"播报"。她双眼低垂，面含微笑，音量适中，语气温软适度，她在对自己讲。比播音员讲得动情多了，并且始终不看我们，身边再多的声音都不是问题。世界上没有任何声音能打断这个源源不断的声音。火车一直在开，这个声音一直在延续，火车也需要这样的声音。世界也不能缺少这样的声音。在这样的声音里，人人都是美好的。即使有一天我听不到这样的声音了，能看到这样一个美好的场景，我的内心也是湿润润的。

我的膝盖还抵着一对人儿。男的坐在一个大麻包上，两眼红肿，头发蓬乱，半截身子趴着车窗向外看。他的对面是一个女子，半卧在一个麻包上，伸长两腿，扭着半截身子，也是趴着车窗向外看。他们漫无表情地在看，似乎车厢里任何声音和他们都没有关系。因为是冬天，车窗外面是黄一阵、褐一阵的大地。如果有一天我听不到了，我是不是和他们一样，也把一车厢里的人都丢在突如其来的寂静里，自己睁一双茫然的眼，在茫然地逡巡着。

突然我听到一声雌性的雄壮的声音："你说我和谁在一起，你说我和谁在一起，我和一屋子的男人在一起！"抬眼望去，可不是一屋子男人嘛，尽管也有很多女人，但这样有突出地讲，也是可以的。我差不多突发性地笑出声来。抬眼望去，这是一个面色红润、中等个头、身材结实的微胖女子。她被挤在人群中间，她把手机贴近耳朵，正在很有情绪地讲："你说我干什么去了，你说我干什么去了……你说我能上哪，你说我能上哪……"感谢我的耳朵，它让我听到了最近一段时间以来，甚至有史以来最能让我发笑的一句话。如果没有这一句话，在以后再也生不出波澜的世界里，我靠什么来回暖升温，靠什么取悦自己。

和这个"和一屋子的男人在一起"的女人一同下车。跟在她身后走了好一阵子。甚至有了某种心灵上的依恋。

六

我和父亲之间的关系，因这耳聋意外而更走近了一步。

从我有记忆开始，父亲就不停地揉自己的耳朵，一侧一侧地揉，光照在脸上，脸一侧一侧地抖动、变形。

父亲年轻的时候面部受过伤。那是1975年的春天吧，全国广播事业大发展，各乡村普及广播、喇叭。在水泥预制场他和同事们一块"大炼"电线杆，一根一根水泥电线杆需要急切地从县城列队到麦田、到大队部。他搅拌水泥、挥汗如雨，钢筋在模板里越拉越直，他不知道他一生的厄运就此来临，钢筋不小心崩断了，正打在他面部的三叉神经，他当即血流如注。不知道怎样被送往医院的。我当时在院子里跳皮筋，跳得一头是汗不肯停下，不明白他出了怎样大的事，也不知道他被送往哪家医院，更不知道他后来都到过哪些地方治疗。只知道他后来回家了，变得不再是我们印象中的爸爸了，他变成了一个我们不敢相认的人。

再后来就是耳鸣，宿命似的一生跟着他。不知道去过多少家医院。想弄聋自己，想去死。他不能睡觉。这些话讲过多少年，我们都听习惯了，习以为常了，也就不是事了，大家都照常过日子，大家不再问他怎么过日子。

他以前爱给我打电话，说家里的事，喜欢直呼我的大名，仿佛这样更显得郑重。但他声音大得吓人，我在办公室给他回话，他在那边用大号声音回我，"你说什么？你说什么？"后来我跑到走廊给他回话，再后来我跑到卫生间给他回话。我给我母亲讲，以后家里有事，你给我打电话，我找不到地方给他回话。母亲牢牢地记住了我的这句话，以后不论是谁给家里打电话，母亲总是快步抢前，接电话成了她的专利，而他只能看一眼了。后来我们给他们配了手机，两个人共用一部机子，手机一直掌握在母亲手中，他不再有对话权，他也就更不乐意摸那个东西一把了。我的一句抱怨的话，让他在这个世界站立的位置又向后退了一步，他从此不再给我打电话。

耳聋招人嫌。有一次我回家，正好在一楼街道边碰到他们，他俩正准备一块儿出去办事。母亲眼尖一下看到了我，先是和我打招呼。父亲却揣了钥匙，一个人向前奔了。母亲在后面喊他，我在后面喊他，想是那天风大，风把我们的声音又都吹回来了吧。要不，他怎么能不闻不问，一个人一直向前跑呢，父亲一向走路的速度并不快，那天不知怎么了，似乎是脚不沾地地行走。也许没有比目的地更为重要的事情了吧。世界一向把父亲丢在后面，这回是父亲把我们俩丢在后面。我希望能有什么事情止住父亲的脚步，但那天父亲一个人一直在向前走。

我以前回家，先给家里打个电话，要是母亲接，这个家立刻可以回。若是我顺路回去，这个家能不能进，还待考证。我在门外喊开门，我在门外重重拍门，我给屋里打电话，门不认识我，门不给我开。我打母亲手机，母亲说在外面这就回去。母亲到了家门口，拿钥匙开了门，父亲在屋里稳稳坐着。

我们和母亲说话，然后再用大一号的声音翻译给他听，他常常站在外围，微微伸着头专注地听，似乎我们说的是天下头等大事。他有时也会插一两句嘴，但常常是因为插得时间、地点不准，把我们弄糊涂了，我们都不知道下句该说什么了。他也不明白我们为什么刚才说得热闹，现在又不说了。

我母亲就骂他，你这个聋子。有时我们觉得这样骂他，也不亏。后来也还是觉得有点愧疚。

现在我也和他一样了，伸着头、专注地听别人说话了。也许不多久也有人这样说我，你这个聋子。

我现在试图了解他，他活在怎样的一个世界里，他过着怎样的生活，他谦和的外表下，都掩藏了些什么。不如把自己弄聋了、不如死了算了，是在一种什么的状态下说出的，几十年来一夜一夜睁着眼，那是一个又一个什么样的夜晚。这一切我们所知甚少，甚至绝少想过。他留给我们的只是一个面露笑容的生活。

而我一直想背叛他，从少年时代起就这样想。远离他、背离他。做一个和他完全不一样的人。

对他而言，这个世界过于宏大，而他似乎还没有准备好，他不知道如何应付这个世界，去处理他身边有关的事情。对突如其来的事情总是手足无措。不爱说话，不知道如何和别人交往，害羞。怕参会发言，怕照相。别人找他的事，他竭尽全力，而他断然不肯找别人帮忙，那是求人，他有极强的自尊。实话实说，不圆滑。他抱怨自己，办不好事情，在儿女面前也抱怨自己。并且不奢望被家人原谅。他想突破自己的核，成为一个自由的人，能为儿女谋福利，能让妻子不操心的人，他想让她们过上好日子。但他做不到。想有一个强有力的父亲的心愿一直伴随着我们少年时期，直至长大成人。

他有一个丰富的内心，一生热衷编书、写书，毛笔字钢笔字遒劲有力，这些字似在表露着他无法言说的愿望。在听力衰退了以后，他不再能倾听世界，他更热衷倾听文字，他找到了更适合他存在的世界。他有丰富的感情，但不表露，似乎说出来是一件不合时宜的事情。他的眼睛温纯善良，直到老年，眼神里亦有孩子似的天真。他就坐在我的对面，隔着三十年的光阴我打量着他，他戴着老花镜专注地看报纸，我们终无法自如交谈。

我反省自己，想自己是一个什么样的人。我希望自己独立，精明而干练，能独当一面，让人心悦诚服，让人心生爱慕。而事实上是，我亦垂着长长的胳膊，无力地看着这个世界。无言，无助。不愿意让陌生人走近，不加陌生人QQ，不和他们说话。对待好的人和事，不肯攀附，亦不肯俯就。内心不安定，没有安全感。压抑。希望随遇而安。渴望朋友，但不愿主动示好。若有感情，必他（她）先给。孤独，在情感的世界里自给自足。眼睛温润，时常为些小事流下莫名感动的泪水。若有风暴，内心却能做到波澜不惊。我和世界没能妥善相处，和自己没能够妥善相处，我以为是他没有教给我怎么做。

我终放弃了对他的抱怨，时光教会我学会忘记。我和他重新融为一体，在这个世界里，没有什么能比对方给予我的抚慰更能管用。

没有谁能够伴我们度过漫漫冬夜,伴我们度过一年又一年,除了他们。

我坐在椅子上,他教我揉耳郭、捏耳垂、敲耳鼓。他想把他一生对付耳朵的经验传授给我。他身上的某个疾病也必将在某个时候在我身上呈现,如足踝上的几个白癜斑。有一个年老的父亲睡在隔壁,他在前面引领着我,教我不慌不忙地应对疾病,教我不慌不忙地老去,这是一件幸福而又心安的事情。

有时候他站在阳台上,看着窗外,揉自己的耳郭。我站在客厅对着镜子也在揉自己的耳郭,并且长久审视这艺术品一般的东西。母亲看着我说,你和你爸越来越一模一样了。

这话要是专门针对父亲,母亲的话里肯定暗含一种贬义,这话说给我听,母亲的话里就有了一种我至今还没有品味出来的深意。

父亲,这么多年你不在我眼前,我一个人在外离你很久也很远,但我终究没有长成别人家的孩子,我终究和你一模一样了。

我们雷同的耳朵应该生活在天堂里。

现在,拥有一双锃亮的耳朵,走在马路上,我的成就感,我的幸福感是无法言喻的。

大饭店

饭店里的女孩

那天晚上我有幸参加了一场盛大的宴会。

我进去的时候客人还没到齐,只有三五个坐在沙发上喝茶,膝边有一个茶几,果盘里堆着苹果、香梨、蜜橙。两个年轻的女孩穿着洁白的衬衫单腿跪地,她们细长的脖子上没有饰物,光洁的脑袋上挽着发髻,她们正在为客人削水果,油腻腻的香梨在她们的指尖轻轻转动,果皮松松垮垮地从她们掌心垂下来,光看着就是一种享受啊。她用银质的小叉送一块给我,轻声地说"请慢用",脸上含着笑意。她们都是从附近的乡下来,她们都经过严格的训练。她们不仅有怡人的外表、得体的谈吐,她们还都机灵可爱,这可不是一时半会就能学会的。我一进酒店大门的时候,她们举止端庄,面含微笑,躬身问好。我上楼的时候,她们款款引路,典雅大方。我进包间时,她们端茶送水,点心伺候。她们是一群美丽的生物,是摇曳在这个大楼里的珊瑚,是一群生动的热带鱼,她们饱满而又滋润,在这个大楼里随意出入无处不在,她们是这个大楼热情娴熟的主人。倒是我们这些客人,往这里一坐是多么的俗气,她们应该是女皇,我们应该躬身让座才对。

不一会儿，有位姑娘悄悄跑到请客的主人那里，声音压得低低地说："先生非常不好意思，您点的这道菜我们刚好用完，请您换一道怎么样？"主人很生气，他大声地指责饭店，责怪姑娘影响了客人的心情，那个姑娘躬身站着一个劲儿地道歉，直到主人重新满意为止。

等到宴席开始她们才忙呢。她们接过传菜员手中的托盘，小心避开客人肩膀转动转盘，如果是一般菜把它放在合适的地方就行了，如果是鱼的话，那得按照本地习俗要考虑鱼头对着谁才好。她轻轻转动转盘，如果有客人的筷子刚好还停留在盘子里，那她的行为是多么的不礼貌，如果她手里的羹汤刚好溅到客人身上，那她的行为将是多么的不能原谅。刚才有人还夸说她的手指像白兰花那么漂亮，可是现在人人侧身生怕她的手指沾在自己衣上。

她得为客人时时斟酒，她像一阵风一样飘过来荡过去。她要用不锈钢小镊子夹走客人面前的肉骨头、鱼骨头、空扇贝、果皮、油腻的手纸，她将盘中溢出的雪水倒出，将三文鱼片重新攒在冰堆上。她躲在我们后面，用筷子夹碎浓汤中的肉骨头、鱼骨头，用小碗分好端给我们。她嫩藕节般的手腕不时地出现在人缝中、餐桌上，它不停地伸出又抽回，唉，男人们饭前还跟她们套近乎、开玩笑，这会儿却没有一个人帮她们忙。她们做这些时轻手轻脚，她们尽量不要让客人注意她们，免得客人责怪打搅他们雅兴。

如果客人还要叫她们陪酒，那是多么糟糕，因为这场宴席是很难尽快散去。酒店有时也会有领班过来敬酒，那情况会好得多，因为她们终于可以在门边站会了。领班和带来的姑娘们在一片乱糟糟声中恭恭敬敬敬了酒走掉了，纵有客人千般挽留、万般客气，那帮姑娘也只会给留他们一个充满香水、充满雾水的高挑身影。

不过这些女孩子总是会跳槽，是想换一个更上档次的酒店，还是想谋一个更高的位置？是酒店想添些新面孔，还是她们甩手走了人？

总是有一些长大的乡村女孩像蒲公英又飘进了城，上一季盛开的蒲公英又都飘去了哪里？

有人说她们跟一些客人走掉了，也有人说她们嫁了当地的小伙子，做起了城里人的媳妇。还有人说有的姑娘从饭店出来，和她一样外来的丈夫开了间小店，做起了生意。也有人说，有的姑娘回到乡下，嫁了人生了子。多少年后，她们又在城市出没。

后面的事没有人说，我们也无从知晓。

饭店里的小男孩

在我们吃饭进程中，有个男孩子推着餐车走了进来。

他瘦高的身材裹着白色的餐服，头上戴着高高的筒帽，他在餐车后面站定，投向我们羞怯的一笑，他棕色的脸庞泄露他的秘密，他洁白的虎牙暴露出他的单纯。那时我们正吃喝得热闹，没有人听清服务员在向我们介绍什么。所有人只是怔了一怔，抬头看了他们一眼，然后眼光像纷乱的树叶又被大风吹回树桩。

那男孩开始表演了。他一手抓住烤鸭，另一手握着七寸柳叶刀。我想起小时候邻居家的男孩，他总是坐在家门口，一手握着一个芋头，一手握着豁了牙的石刀。芋头那么大，把他的五指填得满满的。鸭子那么大，把他的五指也填得满满的。在"嚓嚓"声中，芋头皮一片片纷落。在"沙沙"声中，烤鸭皮也一片片纷落。不一会儿他的手里握着一只洁白的芋头，不一会儿他的手里握着一只没有皮的鸭子。削一只芋头和削一只鸭子有什么两样。

在街上，我还看到这双手削菠萝、削甘蔗，菠萝被削得一个一个水灵灵的眼儿，甘蔗一刀下去从梢捋到根，菠萝皮一筐一筐往外运，甘蔗皮也是堆成了小山模样，我们的男孩子像南方菠萝园、甘蔗园工人一样，把这些活干得很出色，只是他们的手比起早年削芋头的手，要粗糙得多、干裂得多。

鸭子在男孩手里翻来翻去，金黄色鸭皮从鸭身、鸭背旋转着纷纷脱落下去，一大片，一大片，黄铜一般颤着余韵，亮着油光。鸭皮装在碟子里，一碟薄饼、一碟酱、一堆葱紧挨着它，客人纷纷起身揭饼，我慢了一步，服务员赶紧给我卷一个，她生怕我错过品尝的机会。

没有谁看这个男孩子，他还在表演。他还在像削芋头一样削那只鸭子，鸭脯肉被一块一块削下来，鸭翅截下来，鸭腿截下来，中间再用锃亮的刀闷声剁上几剁，他按一只鸭子的生前状况那样摆好，恭恭敬敬地码在一个盘子里，胸脯肉正中，双翅靠边、两腿蹬直向后，它规规矩矩地趴着，或者还在游泳，它那样平和、安静，保持着作为一只鸭子的全部尊严。

餐车、鸭骨头和他不知什么时候走了。也许一盆鸭骨头粥，会让我们模糊想起刚才的一刻。

形形色色的杯子

如果不是在餐桌上，我想它们应该是一个乐队。这些酒具、茶具、餐具奏出的声音想必不会难听。

我听过这样的声音，在很久以前的那个夜晚，我们家的铁桶、木盆、脸盆、瓢、碗一次性在室内摆开，风在外面指挥，雨在屋里弹奏，我和妹妹们一夜倾听天籁。

如今我的面前，高脚橙色的是饮料杯子，高脚红色的是拉斐杯子，小的酒盅、带漏嘴的二两五的小盏装的是人间春色的杯子。每个人面前铺着红色的餐布，上面放着托盘、餐碟、汤碗、汤匙、筷子、筷架、醋碗、料碟……数数竟有十几样之多，人的嘴巴是什么样的容器，面前竟要摆放这么多样的东西？

酒杯被拿起、酒杯被放下。嘴唇吻着杯子、筷子碰着杯子、杯子碰着杯子。一晚上都是杯子的事儿。

杯子一朵一朵开放，像玉兰又像君子兰。人也是杯子，人是什么样的杯子？

你看那个女人脸色酡红，她一手托着杯子，一手擎着腮帮，一缕柔弱无骨的红绕着她的指尖儿转，她从那一抹红里看到了什么？

你看那个男人，他整晚都在兴奋，他一晚上都在打开，把毛孔打开，把肺腑打开，把隐藏的章节都打开，其实他什么都没有掏，他只是殷勤地把酒杯捧到别人的面前。

他表演似的让最后一滴酒在半空停了几秒钟，然后落入他等候已久的口中，那一滴酒是那么的清，我能看清它的成分。

它清澈、沉静、悠远。他步履不稳、沉醉、迷恋。这欲望之水。

它给人类插上翅膀。

人和天堂之间其实就隔着这样一杯。

托盘、餐碟、汤碗、勺子，这个时候看不清它们洁净的颜色，辨不得它们名贵的产地，料碟也不知道装的是什么了，佐料们总是来来往往地乱蹿，油腻腻的哗然一片，女孩子们像花朵绕着餐桌开放，换盘换碗换毛巾，湿纸巾用夹子夹到垃圾桶里，掉了筷子的客人在大声喊叫，一个女孩子赶紧躬身放下一盆沉重的杯碟儿，擦了擦手，乐颠颠地把一双干净的筷子递到客人手里。

葡萄美酒又怎么样，夜光杯又怎么样，如果马儿们还在，马儿应该乘着月色踏着花香。

当我们走时，一个人踢倒了一个白酒瓶儿，所有的酒瓶都晶碎声一片。酒瓶儿滴溜溜地转，滴滴答答滴着涎水，一半是清醒，一半是惊扰了客人的歉意。

当我们走远时，只有桌子上的那一杯或是半杯茶是干净的，茶叶儿一根根站着，尤透着春天的绿意。可是漂亮的服务员毫不犹豫地把它们倒进垃圾桶里。

盛　宴

　　整个晚上，气氛是多么的融洽，请客的人儿先是唯唯诺诺，不一会儿便是满面红光，主宾位置上的人开始还在矜持，不一会儿也是哦哦地配合，空气中开始流动着一种默契，但主宾又都心照不宣。在座的客人第一次相见的，互递了名片，不认识的喝到半场已是无话不说的朋友，是朋友的因是好久不见，借着酒意手拉着手久久寒暄。桌上若是有看得顺眼的人儿，酒便是最好的牵线人，一场微妙说不定就由此丝丝缕缕展开。一场酒就一个藤架儿，有人搭架，有人上架，有人开花，有人结果，有的人却顺藤摸瓜。如果一场酒吃下来，只是晕晕吃了一肚子，既没有拢住地气人脉，也没有挖出潜在资源，那个人才真是扶不上架。

　　可是整晚也有不和谐的因素。你看那只卧在冰滩上的大龙虾，黑红的壳儿像常胜的将军穿着盔甲，硕大的双钳应该能指挥得动千军万马，这会儿它的身子却是恭恭敬敬地趴着，尾巴还像往常一样微微的躬着，它独自占了一个名贵的景德镇圆盘，更大的有机玻璃桌面载着它缓缓地向四面旋转。它黑亮的眼睛神秘地一动不动，一眨不眨，黑种子埋到地下可以发芽，黑种子举到半空能点亮什么？和人类的夜空相比，这两粒黑芝麻是多么微不足道啊。它的两只比身子还长的帽翎不时地前后摆动，仿佛运动员在练习双腿倒立，它们在头顶慢慢合拢,静止不动,后又慢慢地交叉放下,翅翎触到盘子底,它们似乎摸索了一阵,复又慢慢举起,慢慢合拢静止不动。它不厌其烦地做这个动作,仿佛一个不知疲倦的运动员,直到满场散去还若无其事。它晶莹的肉一小把,堆在冰雪上,白得像粉荷,像雪片,灯光从头顶静静地落下,餐桌在旋转,这些圣洁的肉片纷纷起立撒向四边。这只虾不知道身边的肉已经没有了,也不知道自己已经死了。整个晚上人们都在消磨着时光,时光陪着人们小步小步地跑。整个晚上龙虾在蹬着双腿,时光在它的腿上渐渐凝滞,越来越不动了。

　　它应该学学那些河虾,你看它们在一个玻璃盅里跳得多么欢,它们争相弹跳起来,复又齐刷刷都掉下去,它们再弹跳,复又齐刷刷地掉下去,它们这样做是为了亲密地接触姜与醋,它们把自己喝饱,也把身子浆爽,然后顺势倒下装死,乖乖不动了,小巧的身子一只压着一只,一只叠着一只,像睡美人披着薄纱透着某种欲望,我们捞出时它们软软地滴着汁,不烦我们再蘸着粉与末。

　　还有那条躺在盘子里的鱼也是多么的合人心意,它丝毫不介意它那被塑过形的躯体,它的嘴巴在不停地张,它在张给一桌子的人看,它的嘴巴张一下,黏糊糊的酱汁向里渗一层,它的嘴巴又张一下,酱汁又向里渗一层,它在让自己变成一条可口的鱼,如果鱼自己再能翻一个身就好了,当然是轻轻地、得体地、立起,侧身倒下,再张几下嘴,这样酱汁就会更加均匀,鱼的美味也更加让人回味无穷。

　　鱼应该感谢这个夜晚。要不鱼只能在水里和虾蟹混为一谈,鱼不会认识鸡,鸡在土里刨食,鸡一辈子只会被狗撵着跑,现在你看鱼与鸡的脑袋靠得多么近,鱼睁眼看见了鸡,鸡微闭的目光里心想那就是传说中的鱼,鱼还看见了一只脱了毛的鸟,脖子折断了,脑袋光光的没有叫,鸟的眼睛却深深地陷下去,和鱼虽近在咫尺,却不能看见这是不是上次想捉又没有捉住的那个水里的家伙。

羊也应该感谢这个夜晚，那只羊不是我们这里的土羊，我们这里的羊没见过世面，一辈子没转出过我们家屋后的那条土沟，这只羊来自于西伯利亚内蒙古，虽然这只超大肥羊变成了羊排，羊排还是会告诉羊它看见的一切，羊排会告诉羊说，羊排的眼前不再有虎视眈眈的西伯利亚狼，不再有威风凛凛的牧羊犬，羊排的四周点亮着篝火，人们都在友好地围着它们旋转，羊排看到一堆一堆的东西，羊排有认识的，当它还是一只羊时，羊低头饮水时看见过它们，羊想吻它们，但是水推开它的嘴，水不让，现在它们失去了的水的强大庇护，脱了水缩成一团和羊排一起接受人们美好的祝福。羊排还看到天上的飞禽，虽然拔掉羽毛了，也还是飞禽，飞禽懵懵懂懂地跌落在羊排跟前，羊在说羊排艳福不浅。羊排还看到一个一个黏糊糊的家伙徒劳地在盘底转动，它们想一点一点地推动转盘，它们以为能挪动得了这个世界，它们把自己转晕了，它们在笨拙地倾听，它们在等待大海，羊排一辈子没看到过大海，羊排欣慰这些"海龟派"能和自己坐在一起，它提升了自己的档次。如果不是这个夜晚，它们今生无缘相见，它们在各自的天南地北里苟且偷生，紧紧张张地过完它们毫无用处的一生，是人类给它们提供了一个展示的机会，一个光明正大的舞台。

但是，整晚我们还是留有遗憾。如果在酒酣耳热之际，在我们心潮澎湃之时，如果能有一只羊将它轻柔的声音隔世般地、天使般地传过来，那是多么美的一种享受。羊在山坡轻轻地叫着，春草在绵绵发芽，山坡在随风起伏，小羊跪在母亲的身边，就这么不谙世事地叫，几只吃饱了的羊边打着饱嗝边随声附和，它们在呓语中渐渐走进暮色。现在暮色就在我们的身边，我们在等待，等待生命里的那一声呼唤，我们喜欢那一声又一声绵软的力量，就像我们喜欢孩童眼里乞求的泪光，那晚我们却没有等来。

这个时候鸟也不叫，仿佛是我们的走近，它们才销声匿迹似的。

如果鸟能适时地叫起来多好，在华丽的灯光下，百鸟齐鸣，或是在头顶暗处，或是在窗外，有一声没一声地叫着，清脆得像炒一盘豆子，清凉得像拌一盆青瓜，那时灯亮着，我们齐坐在月光下，树影是大一朵小一朵开着的黑色的花，凉风缱绻，流水在赶路，鸟声这么高一声低一声地抵达，天空正落着花瓣，有几朵在我们的心头打旋……可是鸟在我们眼前，鸟集体沉默，它的沉默让树影恐慌不安。

这个时候蛙也没有叫。蛙在我们眼前，仿佛我们一走近，一池塘的蛙声都被我们踩灭。我们可以假装不作声，蛙声还会响起，先是一只试探了一下，然后又一只试探了一下，所有的蛙声才又零零落落地响起，仿佛荷叶在高高低低地起伏。可是那个夜晚我们没有听到蛙声，仿佛一池的荷叶全被刈掉，只留下光秃秃的杆与茎，那一夜的荷塘让黑暗加重。

因为羊不叫，因为鸟不叫，因为蛙不叫，因为黑暗太深，酒足之后，人叫，有的人像驴对着大街叫，有的人学狗对着月亮叫，有时候人就是人叫。

有的人去了歌厅，有的人去了按摩房，有的人在大街上溜，溜着溜着倾斜的影子消失在更倾斜的黑暗中去，这都是羊没有叫、鸟没有叫、蛙没有叫的结果。

人需要一种声音把他们唤住，人需要回头，人需要搀扶安抚，人类的种种行径，都是因为缺少那一声叫，它们的缺席，对人类有着不可估量的损失，它们在对人类推卸着责任。

整个晚上，厨师的心情是多么的好。桌子上堆得像小山，转盘已经不转了，可是那个厨师还一道又一道接着做。也许他才加了薪，也许一位漂亮的姑娘今天对他笑了一笑，也许他想展现他的手艺，也许他想立世扬名……跑堂的小伙子愉快地一趟又一趟跟着转，榴梿酥还没动，他给桌子松了松地方，小心地腾出一块缺口，他在这里加上可口的芋芳紫薯点心，黄金饼还在炉里，龙虾骨头粥还得熬会儿才能炖透……厨师的影子那么庞大，它们让厨房感到充实。厨师的忙碌，让整个深夜有了一份满足。

老李家的狗

老李家的狗叫虎子，是一只大狐狗，我怀疑是狼狗与狐狸杂交生出的。虎子体形高大，身形威猛，性格却很温柔。这只狗通体绒白，两只白耳朵也是毛茸茸地直竖着，只有两只眼睛是黑的，像两个漆黑的芸豆，狗眼里常闪着深不可测的光。

老李是我们单位看传达室的，一年四季就住在我们单位大门边，传达室不大，只能装下一桌一人，大狐狗只能蹲在大门侧。我们去上班时，常看见老李端坐在窗口，大狐狗端坐在门口，人高狗矮，老李咳嗽一下，那只狗就看他一下，一人一狗让我们感到安心，如果哪天不是这样，那天就会让我们感到别扭，说不出哪里不舒服。

早上上班时，我们中总有人喊："虎子，吃包子喽。"那狗会衔着一个包子就跑，它躲到一边吃，人有人的吃相，狗有狗的吃相，狗不想让人看到它的吃相。大狐狗会数数，当它数完我们所有人，并没有收到包子时，大狐狗会站起身来，用尾巴扫扫屁股，跟着我们小跑一阵，嘴里呜呜地叫着，然后不甘心地再跑回去，继续坐在那儿，安心做它的看门狗。

有一次我在屋里拿出几个包子，贴着窗口吃，虎子不知怎么摸到我的窗前，它坐在那儿定定地看着我，舌头伸得长长的，滴着口水，我不看它故意吃自己的，偶有一次一抬头，却和它漆黑的目光交织在一起，并且有了几秒钟暧昧地对视，不知怎么的，从那次之后，我一见这狗总有点心慌慌的。

我们晚上出去应酬，偶有带老李去，当然不是正规的场合，我们喜欢看老李在我们面前毕恭毕敬的样子，喜欢他把我们都抬得晕晕的。吃饭快结束时，老李变戏法似的从身上摸出早已准备好的塑料袋，黑黑的皱皱的已被身体某个部位挤压成一个团饼，他一个一个理开，一样一样地把盘子里的汤汤汁汁倒进去，一边嘴里嘟哝着，这个是虎子爱吃的，那个也是虎子爱吃的，剩下两个烧饼也倒进黑袋子里，照例是虎子爱吃的，剩下半瓶酒老李也忙捎带着，他没说虎子也好这口，但他把酒也带着了。塑料袋可以向服务员要，但老李每回都是自己带，他是早有准备的。我们每次从饭店出来时，都爱帮老李一把，七手八脚收拾好才走，那个时候人走得空空的，桌子上盘碗也是空空的，看着老李手中沉甸甸的黑塑料袋，我们走路都很轻松，仿佛那顿饭吃得很值。

当然多数的时候老李是不能带上桌子的，老李只是个看大门的。每当我看着吃不完的榴梿酥，新端上的芋艿紫薯糕，扑酥酥的黄金饼，滴着油的生煎包，我就特别想念老李，当然在那样的场合是不应该，但是我的眼前总是晃动着老李的黑塑料袋，还有虎子漆黑的、深不可测的眼。

有时我也愤愤地想，老李带回家的那些东西是不是都让虎子吃了？虎子是不是吃了榴梿酥？是不是吃了黄金饼？是不是用狗爪捧着生煎包蘸着醋……这是每个人心中都存疑的问题，但是大家都碍于面子没有问。只要老李在酒桌，帮着老李拿东西都是大家义不容辞的事情。

但是我还是想看看虎子吃榴梿酥的样子，衣服好坏穿在人的身上，感觉一下子就出来了，东西好不好吃，人的舌头最敏感，好吃的拼命吃，不好吃的吃一口就扔掉。虎子不傻，吃半碗剩饭能和吃新鲜的榴梿酥一样？我想虎子吃剩饭肯定也是吃一口停一下，病病快快地将就着把自己打发了，吃榴梿酥的时候肯定不一样，它会是细细地品，还是会狼吞虎咽？是像往常那样衔一个包子就跑，还是有模有样大大方方地坐在一个又一个黑袋子前？它会不会像人一样变得高雅又斯文？

想着一盆又一盆被我们动了几块就再也吃不下的鸡鸭，想想装泔水的木桶，想想地下水道的污浊，想想养猪场那些笨头又笨脑拱着泔水的猪，想想老李的场场缺席，想想老李一个袋子既装肉又装虾，老李总是很贪心一样也不肯少拿，很多东西就随便搅和在一起了，我忽然对虎子有了深深的歉意。我想给老李打个电话，我想请虎子亲自来饭店吃一顿。

可以给虎子系着围裙，让它坐在餐桌边，给它发汤匙、发筷子、发刀叉、发醋碟、发一次性毛巾、塑料手套，让它啃牛排、吃龙虾。鉴于目前情况也可以先用手抓，人吃完饭嘴是油乎乎的手也是油乎乎的。虎子会优雅地完成这一切的，就像它平时干活一样漂亮，它会是一个绅士。当然虎子一只狗吃不完，可以让它带几只训练有素的狗。

我为我的计划而沾沾自喜。正当我考虑如何申报创意大奖、如何让主办方相信我的创意可行的时候，虎子突然失踪了。老李比我更慌张，哑着嗓子喊了一个星期又一个星期，全局人似乎都知道我的创意，眼睛都瞪成了小灯泡满大街小巷一遍又一遍地帮我找，虎子始终没能从角落里抖抖绒毛蹿出来，它蒸发了。

再也不用考虑老李家榴梿酥被谁吃了。

饭店里那些饭菜还在一碗一碟地上，我们走后，它们还在一堆一堆冒着热气。它们能等到虎子吗？

有的计划是没人制订，有的计划是没能落实，有的计划是落实不下来，有的计划是落实不到位，有时是计划落实了却变了味。计划有各种各样的破产法。

我的计划是以一只狗的失踪而告终。

老李家的狗到底去哪了呢？

回家的路

入夜时分,人从饭店出来了,人是一拨一拨的,步子是歪歪斜斜的。至于话嘛,当然也是歪歪斜斜的,但是人不承认,人都说自己没喝多,话是风吹歪的。至于你没有听清楚,是话被风吹跑了,跑到黑影地里藏起来了。

接着是开车把自己送回去。

喝了酒的人趴在方向盘上,觉得车子跑得比往日还顺,路也不弯了,车也不堵了,手脚也麻利了,头脑也清醒了,手在摸着方向盘,头脑能不清醒吗。那个时候人感觉特别好。不过电视上总是报道说某某地方又出了车祸,酒后驾驶是那辆车撞到树上的直接原因,酒是罪魁祸首。

报道得多了,政府又下决心管了。现在又出台了新规定,严禁酒后驾驶,之所以说是新的,是说从现在开始重新认真执行了,不是喊喊口号了,轻则罚重则关,这回来真的了。有观察家说这几日烧鸡已经开始脱销,有评论家说,因为禁酒某地节约的酒水费已经可以建一个小学了。

禁酒也引出一系列问题。那些在酒面前没能及时勒马的人,深更半夜人和车子怎么办?

找朋友开,朋友不能常来;找老婆开,老婆来了没有好脸色,老婆来了以后不能去唱歌去跳舞,不能去干其他的。老婆可不是一个好司机。

于是深更半夜饭店门口又多了一帮人,专门等那些没能控制住酒瘾,还牢牢记着车子的人,他送他们回家。这些人脑袋很聪明,不过这些人有时也恁狠，大冬天和你歪着头讨价，几步地八十块钱，一分不能少，任你几个人在一旁跳着脚，他也绝不少一分。

也就有人聘用司机。但是司机要付薪水，司机亦步亦趋，你吃他也吃，你喝他也喝，你住单间他也得住单间。司机为你着想，也替自己着想，司机算着自己的小九九。司机嘴不稳，一高兴什么都说。司机往往是身边的一个不稳定因素，堡垒往往是从司机身上突破的。因此，有些人就左右为难。上楼吃饭的时候一个劲地说，我开车不喝酒，等到喝完酒之后，又在楼下乱转，怨天怨地悔不该喝酒。

如何把车弄回去，饭后如何回家，越来越是一个问题了。

这个时候我就特别想念老李家的那只狗。这个时候人吃完了，狗也该吃完了。老李家的狗在餐厅吃饱也该出来了。老李家的狗没有喝酒，它喝的是半瓶子饮料，我们可以让老李家的狗开车。

老李家的狗若能开车有几大好处。狗不喝酒，我们不让它喝，它就不敢喝，我们也不劝它喝，深更半夜我们还等着它把我们溜回去呢。狗不像我们人类一进餐厅就嚷着要喝酒，不喝的劝着劝着也就喝了，小喝小醉，大喝大醉，劝不劝都醉。我们吃饭喝酒时，要明文规定让狗在外面集体候着，得给狗一点规矩，不能让狗看到，我们这么高的智商都过不了酒关，狗凭啥能通过，我们不能让狗步我们后尘。我们要保护狗，爱护狗，街上已满是说胡话的人，不能再添一些说胡话的狗。

天越黑狗眼越亮，这是任何人都比不了的。狗开车夜里可以不开照明灯，越黑的地方它开得越稳，狗眼夜里啥看不到？狗脑夜里清醒，要不狗凭啥看门，它闲了一白天了，夜里应该出来工作了。

狗若能开车可以不鸣喇叭，狗直接叫几声就行了，省了按那个喇叭。狗开车能降低噪音。

狗嘴严，狗忠心。人干什么狗都不会说，人干坏事，狗还会给他看门。

狗能认识路，再复杂的路况狗也不会下车问路，狗会顺风顺水把死的活的人都拉到家。顺便给狗配一把钥匙，狗开门，狗拿拖鞋，狗倒水，狗趴到自己狗窝里去，听一会儿没什么动静，狗才能睁一只眼闭一只眼地睡。

若是出长途，狗开着车连导航仪都不要买了，狗去过一次哪里都能摸到，哪里有摄像头，哪里得减速，狗在哪里吃了罚单，狗会牢牢记着，不像人开车，想着心事，听着音乐，和别人拉着呱，人开车不出事才怪。狗开车，狗不和人说话，狗也没有什么心事。狗也不要住宾馆，后院子有块地方供它趴一趴就行了。

如果有一只威风凛凛的狗兼做保镖，那感觉一定不坏。

如果，我是说万一出了车祸，狗也不是万能的，狗也有失手的时候，情况也要简单得多，也就是车对车撞，狗对狗撞，人躲在一边虚惊一场，狗命也是命，剩下也就是人头歪着头商定赔多赔少的问题，看看死伤差不多，可以握手言和。不就撞死了两只狗嘛，多大事。

狗若能开车有这么多好处，自家不养狗的，可以找代驾狗。代驾狗可以撇开狗主人，什么事人一掺和就比较麻烦。人也只和狗谈代驾的好处，人不和人谈。深夜的时候，狗悄悄从主人家里溜出来，狗眼亮汪汪地卧在暗处，狗在等待猎物出来，看一团黑影从饭店出来了，狗紧走几步站在人前面，人看看狗脖子上的牌子，也不说话，一摆钥匙，狗开了门，人上了车，车子呜呜开走了。狗不要钱，人给他带几块牛排、几根肉串、一瓶牛奶就行了；狗不要养家，狗不要供房，狗仔的入托费狗主人付，狗接种疫苗、就医费也是狗主人付，一只狗消费不了什么。所以狗不和人讨价，连叫一声都不叫，自己吃饱了，舔舔嘴，从驾座钻出来，趁着夜色回家了。

狗有好狗、劣狗，有听话的，不听话的。狗也要分三六九等，狗也要竞争上岗。自家狗和自家狗竞争，代驾狗和代驾狗竞争，自家狗和代驾狗竞争。让狗考试，分 A 照、B 照、C 照，考理论课、考技能课，让它开车练转弯。但不能学得太多太杂，狗什么都知道了，狗成精了，狗就统治我们了，那个时候我们干啥？再者一条狗，你不能让他出工次数太多，人总是贪心的，一天到晚拉着几只狗耍猴似的在各家饭店门口站，眼巴巴地朝里看，一天接十份活儿，只给狗一份饭吃，人躲在一边数钱，你这就是剥削，我们讲究人狗和谐，不希望又生出一个阶级。再说狗都累死了，或者狗都逃走了，重又变成流浪狗，谁为我们干活，我们凭啥过好日子？所以人对人厚道，人对狗也要厚道。

狗还有一个最大的好处，就是狗不要薪水，年终也不问你要红包，狗不会动不动就要求涨薪，狗不问你要官做。你少了一个讨薪族，少了一个跑官要官族。你对它好不好，它都埋在心里，狗不计较，狗忠厚，狗不抗议。

过去狗的任务是打猎，一人一狗出了门，人"噗"地朝天上放一枪，狗立马箭一般蹿出去，瞬间叼着一只鹰或是雁回来，人心中乐陶陶的，狗心中也乐陶陶的，充满着成就感。后来狗的任务是看门，在城市，小区的门由物业看，自家的大门有防盗门，狗基本上就成富余人员了。现在狗啥也不做，天天跟着人转，狗也不知道人为什么对它这样好，狗也不知道人心里想什么。狗紧跟着人腿，狗暗中看着人的脸色，其实狗心里也是慌慌的，一只闲着的狗到底底气不足，说不定哪天就下了油锅。

狗需要重新定位，它需要重新找回尊严，若让狗做司机，开着车跟主人出席各种场合，人模人样地吃好的喝好的，是狗无上的光荣。一只能为主人效劳的狗在街上走路时，心态是平和的，目光是稳重的，步履是有力的，脊背是坚挺的，狗终于不再迷茫，狗对工作充满着神圣的使命感。

可是老李家的狗突然失踪了！

人类在进化的过程中总是会莫名其妙地突然少那么一个环节，一个扣子。

晚饭后，人依然在街上歪歪倒倒地走着，车依然是胡乱地开着。警察不得不拿着酒精测量仪在马路口守着。

老李家的狗到底去哪了呢？！

感受省城

到省城去开会，从火车站出来就分不清方向。每次总是这样，不能久留，却又不知该向何处去。打车的人，迅疾地钻到广场回形针似的栅栏里，他们去排队，要站两个小时。走到广场边，只能打到黑车。穿制服的人，摇着手臂，看来他们也很急。

同学来接我。她告诉我在左边的灯柱下。巡视广场，果见两个顶天立地的射灯。打电话又探讨了好久左右的问题，总算弄清楚了。摆脱掉回形栅栏，眼前又全都是横七竖八的车，这些车似乎是既不想进，也不想出，它们也想在这个地方调养生息。同学在灯柱下拼命向我挥手，只可惜，我们不会武功，也不能爬上车顶，在省城的天空下，我们虚拟地伸长手臂。用到"伺机"这个词，有点猎"人"的味道。一不留神目标还得丢。

她开车我们俩在公路上晃。省城的车开得越来越慢，速度可以赶得上京城。这是从京城传下来的富贵病，城市富裕了，车子和人的双腿一样越来越不好使了。高楼大厦、香车宝马、灯红酒绿、绫罗绸缎、恩恩怨怨、儿女情长……这会子我觉得它们都瘫在路上，在堵车面前它们统统都得逊色，堵车比它们技高一等。

车子开到对面，车子要过立交桥，人要到对面，人要过立交桥。这在乡下是三五步的事；在地级市，是一个红绿灯的事；在省城，是一座桥的事，这事得有一座桥管着。没有流水，不看风景，只为度己度车，桥把古代人给镇住了。这样的桥一诞生，整个城市、整个世界就立体起来了。路把城市放平，桥把城市抬高。在省城和路打交道，就是和一个多事佬打交道，你是搞不清它们的。觉得把自己交给这样一个地方，一开始是要有勇气的。就因为这点，我对省城的爱是打了折扣的。

比火车站让人印象更深的是省城医院。一楼候诊大厅，一进门到处是人，吸一口气，把他们想成乱云飞渡，暮鸟斜飞。他们是有队伍的，不知道要排哪一队，总是排在最后。木讷的人群、焦急的人群，得按捺住耐心。没有办法淡定。一进门就常有穿白衣服的人急促地从人群中穿过，想和他们有同学关系，这时候觉得他们多么重要，关系多么重要。他们要有超常的镇定。每天给我送一束鲜花，让我天天在这里上班，大概也不能保持清凉心情。

带女儿到四楼拔智齿。一排一排全是玻璃隔间，甬道口有漂亮的小护士守着。小护士并不喊号，她头顶有滚动屏幕，大家按顺序进进出出。患牙病的人像候车一样，坐得满满的。拔牙、根管治疗、口腔颌面外科、义齿修复、牙槽外科、颌面整形美容……分得很细，对号入座。这是省城医院吸引人的地方，分得细，钻研深。女儿进擅长拔牙的那个老医生那里。智齿不好好长，横在牙床上。自从前几天拍过牙片后，她没事总在家盯着那二三十颗小骨头看，不明白那一颗为什么像子弹在飞。在候诊室，看别人捂着嘴巴出来，已经吓哭了。她进去了，我隔着玻璃门看，看她像小兽一样待宰。想她哆嗦着张开嘴。想她想喊妈妈又不好意思。想着她牙龈被利刃切开，老医生和两个小护士像探宝似的伸进头去……这骨头是她长出来的，还是在我体内时就孕育出来的？这还不清楚，如果是我体内的杰作，那罪应该由我来承受。现在切牙龈的是她。

门"哗"的一声拉开，她捂着嘴巴出来，小护士把托盘端到我面前，白瓷盘里一个硕大的牙冠在左右滚动，还有两截碎片，粘着红红的肉。在候诊室里坐一会儿，她虚脱地趴在我腿上，一副要瘫下来的样子。我们休息一会儿，她还要再补一颗牙。她捂着嘴巴又进了另一个小室，我也跟进去。她又躺在躺椅上，木木的嘴还能张开，对面的电脑屏幕放大画面，特大号钻头在往里钻。然后站起来，到另一房间拍牙片。她搞这两颗牙，我们来回省城四趟，住了四次省城宾馆。两颗牙一直在缴钱，最后工程完工，结算了一下，竟然六七千元，真是崩掉。还不算住宾馆。花多少钱我会忘记，但是她在省城丢掉一颗牙，这是个事件，我会记着。这也包含在我对省城的印象之中，最深刻的印象。

让人崩掉的还有省城的房价。省城的房价和我们有关系吗？有关系。学区房的房价就是我们抬上去的。我们先是抬学区房的房价，能买大套的买大套，最不济的买一室一厅。要让他们像模像样不受歧视地接受完最好的教育。能为你们做的都为你们做，吃糠咽菜也在所不惜。

省城其他地段的房价也是我们抬上去的。在既定的位置上，辛辛苦苦地挣扎，挣点钱，很有远见卓识地到省城买首付，先投资后养老。别看我们在基层摸爬滚打，偶尔到省城溜溜转转，我们在省城也是有房有户口有路子的，我们都是有故事的人。你不能看不起我们。至于为什么是这样做，只能说是趋势，别人这样做，好多人这样做，我们在后面不知不觉地跟着，是他们把我们领上路的。至于那些炒房团另当别论，他们不认识我们，我们也不认识他们。相安无事，共处闹市。

一个省城要有几所像样的大学。省城云遮雾绕，这里是不能漏掉的一处。工业园区不是城市象征，游乐场公园不是城市的象征，现代化的大超市也不是，标志性建筑也不是，大学校园可以算是吧。这里和省城其他地方似乎有所不同，这里活跃又镇定，暗含一种力量，大隐隐于市。这里的面庞也还算皎洁，英雄气质也还尚存。一小片干净的天空，一小片开阔的土地，适合种花，什么花都种，小风劲吹，各朵花各表一枝。它们是省城不可缺少的点缀。它们厚积薄发，可以把城市拔高，也可以把社会改造。这里还相信着爱情，这里有茂盛的耳语，这里还有着要死要活的爱的元素。这里狂热，又忧郁。暗香浮动，又义无反顾。省城其他地方还有爱情吗？社会还相信着爱情吗？风生，水起，花开，花落，这个地方就是不老，风水宝地，因而名贵。一个让人向往的地方，一个地方总得有几处让人向往的地方，有向往才有奔赴，才有未来。

省城百货大楼是我最不在意，也最少去的地方。闭着眼也能想到，一楼珠宝首饰、名贵手表、贵重化妆品。二楼一般男装，男人们买衣服只能到二楼，二楼都嫌费事，统统夫人们买了就是了。三楼女装，三楼女装一般摆不下，四楼还是女装，且多世界品牌，女人们逛街是不嫌高的，看好东西要多走几步。五楼内衣、运动服之类，六楼以上是电器。哦，还有女鞋、皮包之类，会穿插在其中某一层。各地百货大楼大抵都如此，品牌差不多，东西或多或少而已。一直都不是视品牌如命的人，根本不分什么品牌，一直感觉很好。一次女同学聚会，某人拉着某人的手，一连声追问，这个衣服是某某牌子的吧，这个鞋子某某牌子的吧，包是百货大楼的吧，被问的人，自我感觉一下就上去了，我们一下子就显得不自在起来。有了孩子的女人原来是要用牌子衬托的，一来牌子能压住年龄，二来人显得有底气。原来别人都知道牌子的事，就我还糊涂着，以为别人都像我一样不识货。可能别人早就拿高我一等的眼光来看我了，我还浑然不觉，我怎么就没有感觉呢？看来我是无视别人眼光的人。经这么一点拨，我想我以后可能要和百货大楼发生点联系了，可能还要和省城的百货大楼发生点联系了。人生中，有那么一两次点拨是及时的，也是可怕的。当时我就想，我以后要好好挣钱，好进百货大楼。

不知道我以后出门是不是也会像有些人一样，让衣服抬着，也让衣服压着。

我从来不知道我们市的宾馆里面是什么样子，我们市的宾馆是开给别人的，开给陌生面孔的。省城人不知道省城宾馆里面是什么样子，省城的宾馆也是开给陌生面孔的。我自觉不陌生，但还是住省城宾馆，常来常住。知道快捷、连锁、三星、四星，知道好多是打着四星，其实是准四星。住过好宾馆的，在吧台亮出身份证，眼睛逡巡一遍墙上十多面挂钟，天涯共此时，此时太阳却不一样，我在此时住店，他在此时关门上班。拿回身份证、房卡，大堂服务生替我推着行李，等电梯，上电梯，刷房卡，电梯徐徐上升。不刷房卡，电梯岿然不动，以前我很乡巴佬般地乱按电钮，但电梯很沉着，任凭我这按那按，最终我还是木头一样站在电梯里。后来我一进电梯，就赶紧把房卡准备好。这样也好，坏人没办法跟踪，电梯把他们堵在外面。有客人来访，房客屈驾，下楼来接，这样也好，显得门槛很高。推开厚重的门，关上厚重的门，插房卡取灯。咔咔按过十几个开关，顶点还是不亮，这时候要找开关，得到处找，墙壁、床头、墙根、地基，把屋子里的灯全弄亮，这可是个技术活。找完了开关，找拖鞋。打开十几扇柜门，抽开七八个抽屉，爬到角落看一看，拖鞋到底在哪儿？拖鞋不应该在床头柜、床下吗，但是大宾馆的拖鞋不那样放，大宾馆有大宾馆的规矩，大宾馆拖鞋存放的地点，要体现档次、品位。找完了拖鞋，找电视遥控。那玩意儿不在电视机旁，不在床头柜上，还得找，到处找，后来找到了，遥控器在一个皮夹子里，皮夹子拉锁拉得紧紧地，皮夹子像笔记本一样放在一个小绣筐里。遥控电视，全是雪花点，不像我们家的电视知根知底，打电话，叫服务员来。

好了，去冲澡。淋浴头、浴缸有时是二合一，一上一下，有时各占一个位置，反正省城大宾馆卫生间有的是地方。清点一下瓶瓶罐罐，润肤霜、洗发精、沐浴液，要紧的是护发素在不在。省城宾馆不知道有没有意识到这个事情。这是个重要事件。宾馆难道不知道，护发素是万万不能省的吗？好多次，顶着一头涩涩的头发，湿淋淋地爬出浴缸，到处找自家的护理包。现在的洗发精是专门把头发洗涩，这样商家好外带销售护发素。有的洗发精把头发洗脱，好再外销生发液。省城宾馆应该深谙这个道理。我对省城最有意见的，竟是这一小瓶护发素。

卫生间镜子旁，还有一样好东西，头伸过去，看看眼睛，眼睛放大，看看鼻子，鼻子放大，不知道别人用这个圆镜照什么。有一次我正在放大自己的脸，忽然又从圆镜里看到自己的后背，自己也吓一跳，第一次看自己的后背，光滑，还不太走形，还算满意。那一晚上，连照了好几回。圆镜也算修成正果。

卫生间还有一个东西，水晶玻璃板面小磅秤，似乎这是卫生间必不可少的配备。人其实并没有上去踩，女人不称，男人也不称，住回宾馆，难道还要受伤一回不成。宾馆放个小磅秤，其实还挺蛮人的。

睡大床房，床上枕头六个。不明白这么多枕头做什么，若是房间两个人，一人也分得三只，不明白多出的做什么。深更半夜，人只顾自己想睡了，人把枕头推下床去。人其实也想一只一只捉住送沙发上去的，但是，人不想动，人只能让枕头挪个窝。一地枕头。

关电视，明明是关了，屏幕上还是雪花点，或是"无信号"到处在晃悠，爬起来，顺着四方框摸，咔地一下按没了，有的怎么也摸不到，深更半夜拔电源。拔不动电源，拔房卡。房卡拔了，手机第二天一早没充上电。

最后一道关灯，要把灯全关掉，也是个技术活，得这按按，那按按，搞了半天，才把隐蔽的小灯泡全关掉，最难关的是床头柜下面的小圆眼珠子一样的照地灯，现在也关掉了。进门的那一盏，还明晃晃地在头顶亮着。因为要关它,把已经关掉的灯又都误轰起来了,这些灯明明灭灭地帮着我熄灭最后一个光源。最后,很无奈地,不理它了,难得它这么执着地一脉温情地照应着。睡下一分钟谁知道灯自己缄默了。在家,弄个感应灯干吗,不是,在宾馆屋里,你弄个感应灯干吗。宾馆挺会调理人的。

最惦记宾馆的自助早餐。找筷子是一件事儿,筷子一般不好找,让服务员帮着找。端盘子找食物,盘子很大,像人心一般的大,人心有时候是不足的。最后端到餐桌的,发现依然是包子一个、油条半根、一小撮米粉,各色炒青蔬,米粥。没有吐司,虽然旁边摆着果酱,没有培根也没有法式烩土豆,没有寿司,不知道孩子们为什么玩命似的喜欢它们,海苔还带着腥气。也不要沙拉。再次证明,是什么人,就吃什么土里长出的食物。最钟情的是宾馆的包子。面绒绒的、褶子松松的、馅被蒸得软塌塌的。曾在我住的地方,多次早上到街上寻包子,街上包子个头大,褶子也蒸平了,适合早晨填饱肚子,细嚼起来总是输了一丝面香,菜香也不够,居家过日子型的,摆在街头的,到底是平民味儿重,宾馆里的,到底贵族味儿多。能和宾馆的包子一决高下的,据说只有宾馆一隅的大碗面,碗大,面少,菜可加入多种,浇上特制调料,好多人排着队也要等一碗,很多人矜持地都捧着一只碗。今生和包子有缘,再好的面条也敬而远之。创下过自助早餐只吃包子的典例。有一次在宾馆吃早餐迟了,人家正收碗筷,说菜都没有了,我眼尖看见还有几笼包子立在那里,我说我只吃包子,人家不信,不肯放我进去,我说我拿几个包子站在外面吃,人家服了,放我进去了。如果我站在大堂餐厅入口处吃,他们的包子会很掉价的。那一次我坐在一小堆包子面前,残羹冷炙在旁边有的是,但在我眼里,只只包子新鲜出炉、新鲜可人。这样的机会也难得,并且需要创造。着实做了一次贵族。多年以后,省城那一小堆包子还垒在我面前,为包子而战的勇气,始终还记得。

对省城印象深的还有出版社。巴巴地专程找到地点，坐电梯上去，人家说不出版诗歌，散文也不出，小说也不出，除非畅销的。我说，那你们出什么？他们说，出教辅。教辅什么时候都能卖掉，我蔫蔫地回来了。觉得孩子们真可怜。

省城摸得最熟的地方，是图书城，和别人多次相约在图书城门口，一说大家都不会走岔，似乎全城仅此一家。其实省城里邮局小报亭隔不多远就有一个，不论它卖什么书，说明大家都还在消费着，有些书卖得快，有些书卖得慢，有些书卖不动，正常。但这些书都存在着。

城市就是一些石头、钢筋，冰冷冷的，人让城市有了呼吸，人让城市温暖了起来。人把城市建设得各式各样，城市被唤醒，它像河流一样流动起来，它激起自己的浪花。巴黎不夜之城、爱情之城、浪漫之都，伦敦雾城，维也纳音乐之城，威尼斯水城，香港购物天堂、美食天堂。还有山城、石头城、花城。都好。但我最喜欢"浪漫之都"的称谓。看不见，但闭着眼能感受到。这是一种味道、一种气息。好东西都是有气息的。一个城市应该有历史气息、现代气息、民族气息、文学气息、艺术气息……气息也是多种多样的。这个城市可能是纷繁的、浮躁的、光明的、阴暗的、欣喜的、无奈的……让人生的、让人死的，城市呈现多种面孔。城市遇到气息这种东西，城市也就氤氲起来、沉淀下来，城市有了韵味之美，这种韵味在帮着它掩饰其他方面的不足，城市需要改进，但也需要熏陶，难道不是吗？气息像酒似的从不知名的地方涌过来，气息像桂香，你能捕捉到，但你永远抓不住。气息是要慢慢养成的。制造气息的那些人，你不可能轻易找到，或者他们就生活在我们身边，他们大智若愚，而人间多的是肉眼凡胎。或许他们生活得也并不如意，或许他们也并不知道自己就是那些制造气息的人，他们用自己的本能或是天赋滋养着这个城市。城市有赖于他们勤劳、博大、卑微或者悲悯。每次走过我们的省城,我都想静静地坐下来,甚至想有机会能像练瑜伽的女子一般,找个地方清静地盘腿入座,我想在禅意悠深中,感受一下我们省城的气息。这千年古城,它也一定是有气息的。

省城最不能缺的一个地方,是飞机场。全省的人要坐飞机,统统都要到飞机场集合,排队,安检。从自家飞机场,直接停到别人家的飞机场,这对比太直接,直接就是一个省城的实力展示。所以这飞机场一定要建得有底气,省城的面子它得撑着。

再说一说上海,因为它引领着内地的大都市。我没有太深的感受,只是确凿地听说。听说上海又催生了新的行业了,它是新行业的发源地。上海车牌号已经一分为二了,私车的车牌号是一副脸,公车的车牌号又是另一副脸,这样好,公车私用的问题"咔"地一下就给止住了。百货大楼、大小商场的收银台面前多了一伙人,他们装着不在意的样子天天收集购物小票,收集到的购物小票有人买,小票可以去开发票。药店的收银台前也经常晃悠着一些人,他们收集购药小票,购药小票有人买,小票也可以去开发票。这些人一年可创收入十几万元。以前只知道上海给个缝隙就能建高楼,现在还知道小票上也可以建高楼。还有一些人徘徊在外汇银行门前,他收购外汇,比银行出的价高,点现金、刷卡、转账给你,他们不诈骗你。他拿着外币在银行门口等,哪天汇率高了,他到银行兑钱去。拿了人民币再在银行门口守株待兔。哪一天他不在银行门口晃了,手握外币的人也会知道到哪里去找他们,人们喜欢从他们那里兑钱,看得到的,比银行高,有必要到银行去吗?这些职业有可能衍生到我们这里来。机会总是给有心人。机会不等人。要想富,上海已经创出了新门路。我把信息记在这里,希望急寻门路的人赶紧看见。

最后说一说北京,确凿地听说。说是在大街上撂块砖头,一下就砸中了四个部长级的脑袋。两车相碰,那男的下车,"啪"地就给对方那女的一记耳光,后来一打听,那女的是某某领导的夫人,那男人一巴掌把自己的前途打飞了。最不能小看的是北京的哥，一坐上他的车，你听不听他都能给你上一堂京课，一个的哥就是一所综合政治大学。

上海先锋，北京有皇城范儿，这些是上天造就的，我们的城市学不来。也不用学，不用学上海把楼越建越高，把路、把桥越建越绕；也不用学北京，也去建个天安门。这是个方向问题。凡是涉及方向的问题，就不能不重要。往大处说那是生死攸关的问题。我们的省城应该有自己的方向。个性的、民族的、自己的总是最好的，这是别人总结的。用在这里也很合适。

絮絮叨叨说这些，不过是一个女人和一座擦肩而过的城，别人的城，一座走不进的庞然大物。它的好、它的不好可以和我有关系，也可以和我没关系。我觉得我有点像北京的哥，只是想把心里的感受说出来，没有在意别人的感受，也没有在意省城的感受。只是不愿把想法堵在心里。其实打心眼里盼它越来越好，爱一个地方总是没有错的，爱世界总是没有错的。我本来也没有这个义务，但是我愿意为它设想蓝图。这也是需要境界的。

小树林笔记

近日接到通知，去参加一个文学培训班，心中像是中了奖一般怦怦地跳，这和食宿全免没有关系，这和文学有没有重要性也没有关系，世上万事万物存在都有重要性，重要性是普遍意义上的含义。这和重视有关系，这和文学得不得到重视，和我得不得到重视有关系。心中一暗喜，便联想到一些外国大作家，他们生前默默写作无人问津，他们死后故居也只是钉一个牌牌，里面还卖着皮鞋。这样一比，觉得中国文学还有点意思，毕竟制度光顾到我们这些人了嘛，光顾便是重大意义所在。哪怕只给你一根火柴，这根火柴所包含的意义也是不同寻常的。

车子拉着我们远离灯红酒绿、远离村庄。渐渐地我们感到不对劲，或者渐渐地我们感到很对劲，我们穿过一片树林，又穿过一片树林，车子上了一个坡子，眼前又出现一大片树林，我们在远离人烟。

近日与人的交往越来越隔阂，而与草木却不知不觉走近，这么方圆几十公里的树木足够我们相处一阵子的了。这片树木和森林相比，它只是一个小树林，这里也有几十年、几百年的参天大树，但和古杉、古松相比，它们也还处在幼年时期，也还是小树林，因此我把自己在这十几天里即将学到的、看到的、想到的，以及云的阴影和时光的碎片撷取下来，取名叫小树林笔记。

第一天报到，四点多钟就没事了，各自活动。十几间茅草屋伫立水畔，松林隐隐，看山望水。乡下人单纯，一层茅屋架了两层楼高，"人"字形茴草长长披下，墙面糊满泥巴，屋里却是空调、马桶一应俱全。返璞归真却又现代化，发自内心。一个城市人内心的想法。一个城市人即便下决心回到泥土中去，即便留了长长的脏乱头发，他的内心也还是城市人，回不去了。茅草小屋深知人的这点想法。茅草小屋在这里叫茅草别墅。荒山野岭，茅草别墅在这里有点瘦，有点冷。在路上散步，时不时遇到同学，五十多人哩，互相看看，没有对话，因为还不认识。五点半吃晚饭，吃过后又散步。更深露重，散到腿冷，回到房间，一看手机才七点多，真不敢相信。似乎是生活当中的一些事被揭走了，只留下空荡荡的我们游走在更加巨大的空荡里。

回到三人房间，那两姑娘都半躺在床上玩手机。我也学她们半卧床上，看窗外。窗户是巨大的落地窗，山坡树木历历在目，坚韧、隐忍，当然也在沉思，它们似乎让我相信沉静是万物本性。它们用一种利索的方式表现出来，让我凝视或是幸福了好一阵子。静在漫延，巨大的静覆盖在这里，连黑暗也被覆盖在下面。看了一会儿竟困了，静催眠人的本领真大。中间的姑娘突然发话，她说："我左边躺着一个瘦子，右边也躺着一个瘦子，这让我怎么活？"她不肯说她体重。又过了两天在课堂上，别人安静地等老师来，她却又突然发话："我前面坐两个税务局的，后面坐两个支部书记，旁边也是个党员，这让我怎么能坐下去？"她是个卖茶叶的。后来我观察，她真是不比别人吃得多，她是不该想的不想，由此我得到结论，忧愁让人消瘦。在这么安静的地方，突然听到她这么率真的声音，也是一件很享受的事情。但愿没有什么能打搅她内心的静。但愿静也能深入我心。

第二天早上九点半开班典礼，十点半结束。下午两点半开班会，四点结束。余下时间吃饭、散步。时间太多了，似乎所有的时间都淤积到小树林里来了，那一片一片的绿似乎就是时间在凝结，那一片树林就是时间的化身。城里的时间哪去了，城里的时间掠过缝隙都汇聚到小树林里来了。看这里的树木多么苍郁自在，它们都沐浴在时间里。我们在时间里散步，第一次感觉不用争分夺秒了，时间将我遗忘，或者我将时间遗忘。但是才第二天晚上，就有人在嘀咕，受不了，真让人受不了。但是到底哪点让人受不了，又难以言说。

林间到处是松、樟、女贞、桂、玉兰，落叶的是银杏，还有好多不愿报上名字的，它们更愿意隐姓埋名地活在山中。有的树是挂着牌子的，一棵树牌子曰"无患子"，高大，树叶长卵形对称，形态俊逸、疏朗，似乎表里如一。还有一株树叫"栾木"，绿叶之上，层叠烘托着红色花苞，树下也跌落了一层花苞，那花苞还紧紧包在一起，鲜红的才落下的，而更多的是血色在落日下慢慢消耗殆尽。我剥开一个四角形花苞，四粒黑色小豆，光亮地聚在一起，像四个光亮的小脑袋。我又剥开一个花苞，一个黑色小甲壳虫却没头没脑地跑出来，掉了魂似的不知往哪跑，真遗憾，你应该在这么美好的房间里死去。四粒豆子会长成四棵小树，而你却再也不会钻出泥土，生命就是这么不公平。我这么一个无心举动，破坏了一个小虫子最后幸福的晚景。

在林间散步，我想起我的那几盆刚买不久的花，我能想到它们在我走后，一天又一天的模样。而眼前万物，天大地大，郁郁苍苍，不疾不徐，无声往复。我的那几盆花，却要依赖我的爱活着。我是万物的主宰吗？当然不是，但是它们的确只能在我的爱里简单地活着，花的命运真是各不相同。生命如此顽强，又如此孱弱，想想让人惆怅。

水中有莲、蒲草。秋天的睡莲开得有点小，红萝卜贴着水平面雕刻出来的样子，莲是圣洁的象征，代表神性的力量。蒲是草根，代表着荒芜，荒芜的蒲像是脱掉蓑衣并且裹在腰间，它露出青绿的上身，并且高傲地举着两根蒲棒。在这个尚未开化的地方，它们纠缠在一起，或是纯洁地生活在一起。

　　林间僻静处有清风茶座，无人，与世隔绝的地方，四五张桌，十几张椅围成几个圈圈，有茅屋看守，有秋千。只能是明月、清风常来的地方。秋天的光芒照在这里，静止，美好，有点感伤。

　　听老师讲课，都是全国一流大师，讲作品，讲经验。学识、口才、能力。在外因不计的情况下，这是一个成功人士的成功所在，也是一个人的魅力所在。有学识，而口齿木讷，多半会赢得人们的内心尊重，只是这尊重比较隐晦，并且会随时间消弭。那些滔滔不绝的人，倘若内心没有一壶水，人们的敬仰只能是一阵子，没有种子落在土壤，怎能希望它来年长出一片树林。两者兼得的人，人们的敬仰有了温度，有了温情，并且还多了眼神。听听课堂内响起的掌声，就知道他们获得了多少眼神。而且他们并无滔滔不绝，只是如数家珍，只是涓涓细流，他们自信一定可以把一朵急促的浪花推送到平静的山谷，倘若他们能一直说下去，我们也一定能袖着双手听下去，化做顽石般地做他的学生。至于能力，他们分布全国各地，我们有待知道，但能力最终多和官职、经济挂上钩，这点我们不能对他们期望太高，我们也不希望他们在这方面能力超常，他们在某个领域是权威就好。

　　课间出现一次插曲，老师紧盯着课堂的某一处讲课，大屏幕静止不动，屏幕上出现一个美女，美女一条腿直立，另一条腿微微后扬，身材颀长，轮廓清晰，凹凸有致，美中不足身覆墨影，美女在旋转，男学生屏息不动，女学生心里在嘀咕，鼠标鼠标，就在我们赞叹老师还有这爱好时，老师发话，说："看到大屏幕上的图案了吗，你们说她是向左转，还是向右转？认为她向左转的请举手？"一些人举手。"认为她向右转的请举手。"一些人又哗地举起来了。"认为她一会儿向左转，一会儿又向右转的请举手。"一些人又哗地诚实地举起来了。各式各样的都有，说明大家都看到了。一千个观众心里有一千个哈姆雷特，老师的意思是这样。看大家的心思都跑哪去了。

每次课毕,掌声都能掀起高潮,老师站起鞠躬,坐下,掌声又响起,老师又站起。有掌声可以,但掀起高潮不易,发自肺腑的就更不易。课间也会掀起高潮,闪光灯哗哗地闪,不论从哪里来的学员也不论以何种方式,都以能在十分钟内和老师合张影为荣。也有一次高潮没有掀起来,课毕,老师一挥手,说不好意思我等着要赶飞机,就此告别,他几步走到门口,回首停留,再挥手,"用作品见"。这回大家不约而同举起左手,右手还在记笔记,掌声的高潮没掀起来,老师把路途时间都给说掉了。

也有的老师因找不到地点在小树林里多转了几圈来晚了,他们一上讲台就说,不好意思,耽误了大家的时间,待会把大家的时间给补回来。看他们说的,还要给我们补时间,真谦虚。

大师授课的效果,前三天讲死一批人,后三天又讲死了一批人,六天之后死得快没了,只剩下小树林的风声了。我之所以还活着,我是写诗的,老师们多数都讲小说,这样好,整个小树林只有我们写诗的活着了,大师们应到全国各地去讲,全国就只剩下我们写诗的人了,或者大师把全国人民的诗心都讲活了,我们也就有希望了。

跑神,习惯性的,以前开会养成的,神一直在追求懒散自由。以前跑七留三,现在跑三留七,这回我一直在拉住神,不让神跑。神这回疲惫不堪。这回才知道自己是什么容量的 U 盘,几十 GB 的东西往里灌,发大水了,U 盘失效,知识溢得到处都是,门口溜达的老母鸡都长见识了。把每一天每一分钟都活成警惕的鹰的愿望,希望每一天都能捕到一大堆新鲜猎物的想法,终于落空。

第一次勤于记笔记,并且认为有必要。字迹工整流畅,追索性强,可观摩。字下划上长长的横线,说明是重点,以后要留心。不用蚯蚓似的曲线,不美观,似乎不利于以后阅读。有的句前缀星号,四角星的,不用五角,五角太正规,四角像星星,可再照耀一次,可再回味一次。少数几个词会加框，黑色的，显眼，亡者的姓名才加框，给这几个词加上框，你说在通篇有多么重要。一行行字中，也会有突出的一块，挤在一块，是后来想起来又补上去的，或是后来的随想，画个袋状的样子插入其中。这个本子后面的空白页以后可以用来写诗歌，我发现对于我，存折本可以找不到，诗歌本一定会留下，诗歌本按年限编序号，手拉手一个都不会少。讲到最后一天，讲到最后一位老师，讲到结束语，我想这页可以挤一挤，少记几句，不用再启用一页了，毕竟以后本子还要写诗歌嘛。谁知这结束语越讲越远，最后只剩下老师一个人在讲，我不得不重新开启一页，她都讲到唏嘘落泪了，我还在乎这一页纸吗。结束就是开始，结束就是要抵达茫茫地平线。

下午课后，离吃饭时间还早，几个人结伴坐了两辆车到肥西三河古镇。麻石路、断车辙、宫灯、拱桥。街边一家木匠铺只开一扇门，红脸木匠赤臂推着老式的刨子，刨花一条一条长舌头似的比长比卷，他在做锅盖，旁边一妇人支着一口大锅，边熬糖边捏糖人。在杨振宁先生故居旁我们一一照相。先生故居边便是一人巷，几十米幽深，不知谁在这里长年出没隐遁。在巷口照相，似乎更可以找到隐匿的光阴。巷子纵横，巷子深处多有老人守候无尽光阴。行走或者歌唱总是喜欢把故乡带在身边，这是谁的故乡？看到一样好东西，几个铁环银亮亮地靠在一起，男人们争相取来，用钩子一勾，银环哐啷哐啷地跑起来，远方有很旧很旧的风吹来。

在小树林里生活，还逃出去过两次。一次是因为水果，水果全摆在小树林外面，在街市。没有水果的日子在小树林里游荡，日子过得蔫蔫的，像男人摸遍身上没有烟，烟现在一样是奢侈品。已经有水果被源源不断送进来，少数几个人欢呼雀跃。看着别人啃着新鲜苹果，心想友谊这东西真伟大。郁郁寡欢的人，郁郁寡欢地看着别人，再郁郁寡欢地看着小树林，小树林里空荡荡的连喜鹊都觅不到半个水果。中午开口借车，宿舍门口停了少量的几部车，他开车带着她和她，一块儿出林。山路弯弯曲曲，山林或高或低，秋天的树木绿过想象和记忆。那一刻阳光清澈，刀形树叶银光闪烁，生活如鱼得水。友谊万岁。

她牙疼，依然是开口借车，他带着她和她再次出远门。这回像是冲出小树林，小树林里遍地长满中草药，可惜华佗再也没有转世。车子跑出数十公里，日暮到达上派镇，没有躺椅、没有令人恐惧的呜呜响的钻牙仪器，没有讨厌的银针银钩、药棉球，只给开点药。开始想念灯火通明的医院大楼，车水马龙的街景，红绿灯。对红绿灯的印象已经模糊，小树林里的警察学员已经有点惴惴不安，他们行将失业。

社会实践课，到桐城采风。方苞、刘大櫆、姚鼐，老师不说我们也知道他们的用意，看看人家是怎么勤于苦读，是怎么持续发展的。看过了说心里没有触动，没有小看自己一眼那也是不可能的。看桐城老街，看文庙祭孔，看六尺巷，"千里捎书只为墙，再让三尺又何妨？万里长城今犹在，不见当年秦始皇。"宰相肚里能撑船。看看人家的文采，想想人家的胸襟气度，那个作为个体的小我又矮了一寸。发现我车上的同座，每次我们下车，他都是给人看包、看书。我就问他，你怎么不下去看看，见不得人家的好和荣耀？他看我一眼说："十几年前我在这里卖过菜！"我立马问他："你那时有什么感觉？感到别人伟大，自己渺小不？"他说："养家糊口要紧，哪想到什么伟大渺小。""那你这次来有什么感受？有压力不？"他说："看好自己的书，写好自己的小说，想那么多干什么！"我眨眨眼，又眨眨眼，我很实在，他很老练。

讨论按课程表安排进行。分小说组、散文组、诗歌组。有趣的是，有些人在本组发言过后，又像土拨鼠似的背着双手，悄悄踱到另一组，他们想知道别人在说什么，或者他们想在这个组再露一脸，总之有些人在这个洞口出没，又到那个洞口探探消息。他们不想错过本年度的精彩。我们诗歌组讨论的精粹：

如今省长、部长都想弄本书，发表点作品，文学这玩意儿如今不低下。

旅游有驴友团，羽毛球有羽毛球俱乐部，你们文学还有俱乐部？稀奇。我们文学叫沙龙，比你们那叫法还时髦。

官员、农民、教师、警察……各行各业的人都可以写作，文学这事可以干。

我来学习就是为了见一见想见的人。

写诗的人把自己关在屋里写诗，老婆卖裤头、卖菜养家，这样人可敬还是可憎？

鸟鸣你能听懂吗？你听不懂。苹果好吃，你能知道它有何营养？你不知道。所以不要问什么是好诗，诗是说不得的。

诗歌可以疗伤，可以治好忧郁症。诗歌比手术刀管用。

内心气息相近的人，找到他们并和他们相处。

诗人是世界的批判者，诗人往疼痛处写。

也有的人轮到他发言了，他不愿意说，主持人坚持让他说，他忸怩不愿意说，主持人一再坚持让他说，他一再忸怩不愿意说，主持人认为他能吐出金子。唉，讨论什么时候才能自由讨论。

深更半夜，在小树林里谈话。非正式会议。三个人，二男一女或二女一男并不重要，重要的是三个人，三个人的含义便是公开，最大好处是有人做证，少是非，当然最后一条，打起架来有人拉。谈话没有主题，随心所欲，但谈的都是重要东西，不重要的已经不重要了，重要的东西有一天你非拿出来说不可。谈话内容庞大芜杂。但没有说国际形势，国内要闻，没有说卫星、航母，这是白天应该说的事，夜晚的小树林若再谈论这些事，像密谋起义，有嫌疑，不说。我们说的是一个人的内心。一个人的内心藏了多少东西你能知道吗？

你不知道，能让你看透吗？当然不能。而内心里那些埋藏得最深的东西，它们似乎也希望有朝一日能重见天日，而这样的晚上便是它们最适合的场所。踏着软软的草地，用一种幽冥的方式出行，用一根触须去探察人世间的荒凉。安静之中有叹息，有苦涩，像山风出行，像草叶上露珠滚动。

谈话背景，不是像主席台上做报告的那一种，那也是白天应该做的事。那么庞大的夜空，那么沉郁的小树林收缴了你所有的武器，揭掉了你的面纱，去掉了你的伪装，你就是一棵树、一棵草、一粒尘埃、一滴水，一个来到人世间探寻秘密的孤儿，两袖裹满清风。在浩渺的天空之下，你就是赤裸的自己，你注定要在创伤中前行。

谈话的特点，坦荡、信任、重建。像漫游，没有谁一定让你说，说过了也并没有要收回来的意思，和重建赶赴有关，与妥协无关。久已没有说过这样的话，但并不生疏，很顺，似乎天生就应该这样说话、行走。谈话的氛围，冷静，清晰，走向远方，像写作的人。

谈话效果，什么都能谈，谈什么都能引出下一句，共鸣感强。越是正式会谈越容易谈崩。谈话留有余裕，为以后再谈留下接口。没有形成《开罗宣言》《日内瓦宣言》这样宏大的东西，我们这个地方捉襟见肘，只是一个小树林，小到电子地图册上放大虽然可以找到这样的地方，但太草根化、贫民化。谈论的内容虽然没有条文，但都印在我们心里，能够印在心里的东西便都是好东西，因此我把这次谈话命名为小树林谈话。

今晚说得多，做很少，夜晚过得很快。茅亭和一棵碗口粗的松树见证了我们的谈话。这和咖啡屋谈话不同，和在城市的任何一个角落谈话不同，这便是小树林的独到之处。离开了这样一个看不见入口和出口的地方，或者随处都可以作为入口和出口的地方，所有的一切都会失之交臂，失去光泽。一个人的一生没有过一次小树林谈话是遗憾的。

包里藏有一把小刀，不久每个茅草小屋都知道我有一把小刀。每个屋里吃水果的时候都会想到我。他们不能连皮吃，水果太精贵，每个屋里来人的时候，水果都得削成片，每人只能尝一点。我有一把小刀，每个人都得分一杯羹给我。拥有一项专利或绝活多么重要。

我有一把小手电。晚饭后我们一群人回宿舍，松影把山路垫得或高或低，我们高谈阔论，每个人都像喝多了酒。我依稀记得她送我一把小手电，我把手放到包底探一探，手电果真滚在包底，我悄悄拧开，那拇指长的手电赫然发出一道强光，他们如此诧异，小树林如此惊惧，仿佛我手里握的是一个怪物，仿佛我的小手电便是光明的出口。我们在又大又圆的光圈里前行，风与山林再不敢跟我们作对，黑暗中也没有谁再敢对我们挤眉弄眼。而我却沿着林间的栈道，跨过长长幽暗的时间走廊，我和她重逢在旧地。剥开人事、物事，才发现浮世间还曾经有过那样一份婉转的心意，只是我当时那么的不在意。小树林的夜晚从此有了一份挥之不去的牵挂。而她那晚的失意早已滚落在草丛里。她也早已忘记。

天鹅，你要到哪里去，团松裹着雾气，长松针尖上挂着水滴，巨大的穆草长在路途上，任何人走过都要绕过障区。

杂树掩映着小路，盘根抵达瘴气，黎明翻动着庄稼。

苦艾与野菊似乎越过雷池，怀抱隐疾。

林中的湖泊渺远，需要按捺住几世的寂寞，你们才能相遇。

路边到处都是眼睛和耳朵，它们收集生死，天鹅你不要陷入陷阱与误区。

他们说的天鹅是我。

晚上没有酒馆，没有卡拉OK，小树林里只有纯种的黑夜，就像这里纯种的黑猫。晚上串门子，从一个茅草屋串到另一个茅草屋，几个茅草屋串到一个茅草屋。自己的房间太冷清了，得一团人靠在一起取暖，这样生活才有嚼头，夜晚才有奔头。聊天、喝酒、打牌，只是喝酒，没有下酒菜。心襟这个时候可以裂开，甚至可以敞开、铺开，一个人的一生需要几个这样的晚上。啤酒和黑夜就是发酵剂，当然还有对等的朋友。茅屋外的风声可以再阔大一些，黑夜也可以再阔大一些，甚至可以再空寂，再惨烈一点，让一生中该来的那些事都来，今夜没有人会在乎这些。让血溶化一次冰，让炉火熔化一次铁。落寞的人今晚可以不要落寞，你看云端里的人今晚也只能屈居茅棚。人的一生难得为自己喝彩。电视连续剧插不进来，广告插不进来，游戏插不进来，生活在这里摒弃垃圾。这样的晚上，一个人的孤独是可耻的。有人这样告诫。

傍晚我们在小树林里诵诗，我们一首接着一首念，像是一连串的美好不间歇地走过来，它们拉成一个美妙的大圆圈。我们诵诗的声音想是传了很远，已经有很多的诗人慕名赶过来，他们说诗歌不能被垄断。我们在烛光下诵诗，烛光也拉成一个美妙的大圆圈，你看到没看到，你听到没听到，它们都优美地存在。想吹灭这烛火的人，只能把这烛火吹得更耀眼。远离这小树林的人，他们哪里知道小树林的奥妙所在。

每次上课上到正中间，我总是感到肚子饿得咕咕叫，想是压力大的原因吧，或是思维在路上紧跟慢跑，像马拉松，被拖的吧。早晨白面馒头、鸡蛋、小菜和米粥。鸡蛋让人记忆深，袖珍，那母鸡得先变成母鹌鹑，再下鸡蛋，也难为它了。不知营养是否能赛过鹌鹑蛋、核桃或是枣子之类的东西。中午吃饭自助餐，四菜一汤，白米饭，和我参加过的会议比，伙食要差好多，但是很多人都以能在这里喝杯水为荣，更别说还给饭吃了。文学本也和大鱼大肉、荤拼素拼、油水沾不上边，文学本来就是清淡的，也可以说是清高的。大家拿着托盘推推攘攘的，我的一个学友问我，早晨的馒头比不比平时的馒头大，我说不吧，早晨的馒头做的蓬，她放心地点点头说，难怪饿得这么很，我还以为饭量大增了呢。看看，我们这一群被饿坏的人。

我们都是同学了。一开始多不认识，还是和同来的几个人抱成团。圆桌吃饭的时候我们挤在一起，晚上串门的时候还是往熟人屋里串。上课座位不能扎堆，桌上有名字，就是事先预防某些人扎堆。第一天开班会，班主任让每个人一一起来做自我介绍，基本上每个人都这样说，我叫某某，来自于什么地方，写小说或是诗歌，欢迎大家到某某地做客。也有的人三言两语道出了他们的地域特色，醒目，有琥珀光泽，一下抓住了我们的视觉听觉，并且顺带记住了琥珀中的那个独特的有点张扬的蜘蛛或蝴蝶。语言的魅力真大。特色让我们记住了一批人。分组讨论的时候，有的人观点新颖，激活人的想象。有的人观点犀利，像隼张开翅膀。观点让我们又记住了一批人。培训快结束的时候搞晚会，有的同学那歌声直上云天让天旋，那舞姿直扑地下让地惊，舞姿让我们又记住一批人。我有同桌了，第一天上课的时候，把我的前后左右都打量了一遍，命定这是一次殊遇。晚上串门子，学打牌，铁定心思带一门技艺回家，交了一批牌友。晚上在一起喝过一次酒，避开那么多同学几个人躲在一个包厢里，让食堂加餐炒菜，这多秘密啊，像地下党搞活动，由不得你记不住这几个人。还有一次，我们看过了三河古镇，不想回去，出来一趟多不容易，胡吃海喝一顿过后，去唱卡拉OK，我不会唱，听大家唱，谁唱得好，我就鼓掌，由此结识了几个歌友。我们看古镇，有人替我照相，那个古院落，那个人，经他这么一匡算一咔嚓，那像照得真标志啊，由此我认定，这个瘦高、留着发的年轻人就是我以后理想的摄影师形象。还有些人实在没有为我干过什么事，眼熟，我会很快忘记他，但也不一定，他们可能会在你以后生活中若即若离地出现。我们内心的小箭头在驶向别人，别人的小箭头也在驶向我们，那么多小箭头交汇融合，水有点浊。到离别的那一天，大融合，有波澜，有泪滴，恨不能随波逐流，是一家人了。多少年以后我们中的某些人和某些人相聚，小树林里的各式人物会被一一请出，相识的得到加深，那些若即若离的人物再一次若即若离地浮出水面。这种场面以后会一再加深。有的是越走越近了，有的越走越远，真的就看不见了，但是他从我们同学的花名册里就是不肯退场。第一次做同学，第一次兴奋地说话的时候，恨不能将对方的舌头捋直，乡音有时候太惹麻烦了。但是我们以后再见面，首先激荡我们的还是那异常兴奋的莫名乡音，乡音带着那个人独有的味道，作为一种标记，贴在那个人的身上，乡音和那个人一起变得难舍难分起来。

结束。终于到结束的时候。因为要准备闭幕晚会，把所有的精力都倾注在这件正经事上，没有留心结束的逼近，没有留心那铺天盖地的庞大。当万千重担落下，当晚会突然变成相拥，当杯盘狼藉、当一切就这么忽然结束的时候，就要这么裹着行李跑离开了？随即有寒风像黑丝绒般侵入，我们像秋天里的树叶，等着被秋风最后一次翻动。

晚餐后最后一次在小树林里散步。草木赤裸，褪尽欲望，沉静如一泓秋水。这些曾经吸收过阳光、雷鸣与闪电的树木将会一直留在这里，而我却要退回我自己。弯弯曲曲的小路，我把松林留给你，我把灌木留给你，我把月亮、清风、无边的安静留给你，我只带走我的小手电。小路沉默安详，这时间之茎像一条蛇游离在草丛里，它将等到的下一拨人是谁？你们这些站也站不长久，坐也坐不长久，留又留不下来，你们这些匆匆忙忙干什么都不能长久的人。松林上的天空高远，泛着草木灰的亮光，明天将是一个好天气，那是归乡的心情吗？自然的秩序就是让万物各就各位。

时间滴滴答答，时间似乎像沙漏怎么滴也滴不完，时间就是最大的谎言。

倾听火车

一

呜呜——哐哐——一辆火车驰过平原,它的声音盖过村庄所有的声音,它打破了这里的沉寂,标志着这里从此与城市接轨、与各种未谋面的事物接轨。村庄原来是没有方向的,炊烟的方向就是它的方向,骡子、马的方向就是村庄的方向。自从火车来了以后,一条弯弯曲曲的铁轨,就成了村庄的方向。火车把村庄唤醒了。一个没有火车的村庄只是一块没有肥力的庄稼地。

火车驰过城市,这个城市就更加不安了,火车站就是躁动的中心。这个城市总是有太多的东西往外拉,火车白天出城晚上也出城,这些东西在外面绕了一大圈,又被火车从另一个方向拉了回来。被拉走的人和物迟早还是要被拉回来,城市却迅速扩大了,火车会变魔术。火车开动前,总是要吼上一两声,就是这一两声,把城市吼散吼开,把城市吼得一节一节长高。人的声音看似庞杂,比麻雀还要吵闹,火车一来他们就没有声音了。火车走过的方向才是人的方向,风的方向,才是漫天飞舞的事物的方向。火车的身后房屋和瓦片断断续续跟着跑,那是城市伸出的手。火车让城市越来越不认识自己,城市在不知不觉中威风凛凛。

火车的声音还包含着另一种巨大的力量。有一次,我们一大帮人排得像一条长龙样等在站台边,火车正呼啸赶来、地面正窸窣不安,所有人都闭着嘴、扛着风。一个男童忽然出其不意地大声说:"总有一天我要到火车上去上班!"小男孩的声音比火车声音还大,所有的人都听到了。他的年龄显然没到老师给他谈理想的年龄,上帝通过火车的口,把一个孩子的命运事先做了安排。火车的声音里有一种威严、神性、不可逆转,它在传达上帝的指令。我相信在火车上工作的人,年少时都或多或少听过火车的汽笛声,并且为笛声所吸引、所折服,要不然他不会到火车上来,并且一干就是一辈子。有的孩子看着火车心里说,总有一天我会跟着火车到远方去,长大后那个孩子果然跟着火车走掉了,那声火车的汽笛声就是召唤。那列火车就是主谋。

多少年后,我对火车的声音越来越疏远了。在拥挤的人群中,有时我们不得不停下车来给火车让道,我们对它发出的声音不知不觉捂上耳朵。再也没有年少时赶火车的欣喜了,火车站甚至是一种杂乱无章、不安全的地方。我看过许多火车站候车大厅,我甚至能想象出从另一个火车站出口出来以后,那里的街是什么样子,那里的路是什么样子,用不了多久那个地方空气也不再新鲜了,我们要奔赴的地方其实和我们的出发点并没有多大不同。这个想法很危险,它暗示着青春正在远去,中年正不知不觉到来。必是一个人的思想先停滞了,双腿才有停歇的意思。

而如果有一天,我有事没事地总爱往橱窗面前凑,不是为了买东西,只是为了和坐在那里的一排又一排老人拉拉呱,说说笑,消磨消磨时光,或者在太阳照到的一堵西山墙下,有事没事地一晃半天,面对不远处驰过的火车既看不到,也听不到,那时候老年真就来临了。一列火车都不能驰入你的生命,还有什么声音能打动你呢。

我对火车的声音保持着一种警惕性。

二

火车的声音是有颜色的，是黎明的红、是晌午的黄、是枯树桩的暮。

火车的声音是有梯度的，是高山，是草地，也是地衣。

火车的声音是有半径的，是都市，是村庄，也是小站。

——是高贵，是贫穷，也是卑微。

——是离家，是回家，是前不着村后不着店的悲凉。

——是开始，是结束，也是无始无终的颠沛流浪。

不知道火车知道不知道呢。

三

我的生命里一直有一列火车驰过。

年近不惑，我住到了铁轨旁边。那个时候我已经不想上火车了，我只想听听火车的声音，我怕我在没有汽笛的角落里，静静地老去。

火车隔几分钟就来叩我门窗，我拉开窗帘，白皮的、绿皮的、蓝皮的，甚至是沙皮的、花皮的火车，它们用三只大眼瞅我一下，"嘟"的一声，算是打声招呼，然后迫不及待地远去了。留下的是气宇轩昂的撼动。是的，是撼动，我的心脏能强烈地感受到。门窗也感受到了，玻璃与墙在阴影里抖动起来。我离开得远一点，躲在房子的深处。

有时候火车过来，它发现我不在窗口，便使劲地敲我的窗，跺我的墙，喊我的名字。它一次又一次地敲，声音越来越大，甚至是愤怒，甚至是哭泣，有时它想唱一支好听的歌，可是那支歌唱得太牵强。

我担心有一天这所小房子会被它吹倒、拆掉。

我不再到窗前。我对火车有了一种恐惧，甚至是反感。我觉得它不是让我清醒，不是让我振奋，反倒像索命鬼。它想让我跟它一块走，哪怕去流浪。可是人只能按着人的速度，在路上走。人如果按照火车的速度，在铁轨上奔，那只能丧命。四十岁时我犯下的错误，那就是走近。

睡不着的时候，我就倾听火车。

一大群人过来了，他们在推一块石头，弓腰到地，哼哧哼哧地向山坡上面推，他们哼哧哼哧地顶着，丝毫不敢懈怠，终于没有声音了，想是石头被推上去了。一个贼跑过来，一群人在后面追，追着追着，"哧"的一声泄气，贼被抓住了，如果是"吱扭"一声转弯，那一定是贼跑掉了。前面的人死命地跑，后面的人死命地追，也不知道后面的事怎么样了。半夜的时候，常有一只野兽跑出来，它沿着铁轨呜咽，饥饿的声音传出好远。过了几分钟又来了一只野兽，它在铁轨上疯狂地转悠。也许我应该和它们一块去游荡，你看在黑暗中它们是多么地无人收管、无所顾忌。饥饿与黑暗也许是一切事物的源泉，也许我应该出去看看。或者我到附近的火车站去，看看能不能办点事儿，帮助管理员掐掐表，看几分钟放出一只，或者帮助他一块打开栅栏，把它们都放了，到黎明时我再把它们都清点回来。

在夜里我开始打着火车的主意。既然它那么能干，而我彻夜闲着，它总该能给我办点事。

如果我有一车的货物，那就好了，我就把它们一件一件甩上车，在某一个人不知的地方，我的朋友会手脚麻利地把它们卸下来，那我们就会好好地净赚一笔。或者我自己干脆爬上火车，在黑暗中想什么时候下就什么时候下，想逛多久就逛多久，省了那个叫作路费的东西。或者我把街边的东西一件一件搬上火车,火车把这个城市拉空了,别人都不知道,火车把这个城市拉走了,别人也不知道。

如果火车夜夜给我送来的是亲人,那么我是多么欣喜,如果火车夜夜给我送来的是牛奶,那么我是多么丰盛,如果火车夜夜给我送来的是恋人,那么我是多么美丽。

可是我坐了一夜又一夜,火车就在我的身边大口地喘着粗气、黑灯瞎火地跑,它怕我喊住它。它没有给我装上什么,也没有给我卸下什么。

可是它和我还是有着解不开的关系。

我把困惑说给我的朋友听,他说,你去写诗吧,写一首给火车的诗。你看火车多像诗。

早晨的时候我打开窗户,火车慢吞吞地出来了。铁轨边有穿黄马夹的人,三四个,拿着火钳,弯着腰,正专心致志地夹纸,乱发与纸篓扣在他们的后背上。铁轨湿漉漉的,又黑又长,他们躬着的身体像草丛中钻出的几个大南瓜。中午的时候我打开窗,铁轨黑乎乎的,而在不远的拐弯处,轨面、轨壁都被打磨得锃亮。傍晚的时候,我又看到几个穿黄马夹的人横在铁轨上,两个人趴着,三个人弯腰站着,后面一个人提着工具袋伸头向前看,地下是几件散落的油迹麻花的铁家伙,弯腰站着的那个人,手里的板斧足有半人高。铁轨生病了,他们是在修理。

夜晚火车最好看了,一个一个亮着灯的小窗子像水晶窗,里面的人像坐在太空中,走动的人像是走在太空中。里面温暖而又平实,没有谁把头伸出窗外,没有谁知道铁轨坏了一颗牙,又刚刚补上。铁轨不说话,它们只会卧在低洼处,有山的地方过山,有水的地方涉水,它只负责平稳地托着一车人,把他们送到目的地。

有一次,半夜我爬起来,我似乎听到有雨点匆忙的赶路声。就着火车头上的灯,我看见火车的脸前并没雨柱、雨帘,在椭圆形的老式玻璃罩里，只有火车机械地"突突"地赶路。关上窗，躺在无边的黑暗里，雨点又漫天席地靠拢过来，一粒挤着一粒，一粒踩着一粒，到处都是雨点碰撞的声音，还有轻微的惊讶声，这是黑暗在做游戏吧。早晨我起来，铁条上挂着一串乳头状的白色水珠。头顶弥盖多日的大雾已散，地下泥土润成砂浆，但是并无雨迹。我知道昨夜谁来过，那不是露珠，城里从来不下露珠，露珠只散落在乡下草丛。那是雾雨，像松针纷纷落下。昨夜，是火车喊我来看。

火车把主要的人送到目的地，火车给我丢下一串灵感。

我对火车了解得太少了。也许有一天我会到铁轨上去。

我和火车终于达成和解。原来我和火车之间缺少了一首诗。

我和高山也达成和解，我和它之间缺少了一架梯子。我和深海也达成和解了，我和它之间缺少一副铁皮舟，我和我认为不可能的事物也达成和解了，我和它之间缺少了一条小道。那梯子、那舟、那小道就是一首诗。

如果我一辈子住在火车旁边，我就一辈子写下去。没有谁比我对火车了解得更多，人们叫我火车诗人。

如果有一天我离开火车，活到陌生的地方去。有人对我指指点点，我不再害怕，有什么声音能大过火车呢，我的身体里装着那么多辆火车，每一声足以压倒一切。如果有一天，一个庞大的黑影向我袭来，我将蹲下身子，把包裹摊在地上，取出我的板斧和钳子，我连一列火车都能修好，我还怕什么呢？

这是火车给我的另类启示。

火车上的女人

一

冬夜，我正准备睡觉。

我在厨房里站一会儿，一列火车拖着一个巨大的尾巴轰隆隆地从我窗前奔过，一个又一个乳白色的窗户像是一列宫灯，平展展地从我屋下草梢头掠过。是谁把灯笼端得又平又稳，这个时候要去觐见谁？这一车人恭敬地坐着要去哪里？

仿佛我的小窗是计数器，火车在我家窗前飞快地过一下数，它确信宫灯没被吹走一盏，又训练有素地扑往下一站去了。

我的小屋是站在夜的悬崖边，还是我的小屋四下无邻，四周长满危险的花朵？宫队一队又一队煞白地走过，我的小屋轮廓分明，在电光中闪了一次又一次，火车巨大的声音走远了，我还听到窃窃的私语声，那个小屋子还在，窗上还有人的剪影。莫非我是它们窥测的对象？火车一列又一列原来不是无意从我家路过？

我回到屋里躺在床上，我听到有一列火车哐当哐当又回来了。它似乎在我窗前丢了东西，不得不拉着一车人又回来，哐当哐当在我屋下寻找。我默不作声，躺在床上，不给它提供一点线索。

二

有的火车是远远地拉着声调"呜"地来的,然后又"呜"的一声从草丛中沙沙溜走,而有的火车像拖拉机陷到泥坑里"突突"怎么爬也爬不上来,就是侥幸地爬上来了,也是突突地一步一个泥脚印儿。前者是电车,后者是动力车,烧汽油、柴油。从我家窗口"突突"走过的动力车多半是货车,一节一节的车厢都已生锈,有的车厢颜色都不相同,它们全都用塑料布蒙着,脏兮兮、老掉牙。它们总是啪啦啪啦地叫,老远让人捂着耳朵。

它没有办法不叫,它要不叫,它很快就会沦为一堆废铁,雨水会让它们又聋又哑。它那么啪啦啪啦地叫,就是为了引起人们的注意,它在掩饰恐慌,掩饰它即将到来的岁月。

三

我再也不想和火车对峙了。虽然有时候它是沙沙的温柔,但多数的时候像是打劫。它的强大让我退缩。

事实上我早已收拾好了行李,一个衣箱,几捆书,我在等待某个时刻。我要让火车彻底地找不到我。我要让它在看不到我、又摸不到我的时光里,哀哀地哭。

但是我一直没有走。我有一个远方朋友,在我家门前的小路上走过一次。他每坐一次火车,都会兴奋地给我喊话,"我看到你的小屋子了,还像原来一样,我眼睛不眨地看了几个小时了"。似乎他一坐上火车就在盼望这一刻。

我如果搬走了,这座城市就和所有的城市一样,在他的世界里变成一片灰瓦了。

他路过我的小屋子不会再叫,可能他这一生坐火车都不会再叫。我怕看到他眼里的失落。我怕看到一车厢眼睛的失落。

四

火车到我这里是有特征的。它先是嘴里"哇"地叫一声,在脚下"嚓"地一下踩西瓜皮,然后"吱溜"一声止住,长长地舒一口气,完成这些动作才又拐弯离去。为这事我常站在北窗口向轨道望,想它为什么要"哇"地叫一下?是说哇,我来了,还是说哇,你还在这里,还是说哇,你愿意这样永远等我吗,还是没有什么意思?到我这里,就要哇一下?

脚下为什么要再嚓地一下?每列火车到这里为什么都要嚓地一下?是不是每列火车都拼命向我这里赶,跑到我这里后,发现我并不像想象的好,并不像想象的热情,只好"嚓"地一下给自己找个台阶下?我细看那个地方竟比别处锃亮得多,有一节细细的轨道像金鱼的尾巴一摆摆到其他轨道上去了,天哪,是其他的轨道岔到我这里来了,有其他火车向我这里跳。火车在这里岔道,火车在这里抢道,每列火车都尽可能想靠近我。如果是乡下土路,这里应该摆个茶水摊子。

我看明白了,也服气了,毕竟我是后来的。岔道口可以长树,岔道口也可以休息、睡觉。

有一次夜里,火车先是"嚓"地踩一下西瓜皮,"吱溜"一声止住,长长舒一口气，方才又拐弯离去了，已经拐弯离去了，偏这个时候重新又"哇"地叫一下。这又是为什么？

五

我也不只是在家里看火车，有一次我终于坐到火车里面去。

买了一张硬座，坐下。似乎这是全车最后一张坐票，以后每上一个人就在火车中间站着，中间挤的人越来越多。中间一畦像长在高埂上的庄稼，又高又密，齐刷刷地晃来晃去。

车厢里有点躁动不安，喘不过来气。戴着肩牌的列车员也从中间挤来挤去。坐在座位里的人面无表情，年轻人多在玩手机，拇指不停地弹动。几个年轻的母亲在哄孩子睡，腿在上下抖动，孩子额上的头发被汗打湿一片，一个孩子在睡梦中的脸也是苦着的，一个母亲把乳头塞在孩子嘴里。大家围着中间的小茶几热热闹闹地坐，小茶几两侧腿一个不少地挤得满满的、齐齐的，座位下塞着大小行李包，还有一篮草鸡蛋。

推着餐车的女服务员过来了，穿着铁路上的蓝制服，发辫上卡着白色平角帽。餐车又高又瘦，它向前滚动，像收割机一样向前收，路中间的人齐刷刷地向两边倒，收割机过后庄稼又神气地站起来。当然餐车如果不小心从某个人的脚上滚过去，收割机也会像收割到某个小动物似的，发出一阵惊叫尖叫。

这些餐车真不怕麻烦，女服务员的步子也迈得十分轻快，十分钟哐啷哐啷过来一趟，卖饮料茶水的；又十分钟哐啷哐啷过来一趟，卖五香花生米茶干的。临近中午推着盒饭足足来回溜达了五趟，生怕有一个客人饿着。一个卖皮带的人变戏法似的出现了，脖子上、手臂上挂满长长的皮带,他挤在人群中,一边走一边吆喝;不一会儿还出现一个挎篮子的女服务员,挎着一篮能发出"咯答""咯答"声音的电动母鸡。

我是从那个时候开始注意她的。一个年轻的女人,脚边放着一个皮箱,手里拿着一本书在看。她靠着别人的座位站着,座位里坐着一个神气的胖子。她一直低头在看书。餐车来时,中间人立马向两边闪,她赶紧用脚踢踢皮箱,皮箱象征性地向里动了一下,她把书紧紧贴在胸脯上,吸紧肚皮,腰弓向后面的胖子,餐车擦着她的肚皮走过去了,她松弛下来,把书从胸脯上拿下来继续看。有时餐车过来了,她刚好背对着人群站,那时她会尽量趴在胖子的座位靠背上,让餐车过去,书在她胸脯下,被压得扁扁的。

她就这么站着,眼里没有胖子,没有周围的人,她一直目中无人。除了那个餐车外,没有什么能惊醒她,她不是属于这个车厢的人。她不看书的时候,两眼看着车窗外,顺着她的视线,我看到一畦又一畦油菜花。无边无际,生动美丽,像一幅油画。

她也是一幅画,安宁平和,带着一丝内敛与笑意,那丝笑意藏在嘴角,或在心里。

她是这个车厢唯一一个与众不同的人,像一柄荷叶,在人群中招摇。她也让周围的人清凉。

我也去看油菜花,我也想从油菜花里找一种妥帖、自信、旷远,甚至散漫,无拘无束。

可是我却没有做到。

凝神静气的女人,神秘的书本,匍匐的油菜花。可能每一个元素都是相连的,都是不可缺少、都是至关重要的吧。

我想我是缺少一本书的缘故,一本她手里的那样的书。

一本通向油菜花的书。

有了那本书，火车开多远，开多久都是无关紧要的事情了。

火车吐着气，稳稳当当地向前开。我觉得这列火车的真正目的，就是把她安全送到目的的。

至于其他人、其他事，在火车看来都是无关紧要的了。

江南古镇

　　什么东西都是在时光里老掉的。时光和老可不是一回事。时光在天天流动,老是时光里的一点点颜色,浅草木灰、淡琥珀纹,或者介于两者之间,因太单薄而看得不太分明。

　　时光每天流过一样东西,老就在上面沾挂一点点,时光一天天流走了,老却在那个东西上慢慢附着。那个东西年轻的时候是多么富有光泽,老却让它渐渐呈现深褐色、土黄色,如果是人的话,还长着老年斑。那个东西慢慢呈现出老的样子来,老的样子可真不好看,甚至有些吓人。终于有一天那个东西死掉了,人们说老死掉了。是说那个东西死掉了,也是说上面的老死掉了。那个东西被老催死的。老自己也跟着死掉了。老有一种破坏性。

　　死掉的东西,还在继续变老。有些老东西,腐朽掉了,消失了。有的被老一层层包裹,竟然呈现出一种光泽来,带着些衰败朽木味,带着些千年不变的神色,让人捉摸不透,让人心神俱往,而又心神不知何往。好东西往往就是这样。

　　于是又有人专门去寻找老。那些东西叫古董了。地下的老在坟墓里。地上的老只是零零散散落在草丛、荒漠里。半块秦砖半块汉瓦,一个在沙漠中跑掉的半个马钉,都让考古学家如获至宝。老太少了。就有人仿老。老在黑暗中冷冷地笑。

　　于是就有那么几个镇子,在江南,忽然被人发现了。老模老样,老地点，老时光。七百年的老屋，八百年的老桥，千百年的老树。老成低矮，老成纤瘦，老成精骨。老在水边，老到不知何年何月，老到不愿意睁眼去看外面的世界。外来到古镇的人，白天转悠了一天，晚上临睡前，还要撑开窗棂，或走到天井，三五步踱到码头，伸头看看，他怕一旦在这里睡着了，也变成这里古老的一部分，或者梦醒了，老忽然不见了。

于是来老镇子的人越来越多，不为别的，只为做梦。

老那个时候也曾穿过我的小镇，也曾在我们屋里小住。必是江南多水，小镇站在水中，吸引住了时光，绊住了老。时光走走停停，老不知不觉停了下来，它爬上小桥，从来没看过这么小的小桥。小桥像个娃娃，白胖胖的正想拱腰爬起来，但是它年纪太小，还只能这样拱着。老白天在石桥上晒太阳，晚上在石桥上看月亮，看桥洞，看自己的影子，夜里就卧在石桥上。附近几十座石桥都被它拜访光了，有时它在那座石桥上玩八百年，那座石桥就是八百年的老，有时它在那座桥上玩六百年，那座桥就是六百年老。它还在一座小桥上一待待过千年。它像捧着一把小茶壶似的端详着那些桥，抚摸着那些桥，这些精致的小壶被它摸得油滋滋、滑腻腻的。后来小壶不再油腻了，老粗糙的双手有时不小心会磨下一层釉质，打下一层沙来。小桥已经被老踩得凹凸不平了，那么细小的坑坑洼洼，是老在黑暗中不舍的脚步。有时它走着走着还会绊掉小桥的一块砖，风趁机又把砖头松了又松。青苔趁机到桥洞、桥壁安家，先是沿着石纹石理走，后来又舒舒服服贴着壁面。老有时候也不管了。时光催老走。镇子外面早就倒塌一茬又一茬房子，老死掉一代又一代人。可是老不走，它舍不得走。它不许这桥、这房子塌，它喜欢这里，这桥、这房子就得一直站着，陪老到底。

老喜欢到老房子顶上去。灰屋檐像大鹏鸟的翅，翅角尖尖的，翘翘地指着天空，指着天空里的一颗星。把镇子上所有檐角用线连起来，刚好连成天上的一片星宿。这老房子原来是一片星宿下凡。各家屋檐上的小灰瓦一棱一棱的，像是大鹏鸟的羽毛。有时候老从屋顶探头看椽子，雕花椽头或是万字椽头，看看有没有小鸟居住。老一般从窗格子里跳进屋里，一个格子一个格子地跳。太阳也是一个格子一个格子跳进去。老在屋里四处走动。它坐在堂屋正中的太师椅上，坐在红木椅上。老坐得久了，听到有尘土从匾额上方簌簌落下。老绕过屏风，走到四方天井，它回头看了一下门头砖雕，忍不住神往地用手摸摸又摸摸，它们华丽敦厚细腻，像一块深秋的织锦。走过了四五进的院子，老上了二层的小楼。五六间房子紧挨着边儿，小姐坐在阴影里看书，老离得远远的。满屋子都是阴影，桌子阴影、绣凳阴影、红木的大床的阴影。只有小姐是那么年轻，阴影像繁花在她身边浓郁开放。她锁着眉头看书，书里情节是何等沉重。她偶尔也走两步到门廊上看看，呆呆地看着天空，天空又没有字，有什么好看的呢，她就这么一动不动地看。后来她像影子一样飘回来，仍旧坐下仿佛不曾离开过。老到她站立的地方仰头看，一堵白墙，一块灰匾额倒扣下来，漏着四方天空，老觉得没有意思。它还是舍不得走，它从最后一进院子溜到前面一进，又从前面一进溜到最后一进。这老木屋到处都是樟木、紫檀味儿，浑浑的厚厚的，老躲在里面没有人看到，也没有人嗅到。谁也别想能把老给找出来，这屋子能藏人的地方实在太多。

老从屋顶一家一家地走。有的走五步到一户人家，有的走三步，有的一步就跨到另一户人家。这些人家亲亲密密地靠在一起，从远处看，像一长排灰头白腹雉鸡停靠在水边低头饮水。这些屋脊坡样的，你高一点，我就低一点，你前倾一步，我就后退一步，随即是屋子的站姿，你胖一点，我就消瘦一点，你小气一点，我就大度一点。水里的倒影就愈加谦逊起来，一点小事，你推来我让去的，推得两岸人家都伸长脖子跟着看。几百年了，谁都知道谁了，谁也不和谁争了。再说三五户中间必有一条细麻绳般的小巷,挤得紧了,外边的白粉墙就向小巷侧侧,不挤了再退回去。过了小巷又是一片密密麻麻的小房挤在一起。有时是小巷把它们分一分,有时是小河把它们顺一顺,但是这些房子经过几百年已经融为一体,它们不会让路领走一块,也不会让水冲走一间。它们时时靠水联系。它们一时不耳语都不行。房子不说话,影子还要说,白天不说话,夜里也要说。屋子都不说,风还要来说,风不说了,水还要来晃荡点事儿。一家有故事,谁家都不瞒。一个地方掉块砖头,水波长了翅瞬间蹿到巷子底。

老有时候爬上树。老负责拔黄叶,拔掉一片又一片。老负责除死枝,后来死枝多了,老也懒得再招风雨雷电管这档子事了。老镇子那么多树,往往枝头还很茂盛,下面树枝却全死了,这些残枝断臂直愣愣地指着天空的某一处或村子的某一个地方,村子里神秘的事儿实在太多了。于是很多人就到老树下给这棵树磕头,给那棵树烧香,给一棵又一棵老树拴红绳子。有的老树还没到秋天树叶全落光了,到了秋天年轻的树在落叶,老树就灰头土脸地站着,或弓腰或驼背,不说话,像智者,但什么都在疙疙瘩瘩的木疖子里。第二年多数老树醒了,有的老树却不想在春天再凑热闹了,它等几年再醒,外来人就认为老树死了,死了几年又活过来了。镇子里的人却见怪不怪,镇子里什么事没有呢。老树的皮却是又粗又裂,树老了不知道皮为什么要开裂。树老了,有的自己也不想活了,它活够了,树心自己也就空了。但是它死了还是站在这里,一个地方总得有一怪守着,树要是倒了,这里人才会惶惶不安呢。老站在树下,心想这是一棵树呢,还是它自己。

老也喜欢到水里玩。老就是顺着水流进来的,但是水的眼里没有老,前面的水总是把老带走。水不跟老玩,水想年轻,水怕老。老没有办法,只有爬上岸。于是这个镇子只有水是年轻的。老在街上溜达。它一条小巷一条小巷地走,有时那个巷子它一连转几遍,有时那个巷子几天又不去一次,它也给巷子转糊涂了。有时它认为被这个小巷子给堵住了,老心想这下要被人抓住了,谁知转一转侧一侧身又挤出去了。有时从这个巷子钻进去,又被别的巷子从别处给吐了出来。这些个巷子分别记录了老的行踪。也有的小巷老没去过,一次也没有,那个巷子连老都不去。但是那里依然很旧很老,老不去,黑暗常常摸黑过去,黑暗比老还要老,那个小巷、那片房子就具备了另外一种样子的老,老得谁都没见过。弄把新锁锁着了,那老谁也不给见了。

奇怪的是这里的人,也和外面的人一样,活过了七十、八十,百岁的就少了,一百二十岁的就更少。镇子还在、小桥还在、水街水巷还在,流水永远都在,人却老死了一茬又一茬。很多次,老肯定是想喊住他们,老就要交底给他们了,不知怎么,老又把此事给搁下来了。于是人们就永远不明白了,像水一样流着的永远不会死,像石头、瓦片、桥墩一样守着的永远不会老,而人和动物却是走着走着,就一定要老死呢。

但是这里的人却是中规中矩地守着老。一代一代不让老走掉,也不让老走形。无论外面怎么变,他们默默地种地,默默地划船,默默地蹲在桥头望。喝茶、听戏、弄月、切糕。再大的事儿也不放在心上,放在水上,让水一条一条把它们带走,让它们远得望不到边儿。再小的事情也不要让它错过,这人间多的就是小事情,过的就是小情调、小节日、小日子。小镇子本来就是小砖头、小瓦片堆成的,小镇子本来只该发生些小事儿。

来看小镇的人越来越多了,街上全是外地人,镇上人全给挤回家了。镇里人也不在桥上蹲着了,桥上站着、蹲着的全是外地人,小船也不卖菜、也不打鱼了,小船拉着一批又一批外地人向两边看。镇子里的人也想,这样下去,老会不会有一天突然飞走了呢,带走了灰瓦片，带走了小茶壶，外地人还来不来喝茶了呢？镇子里的人心也不安起来。

半夜以后，镇子里没有声音了，那个时候镇子应该睡了，但是镇子睡不着。一些老年人还在听，老人们听了一辈子声音，越是黑暗、越是细微的声音越容易捕获。但是现在不行了，外面很大的一声"咕咚"响，就不好分清那是黑暗被绊倒，还是人在扔石头。老人们终于迷迷糊糊睡着了。总有那么两个时辰，这天地间是一片黑暗的，那个时候天地间到处是老的脚步声，匆匆忙忙的，仿佛在逃。

老镇子里的人

我去江南古镇，看完老宅子，还看那里的人。

船娘撑着船慢悠悠地从古桥洞过来了，那姑娘或是妇人穿着碎花蓝衫，手里的竹竿若有若无地戳水一下，船就像浮石缓缓前行了。女人们也有穿居家衣衫的，男人们一律还是乡下人打扮，黑肤乱发穿着不大平整的白衬衫，脸可能才刮过也可能几天没刮，不论进入谁的相机、谁的画面，头也不抬，该做什么还做什么。他们在一心一意地过日子。船向前移，船尖对直了几只鸬鹚，四只抱臂睏着肚子，丁点大的脑袋四下里看，外边的一只像没站稳，趔趄了两下张开翅膀拍拍，打一个哈欠，一声不吭又把翅膀收了，也是抱臂睏着肚子。船舱上插着一面黄风旗，上面写着"浅水湾捕鱼表演"，不给钱它们是不会表演的。船头坐着一个人，看不清他的脸，正捧着一本书看，除非有人把钱扔到船舱，否则他也不会抬头。挣不到多少钱吧，只够生活，但是他们一点也不着急。

岸上石板路上的人，听听他们的脚步声，如果"笃笃"的不急不躁，黑裤管阔大而招风，那一定是当地人了。他们要做的只是把门前树下的一溜排竹椅拉一拉、摆一摆。家家的老屋沿河而建，前面是门面，后面是住屋。老屋门头上一般插一面黄旗，黄旗镶着红牙边儿，上面黑字竖写，有写"某某客栈""某某饭庄"，有写"李记阿婆茶""四碗茶""源香茶"，也有写"丝绸缎庄""江南艺术相馆""理发""水乡特产""奶茶""手抓饼""小笼包子""芡实糕",还有一家卖棉花糖的,怕人不认识似的也插杆黄旗,上写"棉花糖"。店里人来人往不断,伙计们忙里忙外。店主或老板娘只需抓把扇子,从门里摇到门外,吆喝吆喝人,摆摆椅子,再从门外踱到屋里。有钱没钱,都是这样打扮,都是这样的看人。

水性的村庄,水性的古镇人。

总觉得这里的人缺了点什么。一群没盖过房子的人。一群没住过新房的人。

在我的家乡,在乡下,如果不出去念书,男孩子们十几岁就得开始学和泥拌沙、提泥兜、向半空雨点样扔砖头,再大点就得手提瓦刀,一手拿砖一手抹泥,然后爬梁上房、苫草覆瓦。一个男子总得要会建一所房子,一个男子总得为自己建一所房子,一个男子总得住一回新房子。一个男孩儿出生了,他的父母迟早得为他或是那个长大的孩子迟早得为自己建一所房子。这是天经地义的事。

在我的家乡没有一座老到百年的房子。可见我的祖先们总是盖了拆、拆了盖。建一所房子能让一个男孩长大。拆一所房子表示那个男子成熟。一座好房子可以成就那个男人一生,不论为自己盖还是为别人盖,一个庄稼汉还有比能盖一手好房子更值得骄傲的事吗。

村庄里的房子高高矮矮的,那不是房子,那是男人们在比高矮。

可是比来比去最后又都是一辈子。

那是一群什么样的祖先。我是说古镇。头戴瓜皮帽,瘦长脸留着长胡子,蹬着一双阔口黑布鞋,长年在官场、盐场、码头上跑。老了老了,官也免了,钱也赚了,该回到乡下水边去了。用一生积攒下来的钱盖一所万世基业吧。不是为自己,主要是为儿孙。这些房子从一开始就萌发着千秋伟业的宏愿,要能庇护所有的子子孙孙。可不这房子已经七八百年了,看那柱,看那梁,看那门窗上的蝙蝠、葫芦,还有被亭角裁剪得错落有致的光阴,再撑两百年一点也不成问题。而他的子孙们也果然一代一代待在那个老房子里享福,不用再像他们一样背井离乡。老房子长什么样,老祖先就长什么样。老房子有多么精致复杂,老祖先心思就有多么缜密复杂。老房子的每一片角落,都藏着老祖先的一片用心。

有的房子是在老祖先手里竣工的,他围着房子左转一圈右转一圈,转不了几圈,呵呵一笑心满意足而去。有的到祖先临死,那房子还没能完工,房子空留着老祖先的遗憾。至于以后房子经历些什么,遭遇些什么,祖先们那时尚看不到,他的雄心、他的壮志带着暮年的余晖,或者壮年的壮志未酬都已专心地糅合在木门、窗格、画屏的丝丝缕缕之中了。

在随后的七八代子孙中,果真就没有再建房子的,这是祖先们精打细算、引以为豪的事。至于村子里再也出不了石匠、木匠、瓦匠,再也出不了木雕师、砖雕师,那倒是他们没有想到的。这些荒废的人。要是祖先们知道,会不会叹息一声呢。

如今我在岸上走,看他们过日子,我不能说不羡慕。我已经几次提醒自己,要把脚步放慢放慢,可是我慢不成胸无城府,也慢不成他们的优哉游哉。生活的最高境界不就是这样吗。他们有着一个睿智的祖先,他们老早就懂得生活的真谛,他们老早就品味生活了。他们知道日子要不紧不慢地过。他们在家门口想什么时候到桥上望望,就什么时候到桥上望望,想喝茶就喝茶,想看外国人就看外国人。想多挣些钱,就把四幅或六幅门板全卸掉,不想挣钱就开一扇小门,让猫狗和风从中间通过。老祖宗肯定在暗中发笑。

这是一笔财富。是祖宗馈赠,也是时光赐予,他们心安理得地接受。在悠长的小巷中,他们延续着祖先绵长的梦。

我们没有那样的祖先,我们长着和祖先相似的面孔,有着和祖先相似的心思,做着和祖先相似的事情。

很难说我过得好,也很难说那悠长的身影过得好。

我跑到她那里坐一回,赞叹一回,向往一回。她也跑到我这里来,头仰得老高,也是感慨一番、寻思一番。

然后各回各的家,继续过日子。

什么样的日子都得有人过。什么样的活法都是活吧。

有些东西由不得自己选择。

关键是自己怎么想。

别人的屋子

从包里摸出一串钥匙,很陌生很费力地打开一扇防盗门,心想这里以后便是我的家了。

我的对门是谁?我的楼上住着谁?这一幢楼上都是哪些人?我的亲戚朋友知道我住在这里吗?他们不知道。可是我母亲和我姐姐却知道以后要找我,一定要到这里来,能找到我的地方不是家又是什么?

头几次还没有转过弯来,总感觉自己走错了地方,心里有些怪怪的,虽然我是付足了房租的,但房租是房租,感觉是感觉,这会它们确切地表达出了不同的含义。我想我对门也有类似的看法,有一次我和她背对背地捣鼓着房门。

比我的感觉还要有感觉的是别的一些东西。我推开房门的一刹那,总能听到一些没能掩饰住的声音,窗子的、门的,甚至柜子的声音,仿佛有谁突然在屋子里停止钻动、走动,仿佛一整块黑暗在坼裂,然后有一些灰尘惊骇地飞起来。

是的,终于有一片阳光误入歧途似的发现这里了,终于有谁来搬运这一屋子沉沉的黑暗了。自从那女子把房门锁紧后,灰尘和黑暗最后也懒得再动一动身子了,灰尘和黑暗最后谁也分不清谁、谁也离不开谁了,它们成了一块黏合的砚台。如今门开了,帘卷了,一位女子在尘埃挥舞的光线中站定,一屋子寂寞停止滋长。让它们更为吃惊的是,尘埃中的女子并非先前的那个女子,她是谁?先前的那个她哪去了?这中间出了什么事?是的,屋子不知道,不会有人和它商量。它只知道这屋子从此又住进了一个别样的女人,她和她都是一个女人。

从那个晚上起我再也没有离开过。房子也已清扫了一遍又一遍。我在空荡荡的屋子里这转转,那看看。我在找什么呢?厨房里零散地摆着几件旧餐具,餐桌上空荡荡的,书柜里并无一本书,床头柜因收拾得过于干净,也不知以前装的是什么,空荡荡的大床尤其显得宽阔,这会儿已换上了我的被褥。但这屋子绝不仅仅是这样,这屋子明明弥漫着别的什么。青花的瓷碗还淡淡地发着蓝光,餐桌已露出浅浅的木纹,书屋明明还散发着书香,半旧的窗帘依稀印着她喜爱的落叶、条纹。记忆,是记忆吗?这屋子里满满装着的,应该是她的记忆,或者说她的时光,一屋子破旧的时光。那里有她的味道,无论我如何清扫,它们都挥之不去。那是我永远也抵达不了的地方。

在屋里我也找到了一些有价值的东西。一本时尚杂志,翻翻全是精美的饰物和化妆品,几张放大的压在玻璃桌面下,已经无法剥离出的彩色照片。那应该是她的照片了,我只见过她的姐姐,她姐姐很负责任地帮她签租房合同,而她已经远赴他乡。我还找到一堆碟片。衣柜里我还发现两个悬挂在衣架上的香囊,白纱囊内装着干枯的花骨朵,硬硬的,闻闻玫瑰的浓郁的香味还在。掀开沙发巾,一个硕大的布娃娃正躺在沙发上睡觉,它已经沉睡了很久了,它一定早等着一个人来发现它了。我掸去它身上的灰尘,让它端坐在大衣柜里,我离开的那一天,我会原样让她躺在沙发巾下,让回来的她,或者后来的她,揭开沙发巾时,我们都会会心地一笑,那是我们的秘密。

第一天晚上,我躺在别人家的大床上,心想着可能出现的事情,比如会不会有火车的声音,喇叭的声音,车轮子的声音,空调滴水的声音，早晨会不会有狗叫鸡鸣，风声可以来，鸟声可以来，其他但愿勿有再访。我躺在别人的位置上，感受她的睡姿，感受她的感觉，想着她做过什么样的梦，恍惚中睡在这里的不知是我还是她，后来做的梦，不知是她的，还是我的。

　　一开始屋里的东西，她是她的，我是我的。床是她的，席子是我的，柜子是她的，衣服是我的，冰箱是她的，食物是我的，锅是她的，饭是我的。后来有一些东西比如这只碗是我的，还是她的？这勺子归我，还是归她？这刀、筷子到底是谁的？这些东西后来是她的，也是我的，因为只有它们自己能分清楚了。我这么费力地想区分它们，只是想有那么一天，不带走她的，也不留下我的，但很多东西已经是不可能的了。比如那个灯座是她的，灯泡却是我的，水龙头是她的，下面一截水管是我的，马桶是她的，盖子却是我的，沙发是她的，里面一排细密的小针眼却是我母亲缝的。这成了一种证据，一种我留下的挥之不去的印记，那里面有着我浓浓的气息。即便她以后一遍一遍地清扫，她也无法抹去这一切，这里面有着她无法抵达的空白。这是一种缘分，我和她的缘分，我看着镜中的自己，对她说，也对我说。

　　如果这种状况能永远维持下去多好，如果这些东西能持之以恒为我一个人服务多好。闸刀总是被我战战兢兢地推上又推下，灯泡总是一个一个借故离去，当黑暗聚集在她家屋顶最后一个灯泡旁边时，我家乡的老爸就会及时地赶过来。我找出她家破旧的不锈钢梯子，并且沉重地将它支撑开，我扶着爸颤颤巍巍地爬上去，他仰着头，手里握着螺丝刀，那时我只能看见昏黄的一小片灯光和他不再有一丝黑发的后脑勺，他的影子在墙上虚幻地晃动着，有着一种不真实的庞大。那时我心里总是不平静，我像个小女孩似的不切实际地暗自祈祷，让一切都赶快恢复成原来的样子吧。灯泡果然一个一个地亮起来，屋里一会儿比一会儿明亮，爸从梯子上下来，他很有成就感。我却暗暗责怪旧灯泡、旧梯子、旧桌子、旧家具，这些旧东西，只会引起人的伤感。

我和房子默默地相守着，我在屋里待的时间越来越长。别人晚上喊我去吃饭啊，去喝酒啊，去打牌啊去逛街，我说我不去。似乎是房子不想让我去。外面的世界那么大，只有这所小房子能庇护我，给我安全感。世界是世界，房子是房子，世界并没有关照过我，这座小房子却给了我它能给的一切。房子若长者，先前庇护着那位女子，现在庇护着我，我在房子里做什么，说什么，房子总是默默地关注着我，支持着我，给我安慰给我力量，人世间竟没有一个人若房子般懂我，这不知是我的悲哀，还是人世间的重大疏漏。

我对这个房子越来越有感情。瞧，她的东西和我的东西搭配在一起，便成了我们的床、我们的衣柜、我们的鞋柜、我们的餐具，它们由上至下，由表及里，由此及彼，营造出一种和谐的氛围。它们相得益彰，像流水一样婉转富有生气，它们向我传达一种信息，它们已是亲密的一家人。

有时我在屋里呆呆地坐着，一些古怪的念头一个一个不怀好意地冒出来，她家的马桶有没有坏啊，地板有没有磕掉一块，墙上有没有多出划痕，冰箱还制冷吧。其实我一直战战兢兢地拥有着这些东西，使用着这些东西。这是一种感觉，一种凉意，一种敌意。无论我使用多久，这种感觉都不能随时间流逝，反倒是随着时间的流逝不时浮出水面。这些东西里蕴藏着一种微妙，这些微妙时不时磕碰着我的心境。

所以无论这所房子还有多少闲置地点，始终再没见搬运工人搬进新的东西，该买的不该买的，都让它们待在原地。无论我多么依恋、无论我多么像主人一样出出进进这所房子，但心中的那一道防线都还是在的，这与你想不想都没有关系。就像某人和某人，无论心中多么海誓山盟，但终不能做到天衣无缝，总有一天还是要退还给人家，不是你的就不是你的。有时候，一整晚上我都在房间里呆呆地坐着，想着我和房子的关系，想着某人和某人的关系。

在房间里坐的久了，下意识里我似乎在等待一个时刻的到来。我在等待一个人。当我把房子快住成自己的时候，当我把东西快用成自己的时候，当我把梦也都做成自己的时候，那一个时刻忽然就到来了。她在楼下跳着脚说，我要涨房租啦，或者说我要回来啦，房子要卖啦，这对我都是一个意思，那就是我要离开。我将要离开，而且再也回不到这里来。现在我能做的就是尽情地享受着这里的时光，这段以后再也回不来的时光。窗外已是万籁俱静，屋内灯光寂寥，一切都没有什么异样。时光到底是什么，我们该如何留住？

我的离开绝不是简单的离开，任何一种离开都不会是简单的。我的第一个房东，在清点了她家的冰箱、洗衣机、空调后，提出了马桶要换，空调要修，电视机顶盒要赔。这些东西有她用坏的，有我用坏的，有时光用坏的，但既然我是最后一个在场的，那么就不能和我没有关系。

我的一个朋友说，能用钱解决的问题都不算是问题。

我的另一个朋友又说，钱归钱，事归事，这样做人比较清爽。

这回我还是准备了一些钱，用钱解决问题通常是最快捷的。快捷应该成为我们这个社会最时尚最奉行的标准之一，快捷应该成为我们这个社会最优秀的品质。虽然我并不十分情愿。

其实这些东西，既不是我的，也不是她的，都是时光的。在变成时光的之前，我们都在为它争争吵吵着。东西若是知道，不知道会不会伤心？东西若知道我难过，不知会不会安慰我？毕竟我们有过相依相偎的时刻，我们共同组成过一个叫"家"的东西。

在我拿走了我所有的物品之后，在我和房东交接清楚之后，我对着她的房子，她的物品说，东西，再见。房子，再见。这是我最后最不应该忘掉的话。此后此情此景，此房此途，我将永不再现。

现在，我还坦然镇定地住在这间房子里，住在事件的这一端，离事件的那一端还有多长时间，还有多远，目前我还不知道，但是毫无疑问这间房子已经成为收容我快乐与忧伤的驿站。它是我人生旅途中通向远方的垫脚石，也是我溯回源头的一块又一块砖。

寻找一把斧子

读了二十年的书,比别人还少读那么多年。我上班那年二十二岁,除去我两周岁以前没在为学习努力,其余时间我确信都在刻苦学习,这点你要相信我,我母亲就是一个优秀的小学老师,她白天的目的就是为了教好别人的子女,晚上她的主要任务是教育好自己的子女。她这一辈子教书育人,不分昼夜。"一定要让你们姐妹都考出一个铁饭碗",母亲的目标很明确,她的心血没有白费。

人到中年,鬓角渐白。七十多岁的母亲回忆往昔,还在为自己早年的付出而自得、而心安的时候,我却对工作越来越不愿多谈了。不要把工作带回家,不要把情绪带回家,当心中这样告诫自己的时候,说明工作正在和自己貌合神离,工作正在朝东,而自己正在朝西,仿若一条大河正在游离河床。时间的步子缥缥缈缈向前跨,而人的步子却越走越慢,腿越走越短。包袱是一件一件添加上去的,皱纹是一条一条刻画上去的。除去统治工作的那些人,除去躺在河床里正合适的那些人,除去种种原因对工作情有独钟的人,我想还是有很多人和我一样为生存而工作,为活着而工作,为工作而工作的。

在街上我注意过那么多人,步子匆匆地向前跑,眼睑向下垂,脸上的肌肉向下垂,下巴向下垂,因为肚子大而裤子向下垂,皮鞋上挂着灰,整个人泥糊糊地向下陷,变成了一个松松垮垮灰色的大布袋子,这些灰色的布袋在人群中左顾右盼急匆匆地向前走。就是开着车子的人去上班，外形也概没能变。若有空和他们谈一谈工作，多数会谈到累、亚健康、过劳死。为了生存他们还得继续让身子向下陷，直倒变成一堵被雨水浸蚀的墙、一座小土堆。至于眼睛向上长，鼻子向上长，耳朵、眉梢向上长，少年不知愁滋味，已经不知是哪年哪月的事了。那些一再把年龄往小里改、想要推迟退休的人，我想他们是领导吧，他们退下去了，领导不动别人了，可能怪寂寞的，他们那个时候日子怎么过。或者我现在还没有资格说这样的话，等到我老的时候，等到我要从工作岗位掉到无所事事、万丈深渊的时候，也许就觉得工作是件好东西了。工作是用来抵御衰老的法宝，工作是判断一个人老与不老，是否还该不该活着的唯一标志了。

但是现在，我陷在工作中，还没有这样想，我已经不喜欢工作了。如果我们现在忽然能把嘴巴封上，不需要吃也能存活的话，比如晒晒太阳就能补充钙补充能量，我想我们中的很多人，马上会像流星一样驶离工作轨道。或者浑身轻飘飘地，想要在天上飞，我们要去干我们想要干的事了，可能是工作，也可能不是工作，总之，一定是自己喜欢做的，甚至以前不敢想的事也可以去碰碰运气了，反正饿不着了，把挣吃的时间，用在别的地方试试。或许就能碰出另外一个人生。

那么就不工作了，我们给自己减压，我们让自己多活几年，让疲惫的女人们也多美丽几年。可是看看你都说了些什么，一个人没有了工作的保驾护航，那个人立马就会沦落成一只惊慌的兔子或是饥饿的狼，怕是活多久就会惊慌多久。惊慌、饥饿是一个无底洞。所以不论工作是什么，绝大多数的灰布袋子还都立在原地，迁就地、讨好地接受着工作的种种，继续在马路上和车辆争着路面，争着时间。

我有几个朋友，可以说是作家，文章写得不错。我固执地称他们是作家，我认为作家是一种职业，辛苦从事写作的人。记者有名记，普记，作家也有名家，而他们只是不出名的作家而已。

一个蹲在城市天桥上的作家。他不是蹲在天桥上写，而是经常仰面朝天卧在天桥上，大腿跷着二腿在抖动，如果没有人停在他的摊子前，他就这么一直悠闲地抖下去，有人在他摊子面前停下来了，他才会慢吞吞地爬起来，坐在他肮脏的小凳子上开始干活，别人高高大大地站着，他弯腰坐成一小堆，给手机贴膜，给别人设计艺术签名。我很羡慕他这么抖啊抖的，那座天桥，那座死家伙都得干活，它每天得稳扎稳打运送那么多人，而他竟然每天能躺在天桥上看天，抖腿。我有时和他打招呼，有时不打招呼，我一天几遍看到他，三百六十五天天天看到他，那座桥是我们城市的标志，他也快成为那座桥的标志了。下雨的时候也不打把伞，睡在那，抖着腿；飘雪的时候，不打伞，还躺在天桥上，抖着腿。他两眼看着天，卧佛似的卧在那里，仿佛只要他朝那一卧，生活就有来源，全市的手机就会源源不断地送过来。他在等待一座城市的手机变老，变老了就会有新手机，新手机就要贴膜，他在等待生活。他的头发总是又脏又乱，潮潮的，像是刚洗过，又仿佛是天桥上的雨水尽往他头上落。我从来没有问过他这样工作累不累。不过他写的文章既不脏也不潮，一篇一篇往博客上贴，一篇一篇在我们市的报纸上发表。

　　我还有一位作家朋友，是一个卖啤酒的。每天天不亮，开着他的小货车给饭店、给小百货铺、给人家送啤酒。早饭前送、中饭前送、晚饭前送，深更半夜还在送。他的手上布满厚厚的老茧，掌心、手指全是一道一道横纹，那是一道一道裂口，冬天的时候冒着血，啤酒如此清冽，而捆绑它们的绳索却是如此阴险，它们的舌头是暗红色的，牙齿是锋利的。我不知道他搬啤酒的手，一旦不握啤酒瓶了，还能不能握住其他，还能不能拢实。我问他才发表的那篇文章是什么时候写下来的，他说，深更半夜，躲在仓库里写的。仓库四周还是啤酒，他躲在巨大的阴影里，像一个怪物趴在床上写，仓库里那个小灯泡时常短路，他就打着手电筒写，角落里有一些小虫子在叫，他写给小虫子看。

前不久,我打电话给我的另一个朋友,他竟没有空理我,说正送汽油、柴油、化肥下乡,不聊。时值五月,他开着他的小货车,一趟一趟往乡下跑,大到农机化肥、小到锄头镰刀、柴米油盐,如火如荼全给人家提早送齐。看他那个忙劲,真不好意思再和他说什么小说的事。我是想告诉他,他的又一篇长篇小说发表了。

我也不是光想说写作的事,有时是想和他们聊工作、聊生活。只有他们能懂我,我也懂他们。我们有时会聊,白天工作这么累,我们夜晚还要不要写下去?我们要生活还是要写作?我们该如何去活?我们这样做有什么意义?我们会有什么结果?聊来聊去,又都没有结果。既不能不要工作,又不甘心让文字从手中跑掉,仿佛那是一笔财富。养一头猪都有感情,何况那些心甘情愿伴随我们左右,陪我们度过许多艰难日子的文字呢。

我们也得出过共同结论,如果我们兼营的不是文字,而是另外的一种生意,我们的经济状况比现在要好得多,虽是第二职业,忙中偷闲、暗中打点也还是会有收获的,我们隔壁老李租了几亩地种树,几年就发展成一个小农场,一谈到他的小农场,老李就眉飞色舞一肚子生意经。而我们夜夜刨土种文字,既没有种出钱,也没能种出名,也没种出写作经。人的一生做好一件事就行了,人不能太贪心,尤其不要像我们步子踏在半空中去经营梦。上帝会惩罚我们。让我们从政的当不上官,经商的赚不到钱,而写作又不能全力以赴,生活的利剑一指,它马上就得中断,落了一地的珠子也无暇顾及。上帝已经惩罚我们了,看看我们中许多人低矮的屋子、简陋的家具、眼角的皱纹,看看他们举步维艰、落魄的人生。写作让我们的头脑越来越单纯,而世间是越来越复杂,人心是越来越不蛊的啊,我们如何在社会上立足,又如何在工作中出人头地。写作害人。我的朋友们知我辛苦,可是又都羡慕我有一份好工作,不像他们刨一爪子,吃一口。他们鼓励我，安慰着我。不劝我放弃，只劝我努力。

我和我的工作之间的关系，不是憎恨不是厌恶，也不是它付给我钱，我给它干活，不是的，我对它还是有感情的，一把算盘用了几十年，修了档，换了珠，最后还是靠在电脑主机边，任由灰尘、时间把它们收回去，何况养育我这么多年的工作呢。我和它之间是这样的，它是它，我是我。工作早年是一只甜果，后来它在我的手里变成干果。我对它尊敬有加，做着我该做的事。这么多年工作领导着我，我没能站在工作的高度上，去领导别人。谈不上成绩，也没有建树。它占用我全部的白天，晚上还想挤在屋里不走。我和文字之间的关系，早年它设计了一个迷宫大张着嘴巴让我去钻，我有过发现的快乐，多数是迷茫，可是找到下一个出口又乐不可支、乐此不疲。也许一辈子就在里面转，也许老了时一个人灰头土脸地从里面钻出来。没有回头路。迷宫里的人一心只想往前走，他看不到外面的世界。这是一个人的游戏，玩游戏的人最终在诡异的巷子里越走越远。

我无限地思念一把斧子。那是梭罗从邻居家里借来的。又说到梭罗这个人。他借了这把斧子，就毫无瓜葛地离开了这个尘世，到一个森林里砍木头盖房子，砍柴火做饭去了。这是一把神奇的斧子，凡是拥有它的人，都会拥有无穷的能量，都会为自己开辟一条新路。难怪有一次他砍柴用力用过了头，斧子脱手掉到深水里，他费了九牛二虎之力，用树条在一根木头上做了一个活扣，他趴在冰层上，又把斧头给钓了回来。他知道这是一把好斧子。一把好斧子不应该烂在湖底。离开了这把斧子他就得变回原形。

我时刻留心着这把斧子，我希望能在城市的角落、上班的路上找到它。有一次在巷道深处却看到一只蜘蛛，一只掉在地上，正惶惶不安地寻找出路、急匆匆想爬上网的蜘蛛。我们每个人都是一只蜘蛛。满街都是蜘蛛。我们白天走啊走的，其实都是绕着一个圆心转。

晚上我们躲在角落里吃饭睡觉,是为了明天更好地画那个圆。风把蜘蛛网掀翻一回又一回,我们更加勤奋地修补,直到有一天那个蜘蛛被风干。

我没有找到那把斧子。也许人世间仅此一把,再也没有谁为我准备那样的一把斧子了。

在城市的夜晚走动

无论白昼是多么忙，多么不情愿地落下帷幕，夜晚还是来临了。

深夜我掏出一把孤零零的钥匙，打开一扇孤零零的漆黑的门。人在灯光下站定，才想起白昼还是遗落下一两件事没干，其中一件是要去买一副眼镜，一副晚上佩戴的眼镜。人在白天和夜晚戴两副不同的眼镜，这没有什么奇怪。奇怪的是白天总是忘记这些事情，白天能忘掉一件事就少做一件事，白天的手不想再伸到夜晚，白天的腿不想再跑夜晚的路，但是人们的窗口通宵达旦地亮，往往都是在干白天剩下的活。

我决定此刻出去一趟，去落实一件不知道是白天还是夜晚该干的活，去买一副夜间的眼镜。

拐出一条小巷，就进入我们这个市的大街了。某某局、某某公司、某某办事处全都关门了，门头的灯还亮着，屏幕上的字还在一个一个向外滚动。前面就是百货大楼了，白天里面的人进进出出，进也进不完，出也出不完，现在好不容易人都走光了，里面灯火已熄。此刻它像蓝水晶一样亮着，门头上是大幅水晶花，墙上有五彩投影还在一幕一幕地回放，它像在回味。现在它的门前只有少数人在走动。白天它因忙碌而干燥，此刻却是水汪汪的。这个时刻它依然是有钱人的，是太太和小姐的。此刻她像一个富家女子，安逸地圈坐在藤椅里，双腿颀长叠加，看着路面，也欣赏着自己，在夜幕里她如此丰满、落寞，但又理性、清醒，真美，可惜只我一个人看到。

和百货大楼能比美的，只有婚纱影楼，两三间店面宽，里面布置却是相当精致，一套婚纱照动辄数千元，就是普通相片，价格也是相当昂贵。真怀念那时候的老照相馆，照出的照片虽然眉毛、鼻子都是黑的，摄影师虽然是一个年过半百的老头，但是照片清晰逼真，不像现在的照片，照得越来越不像自己了。

前面不远处有人潮在涌动。我顺着一条侧路走进热闹处，地面上铺着一块一块塑料布，塑料布上有摆着袜子、鞋子的，有摆一些女孩廉价的手镯、手链，有的铺子上摆着发卡、红红绿绿的手套，在卖小乌龟、小兔子的摊子前，有几个孩子蹲在那里看。这夜市里多是手挽手的恋人，间或还有一个跌跌撞撞的孩子贴在他们身边紧走，路面上偶尔飞过的摩托车，也一律是一个年轻男孩在前面掌舵，一个俊俏女孩搂着他的后腰，他们的年轻、活力或是悠闲让人羡慕。这样的夜晚是属于他们的。再朝前面就是一个一个大排档，桌子一律摆在门口，四五个人在门前坐定，把汗衫捋到胸口，从后面看一律露出厚厚的腰肉，桌子上摆着啤酒与龙虾。那一桌子厚腰肉的是城里汉子，那一圈子精腰肉的是乡下的民工。

我惦记着我的眼镜店，先前遇到两个门全是关着的，这里也没有，眼镜店难道不知道黑暗中的人更需要一副好眼镜吗。我只得又拐回主街。

走了好一段，到了最繁华的十字路口，一座立交桥稳稳当当像一个巨型圆凳，端坐在大街正中。谁能坐在这把凳子上呢，是对面广告墙上那个美女吗？我顺着曲曲折折的凳子腿爬到桥上，桥中心有一个硕大的空心圆可俯看路面，路上还有车辆在这个圆圈底下进来又出去。那个把桥搬到城市水泥路上、搬到街心的人是一个天才，这项工程也是一个创举。它否定了一座桥只应该站在水上的想法，桥可以站在任何地方，越是热闹的地方越是要赶紧建一座桥，人需要站在桥上看热闹。但是这似乎不是桥的本意。一座底下没有水、也不走船的桥，一座不种杨柳也望不到村庄的桥，你站在上面能看到什么呢？人想爬上那座桥吗？多数人的腿匆匆忙忙爬上那座桥，什么也不看，低着头看着自己的脚，匆匆忙忙就从桥的另一头下来了，他们上桥就是为了下桥。我看那座桥也是别扭的，觉得是一种障碍，比不上家乡的杨柳桥。

我站在天桥上，四面的灯火向我压下来。这四个方向分别立着服装之都、人民医院、沙龙夜总会、百货食品超市，卖服装、卖食品的人把一天的东西卖完回家去了，医院十几层楼的灯还亮着，那灯火明亮透明，夜总会的灯也亮着，红艳艳的，像火树银花。那边是呻吟声，这边是歌声，那边声音小，这边声音大，那边付药费，这里付小费。

我从立交桥上下来，往回走，又走进夜的底部。街上的行人更少了，我尾随在一个推着垃圾车的中年妇女后面，她慢慢地推，我慢慢地跟。在黑夜她戴着口罩，我从她身边落后两步，我怕闻到车上的味道。她和一个老妇人打招呼，那个老妇人蹲在岔路口，她没有戴口罩，坐在垃圾车的车把上，垃圾车上堆满了腐败的东西。这个时候她也应该回家了，垃圾明早起来拉不也是一样吗？难道她坐在这里，是为了看着别人把垃圾倒进来？我不明白，她满头乱发的样子让人担忧。

夜市的灯火还在亮着。路的红灯、绿灯交替闪烁，像为他们守门。我觉得这个城市最好的地方，就是路口红绿灯一直交替亮着，哪怕只你一个人过，它也要伸出仙人掌一样的手掌为你指路，哪怕没有人过，它还会伸出仙人掌一样的手掌，为那一段时光指路。它的手掌是带刺的、是强行的，它的严肃，让我们对马路、对这个夜晚放心。

让我对这个城市满意的，还有街两边每隔一段路就有一个亮着灯的小房子，有凸出来，有凹进去，三四平方米、七八平方米，空荡荡的没有一个人，里面放着几台自动取款机，它们在夜晚也为行人吐钱。那些夜晚行色匆匆走进来的黑衣人是多么焦急，而他们离去的背影多少让人感到有点放心。

据说人药房也是24小时服务的，夜晚我没来买过药，但是我相信别人说的话。我也相信很多人夜晚从这里取走了药。它绿色的门楣上有几片桑树一样的叶子在夜风里起伏，但是风吹不走它，它要给夜晚治病，让这个城市的夜晚不再有咳嗽声。上帝的眼睛是蓝色的，黑夜的眼睛应该是绿色的。它就是这个城市一副清凉的药。

一个急驰的出租车在我面前停了一下，它挡风玻璃上"空车"两个字像烙铁一样又红又显眼。它像一个金龟子那样用触角感受了我一下，发现我没有什么动静，一副无动于衷、坚决要把夜路走到底的样子，便又振翅急匆匆地飞走了。它要赶往下一站，把另一个急等回家的人送走。

那些公司、厂矿、办公室，那些一幢又一幢的房子，此刻都把嘴抿得实实的，它们在休息，门前挂着大锁，拒绝一切行人入内。出租车在它们面前一闪一闪悄无声息地跑，像一个一个的老鼠在街上嗅嗅停停，不弄出一点声音以免打搅那些房子的睡眠，那些办公室里的人，老是说忙呀累的，此刻也不作声了，他们在家里睡觉，他们暂时止住了嘴。

快拐进我的巷子时，巷口有一撮灯光在一明一暗，像一只萤火虫伏在草丛里，它的胆小多疑、不熄灯的坏毛病暴露了它藏身的秘密，借着不远处的灯光，我还是看清楚了，那是一个老者蹲在地上，烟蒂还没燃尽，他的面前是一辆手扶拖拉机，半车厢西瓜一个一个黑乎乎圆滚滚的。难道他还在等待买瓜人，在半夜还想着要把清凉甘甜送给别人？

白昼我都是到超市里去买西瓜，城管总是把卖西瓜的车辆往这里指挥，往那里指挥，说是要赶到指定区域，卖西瓜的不见了，我又不知道指定区域在哪里，索性就让超市成为我们家的西瓜贮藏室，索性让超市把我们家需要的东西全包了，我们缺什么只管到超市里取。

偶尔中午在我僻静的巷子里，也有一辆卖西瓜的车，不知道他们是从哪条路深入到这里来的，尽管街上有很多交警、城管，他们还是像地下工作者打入到我们内部，我觉得他们有点智慧。巷子里的居民很欢迎他们，十几个人围着西瓜车，你挑一个我选一个，一口袋五六个、七八个，卖瓜人把它们背上楼去。

城里的人只能背动一小袋粮食了，城里人也不会大踏步地走路，他们空荡荡的双手通常只适合背在身后在巷子里散步了。

我没有买到眼镜，偶尔的出动，却让我看到那么多在黑夜里活动的生灵。它们顶着一小片星光，缓慢的步子快要被黑暗淹没了。

车来车往

一直在路上步行，与车子同行，与车子逆行，车子是我们路上的朋友。朋友多了，这路就走得乱起来，走得不分彼此了，人也就走得艰辛起来。

我原先上班是从家向南出发的。途中必经一个路口，别的路口可能是四岔路口，我要经过的这个路口是六岔路口，一条大马路从正中间隔出一条中心马路，一路三通途了。六岔路口有红灯，六岔路口中间还画一个大白圆圈，一个穿黄马夹、腰束黄带的警察站在中间，一辆摩托车歪着身子支在那里，一顶大帆布伞罩着他们。照我看还应该多配几个警察斜插着枪站在那里才对。我对这个大白圆圈里面的一切都很熟悉，因为我要斜切过这个圆圈，泗向对面的人行道上去。我通常是东看看西看看，甩开胳膊三五大步冲到白岛上，喘口气，逗留会儿，这时间可能就是喘口气的时间，多数是两三分钟，五分钟太长了，我等不及，然后我瞅准机会，扑向斜对岸。有一回我的目光正在车顶、车缝间弹跳，欲跑未跑时，一声炸雷在我耳畔响起："不许吃包子！"我吓一跳，那个年轻的警察正黑着脸对着我，一脸无情，面若铁锅盖。以此类推，我还不可以喝牛奶，本来包子吃完就该喝牛奶了，牛奶装在包里，还不可以接手机，还不可以打喷嚏，还不许跑……我觉得这警察真多管闲事，我也就是在你这个地盘打个尖儿，你就要多管我生活上的事，要我受惊吓。那个警察丝毫没顾及我的情绪，依然在白岛中间举旗放旗、吹口哨。

我决定离开这个警察，换道走。虽然有一次，我站在白岛上正东张西望，伺机而动，那个警察小黄旗"唰"地一下，半壁江山的车辆统统都停下了，我一个人大摇大摆过去了，我为此得意了好几天。我以为我可以享受此殊荣了，那个警察却再也没有理过我。

我决定从家门口向北出发。绕过屋后小巷，绕到淮河路。在中国一条叫作淮河的路注定不会闲着，以此类推还有长江路、黄河路、淮海路都不会闲着。淮河路上的车流人流注定会像淮河的水一样滚滚东流。我站在淮河路边，经过几天磨合，我发现一个问题，所有的车辆都像一个大鱼群似的，一股脑冲下来，两三分钟鱼汛就过去了，最多后面再拖拽着一两条小鱼，那个时候我们就可以安全地夺路而过了。等我们安全过去了，再回头看，后面那一拨黑压压的鱼群又拥到了一起。这是一个时机、一个战机，很多时候我们屏息都在等待这样一个时刻，有安全感又有刺激，我喜欢。我估计在这条河的上游不远处肯定有一个红绿灯，红灯一开，所有的车，亦即所有的鱼都被电住了，它们不敢动，它们也在等那个闸门，闸门一放，它们才"呼"地向下冲。有时候我也不敢狠命地一下冲到路对面，我也经常是一下冲到路中间双黄线上，脚踩双黄线站定，我站在路中间，检阅着大部队，等他们过，这中间难度就降低了许多。

有一次我没有什么事，在马路边闲逛。路中间的车像箭似的"嗖嗖"向前射，一个不让一个，一个追着一个。那时候我就想，你们跑吧，你们跑吧，跑掉你们的轮子，跑掉你们的窗子，跑掉你们的挡风玻璃，你们去加油，你们去修车，你们付过路过桥费，你们付停车费，你们吃罚单，你们吃官司。而如果是这样玩命跑出去，不用再跑回来也罢，可是你们还得要跑回来，从哪跑出去的还要跑回哪里，你们跑不出万有引力。你们身心交瘁，尘满面鬓如霜地回来了，脖子痛腰痛腿痛。你们比我们多赚了钱，可也被你们在路上花了，你们连车带人吃的喝的住的，没把自己扔在外面就不错了。你们走过很多地方，交结过很多朋友，那又怎么样，手机里垃圾信息倒是多，只那么一两条有用也就够了。我们什么也没干，我们还站在路边，吃着奶油冰淇淋，我们正在享受生活。所以有车子就了不得啦，其实没有车子在路边闲逛的人，那才是有福气。你以为你被撂下了，其实不是，聪明人才会被撂下，跑得快的人才会被撂下。他们得和我们一样跑回家，再从家里跑出去，他们比我们多出一种身心疲惫。

有一次早上上班，路上堵车了，堵得跟长龙似的。那时候我轻飘飘地从车缝中穿过，想从哪个车缝穿就从哪个车缝穿，别人也这样穿越，警察也装着没看见。我们从车头走过时，车子里的人眼巴巴地向我们看。我们在人行道上走，步子迈得又大又稳，他们目送我们去上班。我到单位里拖了地抹了桌，泡了一杯茶，头上热气腾腾的，想他们还在路面上眼巴巴地向外看，你说着急不着急。

在路上行驶的车子中，我最喜欢公交车。只要它在路上一停，它的前面立马就给我拦出一大块空地，趁着一群人上车下车，我赶紧从车头前方横穿马路，虽不能大获通过，但横穿三分之一、二分之一还是有把握的。再说公交车头上长长的辫子被电线拽着，它不会乱跑，不会疯跑，不会突然从哪里冒出来吓你一跳，它不紧不慢，有绅士风度，在路上我喜欢这样的老爷作风。只要需要过马路时，我一般看看附近可有公交车停靠点，如果有那里可以作为切入点，再说那个地方过马路的人也多，可以浑水摸鱼挤在中间，安全感也增大一点。

再一个就是私家车，这路面上基本上都是他们的天下，想想有多少个家庭，就有多少辆车轧在路面上，他们在家坐在一张桌子上吃饭，出门得坐同一辆车子，桌子的数量和车子的数量有得一比，车子就是走动的桌子，也许车子还要多些，因为配偶总是想离开他们的另一半，年轻人总是想离开父母。说真的，他们的驾驶技术实在不怎么样,超车、闯红灯、违章驾驶多是他们。他们似乎总是有事,总是心事重重地在路面上行走,一辆车拉着一个家庭、半个家庭或者拉着他自己在走。再看一些驾驶者的年龄,就知道他们的驾龄了,私家车车主的年龄一再刷新,再看看他们有的手机还夹在脖子里,嘴角还在坏坏地笑,帅是帅了一点,但是让人担心。再一个他们的路线也不是很熟,又总是想着抢快一点,唉,年轻人,还是远离他们一点为好。

最说不清的是和出租车的关系。你讨厌它吧,肯定讨厌它,但你一上车,你们的关系立马就改变了,就亲密起来了,你让它往哪开,它就往哪开,它会以最快的速度、最短的捷径满足你的心愿。车主会和你亲热地攀谈,拉着拉着你们就像亲兄弟一样,而不光只说天气、只说路面,小到邻里大到国内国际,他都乐意跟你谈,他早就盼望着有一个人来跟他谈了,每一个出租车司机都是一个健谈者。偶尔他骂一名横穿马路让他急刹车的人,你也觉得他骂得有理,骂得痛快,你很快和他一块儿共患难。但当你下车了,你们的关系立马降到冰点。一辆出租车在你面前急促停下,依然会让你骂声"讨厌鬼",你不会和他做朋友。这些出租车你需要它们的时候,比如下班、下雨、开会、过年过节赶个路什么的,它断然不会在你面前停下,它们那会赶"高峰",也不知道高峰在哪里。你不需要它们的时候,抬眼几辆出租车从你面前驶过去了,再远看满街都是出租车,似乎哪条路都离不了它,似乎这个世界都需要它们,似乎它们就是救世主。

在路上走得久了,最喜欢遇到绿灯,绿灯一亮,畅畅快快、大步流星地向前走。如果在街口站定,刚好遇到绿灯,那会像正赶上电梯一样,有一种"真巧"的惊喜,如果是数着红灯等绿灯,那也是可以的,但没有抬腿就走那样爽。有时候沿街走着,绿灯突然亮了,心里"咯噔"了一下,赶快过马路吧。可是我没有事情要到马路对面去做,真的没有吗,再想一下,可是一时之间又想不出,似乎确实没有事情要到对面去做。人群在快速过马路，渐渐只有我一个人站在这里，我还在想这个问题。那个人到底是过还是不过，轧在马路中间窥视我的司机肯定这样想。我只有悻悻地走掉了，我还在回头看，仿佛偶遇了一个朋友，别人都奔过去握手去了，唯有我一个人漏掉了。

第一场雪

　　第一次总是慌乱的,你看窗外的雪。

　　它的腿已经远远偏离航线了,它不能像雨一样直直地赶路,它高一脚低一脚,左挪两步右挪两步,它听不见任何声音,也看不清自己的路,它只是茫然地赶路,它要去哪里,它要掩饰什么。它的腰因慌乱而变了形,它小小的嘴巴微张、眼神迷茫而空蒙,脑袋里则是一片空白,直到它落到地下,还是一副悬在半空的表情。

　　人也不知道怎样来迎接今冬的第一场雪。以往下班号令一发,他的倦了的双腿立马就变成两把锋利的剪刀,左边路上剪剪,停顿一下横穿马路,转到右边路上剪剪,越剪越快,很快光明就被剪短剪碎了,黑暗越来越大,最后黑暗把人的影子全部盖住。今晚下班可不一样,有的人一出门就把领子立起来,把脖子压下去,生怕别人认出他,而有的人一出门特意把脖子露出来,生怕别人认不出他,而腿却全是轻飘飘地走着了。有的人用脑袋来迎接它,说,看,我把你顶在头上;有的人用手来迎接它,说,看,我把你捧在手心里;有的人用腿来迎接它,说,让我的腿做你的拐杖吧;有的人用脚来迎接它,一步一个脚印,一步一个脚印,说疼痛、毁灭才是爱的象征;有的人想快速地赶到家,他想在窗台前静静地品味他的第一场雪;而有的人却一反常态,故意在马路上溜。这个时候人不再是人质,不再是傍晚的人质,不再是工作的人质,人是解放了的囚徒,每个人都是漂漂亮亮的，脚下的路都被雪花照亮，未来的路被心里的雪照亮。

而车子还是慌慌张张地赶路，只是每辆车子都很得意，一辆顶着雪花的车，一辆被雪花厚爱的车。在黄昏中这个铁疙瘩不时羞怯地瞄一下，瞄一下，一场橘黄色的雪，车子眼里的雪，爱人的雪。雨刮器不时地刮一下，刮一下，那是谁僵硬的手指在抚摸爱人的脸庞。

在雪中最有创意的是树，它绿色的微微张开的叶是诱饵，它在引诱那些一群又一群飞来的小虫子，小虫子果然迟疑了，一只脚落在树叶上试试，又一只脚落在树叶上停停，树以为计谋得逞了，谁知一个咳嗽，小虫子全惊落了，诱饵们纷纷指责，是谁在搞破坏，一声询问，又滑落一批。有时也不是树在咳嗽，是风在咳嗽，风是故意的。树的腰杆都挺得直直的，树和树在比赛谁的树上落的雪多，谁的树下落的雪多。树不理睬风，再大的风树也不动，树一动，雪在半空就改变意图，雪就跑到别的树上去了，这些雪鬼精灵着呢。一棵树在冬天尤其不能输给别的树，一个挂着丁点白像是遭了霜打的树，跟秋天里挂着点歉收的小果实的树，有什么不同。

在雪地里，楼房是痛苦的，当第一片雪花来临时，疼痛就已经俨然发生，这隐痛有的要持续一冬，有的要持续一生。楼房是个巨大的东西，是这个城市的住户，你以为城市是人组成的，其实城市是一幢一幢楼房组成的，城市里没有人照样是一个城，一座空城，一个遗址。而如果一大堆人挤在一块儿，并没有半堆砖瓦楼房，人们会说那是一个大集市，牛羊的集市、布匹的集市，或者就是人的集市，而不会认为那是一个城。楼房才是城市的主人。楼房不怕风，风啪啪地敲打着它的窗户，有时还带来一两根树枝，风想趁火打劫。楼房也不怕雨，再大的雨也会从墙角铁皮筒子顺顺当当地流下。风有风的路，雨有雨的路，楼房不怕它们，楼房谁也不怕，风雨过后，各不相干。可是楼房怕雪花。雪花不一样，一片雪花轻轻地打在墙上，另一片雪花也轻轻地打在墙上，大片大片的雪花围绕着高楼转，然后一朵雪花从墙上掉下去，一团一团雪花从墙壁上掉下去，雪花全都脱落在墙角边，可是雪花还是向楼房扑过来，雪花想要干什么呢。楼房想，雪花一定怕冷，雪花想找间房子。

楼房不喜欢人，人在它的腹中走来走去，这个地方钻个眼，那个地方打个洞，多高的楼房人都能走到顶，而且人从来不会掉下去。人在它的腹中吵来吵去，似乎不说话就不能显示出自己的威严，人在里面还搞些阴谋诡计，似乎不这样就显示不出自己英明。楼房多想把门打开，让人冻得逃出去，然后让雪花住进来。

雪花进不了屋，雪花围着楼房跳舞，它们旋转着旋转着，然后贫寒地坠落下去。楼房为自己是巨人而深深地低下头。楼房也在为无家可归、为在雪地中乞讨、在雪地中一点一点挪动自己身影的人而深深地痛苦。风来的时候，楼房多想打开自己，给他们挡一阵子风，雨来的时候楼房多想给他们遮一阵子雨，雪来的时候，楼房多想给他们擎一场雪，楼房有得是地方，如果楼房把所有的房间都打开，把所有能腾空的地方都腾出来，半城子贫寒的人，不，一城子贫寒的人都可以住下。可是楼房不能自己打开自己。夜里楼房空荡荡的站着，几个簌簌发抖的人就挤在檐下。楼房感到自己是那样的贫穷。楼房多想活在自己的影子里，楼房想用自己的影子为那些人挡一阵子雪，楼房感到自己不如一床破棉被。那些人的骨骼在咯咯地叫，楼房感到那是自己的骨骼在咯咯叫。那些人是那样寒冷，楼房感到自己比那些人还要寒冷。

楼房用宽大的四方帽托住那些白色精灵，能托住多少就托住多少吧，只有它们才能守住这一方半方的白，它玩累了总该要回去，它总该要洁净地飞回去，天使总应该回到天庭才对。

第二天，所有的楼房都戴上洁白的博士帽，也有的灰瓦上戴着人字帽，一顶又一顶，它们在晴空里虚幻地笑，没有人知道它们的笑里为什么藏着一丝不自然。

整个城市都在开与合之间。以往通向城里的门是锁着的，如今城墙推倒了，通向城里的路四通八达，进城的人来来往往，但是对很多人来说，那条路始终是锁着的。可是雪来了，条条路都是那么宽敞、洁白，那是因为雪要进城吧。城里人家的门还是关得紧紧的，但是关得再紧也关不住一场雪，这不，城里人灰蒙蒙的心里已经噙着雪了。只有雪能下到人的心里。一个人的一生总得要落几场大雪。因为一场雪，城里人的心底都被催出无数朵小蓓蕾。

城市做了一场洁白的梦。城市会开花。

而乡下的大门却始终是开着的。因为乡下从来没有城门，乡下有的人家甚至没有门。没有门的人家不也是过得好好的吗。

田野为什么这么空，田野搬空杂物、收拾好角落是为了让雪花住下来呀；麦田为什么这么矮，棵棵冬麦都想做大地的托盘呀；树木为什么这么光，脱光衣服是为了坦诚相见呀。乡下的树木和城里的树木不一样，它们是一群头脑简单而又崇尚直白的庄稼汉。只有小河的水让人摸不着头脑，雪花落一颗吃掉一颗，雪花落一片吃掉一片，落花落一场吃掉一场，第二天，肚子明显胀着了，一敲，咚咚地响，这个贪吃的家伙，活该！小船为什么这么漂亮，小船也是一个诱饵，老天爷想要看看，哪些是忙人，哪些是无所事事的人呀。

整个村庄都被蒙上一层厚厚的雪，屋檐上也被蒙上一层厚厚的雪，只有中间狭长地带亮着一个又一个窗户，整个村庄变成一列火车，一辆"咣当""咣当"向前行驶的火车，屋子里的人肯定也感到异样，但是他们不敢相信自己坐在火车上，更不相信火车拉着他们在雪地中满世界地跑，有些人一辈子还没坐过火车呢。屋子里的人，有的人欣喜，有的人悲凉，有的小屋子更暖了，有的小屋子被寒风吹得更寒。每个人都坐在自己的小屋里，或是一家人围坐在一起，都是静静的不说话看着窗外，屋子和屋子并不互相走动。一场大雪落在每个车厢上是不同的,落在每个人的心里就更不同了,落在一个人一生中的每场大雪也是不一样的。一场雪有一场雪的奥妙。

少年的雪落在地上,中年的雪落在心上,老年的雪落在发上。

少年的雪是冷不丁的一个雪团,中年的雪是进屋前的左掸右掸,老年的雪是深夜焐不热的寒。

白雪纷纷,白雪想抚平沟壑,拉近村庄和城市的距离。

白雪让矮的变高了,可是让高的更高。

白雪让温暖的人温暖,让贫寒的人更加贫寒。

让欢乐的更加欢乐,让愁苦的更加愁苦,让躲在阴影里的人,阴影更加巨大。

让健康的充满活力,让衰老的又老掉一截。几个拄拐杖的老年人偶尔聚到一起,也都剩下只有上半句没有下半句的悲叹了,悲叹自己能不能度过这个冬天。下一个被带走的又会是谁。

白雪有放大的功能。一场雪能改变人世间的什么呢。

白雪纷纷,人们以为白雪是来帮助处理痕迹的。其实那是白雪的花招,白雪是来帮忙恢复痕迹的。

竹叶状、梅花状、月牙状、印章状、小圆坑、大圆坑、瓶底儿、瓶盖儿……从哪来,到哪去,何时来,何时去,和谁来,和谁去,一个一个放大的现场,瞥一眼就能明白,不要说还带着狗。

人的脚印不好绘,半黑的,像一双胶皮底,歪歪斜斜地出了村。

城市人的脚印不要绘。城市可以看见风的脚印,可以看见太阳的脚印,但却看不见人的脚印,人的脚印像是一堆什么动物挤在一块的乱踩,全是半个半个碎脚印,或是根本没有脚印。人很难在城市留下自己的脚印。而且人的脚印是一踩一个黑,一踩一个黑。

雪为什么还要向路上扑呢。

在天空

飞机在跑道上，它瘦小的两个轮子驮着巨大的机身，它在加速，像极了一只大肚子的长尾雉鸡，跑得气喘吁吁的，我以为它要腾空了，可是它却停了下来，它在喘口气，歇歇，攒把劲儿，它在找腾空的感觉。它又在跑道上加速，在轰隆隆的声音中，我以为它要向天上冲了，可是它又停了下来，半个小时中它停了两次。机舱里的人的座椅已经调正，桌板已经折好，安全带已经扣好，所有的人都坐得规规矩矩的，他们在静静地等待。飞机已经没有路可跑了，它只得腾空，它终于呼地喘一口气，呼啦一下飞起来了。像什么东西猛地推了一下我的心脏，我的心中充满了快感，很久没有这种感觉了，飞机在我麻木的时候帮了我一下。摸摸掌心，却已经是汗津津的了。

平坦的水泥地面、房屋、麦田也呼啦一下飞起来，倾斜地向我们身后飞去，它们在下坠，刚好坠在我们能看得到的地方，停下来，再远远地遁去，雾却不让我看它们了。雾在翻腾，它裹着飞机，围着飞机跳舞，是邪恶还是欢迎？是考验还是挑衅？天上的事我们不懂，我们也不能帮飞机的忙，只有抓紧把手，静静地看。这一段路途当中，没有人知道飞机的感受，它是孤身奋战。它终于把雾抛在后面，当太阳一下照到我们时，我们的心中充满着欢呼。

天在头顶湛湛地蓝着，云则平展展地铺着，纯白得没有一片异样，云有时候也一大堆一大堆地突兀出来。倘若我能把这一堆像系小羊似的系在操场上，倘若我能把这一汪蓝像舀水似的舀一瓢下来，让孩子们胖乎乎的小手摸一摸，荡一荡，既不沾一手白，又不沾一手蓝，那是多么奇妙的感觉。倘若我能把大地绘声绘色地描摹，或是截屏下来，让那一次又一次追着飞机跑的乡村少年，停下脚步，用手摸一摸高山，用心感受一下深谷，让他们相信世界上有一种叫作"可能"的事情，让他们沾着泥土的小脸从此仰望得更高、让他们飞奔的小腿跑得更快更远，那是一件多么有意义的事。

而我的眼前就有一个与众不同的"少年"。飞机在天空平整整地飞，我看到远方有一圈白色花瓣静静围坐在一起，它银色的光芒像白云一样，我看了一会儿确定那不是白云，它是那么厚重，稳当。我问送饮料过来的空姐，她说那是天山。它真没有辜负了这个好名字，它真的把头伸到了白云之上、天之上。想它小时候也是一个顽皮的孩子，它像别的山一样想知道云的事情，它不停地向上长，向上攀，别的山累了，再也不动了，它还在向上长。它的脚下长着绿草，中间长着雪线，上面是无人区，再上是雪峰，它还在执拗地向上。它终于把头伸进了白云，它看到了它想看的一切，它知道了它想知道的一切。这座山终于出类拔萃，成为空中巨匠。我从这里走，感到它白亮亮的额头，带着上天赐给它的银冠。

这里就是天堂了，如此广阔，如此安逸。我睁大眼睛想看出一点端倪，可是这里没有一丝别的什么动静。唯物主义说，人死了，身体化为土，灵魂消灭了。天还在，地还在，树绿着，花香着，风吹着，一切都安好，那个埋在土里的人什么都不知道，他不存在了。什么都不知道是一种什么样的感觉，是黑色的吗？它们会围绕着他转？不存在又是什么样、如何理解？唯心主义说，人死了，身体化为土，灵魂升入天堂，它将永存。我眼前的这片天空似乎没有别的什么飞过来又飞过去，唯心主义者信奉的东西又在哪里？它也许在大地上飞，像风，但是没有谁能感觉到。它也许就存在于我的眼前，或是我的眼神的某个更高更深远处，它为什么要让我们看不见，这样定位又有什么意义？大地和天空的关系是多么的质朴，人类和天空的关系就有点微妙。

还有上帝，很遗憾我在这里也没有看到。它不应该在这里吗？它也许存在于我们思想深处，思想深处又应该在哪里？我不是否认这一切、怀疑这一切，我只是有点失落。

但是，这里是雨的家园。一大片一大片的云化成一颗又一颗纯白、黄色的雨点，一大片洁净天空，化成一地积水，这真让人难以置信。我有一次出差，走的这个城市天气晴好，到的那个城市也是晴空灿烂，中间的某个地方却大雨滂沱。回来的时候晴空万里，走到那个地方却又阴雨扑面，快到家时又荫翳全无，那片云怎么回事，像被拴住了似的认准那个地方下？天空并不存在洼地，一些云却会认准一个方向，向一个地方云集，那个地方雨就下个不停，而有一些等雨的地方，却一滴也不肯下，那片天空是怎么回事？那块土地是何时、何事得罪了那片天空？雨在地上游走了一遭，天一热，它化成了水蒸气，它完成了一个轮回又回来了。它依然那么纯白，但在大地上走过一遭，那纯白怕就不是那么简单。

再向外看，我的眼前隔着一道玻璃，那片天空是凉是热我还感受不到。那里有没有空气，有没有风？天空里的东西一成不变，无人肯回答我的问题。这里可以说太简单，也可以说太复杂，可以说一成不变，也可以说太易变。问题多了，就不是问题了，问题大了，也就不成大问题了。这些都是机舱外的问题，机舱外的风景，我们被窗户隔着，有一天人们会从这里走出去，这个问题倒不是个问题。

有一阵子飞机静止不动，像在考虑我的问题。透过窗户，我看到它巨大的翅膀横陈着，上面有一块一块的补丁，被一个又一个密密的铆钉铆着，飞机的翅膀一动不动，设计人员多么异想天开，他成功了，飞机不扇动翅膀地飞，能省多少油、省多少力气，你看它飞得多矜持、多稳重。它的翅膀只有在双脚落地时，翻板才猛地一张，像一只老鹰猛地拍一下翅膀，随后它又关闭了，飞机却急剧减速了。飞机也不长羽毛，裸露的身子上绘着图腾，那是它家族的象征，它像鹰一样在云里雨里搏斗时，它们赋予它神的力量。一生都在天上飞啊，落到地上只有等死，最后成为一堆废铁。不论有多么危险，飞翔是不得不做的事情，飞翔是它的宿命。天上没有停靠点，天上没有补给站，不要相信那些浮云，它不会给你任何帮忙，那是一些不脚踏实地的人。任何一种飞行都要靠自己。累了还是要回到大地上去。这些银色的大鸟给地上的孩子多少想象，少年的时候谁人的头顶上不飞过几架飞机。谁人的一生中不梦想着坐一次飞机。飞机上的尾灯在暗夜一闪一闪，身后的航线牵走多少孩子的心。

飞机里的人，有的人在闭目养神，有的人在无聊地翻着报纸，空中的姑娘们推着餐车过来了，她们给每人递上一杯热气腾腾的牛奶、咖啡、橙汁。不一会儿她们又一次过来，给客人们添加饮料，收拾一次性杯子，有时还会给每人送一份糕点，这空中小蛋糕像被气吹似的，包装袋圆鼓鼓的。她们是这趟航行中愉快的风景。她们都是高挑的身材，皮肤白净，彬彬有礼。

可是这次航行我还是没有看到我想看的人。开着飞机的人是长者还是一个年轻的人？他有着怎样的面容？穿着航空服，戴着航空镜？机头里除了他还有谁？他一刻不放松地把着方向盘，还是会偶尔站起来活动一下身子，喝杯水？他眼睛不眨地看着前方，还是会倚着靠背，任飞机自由飞行？天空那么大，飞机往哪飞都行。旁边那个人在干什么？可是我们看不到他们，他们也不看我们，他们眼里只有飞机。那个人可能会成为我一生当中的秘密。

透过窗户，看看天空看看大地，一千个人可能会有一千种想法。如果每个人都把自己的感受说出来，那可是一笔价值不菲的财富。感觉良好的人在飞机上，可能会不自觉地把自己和高山比一比，悲伤的人跟着飞机,轻而易举就翻过了那道鸿沟,平庸的人被飞机一推,说不定就激发出了某种豪气,步子快的人可能会在高空想一想生命的含义,步子慢的人如果不加紧步伐,那可是连驴车都赶不上了。

可是飞机的窗户太小了,如果能把两侧窗户都放大,如果在飞机头顶也开出天窗,那样天空就属于飞机上的每个人的了。这样人们就会在脱离地球的片刻,都能静静地想一想地球上的事情。

麦子回家

喜欢麦子，一种是身体上与生俱来的需要，另一种是因为，一棵草，比任何人都知道目标，以匍匐的姿势向前赶路、催促着季节，在某个仓促的早晨，以饱满的颗粒回馈农民，用高高扬起的穗宣告它的与众不同。

每次出门，它的出现总是让我眼前一亮。如果它葳蕤，那一定是冬季，从生命的开始它就预示了与众不同，在冰层之中，它是怎样用一颗卑微的心打动土地，让土地心甘情愿为之葱茏？如果它拔节，那是雨水了，我听到它对路过的我说，让我们一起赶路，生命的旅程不可以停歇呀！如果整块地黄花鱼般泛黄，那一定是小满了，灌浆的声音让村庄点起灯火，匆匆的旅人也会停下来，目不转睛地看着，哦，乡愁在那一刻忽然成熟了。在布谷第一声清脆的时候，磨镰的手忽然停下来，喧嚣的村庄静了静了，远离麦苗的人也会侧目，麦子收了吗？一棵麦草如此牵动人心。

在六月初的某个时辰，经过几个毒日头烤过的麦子准时宣告成熟。我们的河湾河汊边一片晃动。因风雨倒下的那一片，麦穗全朝着一个方向，像一群挨挨挤挤的鱼努力游向上方，我知道它们在说什么，回家，回家，我们要回家！

我不知道顾长的麦苗被联合收割机卷入巨大齿轮时的感受，欣喜、恐惧、哭泣？这是一棵庄稼的宿命，也是人的宿命。哗哗的麦粒像汗水、像碎金灌满麻袋，它们趴在像麦穗一样弯曲、卑微的脊梁上，在风雨来临之前，他们蹒跚地、郑重地、颗粒无损地实现它回家的梦想。脱了虚的麦草舒了一口气，慵懒地瘫在田里，像幸福的母亲沉沉地睡去，空旷的田野弥漫着母性的甜蜜。睡梦中，它梦见自己变成乡间起伏的草垛，变成遮风挡雨的屋檐，变成身下软软的草铺，变成一个个写字本；它梦见自己在灵巧的指尖旋转，一会儿旋转成草帽、斗笠，一会儿是个蒸笼，搂着香喷喷的馍，它还曾经是一个精致的小包、挂件，一幅意象派麦草画……它们在甜蜜的梦中，有蛙声做伴。

可是，火还是不知从什么地方拥过来，不是灶前温暖的火，那火曾经明明灭灭照着狭小的厨房，映照着一家人的脸，馍在蒸笼里发出咝咝的响，只有香喷喷的麦火才能让馍这么惬意甜香。火小片小片舔着地皮，不久连成大片，火昂起头来，睁着血红的眼，我看见惊慌失措的麦草，被撕成碎片，麦草想挣扎着站起来，麦草想自己走回家去……

麦草挤挤地在空中飞，它们忽然有了翅膀，它们恣意扩展自己，不必再找那条崎岖的小道了，天上地下到处都是路呢。它们幻想它们仍是一身金黄、受人顶礼膜拜的麦子，如今它们是天使，带着神的旨意向四面八方传达丰收的喜庆。它们飞向杨树，杨树伸出无数枝叶把它们阻拦，在群树迷离的瞬间，它们扑向湖面、公路，连低垂着圣洁的头颅，默念着静心清水经，公路上靓丽的小车缓缓爬行。回家的麦草在上空盘旋，那一晚的乡村，咳嗽声像蛙声一样的乱，那一晚月亮和星都没来，看场的老者，红红暗暗的烟蒂里看不清他的脸。

清晨，我推开关紧的门，葡萄揉着惺忪的眼，紫藤想是一夜未眠，风一吹，院子里、车子上无数灰蝴蝶在飞，唉，又是一个花口罩、暴龙镜流行的天气。

麦草是善良的,麦草宁可粉身碎骨,可是麦草只能站在田里低头不语。麦粒般肤色的农民是善良的,他们双腿耕植在大地,大地收藏了他们的汗水,也收藏了他们的叹息。

我们朝见天空,天空灰蒙蒙的,太阳不出来,刮过的只有风。如果仰望的头颅一个一个汇聚过来,我们就是一片方阵,一片烧过的麦地的方阵,焦黑的、焦虑的、空洞的、无望的。陪着我们叹息的还有一个一个孤零零裸露着地皮的土坟。

该有一场雨要来了。

一个人的春天

　　冬天真冷啊！那个时候万物或肃穆，或垂死，或死去。活着的之所以还能辛辛苦苦地活着，是它们坚信春天一定会来的吧，虽然那个时候春天只是心里的一个模糊绿影。等不及的人开始为自己数九，终于数到立春、惊蛰了，可是那绿色的小叶片怎么还不惊惊咋咋忽闪着眼睛飞来呢？

　　三月上旬，我出城，从乡间穿过，麦苗还是成片趴在地上，软塌塌的，像被牛羊的蹄子才踩过，底下稻茬倒露出齐崭崭的黄，这块地原来是种稻子的。过了一个礼拜，我再出城，惊讶地发现，麦苗像是刚服了一服草药，已露出大病初愈的亮。而柳树真的是绿上柳梢头了，它们像轻飘飘的雾，一阵风就能吹散，但是风吹过了，它们竟不散。它们又像水母，在半空一张一翕，总让人想用手捧、心捧。白杨树还是老样子，掐着腰，竖着它的杈，它们要等到四月初，等雨水的媒婆来了之后，才会露出羞答答的新颜。而要想看榆树或石榴树的新面孔，那还要等一段时间，它们像温吞吞的老牛，在田埂上温吞吞地走，春天有的是时间，干吗那么着急？

　　事实上它们是对的。昨天太阳仿佛才涂过黄油，暖得让人毛孔舒散，而今天它就会让柳穗垂上冰碴儿。那穿着筒裙、套着小马靴迈着轻快小马步的姑娘，此刻却抱着膀子，在公交车站冻得直搓手跺脚。春风、新柳、露着婀娜腰身的姑娘都是刁钻古怪的丫头，她们在玩猫捉老鼠的游戏，看看谁会赢吧，但她们都是春天的。多数人都在观望，年老的人更像是榆树或石榴树，他们知道在春天里怎么保养。

可是柳树不，姑娘们也不。

可是为什么是柳树率先吐绿，而不是其他的树？

可是为什么万木竞相吐绿，而不是吐蓝？树的腰身也并不是一只绿色的油桶啊。

自然界真是让人难以捉摸透。

可是春天真的来了。我们和春天是两列对开的火车。在无声的交会时光里，我们看风暖、天晴、花开，我们都拥有了婴孩般的眼睛、婴孩般的神情。可是那个讨厌的列车手，还是趁我们不注意的时候，把它的那个车轮一再拧紧、提速，然后像个小偷驾轻就熟地把车开走了。留下孤零零的我们又得接受夏的炙烤、秋的衰退、冬的考验。看看，怎么又会到冬天了呢？这真令人沮丧。

有谁能把春天留住呢？或者说有谁能永远活在春天里呢？或者说有谁能坐在春天的马车里，而一路接受春光曦照、万物景仰呢？

每年这个时候，我总想起那个叫陶渊明的退役县令。沿着小溪慢慢地走，忘掉路的远近，忽然遇到一片桃花林，"夹岸数百步，中无杂树，芳草鲜美，落英缤纷"。也就十几个字，行云流水般落笔，中间并无灵花异草，这春天竟被天仙样保存，且原汁原味、永不走形。这一片桃林，后世传出了种种说法，"桃源洞"不时涌现，引得人们争相去探秘。虽然有的洞口只栽了一棵桃树，有的洞也不太深。至于那"世外桃源"就成了云烟、春天、仙家、隐者的代名词。算算我也游过几个"世外桃源"了，每处的桃花都灼灼地开，可是总觉得此桃花非彼桃花，彼桃花有股仙气、道气或妖气，此桃花只是神似。春天年年来，陶公的桃花年年隐约在云雾山间。这是陶公不曾想到的吧。

还有那个叫林黛玉的女子,每当第一片花飞,她就开始哭,她哭,后世的女子都跟着哭,后世的男子都跟着心酸,整个民间都跟在后面掉眼泪。也就是一根扁担、两只箩筐,独倚着花锄,怎么就把春天哭得香销魂断!花飞花谢我也想哭,但我终究没有,我实在没有她哭得愁人。自从这个小丫头进了贾府的大门,我们的暮春年年都传来她的悲泣声,两百年了,从不曾间断。有时候我想百花可能都是她哭残、哭散的,没有这哭声百花可能依旧是百花。所有的春天都在她的呜咽里收场。

在春天的那本大册子里,还应该能翻到湘云的那一页吧。这个娇憨女子,醉了就躺在一个石凳上,头枕着芍药花囊,芍药花落下,沾了一身,手中的坠扇也掉在地下,半被落花淹埋。春天怎么能忘掉这可爱的人儿呢?春天应该把这一页收藏。

还有那倾国倾城的贵妃娘娘,三月三日在丽水边,让多少人踏破铁鞋,争相一睹为快。在沉香亭北倚着阑干,和牡丹花交相映衬,惹得君王长久笑看。春天的史册里应有她丰腴的一笔,只不过那几笔飞快地抱憾收场。

春天,有的时候我一个人在林间闲逛,地上偶尔落下一两句鸟鸣,我确信那一个春天是我自己的。

可是我还是感到春天像面包屑一样把我丢下,春天自顾自走远。

我确信她的很多页是空绿、空蓝。

可是春天不愿多费笔墨,春天宁缺毋滥。

一个人的春天,那一个人该是何等妩媚啊。

理查德·克莱德曼的夜晚

前两天天气骤寒,星期六、星期天准备蜗居在家里,过一个小冬眠。不知什么时候手机响了,是省城朋友来电,说快来看吧,弄到两张今天晚上钢琴演奏会的票,理查德·克莱德曼,知道不?知道是知道的,一亿张唱片销售量,70个白金唱片、290个黄金唱片。但是我的兴奋度还是冰点。那个有着一双深蓝眼睛的消瘦男人虽然在远方看着我,虽然他的法兰西情调、他的法兰西式的纤长手指、他的那个抒情诗般的《致艾德琳的诗》迷倒多少人,但是在那个叮叮咚咚的声音里,我找不到路径,如果一定要让我听的话,我可能就是他聊天时故意按出的一个不和谐的音符,我们隔着山哩!

起了床,开了窗,忽然发现外面已是银白世界,天已不是我睡前的那片天了。我扣好外衣扣子,决定去看理查德·克莱德曼。如果我不去看他,我就没有理由穿过三个小时的漫天雪花,我就会错过一个难得的下午。

车出了城,就完完全全是一个偌大的雪世界了。天灰蒙蒙的,淮北平原缩在冻土里望不到边,树木脱光了叶,我能更清楚地看到雪花行走的路线。雪花一大朵又一小朵地贴在挡风玻璃上,瞬间它就被剪成一幅冰凌画,可是雨刮器嫌它不够漂亮,撤去了,雪花又换上一幅,刮雨器还是不够满意,雪花一点也不生气,它就那么好脾气地一张一张殷勤地贴,它想送我一张中意的,可是我已眼花了,我终于没能留住一幅。路两边是具有骨感美的白杨，雪打了它一下，它没动，雪又打了它一下，它还是没动，它在冬眠，终于它不耐烦了，抖了一下身子，雪就簌簌落在它脚边。谁说天塌下来有大个顶着？大个子的白杨就把天戳了一个又一个洞，雪在它的脚边绵绵地躺着。小个子的麦倒是顶得一头劲，一会儿它们也不叽叽喳喳了，它们全都累了，梦里全都是一片灌浆的声音。大叶子的卷心菜却是白花花的一片，它们的叶子被雪压得塌塌的，经雪的绿叶吃起来味道比春天还正。

可是在冬天我常不忍心看那些挑着菜的农民，我的外婆就曾经在雪窟里掏过菜，一手准确掏到雪菜的位置，另一手手起刀落，然后外婆把菜倒过来，不停地在雪坷垃上磕，那菜才露出冰碴碴的样子。一到冬天我去买菜，我就看那些红肿的手，那是一双双外婆的手啊！风雪中不时有行人站着，裹得像个圆筒子，像个机器人似的晃来晃去，估计他们在诅咒着雪，任何事物都有它的另一面，纵然晶莹剔透的雪也不能幸免。不远处的村庄在雪地里恬静无人。雪在上空做着祈祷，我听到一丝神圣的声音，雪在酝酿一种气氛，因为新年要来了。尖顶的小教堂的窗里，露出昏黄的光，屋里的人在做什么呢？

终于在天黑时分进了城，终于在百转千回中在古井体育馆坐定。淡黄色的蕉叶从天空悬下，舞台一片神圣。大师的钢琴就摆在一边，盖子轻轻地张着，仿佛想说什么话，而雾从隙间弥漫出来，那雾仿佛添了灵性，竟定在琴的上空经久不散。

大师出场了，让我怔了一怔，就这样来吸引眼球吗？没有华丽的衣衫，没有经典的发型，羸弱的个子白皙的面庞，信步走上台来，向观众席挥挥手。看惯了大的阵势，这般平铺直叙的开场白，在我倒像是踏过落叶一般舒坦。大师坐在光影里，手动琴起。他的钢琴一定是与众不同的，他的手指也一定是与众不同的，包括他的心思。他一定从海边才回来，我已闻到他身上淡蓝的气息，他一定是穿过法兰西稻香小路而来，我已感受到他周边淡淡的光芒。他平静而又深沉地弹奏着一首又一首曲子，每一串音符都在叙述着一个又一个曾经的故事，故事是那么遥远而又清晰，我不知道法兰西的姑娘听到了没有，但是他笑了，笑得是那么自信、坦然。

有些曲子我是能听懂的如《爱如潮水》《茉莉花》《一条大河》等，这些中国乐坛的流行乐都是由他改编成钢琴曲的，并在各国演奏。他还在全球推出专门为中国谱写的曲子，他得到越来越多中国观众的喜爱，2004年为表彰他为中法文化交流、为推广中国音乐所做出的杰出贡献，第二届"中国十大演出盛事评选活动"，特别授予他优秀演出奖和最佳推广奖。和他同台演出的四位女子，亦是素衣素面，清爽如民间一瓣桃花、一根葱。他和她，都是天籁，不光是曲子，还有人。整个晚上都沉浸在祥和、梦幻之中，没有歌舞管弦、没有满场狂热骚动，台上安静地弹，台下安静地听。简朴但不失风度，多情而不泛滥，浪漫而不露骨，这不仅是音乐的最高境界，也是做人的最高境界吧！

出得门来，理查德·克莱德曼的晚上，雪花无边。

我为雪花而来，雪花为谁而来呢？

第二辑
诗人的乡愁

祖父的麦田

一

在我十八岁之前,我最大的梦想就是走出麦田,走出这个泥泞的大平原,走出这里的劳累、贫穷、苍白、寒冷。寒冷是我幼小身体里最深刻的记忆。那个大平原的冬天,土地是冻裂着的,不是冬天土地也是裂着的。

我从不认为平原有什么好。山上有数不尽的野果可充饥,山好看。

我们的淮河平原,记忆中总是一年一年种不完、收不完、把父辈脊梁压弯的麦子。麦子过后,就是插禾苗、种豆子,豆子落仓了,农人又套上那条老得不能再老的老黄牛,又急匆匆地向田野赶去,开始下一轮的麦种。那时候我们不懂得看风景。我们那里如果有风景的话,那就是老屋门前的泥路上,昏暗的光线中,一个又一个人牵着牛慢吞吞地走过,多年后牵牛的老头不见了,路上又多出了一个牵牛的娃。那个时候我就想土地真是个催命的家伙,一年一年牵着人走,一年一年又把人拖垮。

那时候我爱做梦,梦中爱跑,跑着跑着,听不见人撵了,听不见狗吠了,我回头影子也不映在麦地上了,它对我失望了。这些让人操心的麦子。

多少年后，麦地一次一次送我出去。又多少年后，麦地不送我了。

麦地中间的小路因为少了一个人踩，又多长出一脚印一脚印的麦子，这些新麦可不会记着我。麦子终于把我忘了。我在城里把自己打扮得像没种过麦子似的。

多少年后单位组织一次旅游，我们照例兴高采烈的。城市人说城市有什么好看的，我们也说城市有什么好看的，除了看楼就是看人。我们要出去，去看山，看山是我儿时的梦啊。自从我看过山，山再也没有离开过我，山在我梦中都长成蓬莱状。

在一个山村，我们欣赏了千年古树、百年祠堂、耄耋民居，还有一些永远在做回忆状的石桥，它们就这么回忆着回忆着，村里人就真成了它的梦，一些人在梦里不再醒来，一些人还在走动，梦似乎没醒。我们不知道是第多少批来寻梦的人。巷子一律弯弯曲曲的，弯曲得大风变成中风，中风变成细风，风吹过这个小村就没有了风。这里的门窗是那样考究，窗皮早已翘起、颜色剥掉，但我依然能想到几百年前一个又一个木雕师像啄木鸟似的一家一家地敲，一个又一个砖雕师在门楣上把块砖头当着金元宝似的描，他们比着敲、比着描，房子也是比着建。房子里一律有天井，水从四方天上来，又从墙角细细地流走了。还有美人靠，还有小船，只是房子一律都瘦小，美人靠、小船小得不能再小了。

我的一个同事悄悄把嘴凑过来说，他说幸好我们没有出生在这个地方，要不然这会子我们也在院子里包着头巾，劈木柴、砸核桃、揉山茶呢，晚上窝在家里看月亮、闻霉味。

我一惊，正好有一个水珠从天井瓦片上滚落下来，砸到石板上，我知道童年的梦又一次轰然破碎并且摔出万道泥浆。就像不远处的水落下去了，我看到带泥的石阶、撑着房子的烂木柱子。

原来在我盯着星星，一心想做一只大尾巴狼进山的时候，无数只的大尾巴狼却在盯着星星，一次又一次做着出山的梦。

原来我吃着白面馒头长大，他们吃着野果野菜冲饥。

原来我在大路上奔跑，为这条路跑不到头，看不到边而悻悻的时候，他们的父辈却前仆后继在悬崖上凿路。

原来我在邻村看完电影，把松鸡撵得到处飞的时候，他们打着松火，人和小羊却从悬崖上掉下。

原来我和麦苗喝着大河的水，他们却用竹管小心接着山泉。

原来我们圈起两亩地盖房子，他们的房子建在一块崖石上。

我们的太阳是两亩地两亩地照，他们的太阳是丝丝缕缕地漏。木格的窗里，太阳的光线细细柔柔能握起一小把。

我们的庄稼要用大车拉，它们的庄稼夹在腋下。

在街上我摸着粗糙的土布，挑着宽大的老银手镯，端着他们的粗瓷大碗，我相信他们不是为取悦我们故意摆出这些东西，就像他们家里简陋的用具也不是故意摆在那里让我们看，他们的眼神还是多年前的眼神。大城市的人兴致勃勃地东看一眼西看一眼，东摸一把西摸一把，他们在捕捉新鲜，他们以为捕捉到生活的滋味，我却从这里体会到时光的狭隘，体会到那里的一丝咸。

我们往回走，又走回麦田，这块麦田是从我们家门口延续过来的。

麦田依然是憨憨厚厚的，再过两天收割机就要像一阵风刮过来了，再过两天土地就要像柔风一样躺着了，并且编着城里女人的松软发辫。

麦田，这是我祖父的麦田。有着硕大院子的村庄是我祖父的村庄。

我的眼睛像抚摸一本稻草人手记似的，摩挲着它们。

我终于走回自家的风景。

原来对一块土地的认识，是需要再用十八年的啊！

二

　　从我居住的这个城市，到另一个城市，65公里，如果不进两端市区，司机总是很有把握地把时间控制在一个小时之内。有那么几年，我不厌其烦地在这个绿色托起的桥廊上诗意地奔波，看风景，去见我想见的人。

　　这是平原腹地当中两个和我最有亲密关系的地方，地图上是两个墨点，我穿过的可是原物，大面积的冬麦、树林，还有长河、落日、村庄、小火车站，我猜我的汽车也很乐意用轮子丈量这块土地，轮子没有一丝辘辘的声音，轻捷、快速、微醉，车子的保养不应该总是在油污的厂房，这个样子出来遛遛对零部件也总是有好处的。

　　在高架桥上，人和车都有了视野，终于用到视野这个词了，极目远眺是好几公里的绿，这个绿不是无限的，到足够大的时候，就有一片树像蜡烛似的将它们环绕起来，整个田野就是一块一块绿意葱茏的蛋糕。现在这个蛋糕才刚刚做完，太阳的火炉才刚刚点燃，要让满地的蛋糕都热烘烘、甜腻腻的，还得有点时间。我不得不说，上帝也是有私心的，上帝在这里摆蛋糕铺子，上帝却让大面积的高山、高原不要说没有蛋糕，有时连一棵青草也不给。我们的土地很得意，常在地头前立着"基本农田示范基地""良种培育基地"的牌子，我疑心前面冒着炊烟的屋子就是上帝的小屋，他的隐居地，他的后花园。

　　我没有去过草原，但是我敢肯定牧民们肯定羡慕我们的草原，麦苗也是草，一种母性的、充满灵性的草。可是我们的草原，不能像内蒙古草原，可打马、可斗牛、可摔跤，麦子在我们膝下，是麦子就不能踩，麦子被我们顶礼膜拜。常常我的眼前就是高远的天空，绿色的波浪，中间是一块厚实的、透明的空气，里面藏着一种叫作"忘我"的东西。我的目光像一只黑色的鸟在这里逡巡，忽而高飞，忽而又像石头样落下，不惊起麦浪，也不惊起时光。

可是"忘我"是几年前的事情，还是这条路，我还在上面跑，思绪的小鸟却常常被撞得惊慌失措地飞回来，钻在我温暖的体内，还是发抖。我不再放飞我的鸟，我低头看自己的脚尖。可是思想是多么不安分的东西，狭小的头颅不是它高远的天空，黑铁皮的空间也不是它的家，它的天性就是自由。等我说服自己又把它们放飞出去时，等到它们又忘乎所以时，仿佛有一声惊叫，或者是一声指责，惊得它们像一地的鹧鸪，支零破碎，四处分离……

在内蒙古草原，它们被称为帐篷。一顶又一顶，高大的、低矮的交错在一起，男人们在它的目光里放牧，女人们在门前挤奶，他们在这里休养生息，繁衍生命。

如果是雨后的树林，它们是成片的蘑菇。它们代表土地的意思、代表雨水的意思，它们歌唱这个世界，为呆板增添好奇，为平淡增加色彩。

在天空，它们是一堆一堆的云，白色是织女，黑色是天神。

在大海，它们是航空母舰。在别人的领域它代表一种不安，在自家港湾那是一种风景。

它们是一种实实在在的存在。

它们是一堆堆土堆。65公里的路途上，去时我的左眼看到不下千座，回时右眼看到的还是不下千座。它们久久地停在道路两边，它们并没有飞走的意思，它们的体积还在膨大，它们的队伍还在扩展，它们是落在我们麦地的神鸟。

我调整我的眼光，努力让眼光不要碰到它们，眼光是可以跳跃的，思维是可以飞翔的。

不要看,也不要想。可是越是这样,思想却越是在那里混乱、停顿。乱蓬蓬的荆蒿、蛇蚁的温床、狐狸的冢眠……

绿色的、黄色的蛋糕上,不是果酱、不是布丁、不是沙拉,是上帝推下的杂物,一堆又一堆。也许土堆是上帝派来照看麦子、陪伴麦子的。它们活着的时候一步不曾离开过麦地,死后化成土堆守候麦子又有什么不对?生是这里一茬一茬的麦子,结的穗个大饱满,老了躺下了,耕不动了,给它留着的那块巴掌大的土地也不争气了,结了一捧的稗子。稗子也是土地的儿子,稗子也是田间戴着草帽、开着拖拉机的小伙子的老子,儿子擦汗时它们陪儿子唠唠嗑,夜里给儿子看看田,农家的日子不就是这样一天一天有滋有味地过来的吗?

春天的雨水让所有的麦子向上蹿了蹿,田间的土堆昨夜还是一派被牛羊蹄子踏过的迹象,今早忽然全都膨胀起来,一个一个像金字塔般耸立,儿子们给先人培土了哩。新泥一块一块是锹的形状,嫩草一簇一簇头朝下,断根断须丝丝朝天,泥块一块压着一块向上走,到顶部一块浑圆的土块压在正中。土堆棱角分明,雨一场一场地来了,土堆逐渐圆润,新草重又披在上面。麦子平平坦坦地绿着,先民们的岛屿一个又一个连成一片。

夏天那岛屿比平日又扩大了一倍。上面的百草总也不好好长,这棵草霸占着那棵草的地盘,那棵草只得又强悍地盘踞到别处去,乱蓬蓬地纠结成一团。荆条忽高忽低,不全是向着高处长,总有那么几根,很邪恶地斜向四周,打家劫舍的工具刀叉般插在一起。最糟糕的是树,那是世界上最不幸的树了,土堆上的树枝断叶残,全像是被雷电击过,只留下半壁江山,但细看全是陈旧刀斧、火烧痕迹。每年都有新老树枝被毫不留情地砍掉。这棵树自从被唢呐声送到这里,病态就注定是它的命运,谁能希望麦田中间长着一棵真正的树呢,麦地的主人不愿意,土堆的儿孙也没这样想(麦地的主人、土堆的儿孙常常不是一回事),它们只是一种标志:树下住着一位先民,请不要打搅他们的安宁。

　　秋天，玉米秸被成排放倒，它们像躺在炕上一样整齐地躺在大地上，每隔三五步玉米棒攒成一窝，那是金蛋蛋、那是香饽饽。高大的土堆似乎缩了水，在秋天萎缩成一团枯草。秋天的傍晚，我曾疑心那是一个个草垛，土地被深翻了以后，我疑心那是一堆堆粪土。在空旷的田野上它们是那么孤寂、失落。幸好不远处还有一座、一座座。

　　有一年冬天傍晚，我又从高架上向两边看，麦子还没出土，一地黑黢黢的，我忘掉了土堆的事，我看到无数隆起的斑点，我想那是一地的牦牛吧，因为不久前我才从高原回来，不，这个时候牦牛也该回家了。我又想起一树的乌鸦，是的这是一群冰冷的大鸟落在土地中间。等到灯光乍亮，车灯扫过麦田时，我才猛然醒悟过来。

　　麦田，那是我祖父的麦田。黑鸟是祖先无可奈何松弛下来的翅膀，黑鸟是不论飞多远，还是要飞回土地上来的信念。我的祖父、祖父的祖父就是其中的一只。

三

　　坐在长条椅上等人，忽然听到别人说坟墓的事，两个男人坐在椅子的另一端。天是青青的天，我的脚边是每隔十步就摆着一盆鲜花，两个男人在说死人的事。我听到其中一个男人的烦恼。

　　他说，我们家的那块祖坟，最近几年，是越来越成问题了。

　　坟墓已经卧在别人的田地里，父亲去世，我和人家协商了很久，人家才勉强同意入土为安，可是还有我母亲哪。

　　祖坟我们是年年培土，地的主人年年将土耙平。我们还是年年填，他们还是年年耙，那块坟地就一年一年增高，当然上面还种着麦子。

当然这也不成什么问题。

他说,我前几次回去,一个放牛的老头凑过来,对我说,把这块地要回去吧。我说,我不种麦子了。老头说,种什么麦子,你们做官的不缺钱,把这块地砌了,建一个墓园,竖几个坟头,立几个碑,随意长长草,种种树。

老头又说,你看这块地地势多高,风水又好。

先前也有几个当官、发财人回来,也是这么做的呢。

男子回去一次,又有别人劝说他,农村地贱,也就是万把块钱的事哪。

祖坟的四周全长满磨盘一样、漫天漫地、晃晃荡荡的麦子。有的人家就真在磨盘上拉个小院种片草、栽片树、养几只牛、喂几只鸭。

男人又听到别人的声音。似乎是地主人的话,他说你看那块麦地,已经高得像山梁,牛都爬不上去了,他的族人再葬三两个进去,那块地还能种麦子吗,与其这么辛苦地耙犁,还不如给点钱让给他们家做坟地算了。

男子说,不如真把它们要了,拉个小院子省心。可是那是一片麦地啊。他又说。

四

祖父活着的时候,不是没有担心过他的麦田。两亩多的麦子,卧着四五座大坟墓。他不是没想过坟墓的事,比如一年一年耕种的时候,他总是要把皮鞭抽得"啪啪"地响,嘴巴"嗷嗷"地吆喝着,那条老得不能再老的黑牛才猛地一惊,一个趔趄拐过那个土堆,绊得祖父也是一个趔趄才跟上。他心疼牛,但又责怪它不省事,年年都记不住这个事儿。又如近几年耕种全是现代化了,儿子开着播种机"突突"过去了，把那个土堆犁得一愣一愣的。儿子开着收割机"哗哗"轧过去了，把祖坟轧得跟面饼子似的，气得他跟在后面骂，儿子不是黑牛，舍不得拿皮鞭子抽，但是儿子机灵，下次知道绕着祖宗走了。

不这样又能怎么办呢？谁家麦田不是这样？不是没想过犁、耙的事，谁希望自家的土地只长稗子不长麦子，但那是要顶着千古罪名、招全村人痛骂的，再说他也觉得这样做对不住祖先，他不知道祖先是什么意思，祖先不跟他商量，他就不能忤逆祖先。他一年一年蹲在地头，有时也想这样下去不是办法，总有一天麦地不再是麦地，是坟地，可是祖先没有给他一点启迪。

一年又一年，先人的牌位在堂屋多起来，一年又一年，旧的土堆边垒起新土堆。

祖父干完一天农活，总是慢慢蹲下身子，在地头前抽袋烟。和几座坟墓相比，祖父的身影是那样瘦小，宛若一只攥起的拳头。祖父的烟在黑暗中一明一灭，没有谁知道他和祖宗们说些什么。多少年后，祖父躺在他们的身边，祖父临走什么话也没留下。

土地上又多了一份活人的牵挂，在陌生人眼里，土地上又多了一道不想看，又绕不过去的风景。

祖父变成了神。对人世间的事全都看得清楚，又都不说，睁只眼、闭只眼。祖父像所有的老人一样对蹲在坟前的儿孙不再发一言，"儿孙自有儿孙福"，不是神又是什么？祖父和祖父的祖父一样，也留下一个土堆，祖父们没有生平可记，没有故事可流传，只有一个又一个不肯湮灭的土堆，在西风中摇着荒草，固执地证明着那些个曾经的脚步。这些个土堆又是那样的唯一，像一只半埋在土中的土陶罐，碎了，就不可复原。

五

  祖父的土堆上开始长满了草，草年年除，除了长，儿孙们终于像天底下所有的儿孙们一样不再有耐心，祖父的土堆变成了和别人一样的草窝。

  如果你是一个爱干净的老头，你早已厌透了那个乱糟糟的屋顶吧，看看上面都什么样子了，草是乱的，树是枯的，来来往往的鸟兽除了在这里遮风避雨，它们不付费、不管理，它们只负责制造噪音、制造垃圾，它们造穴、打洞、开门、换窗、偷梁换柱，祖父撵不走它们，祖父有时候也会气得吹胡子瞪眼吧，那真是人世间最理直气壮的寄居者，也是最糟糕的住户，它们在上面打打闹闹，把日子过得红红火火，我不知道老祖父戴着老花镜，盯着屋顶在想什么，又能想什么呢。祖父的小屋成了世界上最无可奈何、最无可救药的屋子。

  如果你是一个善良的老头，你看着那个姑娘夹着一本书走进麦田，或者拿着本书，并不想看，只是想坐在麦田里和麦穗聊聊天，她刚想坐下，忽然看到不远处残卧着的土堆，那土堆被雨水削了一半，它亘古不变地蹲在那里，它冲她笑，它欢迎她来，她吓了一跳，像一只急飞的鸟急飞了出去，只是那只鸟今生都不会再飞回来了；又或者她夹了一本书，想到桃林里去，那一树的桃花正让人肝肠欲断，她听见它的呼唤，她不能不去，她迎面就走过去了，但是脚下随即就踩到一块断碑，你不希望她脸色苍白、转身尖叫着奔跑着去吧？

  还有一些硕大的土堆，状若小山。如果你是一个贫寒的老头，就像我的表舅一样，一生都在饥寒交迫中挣扎，一生都在风雨中飘摇，那么这个硕大的土堆能否像馒头一样，给他一生温饱、一生眷顾？

这个金字塔般的耀眼建筑能否霞光灿烂，给他遮风避雨、让他富贵逼人或者像达官贵人一样端坐正中？这个想法当然是好的，不过泥土中的宏愿，下一世去实现不知会不会太难。这或许也是儿子们的想法，儿子们的想法当然是好的，要是老头子活着的时候能这样想就更好了。

如果你是一个作威作福的老头，你也许并不希望儿孙给你盖座二层小别墅吧，现在麦地里不少不再建土堆，那显然有点过时寒酸，已改建二层小洋楼了。李天王的神塔一般压着麦田，麦田里时常烟雾缭绕，琉璃瓦、小铜铃吓得小鸟也绕道飞，活着的时候威风凛凛人们避之不及，死后化作一座塔立着，不要说活人不来，鸟也不来了。本来人死了，是非也该散了，不过那么一个塔立着，别人想忘也不行。雷峰塔让人说得多，说得多了，终究倒了，倒了大家都欢喜了。

如果你是一个古怪的老头，你也不希望死后再古怪一些吧，扎些牛头马面摆在墓前，纸器终究是要化为土的，要是坟也建成那样子，摆些造型，想是要威武些的，怕是威武不足，让人惊恐倒是有余。我常看着那些从荒草中突然冒出来的吓人的东西，想这样的建筑不知算新潮还是复古，不知多年以后它能否如主人所愿，标新立异，并且具有一定的参考价值、科考价值。

如果你曾经是个知识分子，当然你有可能住在墓园里，那已经是一个大村庄了，或者是一个大城市，这里原来是一个松冈，现在松没有了，只有一个冈，冈上铺上了碑林。它们是一个群体或是一个部落，城市扩张到哪，它们就尾随到哪，它们甚至有点虎视眈眈地看着人类，它们梦想着占据那里，因为活人的世界里有活人气，是这个世界的主宰，而它们只有阴气。夜晚城市的灯光有多璀璨，这里的灯光就有多幽冥。城里望不到边，它们也望不到边。它们期待着，期待着城里的人在那边住得久了，厌烦了就会驮块碑住到这里来。这里没有树，没有草，白花花的太阳下，一个又一个水泥匣密密地排着，四十几摄氏度的高温，曾经想把它们烤化。夏天山风呼呼地刮着，没有了树的庇护，山风想揭掉它们的屋盖，雨哗哗地下着，山洪想把它们冲走。那个时候没有谁来照管它们，也没有谁想起它们。一个任凭风吹雨打而又风吹不走、雨冲不垮的地方。一棵树的位置换成了一块碑的位置，一片树的位置换成了一片碑的位置，一座山岗置换完了，再换一座山岗。如果你是一个知识分子，你曾为一棵树的倒下而呼吁过、而倡议过，现在你还会不会为此而焦虑，为儿孙而担心而喟叹呢？

如果你是个作家，当然你想一一读完那些生平纪事，可是碑实在太小，不能记载什么，但就这也读不完，老碑太多，新的住户们又总是不打招呼地随时随地挤进来，怕是统计学家也难以胜任这项工作。一个新的住户加入给这里的沉寂增加了一丝活跃，却也增加了一份悲剧气氛，他们总是踏着落叶的脚步，肃穆地来了，哀伤片刻又踏着落叶的脚步，肃穆地离去，把这座园子永远留给无声无息，这是一座废园，连蚊虫也不愿来，一个收留悲剧的地方，看来只能写悲剧了。

如果你曾经是个艺术家，这里的艺术氛围实在太不浓了，也有八角的檐角，竖着高大的墓碑，小院拉着锁链，可是那和金钱有关，和艺术无关。这里也是富人的天堂、穷人的地域。富人们高门大院，占据着风水宝地，穷人只能草草掩埋。一个真正的艺术家是贫穷的，艺术家只能住那样一个盒子里。放眼望去，到处都是那样的盒子。死有时是不得不的事情，可是有人连死也死不起。这样的地方显然不适合艺术成长，比如音乐、比如美术、比如舞蹈、雕塑，艺术要的是灵感与自由。这是一个单调乏味、缺乏人情的地方。

可是它们在山坡上俯视着人类。它们像黄沙推进。它们有很强的繁殖能力，相互之间会攀比，并且给活人造成压力。它们顽强而又固执，它们有的是时间。它们有无穷的精力。它们是一种强大的力量。可是怎么办，没有人能阻止它们的存在。活人要住的地方，总得也要给他们一个去处吧。

六

那个世界到底是什么样子，这真是让人类汗颜的一件事，人类将为之惭愧。

人类对看得见摸得着的那把黄土一点信心也没有。任世间什么样的怪物、什么样的怪闻，人类都能迎难而上，任天上的什么事儿，人类也能说个大概，唯独对这个的事儿，人类只是睁着茫然的双眼，任凭荒草中的一点响动，就把自己吓倒。

人类用各种方法表示着对那具骸骨的尊重，土葬、天葬、水葬、塔葬、建坟、建碑、建塔，都认为自己的方式是最神圣不可侵犯的。

人类世界无论发生过什么样的争执、争辩，汉族的风水师从来没有和西藏的天葬师、水葬师争吵过，按汉族的风俗，那可真是不可理喻的一套。但是他们没有争吵，其实也是没有办法吵，你不能说他不对，因为你不能证明自己是对的。他们平心静气，心照不宣，各按各的路子来。这个事有点含糊，但大家都不刨根究底。

人类按自己的意愿构建出了一整套丧葬文化，结构严谨、场面宏大，大户人家按谱子来，小户人家按规矩办。

喇叭吹、唢呐叫，一代代人都是这么被送下地。

这是习惯，习惯的力量是庞大的。造一堵长城容易，要想解散眼前的这支喇叭唢呐队伍可不容易。

其实细推也还是有点底气不足，毕竟是海市蜃楼、沙中倒影，没有经过论证，又没有当事人出来证明。

这中间无论多么像瓜缠藤、藤缠瓜那么复杂，其实总共只有一个问题,心理问题,人类的共同心理。

要是漠漠蓝天能给人类一个眼神,要是黄沙厚土能给人一个暗示就好了。

要是人们在大地上刨呀刨的,不小心刨出一句老祖宗的话就好了,我们就缺这一句话。不论是好话坏话,只要是老祖宗说的都好。

不知道那个世界的他们是怎么想的,人类是如此地煞费苦心,他们会不会像观察小虫子似的观察着人类,他们会不会笑人类煞有介事,头发长见识短,孤陋寡闻。最后来一句闭门造车,瞎折腾。

七

一座土堆到底能维持多久?有些土堆是从山中凿出的,上面是巍巍青山,地下是一凿一凿把山掏空,墓道、墓室都留下精美鱼纹。有的土堆是一筐一筐土堆就的,下面是黄肠题凑,墓室石条对接,丝密无缝,上面以假乱真覆以荒草穹窿。博大的土地,五千年的文明,一代一代帝王将相风光下葬,建祠立碑,希望荣耀永存、恩泽后人。可是最终留下来的又有几座呢?终究不是一座山,山还有天崩地裂的时候。这个世上能有什么是永恒的呢?太阳也不能亘古不变。而且看看那些个声名赫赫的陵寝,盗墓者的眼光离不开它、铁蹄踏过它、战火焚烧过它,终于有一天金银取尽,珠宝散尽,丝帛油彩风化尽,而尸骨无存。一个绞尽脑汁的家园,一个机关算尽的地方,最终只落得一片荒草,几堵断墙,一扇空门,等待着下一次劫难。

生前如果不是一座山,死后封一座山、赏一块林,或者凭借金钱权势造些石人石马,建些祭殿享殿,虽是光宗耀祖一时,只可惜名声比尸骨烂得更快。金钱堆就起来的,终究是粪土,粪土还是要回到荒草中去。

万古流芳还是有的,那是一个人不灭的英雄事迹,一个高尚不屈的灵魂。那个人可能是民族英雄、科学家、历史学家、诗人、艺术家、工匠……历史并不在意他官居何位,坟墓是何等规格,它记录的只是那个人做过些什么。

　　这样的人往往没有坟墓。甚至没有风光下葬,甚至坎坷磨难一生。黄沙掩埋了他们的躯体,他们的灵魂却在黄土下熠熠闪光。他们像月光皎洁,他们像太阳照亮人类的历史。

　　他们被埋葬在何处?他们被埋葬在人类的记忆深处,在史书典籍里。史书典籍也可以看作是一种坟墓,拂掉岁月的黄沙黄土,他们的面目在还原,他们的事迹在重新上演。他们博采众长、博大精深,他们人文荟萃,他们因古朴而可爱,因短暂而耀眼。文字铸就的殿堂,火奈何不了它,刀砍不动它,记忆抹杀不掉它,它是全人类的财富。

　　坟墓能代表些什么呢?

　　高大并不能代表儿孙虔诚,矮小也并不能代表儿孙漠然无能。

　　坚固并不代表天长地久,而破落也并不代表遗忘。

　　富丽堂皇并不能代表生前安康幸福,简约贫寒也不代表虚度年华。

　　一个没有墓碑的人,威名可招日月那也说不定。

　　仅是一堆黄土而已,黄土能把握些什么?最难把握的是活人的心态。

八

　　这不关二斗米的事,祖父坟上的二斗米。对一个个体来说,现在谁稀罕那二斗米,谁家的粮囤不是满满的。可是祖父活着的时候,对土地是那么的珍爱,田埂上总会有几把蚕豆,地头上总会有几棵芝麻。祖父看到哪里，哪里就会发芽，祖父走到哪里，哪里就绽出一棵庄稼。祖父就这么弯腰在他的田地里一遍又一遍地走，凡是祖父走过的地方，都不会再有杂草，凡是有祖父脚印的地方，都不会有秋后遗落的种子。地不能闲着，一闲就没有肥力了，就像人不能闲着，人一闲骨头就轻了。祖父是这么理解土地和人的。可是祖父去了，躺在麦地中间，祖父终于清闲了，清闲着的祖父终于不去侍弄麦子、蚕豆、芝麻了，可是祖父闲成了一堆稗子。

这也不关一棵树的事。对一个个体来说，自家地头的树都换成墓碑又能怎么样，当年整个山头的树还不是都砍光了嘛。这个世界变成什么样子并不重要，重要的是人类有办法去应对。

这是关于生存质量的事。死人和活人争地，活人还能被坟墓逼死，就像活人不会被尿憋着，活人会牢牢占据上风。可是活人活法并不相同。有的人住山清水秀，有的人住茅草滩头；有的人住花园洋房，有的人终年被蚊虫叮咬；有的空气指数良，有的空气污染；有的人健康，有的人病态；有的人颐养天年，有的人英年早逝。

这是关于美与艺术的事。每个人都希望自己有俊美的外表，衣着光鲜，食物可口。乡下人希望瓦屋前麦浪万顷，白鹭翻飞，屋后青山连绵。城里人希望绿柳成行、流水通衢，小区住宅颐养身心。老人们在门前晒晒太阳，孩子们屋后放着风筝。

麦田里不需要黑衣人守望，城里人不需要蒙面客光顾。

这是关于追寻、超脱、寻找精神家园的事。向往、遐思、激越飞翔，人类需要摆脱肉体超越现实，寻找精神上的向上，到达精神上的高度，神清气爽……没有幻想，人类还在用双腿丈量土地；没有幻想，航母就不会潜入海下，宇宙飞船就不会升上太空；没有幻想，就没有壮美的诗篇与乐章。幻想是人类开出的一朵奇葩。

名山大川、万亩良田、绿草如茵，惬意、爱慕、爱怜……这是多么美的感觉，这是幻想的源泉。一堆又一堆的荒草坟墓能让人联想到什么呢？它们打断人们的视线，把灵感从头颅的果盘中撞落，让一地的浆果如土拨鼠般，从土堆边慌里慌张地滚落、逃窜。

它们要是大地结出的果实，那就好了。

让它们沉下去吧，沉下去，给祖父换一顶麦顶，让那破败不堪的、像被狂风扯掉的一块一块的茅檐，重新换成一整块崭新的天鹅绒，让黑黑的、壮壮的麦子拙补其间。让它们沉下去吧，沉下去，给它们换一顶豆顶，让豆子像珍珠样在黑暗中闪光。让它们沉下去，沉下去，在那屋顶上种上玉米，让玉米像红缨枪一样神气。

那个时候祖父卧在田间，祖父就是麦神、豆神、青玉米神，祖父吸着旱烟袋，耳听着作物拔节灌浆的声音，祖父的心里再也不长草了，祖父的两腿又充满了力量。

让它们沉下去，沉下去，让树木都像哨兵似的在城市周边集合，让飒飒的声音代替死寂，让脚步声代替风声，让月光和恋人成为这里的客人。

让它们沉下去，沉下去，让山冈重新活过来，让树木重新活过来，让鲜花重新活过来。让枯死的每一寸土地都重新活过来。

祖父变成了树神、山神。

一个人间天堂，不仅是人类的，也是祖父们的。活着的时候在麦田在树下，现在让身躯、让灵魂还去那里吧。知识分子照样关注他的树木，去教育他们的孩子，作家去写一部悲欢离合的书，音乐家去谱一首曲子，雕塑家重塑一组雕塑，画家重画一幅长河落日图……

沉下去吧，沉下去，让墓石一块一块沉下去，让庭院一个一个沉下去，让村庄一个一个沉下去。让祖父成为一望无垠的麦田的守护者，成为城市花园的倡导者，成为山林沼泽的土地神，儿孙们总是要一代一代从这个世上离去的，作为土地永久居民的祖父们，守护着这个世界是多么责无旁贷、多么重大的事情啊。

九

让它们沉下去，沉下去。

也许有一天我们不再能找到祖先的住所。土地们不愿自己老是僵着脸，像块板砖，它们不时按自己的意愿摆动摆动河流，舒展舒展身子，方形的地块变斜了，路边的那块月牙地就成刀削状了，地头的那棵老槐树其实没有动，但是硬生生地让外来人觉得这棵树不是原来的那棵树。池塘里的芦苇不见了，山地凹了下去，凹地偏又升高了，路也多出来几条。才多少年，少时离家回望的眼睛似乎还没收回来，再扭头望时头发稀了牙齿也松了，额头的皱纹也抹不平了。地头也像日头一样在无声无息中运转，只是日头还是日头，地头却不是原来的地头，人却是转着转着就没有了。

活在过去岁月里的，只是那些庄稼。这些作物和过去的一样，似乎是过去的作物像羊群一样又被赶回来了。高片的作物一样高，矮片的作物一样矮，在一块地里你绝不能分不清这穗麦子和那穗麦子有什么不同，这弯豆角和那弯豆角又有何迥异，甚至你也不能分清这棵树和那棵树有什么不同。它们默不作声，它们这个家族世世代代默不作声，它们坚守着对土地的承诺，不愿说出哪里有真金、哪里有白银、哪里有宝藏，仿佛一张嘴就会玄机泄露、河水倒流似的。它们自然也不会告诉我们祖先在哪里。一年一年去修缮祖父屋顶的那些麦子，除了更绿些外，它们也不愿炫耀自己的身份，就像许多优秀孩子，不愿过多标榜自己高贵的血统。祖父们像一把丢弃的镰刀，或废弃的碌子被埋在了土层深处。

其实我们很多人都已遗失了祖先，我们都是没有祖先的孩子。

我们都是炎黄子孙，但是我们到底起源于哪一个部落，那些个部落后来分为多少派别，我们又属于这浩荡派别中的哪一支血脉，没有谁告诉我们。祖先们在哪座山上狩过猎、冶过金、打过铁，在哪片水草畔喝住骆驼、扎起帐篷、放下孩子与柴米油盐，没有谁告诉我们。是什么原因让他们一次又一次地启程、辗转背弃家园，他们都经历了什么，都有哪些生动有趣的事，也没有谁告诉我们。上帝不愿让我们知道太多，知道得太多我们也是神仙了。上帝给我们的眼睛，是可以看，但不可以看穿，是可以想，但不可以想得明白。就像眼前的那几个土堆，你是弄不明白的。

我们这一群人其实就是孤儿，既不知道以前的事，也不知道以后的事。

以前的以前，以后的以后自然有别人掌管。

今天的这几个土堆，又能保存多久呢？它终于会从孙子辈的眼睛里消失，成为一段路，一片庄稼，最后成为一阵刮过的风，尘土落下是一片虚无。儿孙总是要向前走，祖先只能丢在身后。无论今天我们把它们修得有多高、有多坚固，也无论今天我们是多么的不辞劳苦携儿带孙前来探望，它们还是会消失，还是要化作田地。今天化作田地和以后在渐去渐远的后人的后背中化作田地又有多少不同呢？只是中间少了一场又一场的秋雨，缺了一次又一次的波澜起伏。

十

每年有几次我会手持鲜花来看你，或者是几束野花，来看祖父的麦田，如果可能我希望是麦田。像所有人一样在麦地边插几炷香，烧些冥币元宝。曾多少次我已经下定决心不再烧了，虽然我没有在麦地中间烧，也没有拔掉一片麦子、豆子，让那片地像秃子一样难看，可是麦子们会流眼泪，整片麦子都会流泪，祖父也会熏坏眼睛，就像我们这一堆人在不停地咳嗽。可是我不知道祖父的意思，我还是一年一年做着让麦子流泪，让自己咳嗽的事。我虽然离开了村庄，但是我会回来或者我从来就没有离开，我和麦子有着千丝万缕的联系，我和麦地有着难以割舍的血缘关系。走得越远，被笼子囚得越高，心中的麦地也越近。一个城里人可以没有月光，但是不可以没有麦地。心中没有麦地，那个人就是一根枯草，一个晃动在城里的枯草。

当然那块麦地可能已经是别人的了，就连祖父躺着的那一丈二的土地也是别人的了。可是那块地随时可以把我唤回去。

如果我不能站得很近，那么让我站在远一点的地方，像许多不能回到祖父身边的人一样，长久地注视着那个方向，为你烧炷香，然后俯身下拜。或者像其他的人，有些人，在一个墨色泅染的夜晚，尾随自己的影子悄悄出城，在通向麦地的岔路口，在背风的地方，找一只睡眼惺忪的路灯，停下，在蹲下的巨大阴影里，画个白圈，悄悄把纸钱烧了。要不然又能怎么办？总得给思念开辟条路吧。

可是消失的那些祖先怎么办？我们不知道要把心中那条思念的路铺向哪里怎么办？活着的人四世同堂或五世同堂，不论儿孙分布有多远，不论血脉分蘖了多少代，作为这个家庭的后裔，沾亲带故者，他们都能明白他们在这个链条中的位置，血缘至亲都分布到了哪里，这张网比蛛丝还要清晰，还要牢固。

作为祖先的那几个大土堆，那些堆里的人，他们也是血脉相连、彼此熟悉。他们之前的土堆，都在哪里，他们的年长者也一定明白，他带着儿孙住在这里，他怎能不知道他风烟中的家乡、他的故土呢，他思念着他们，他千百次梦中回到那里。坟虽是没了，路也不走了，但是眼神不会错，它们时时都在抵达。

沿着一条河流，祖父们像一条洄游的鱼一代一代向上追溯，他会找到他们的亲人，他们的源头。

不论有多少个岔路口，父辈会找到祖父，祖父会找到祖父的祖父，祖父的祖父会找到祖师爷。就像母亲会找到外婆，外婆会找到外婆的外婆，外婆的外婆会找到更古老的母亲，这条线像齿轮一样精密。

只是我们没有走过这条路线罢了。既没有看过祖师爷，也没有看过更古老的母亲。他们不肯抛一个弧线给我们，也不肯在我们的梦中出现，怕后人们说他们过时，老土，像文物一样难看。

他们的坟墓我们找不到了，他们和过去的时光融为一体，像一只船倒退着倒退着，离我们越来越远了。也许他们就希望在旧时光当中，过着平平坦坦、与世无争的日子吧。他们也许会说，他们有儿孙照顾着，后人的后人们只管去耕田、去经商、去做官、去写字，去过你们未完的人世生活，去接受那里的精彩，也接受那里的无奈与罪孽。

十一

也许这个世界并没有前世，他们就是一堆黄土。一些已消失融入土地，一些还固执地拱着腰背。

没有生命迹象，没有生命密码。

我们和他们的关系就是人与土的关系，就是秸秆与灰烬的关系，就是一只羊与羊骨头架的关系，就是一条鱼与鱼骨头的关系。

我们守候的只是自己心目当中的神。

不是没有祖先，祖先只是化作了尘土飞烟。

祖先在哪里，祖先都在大地上。

祖先在哪里，祖先都在我们心里。

祖先在哪里，祖先就是我们自己。

十二

  我只是一个过客,像萤火虫一般穿梭在人类时光河流当中的一小段,我也将回到亘古的未知当中去。

  我欣赏着这个世界,留恋着这个世界。我深沉地爱着土地,希望每一寸土地都是母亲,繁殖着人类,种植着庄稼,密生着小草,簪满着鲜花,间或有鸟有兽匆匆往来。它们各得其所,恪尽职守,竭尽所能。它们欣欣向荣,都是大地的子民。

  我希望土地平整,山川俊秀,湖水明净,天空不再有烽火焚烟沙尘。这是一场盛宴,在宇宙中经久不散,人类子孙将绵延不绝。

  请原谅一个孩子对土地、对人类的爱。

北方的风
——速写潘小平

这女子如风。走路就是一阵风,风也没有她双脚有力。她的腿不停地跑,风能跑到的地方,她都能跑到,风跑不到的地方,她也能跑到,只要她心中想,没有她到不了的地方。风不敢跑的地方,她也敢去。

她说话又快又辣,她自己都说她是北方的"口"丫头。想是我们淮北平原的辣椒又多又呛人的缘故吧。

这个身影隐隐约约我见过。在金庸的武侠小说里,头戴斗笠,面罩薄纱,身穿缁衣。从一棵树上飞身下来,身轻如猿翻过墙头,悄无声息地潜到一个财主家去。那女子用一把宝剑去解决暗无天日、昏天暗地。日子过去了百年,或是千年,这女子在杭州现身,斗笠是不戴了,宝剑依然落雨惊风,一个女子参加"光复会""同盟会",打打杀杀要把旧世界推翻。又是近百年,这女子走在大街上,宝剑已经遗失在时光的隧道里,她拿起笔,或是铺天盖地,或是不蔓不枝,或是字如玉石,或是咄咄逼人,她手里握着的依然是剑,寒光凛冽,剑气逼人。

她们或许是一个人,又或许不是,但骨子眼里的侠气、豪气是一个样。

如果有人写现代侠女传,她一定要算一个。

我见过她几次，每次都是短打扮，短夹克，小脚灯芯绒裤，旅游鞋，仿佛随时准备出门的样子。她的头发短，翻卷成小叶波浪，很柔，风一吹就像黄瓜架上的花和叶会动起来，好像她出门方才回来。幸好她的头发不是很多，否则她会难以控制住它们，看她那个样子，不是有耐心整头发的人。她的个头适中，脸形适中，相貌不是很难看，只是眼睛小了些，她说自己相貌偏中朝下，那是谦虚的说法。

我参加她举办的培训班，她是文学院院长主持会议。她给我们讲小说。讲思想高度，讲文学天赋，讲写作套路，讲小说技术。她用压不住的高音又快又急地给我们说，像是大风刮过平原，疾风骤雨，飞沙满天，她的双手也在辅佐地论证她的话语的权威性。她很男人化地一句一句说下去，一个停顿都不打。那个时候天地间的知识都向她这里云集，这些东西压抑她太久了，她只有不停地释放，不停地倾泻。不知过了多久，她累了吧，半蜷曲在座椅里，双手放在椅把上不再动，头沉沉地向后仰，眼睛不知道看着哪里，声音也像一条大江进入中下游，平和缓慢起来，她的眼睛在变小，越讲眼睛越变小，最后完全看不见眼睛了，她像要睡去，我们也像要睡去，梦中都是精彩的文学片断。忽然一声不适宜的响动，惊得大家睁开眼睛，她的嗓门又像开闸似的放开来，动作又似金戈铁马，我们也跟着振一振，然后拿一双眼睛不眨地向她看，我们期待她再次带我们到梦中去，梦中全是她精辟、独到的论断。

有时她抽烟，"咔"地一下把烟点亮，抽一口，双手舞一会儿，不久两只手放在椅把上不动了，眼睛不知看着哪里，声音又开始变小，眼睛又开始变小。有时我担心烟头会烫到她的手，因为那手已是浑然不觉火在游移。烟渺渺地从她指尖传来，忽明忽暗地从她脸前走过。烟要去哪里，烟去追寻她的梦去了吧。我们要是烟就好了，我们就会知道她的魂在哪里、梦在哪里，那梦中到底都有什么。一缕烟又飘过来，她的话语染上了烟的颜色、烟的味道。她若是男子，该会情伤多少女子。

她读自己的散文诗《北方》，她用沉沉的睡了一般的声音在读，不，还是风在读，是大风刮过平原，筛过玉米地，落在她家草屋前的絮语在读。这个女人，在北方生活了很多年，她知道北方的风何时大何时小。大时可以揭掉瓦片，小时只可吹掉脸上的红云。她说："说是在遥远的北方有一个人把我等待等待得风消了雪住了不见我归来，说是那个人已经等了很久很久，一两个世纪或者更长的时候。"一个五十多岁、历尽风霜阅人无数的女子，此刻身陷红木椅中一动不动，眼睛不知道看在哪里，思绪不知道停在哪里，那个时候没有谁怀疑她是一个姑娘，她还应该是一个纯情的姑娘，这么多年，她还在等待，那等待因漫长而有了尘烟的味道，酒的味道。光阴里的女子徒有惆怅。"那人还在吗？还在等我吗？……可人们都说在北方是有过这么一个人，可那是一个传说。"

她自己就是一个传说。

她到底是个男人还是个女人，别说我们困惑，恐怕连她自己也都困惑。

可巧的是我和她住一个宿舍。因晚上说话耽误了时间，早上起床我们都迟了，她衣衫不整地蹦到卫生间，回头对我说，快给我倒一杯水，我得走。她要去接教授来讲课，饭是来不及吃了，半个小时要把人接到。我赶紧把昨夜的开水给她倒上，又重新烧了一壶。我希望水快点烧开，我宁愿她把杯子里的水全喝光，再倒一杯沸的让她带走。虽然她的水杯是那么大。

这回我知道她去了哪里，而且我还知道她半个小时必须回来。可是多数时候她一出门，她也不知道自己会走到哪里，什么时候能回来，她要去历险。去这个城市历险，去更远更僻的地方历险。她走着走着也会迷茫，还会迷路，一个女人走得太远，看的事儿太多，管的事儿太多，不迷路才怪。

可是她不管不问，她要这么办。

她写了很多书，我所知道的有《作家心态差异论》《归来的流放者——新时期小说十年批判》《现代主妇手记》《风雨书屋》《前朝旧事》《城市呓语》《北方驿站》等等，她还做电视编导，参加各种评奖，出席各种会议。她哪来这么大精力与能量？这缘于她三岁丧母吗？是丧母让她自立自强、让她争强好胜、让她不甘落后于人？她一定是敏感而又自尊的，自尊让她自强，自强让她出众。

她没有母亲，她想当很多人的母亲。但是别人只直呼其名，或喊她大姐。

她办第一期高研班，当然是多方争取才搞到钱，钱不够了，她把女儿结婚时剩下的酒全拉来，大家一块喝，图的就是快活。

办第二期高研班，她想把两届学员的作品出一本书，但是没有钱。没有钱当然只能是打算，打算原本只能放在心里。但是在学员大会上，她高声把想法说了出来，她说我一定要说出来，说出来就没有后路了，说出来再难也要去干。这女子饿死不低头，冻死迎风站。

她点评我们的作品，毫不犹豫一刀砍下去，让你断枝断叶。你痛，她才不管你这些。不痛不痒，明年能开出花朵才怪。

她敢穿大红裤子在街上行走。她还敢大红裤子配着大绿袄子在街上行走。她走着走着就走到人群当中去了，这世界是相当精彩的。但是我们还会从人群中看到她，从电视镜头上，从报纸上，或从学术堆里冒出来。她不从众，她得说，她得写。别人不敢去的地方，她得去转一转，别人不敢踩的地方，她要去踩一踩。

她是义气的。她是文学的。她是母性或是父性的。她是我们北方的风。

乡村底版
——速写许春樵

我会看人。

看一个女子生得好不好，俗家看态，眉清目秀，五官端正，仪态大方；道家看韵，风吹荷叶，韵游离在细枝末节，具体说来就是举手投足，眉梢眼梢中有我们捕捉不到的雅致，它稍纵即逝，一个有韵味的女人可以弥补先天上的不足。仙家看神，一股精气，凝结在发肤之外，让人噤声，不敢唐突。好女子让人一见，惊为天人。

评价一个男子，不能用这些标准。男人要用"士"的标准，"士为知己者死"的"士"。这就涉及本质的问题。你要看他本质是什么组成的。

偶然一个机会参加一个培训班，省文学院副院长许春樵同志给我们授课，八天当中除了学习，我还对他进行了解读。

首先他是村庄的。早些年他应该是高中毕业没考上大学的回乡青年，他对家乡建设充满了热情，他有知识有文化，身体好，代表着农村先进的生产力，他不满足于和镰刀、镢头打交道，他会开拖拉机、修播种机，熟稔各种农业机械，大家都信任他，他带领乡亲一同致富。他是姑娘眼中首选的好女婿。不像现在的农村小伙动不动就出去打工，让自家的房屋、土地闲置着，到人家的家门口忙东忙西。再过了多少年，他应该做到村支书的位置，他具有老一辈村支书的热心肠，会在漆黑的夜晚打着手电筒，踏着泥泞的村路去访贫困户，看看人家的屋子漏不漏雨，缺不缺东西。他经常会坐在"难缠户""上访户"的土炕上，和他们聊聊天，破解破解他和村民们的矛盾。总之，他是农民的贴心人。而不像现在的有村干部，尽想着干些让老百姓不满意的事。

他不提他的村庄，但是我们从他的外形还是能看出来他的村庄的样子。每个人都有自己的村庄，就是两个同乡人，他们对自己村庄的了解也是不相同的，每个人的村庄都是独一无二的。他的个头让我想起树，他家乡的杨树一定是高大并且笔直，一个人小时候受树影响最大，树的标准就是一个孩子成长的标准，树的路就是一个农家孩子要走的路，树对大地的感恩庇护，就是一个农家孩子对村庄的眷恋、回报。树长大了不歪不斜，那个孩子长大肯定也会不歪不斜。他的身后肯定有一棵树、一片树为他鼓掌使劲。

他的笑容让我想到他家后面的小池塘，那个池塘冬天并不结冰，是一个尚处在蒙昧阶段的温泉，村民们并不知道他们土包子似的家坐落在温泉上，他们不敢相信有这等好事，他们浑然不觉地在温热的土地上放牧、耕作、繁衍。热量从岩层底部丝丝上涌，那个挑着池塘水长大的孩子面部始终宽厚温和，不知道什么叫尖酸刻薄。

他的绵柔个性，让我们相信他的村后有一条大河，河水宽泛，和缓前移，我们还了解了他的麦地，那麦地赋予他广阔胸怀，我们还看见他的乡亲，慢吞吞地从田野走过，东张西望的样子，我还看见他的炊烟，刮向他家乡的风。

这是我第一眼时看出来的，他有一张乡村底版，雾蒙蒙的背景，山沟、河流隐约可见，他的身影羸弱而又欢快。从小生在城里的孩子，他的底片要明艳得多，爽朗得多，也简单了许多。

其次他是书本的。他读书，那些书像土层一样一层一层堆积，最后积压在一块，形成一种叫书卷气的东西装在内心。他给我们讲书，东西南北随手拈来，他讲小说题材、个性、风格、细节。文学这家伙已经和他做朋友了，文学把实质都告诉他了。文学并不是高不可攀，文学把他给带走了。文学就喜欢跟着这样的人转。

他写书。他的底层是土壤，他的乡亲在上面种庄稼，他在上面种小说散文，村民们种出的东西滋养身体，他种出的东西滋养灵魂，它们都是大地结出的果实，既不浮夸也不贬低自己。他写出的东西高的像高粱，饱满火红；低的像滚入草洼处的西瓜，让人欣喜。他不骄不躁，一部一部地写，《放下武器》《一网无鱼》《逃亡的脚步》《生活不可告人》……他写着写着，就写到茅盾文学奖的入围范围了，他的藤蔓还在延伸，因为他从来不爬到高架子上说，看看我有多高，他是附着在土地上的。他的步伐越来越稳，脚步也落地有声，有时候整个社会也不得不静一静，听听他在说些什么。

他是城市的，是文学院的领导。这是他的名片，摆在最上面的那一张，他经常拿给人看的那个。作为城市人，这个特征他并不突兀。城市男人肚子要大，嗓门要高，随时出去应酬，特别是在领导岗位的。他不，还是穿着宽大的衣衫，宽柔地走在自己的路上。不能腐败也罢，腐败不了也罢，总之他在他那个也不算低的位置上，踏实地做着自己。

因为有前两张底片映衬着，他就不那么熠熠生辉。但从酿酒而言，恰是那井水、酵母两个不起眼的东西，把他酿成好酒，五粮醇、五粮液、茅台。也许就有人不信，那么坐在主席台前的那些人是什么，他们也是好酒，是茅台，但是好酒假的太多了，每年总能清理出许多瓶。再说好酒一向要窖一窖、藏一藏，放个十年八年再拿出来也不迟，急着摆出来香度、醇度总是有点欠缺。他从不以好酒自居，也不去推销自己，也不贴商标。他深居巷中，他在众人中存活。酒香能不能传出去，能传多远，干他何事，他才懒得问。他要做的只是一瓶好酒就行了。

再说好酒是拿出来品的，好酒只应该属于少数人。好酒在不懂他的人的桌子上，是一种浪费。好酒在一群暴发户面前是一种耻辱。

就写作而言，他已经是大家名家了。我一向以为他们可敬不可亲，这不怪谁，我们中间存在着差额梯度。比如黄山固然很好，可是这山可供仰望，可做目标，你不能动辄去爬，你无法领会它的博大奥妙。倒是我家乡的小山，一花一草葳蕤着我，一个小山顶足以让一个孩子眼前一亮。又比如长江固然很好，可挂云帆，可济沧海，但是我家乡的小河养育了我，濯去我脸上的泥污，让我的双腿在"扑腾"中更结实、游得更远。家乡的小山、小河更具怀柔的个性，让人一辈子相依。

他已经是大山大河一样的男人了，可是这几天学习，他一直都和我们待在一起，不是外界没事，而是有事处理完了赶快回。他没有架子，上课时充分让我们插嘴，下课时课也不停，大家还是喜欢围着他说。晚上他和我们一块儿称兄道弟喝酒，喝多了一块儿嚎几嗓子。他对我们敞开的是兄弟般的胸怀。他让我们相信，要是我们得空的话，到他那里去侃侃文学、喝喝茶也是可以的。

"士为知己者死。"这个"士"，就是这个人，拥有了许多内在优秀品格，具体说来有点高深莫测，还不太好分辨到底有哪些。但无疑他是一个名士了。一个拥有乡村底版、书生情怀的人。我们是他的学生，还不是他的知己，但是他的那些朋友们肯定会中肯地评价他。我把这个词用在他身上，足见我们对他是多么的敬重。

这个地方少了一个人

2011年，本人发生了一件很重要的事。

其实一个人的一生，能发生多少重要事情？也许就像一只老鼠踩着窸窸窣窣的步子，制造出一些琐琐碎碎的事情，也许有过一些津津乐道、值得炫耀一阵子的事，但那也只是当时的光景，时光、风、沙尘随后就会赶到，它们会想尽办法把这些事情掩埋掉，它们是这个世界的清道夫，你负责制造，它们负责清理，除非脚印踩得特别深，否则它们展示给别人的还是一个天真无邪、一个等待着他去创造的世界。

在那个小县城，凡认识我的人，在这一年、过后几年，肯定会有这样的疑问，那个人哪去了？他们和熟人拉着话，拉着拉着就拉到我，然后总是要互相问一问，那个人怎么就不见了呢？我不可能一一告诉他们我去了哪里。

在一个天欲黑未黑、毫无征兆的傍晚，我突然从这个县城消失了。等到太阳出来时，我已经挤在别人的队伍中了，我从此在别人的地盘上吃饭、上班、休息了。

这不是一件小事，蝴蝶扇了一下翅膀，几公里之外的草木、牲口都感到了空气的波动，何况一个活到老大不小的人突然消失了呢。

首先是我的房子。那已经不能叫家了，只能叫房子。房子再也听不到早上"啪"的一声开关响，因为没有这一声响，房子一整天脸都阴沉着，随后也不再有慌乱的脚步声、慌乱的杯盘声、慌乱的冲出去的声音了。中午别人家的钥匙在门口神气地哐啷啷响，别人家的铁锅铲抄到了锅底，发出钝钝的刮擦声，小锅里的肉香嘟嘟往外冒，而我们家的门始终静静地关着。房子在饥饿着，这家人的房子不享人间烟火了，它只能清心寡欲。晚上灯光亮起来了，我们家的房子从前看是一块黑玻璃，绕到后面看，也还是一块黑玻璃，别人家是白玻璃、白台布、白色的餐盘，我们家的屋子里装着晃荡荡的黑，仿佛一伸手就能把手染黑，没有谁去敲门。

最先发现这个家空了的人是一个送水工。他在楼上楼下送水，他一定会纳闷，这个人家怎么不要送水了呢？但是他不会敲门，因为这家人没叫他送水，他扛着空桶疑惑地走掉了。其次是抄水表的、抄电表的，他们先是吃惊，以为这家水表、电表坏了，怎么不走了。这可不行，他们负责任地换掉了一块，他们想等下次抄表时一块讨回来，但等到下次抄水表、电表时，他们吃惊地发现，水表、电表还是一动不动，原来这户人家既不用这里的水，又不用这里的电了，他们失望地把水表、电表又换了回去。

楼下紧挨着我们家的那家包子铺，九点多准备上门板时莫名其妙地发现多出半笼包子、一碗胡辣汤，围着油迹斑驳的长裙、脸上抹着炭黑、包了一上午包子的男主人不知怎么一回事，女主人数钱的沾满油污的手也停了下来，他们又等了一会儿，失望地把门板上上了。又过了三天，男主人终于少做了一个人的包子，他已经连续几天把多出来的那份包子吃掉了，已经吃撑着了，他终于明白那个人再也不会来吃包子了。

因为我的消失，我们家附近的菜市场，每天都会多出几个萝卜、一把菠菜、几条鱼或是一块精瘦肉，肉铺的老板我认识，他卖肉时每次总是想尽办法把大块肉上的肥肉卖掉。他围着肉转圈，看似下了决心给你削一块好肉，割下来时你才发现肥瘦各一半儿，多少还得带点肚兜、皮,等到我去时,肚兜、皮刚好削完了,只剩下一小块精肉。因为我不去了,那几个水灵灵的萝卜、一捆菠菜只能摆在地摊子上了,那块上等精肉只能直愣愣地挂在铁钩子上,被风吹得一摇晃一摇晃的了,如果这个县城不能多出一个固定的外来者替我吃掉的话,它们就只能一直摆在菜市场了。不知道这些萝卜、肉最后怎么样了。

我们家楼下那条通向单位的路,肯定也发现异常。路知道哪些人踩它,谁的脚印今天出现了,谁的脚印今天又消失了,路统统都知道。它知道哪些是熟人、哪些是生人,熟人总是低着头急匆匆地走,生人则是不看路,扭着头看两边的楼房。路发现我不见了,以前我每天低着头踩四次,踩了近二十年,我没有给它说一声"再见"就不见了。路不知道我哪去了。路上的脚印千千万万,路是有情有义的,它还揣着我的脚印,留着我的气息。多少个暗夜里,路痒痒地醒了,睁开眼一看,只有月光白净地把柏油路照成一摊水,路不知道是我在踩,那是我梦中的脚步,路怎么能知道呢。

路无法挡住别人梦中的脚步,路也不知道它时常睡在别人的梦中。

还有传达室的老王,他总爱在屋子里拉一个院外老头下棋,听到有人哐哐地敲门,他会从棋盘上抬起头来,伸到关紧的半截玻璃门后,老花镜谨慎地向门外看,他看到是我,会高高地举起那把黑色电子钥匙,"嗞"地按一下,我还没进去,他就又低头看他的棋子了,等我进了院子很久,我才又听到"嗞"的一声大门在我身后缓缓合拢了。因为我不去单位了,这下老王可以安心下完那盘棋了。

还有我楼下的那间办公室,抽个空我会去遛遛,说几分钟笑话。她们那时候正在做事,因为我去了,大家都抬起头来,手头的那些事暂且耽搁住了,几分钟之后,她们接手干的可能是另外一件事情,那些没干完的事可能永远地被耽搁住了,或者她们接着干,但是往往方向已经偏离了原来的轨道,一个停顿就此改变一件事情的本身,没有谁意识到我在这件事情当中的作用。现在我不去了,那件事只能按部就班地干下去,想分岔也没有机会,那件事被干得严肃而又认真,但是没有创意。

我的办公桌上先是落满了灰尘,不久就会有一个勤快人把桌子抹干净,把椅子抹干净,打开我的电脑,大摇大摆地干着本该我干的事情。这些东西在我来的时候,是多么新,它们在时光中变老,它们是被我用老掉的。这里面留着我的东西,桌子缝、抽屉缝、墙角里、空气中,他抹不走它们,他以为全打扫干净了。它们会想起我吗?时光会想起我吗?

我像一棵玉米被拔了出来,那个地方又补种了一棵。那棵玉米越长越大,终于把那片空地填满了,它成了那一大片玉米当中的一棵。

多少年以后,有人提起我,也许会有人说,那个人啊,怎么样怎么样。

再过多少年后,有人说认识我,有人说不认识。

这个城市终于把我忘掉了。

这个地方多出来一个人

　　一个大活人，从一个地方消失了，只要还活着，势必就会从另一个地方冒出来。我不是个逃犯，用不着潜伏，我像一个水泡，顶着一棵浮萍，第二天一早就跟着太阳从别处新鲜地冒出来了。

　　我不会在这里生活，没有任何单位同意让我啥事都不干，从从容容去学这里的生活。也没有人教我怎样在这个地方生活。父母除了老打电话来反复交代那几句话外，似乎再也没有新意，也再没有别的话可说。我得自己一点一点地去学，我已付了好几笔学费了。

　　我去问路。我问九路车怎么走，人家的手向前一指。我逆风走了二里，上了车投了币，我问师傅，到某某地方吧，师傅显然用不是我们家乡人的眼神看我，他像换挡似的加高他的声调说，反了反了，往回走，他挥手，像赶一只突兀的鸡鸭似的，全车人的眼光都从人缝中向我看，我跳下车，他们还从门缝里向我看。我顺风又走回了三里，原来那站就在我单位不远。那个站以为挂个小牌牌我就应该知道它在那里，周围人也都认为我应该知道它在那里，没有谁告诉我路怎么走，没有谁来看我气急败坏。

　　我去中介租房。中介说看房得付看房费，你要想租房子就得付看房费，你要不租也可以不看。我付了费，挂着工作证的小伙子开来一辆旧车，拉开一扇破车门，殷勤地让我上。有一次他骑着电动车，我坐在后座上，拽着他的后裾襟一块儿去看。

我又换了一家租房中介，人家竟然不要看房费。他说，瞧瞧你们这些外地人，就知道乱跑，不知道到正规地方来，看到我们这些牌子了吧，他抓起一个三角牌在我眼前晃，他桌上有好几个三角牌，那家桌上没有，我又后悔又痛心，责怪我的眼老是往不该看的地方看、脚老是往不该去的地方走，总是要踩一脚露水、踏坏一两双鞋才能走上正途。这家中介真的带我找到了家。这家屋子的墙壁大半白，棕色家具隐隐透着光亮，厨房不油不腻，浴霸五只灯还亮着，房子的面积和装潢正合我意。这家屋子适时透着暖意，让心头已经寒凉的我有了依偎的渴望。

关上门，从楼梯一步一步走下去，一辆火车从眼前摇摇摆摆地走过，楼梯抖得像要开花结果。

我说，火车。他说，是火车。

我说，吵人吗。他说，不吵。

我说，不吵人？他说，晚上停了还吵人？

我说，晚上停？！他铁板一块似的说，停！停！仿佛又给铁板钻两个眼，加了两颗钉子。

第二天晚上我搬了进来，火车先是吵了一阵子，我想一会儿该停了。

又吵了一小时，还没停。我一连又等了两晚上，它还没停。

天亮了，我问中介，火车怎么没停？你不是说它会停吗？

他说，唔，哦……加班吧。

我又等了两晚上，把一个星期等完了，火车领加班费的劲头一点不减。

我再打电话，人家不接，后来有一次接了，他说，唔，哦……不过，你看合同上的违约金……

我办事一向大意，遇到的也差不多是和我一样糊涂的人，这回有一个叫"违约金"的家伙蹲在暗地等我，估计我一踏入这个城市时它就瞄上了我。

现在,我天天晚上坐在床沿上听火车。不知道那个家伙天天晚上坐在床沿上做啥。

我对这里的人有了看法,表面上看都是和气一团,但你不知道哪些和气是本意,哪些和气是歧义。

当然我也给这里的人增加了麻烦,我去上班,单位五十多个人,每个人第一天都得给我打一声招呼,都得知道我的名字,还得陆陆续续知道我的别的一些什么事情,他们不能视我不见,他们不是街上别的什么人,他们得关心我、爱护我。

我去食堂吃饭,我把餐券交到盒子里,掌勺师傅拿着炒勺看着我,他从别人的饭菜里不动声色地匀一份给我,从第二天起他得多做一个人的饭,他不能让这个握着餐券的人没饭吃。

我在马路上走,马路平白无故多出一个人踩它。我往马路上一站,所有人都得往后退一退,他们得退出一个人站立的位置,我感到这个城市都向外松了一松。我喜欢在阳光下步行,我和一个人并排走在马路上,走着走着,他被我挤到阴影里去了,如果他还要和我并排走,他只有走在阴影里出不来。阳光因为我而重新分配了一次,空气因为我而重新分配了一次,月光得分几缕给我,鸡鸣狗叫也得分几声给我。

我去挤公交车,在它缓缓关上门之前,它得带上我。当然没有我位置,但是我个子高,其中有一个吊环就是为我准备的,我可以等,等到我的步子可以再快一点,等到他们下车。他们可不是我赶下去的。

斑马线上,黑压压的人群中有一片是我染黑的,红灯一过,急匆匆的脚步中有一双是我弄乱的。

下了班我经常在这些路上走来走去,没有什么事,就是走来走去。我想知道这些路是从哪来的,又都通到哪里去,以及那些小巷尽头都有些什么。认识一个地方总是从认识一条路开始的。我在每条路上都走上很远才回来。我没给这里的路添一块石头，我来时路已平整，桥已疏通。

我来时这里高楼逶迤，没有相同的两座楼房，没有相同的两盏灯火，没有相同的两个面孔，不同的人用不同的智慧开启着这座城池，在灯火辉煌时，我适时赶到。

这里还必将有我三五个好友，十个八个朋友，这个城市已经替我安排好，只等着我在人群中一一相认。

我看到街巷里还有衣衫单薄的人，桥洞下还有面无表情的乞讨者。这个城市却用端庄的礼仪来迎接我。

不知道我能为这个城市做些什么。上班的时候我去上班，下班的时候我去下班，吃饭的时候我去吃饭。

我想起小时候祖母对我说的，去把地里的麦子全都捡回来，不要遗落了一颗。

在广阔的田野上，那个小女孩所能做的就是那么多吧。

除此之外，我不知道我还能做些什么。

对 花

赶着要买几盆花,偏是连日阴雨。雨阻断了我买花的路,买花的心愿却在心泥里一日一日拱出了土。

其实一直都不是种花的主。年少的时候,屡屡买过几盆将要盛开的花,它们先是绿成风景,后来拘泥僵硬,最后竟枯萎得留不住一只蚂蚁。也曾兴冲冲地刨土种花,那种子日渐破土,是充足的底肥,抑或是青春的躁动,那花倒也长得枝肥叶茂,待到开花却小如灯芯。如此这般,种花的心情日渐凉薄,耐心终变成一张薄纸。种花的念头且行且缓,最后深陷泥土,变成寂然。虽然我是那么地爱它们。

一直又是爱花的人,领口、袖口有木头扣子的花,喜欢穿碎花的长裙,黑绒缎面珠花鞋。发上的花。窗格上的花。床单上的花。赴远路去看花开。走开花的路。花在一个女人的一生中,怒放奔腾,女人如花。

做花的心愿一直藏在心中。年少的时候那些瘦若豆芽,状若竹竿的小腰,那些曾经在贫瘠的土地上探出头的狗尾草、马兰头,那些灰灰菜、那些黄花草其实都曾经是一朵一朵的鲜花啊。可是那时候我们都不知道,我们总奢望去采别处的花,我们只是草,走小路,低头看人,脸会红。我们错过了星星草般的自信,错过剔透晶莹的年龄。中年的时候,女人们已把自己开到了极致,有的成了牡丹,雍容典雅、出类拔萃,有的成了百合,有的成了空谷幽兰,更多的女人却是路边的月季,缩了水的花瓣上蒙了灰尘。强颜欢笑言不由衷,不仅是花的命运,也是多数女人的命运。而女人们什么时候开始热衷种花了呢,必是断了做花的念头了以后吧。我外婆种花,我母亲种花,隔壁的阿婆阿婶种花。对美的渴慕,对美的拥有,对美的控制。必是心中无花才去种花,必是心中无爱才会满世界去寻找爱,倘若心中有,又何必到处寻?我端坐堂前,曾做过这样的结论。而如今我急切切地去买花,我心中是不是也有了一点点什么,是不是我也跨入人生中的某一路口了,这样一想,买花的步子便走得有点不稳。

把花一盆一盆放入屋中,一朵花之所以美,美在孤独,可是孤独太深了会落入陷阱。倘若阳台上片片落红从秋到冬,那清冷亦不是我种花的初衷。那么就这么高高低低的三五种吧,像是情缘的浅浅深深。花与美总是联系在一起,花与爱也总是联系在一起。这天然之爱不仅打动了我,也打动了光阴,满屋子都是青苹果的味道了呢。爱一朵花如此容易,这单方之爱如此灿烂满足,此刻爱清澈透明。而爱一个人便不会如此简单。年少的时候爱是起起落落,中年之爱据说是满池塘鳄鱼,老年之爱总该是深入浅出了吧,爱一个人原要包容一生。而爱自己更是不易,我母亲总是对我说,你要吃好啊,你要穿好。吃好不是真正对自己好,穿好也不是对自己真正好,只有让泉水从心中流过,只有让山川静美,岁月静好,那才是真正对自己好,而多数这个时候爱是说服。现在面对这三五朵花,我还意外得到一条途径,对一朵花好,便是对自己真正好。

执意与花对视,这蓝白之花,像是心空的庭院,铺着秋意秋水,现在每一朵花都叫静心。每一片叶子都在收集光线,每一朵花都在打开寂寞,每一株都是一种站立,在我们脚下小小的土地,并且向上的力量来自内心。桃花的脸庞,太多人的用心,这一刻我不相信。

在铺满鲜花的道路上,当心落入陷阱,其实鲜花也从来没有这样干过。这一切和花没有关系。天真与温柔真是锋利的刀,此刻甜言蜜语都未必能让人把心献上,而我们现在却在交换履历,温暖心情。我们都独善其身地看着对方,满屋子只有我们富可敌国的心跳,生命新鲜仿同偶遇。

花香总是意外,似乎是踩着惬意,似乎是推开半掩的房门,恰巧被我撞见,并且捕捉。往事有不少皱褶,花香总是从皱褶飘出吧。它们从虚无中飘来,将我填满,然后变淡消失。人的灵魂也是有味道的,灵魂也会发出淡香。美好的灵魂像夏风轻拂,像河水上涨。这样的灵魂即便是破碎了,满世界也都是美好的味道。现在从拥有一缕花香开始,拥有自己,蕴藏自己,释放自己。

这些花离坠落似乎还很遥远。可是那么红那么红的瓣终将会惨白成一袭皱纸,那么绿那么绿的叶终将锈蚀成一堆赝品,那么繁茂的夏天也会过去。无助的花朵等着刀子的来临。这些花可能一片一片地落,也可能迟迟不落粘在枝头。花的死法也各不相同,它们似悲似喜,或是不悲不喜,它们一片一片走向自己的终点。可能是死去,也许是重生,可能是善意抵达,也可能是恶意销毁。我无法用花语跟帖、跟笺。不知道凋零与死亡可是一种智慧,这个时候每一朵花都叫勿忘我。

现在不去想这些吧。夜晚与花独处,淡淡的香,绵绵的情,这一刻连沉默都是美好的,这干净的初夜。这样的小屋、这样的夜晚,从此以后风来也罢雨来也罢,我们荣辱与共、休戚相关。

朴素低敛,不存欲望,没有过高期待。就让我们这样过下去。过成彼此是彼此的依恋,彼此是彼此的祝愿。

这一世欢颜,或者说这一刻,让我们彼此沉醉,不说再见。

月移西窗,木门木窗寂静无声,文字与花都有些冷。就这样睡去吧,与文字与花无关的东西都不要再想。

与凋零与暗伤有关的东西也不要再想。

从明天开始，学会早起、浇花、捉虫、自己做早饭。学会用缄默凝视微笑来浇灌。

也是有花的人了啊。

找　还是不找

在办公室上班，伸手把U盘从主机上拔下来，才发现U盘的小帽子不见了，我弯下身子、撅着身子，把自己折成个烧饼夹子，满屋子寻宝似的乱转。

不仅如此，一早上擦完脸急着走人，一失手化妆品的玻璃盖子直接栽倒在地上，那玻璃盖儿就势在地上打个旋，急匆匆地溜到洗衣机后面去了，害得我趴在地下伸长脖子伸长手臂在黑影地里乱摸。

平日里这类事情还有电视遥控器、空调遥控器，你不想找的时候，它们肯定早早在你屁股下坐着，你想看电视、想开空调的时候，它们非得逃走几次不可，让你腾沙发、拽椅子倒腾一番，就这还要看它们脾气，看看它们想看不看电视、想不想享受空调。那时候我就想应该在电视、空调上加一个按钮，一按那个按钮，遥控器就会像驴子一样控制不住地叫，就会有红外线对接，另一方就是像核潜艇一样沉得住气，也得乖乖束手就擒。由此我喜欢电冰箱、洗衣机，它们不玩二合一的游戏，它们想干活就干，不想干就不干，它们无须借别人的手干自己的活，自己给自己添麻烦。

至于在家里少了一只袜子、失了一只鞋子、丢了一只手套、掉了一只耳套、不见了一个扣子，更是想什么时候发生就什么时候发生，家就是丢这些东西，找这些东西的场所。那时候我就想，人真是奇怪，要是长成大树那样就好了，掉一片叶子，没什么，再掉一片叶子，还没什么，落了一地的叶子也没什么。可是人不能，有左手就得有右手，有男人还得再造一个迥异的女人。

这类事情还是不打紧，大不了一荣俱荣，一枯俱枯，忍痛割爱整个报废算了。可是要是遗落的是一个小螺钉、一个小螺帽、一个小马掌，那可就不是心疼难堪的问题，那可是性命攸关，甚至是危及国家前途的大事了。

这些小东西，自打被造出来，做梦都在想着逃。逃到阴影里、逃到尘埃里、逃到背面去。只要它们逃走，它们的重要性立马显现，它们的形象地位立马得到提升。

它们一直在寻找机会，只要有机会出现，它们的本性立马就暴露出来，主观任性，不贪生怕死，富有冒险精神。不是一次，而是乐此不疲。丢了找回来，找回来再丢，一个东西的一生就这样找来找去，找过去了，除此之外你还能有什么办法。世间也就有了这些怎么做也做不完、怎么缝也缝不完的分分合合的事。红尘似乎也就由这些尘埃构成。

于是办公室中的签到簿旁边就绑了一支笔，任你拽多长都拽不走，电话的话筒，任你有多隐私，你也不能摘了拿到一边去打。每个人的桌子上都安了一个笔座，牢牢地拽着那笔身。可是除了话筒外，到底都没能拽住，没能拽住的东西说明它潜意识里可能不肯。

我们只能承认它们是一体的。但是不是捆绑，捆绑成不了夫妻。它们有距离，间或有不同的方向目标，它们是对立的，但又得统一。它们合拢分开，分开又合拢，世界上最美好的事情，就是君子，合而不同，我对着失而复得的小U盘、小U盘帽说。

正在想着这些事情的时候，听到隔壁的一个女人应该是对着话筒在喊：“晚上又不回来，不回来永远别回来了，有多远滚多远。”隔壁家的男人老是想滚远。

这个女人的话颠覆了我刚才的理论。对我们丢掉的东西，我刚才还认为，赶紧去找，比如帽子、盖子，比如钱包、钥匙，不假思索地去找，迫不及待地去找，怎么丢的怎么找，恨不能一下找到，千万不能被别人找到。

可是这女人的话，瞬间瓦解了我刻不容缓的理论。

这些滚出去的家伙，有时你不用去找，他也能自动滚回来。

有时你不用去找，过了很久（其实也没多久），他又回来了，不过这像慢火炖肉，炖得双方都受不了，在外的一方，跑回来算了。这家的乱草堆下，磁场还在，那磁场总算还没有散架、消磁。

还有一种情况，坚决不找，让他滚。有时那个人就真的滚到草丛里去了。

对这些人，到底要不要去找呢？理论上讲当然应该去找，为了不让自己报废掉，为了不让自己变成直挺挺的一筒牙膏，为了让自己还是一瓶洁白细腻的雅姿、羽西，当然应该把那个破帽子、破盖子找回来。不是它有多重要，而是那瓶化妆品有多重要。

可是实际情况，很少有人愿意这么去操作，宁可为小帽子、小螺钉而弯腰，绝不可以为那个人而伸头，更不用说怀有莫名的"迫切"心情了。

哪些东西应该去找，哪些不应该去找？到底什么时候去找？如何去找？这又是一个学问，一个"找"的学问，我还没弄明白。

卖服装的女孩

下了班,我在大街上走,走着走着不由自主地就跨进一个服装店内。大街上要么是主路,要么是侧路、胡同,不论什么样的路,路两边全是一扇又一扇的门,多数是开着的,也有少数是关着的,门内大白天也亮着灯光。倘若我不急着赶回家去,那我只有跨进这一扇又一扇的门内,我别无选择,胡同里的门我不轻易进,那是别人家的门。

进的最多的是服装店,百货大楼也是服装店,我只冲着它的服装去的。其次是鞋子店、眼镜店,家用电器店从不去。食品超市也应该是常去的,但没什么印象,应该还是服装店居先。越是熟悉的店越容易拨动我的情结,闭着眼也能知道它的方位,门的朝向,还要走多少步,恍惚中跨进去,走过几折走廊,那几件衣服霍然还挂在那里。每逢换季、打折,那些店里的短信总是毫不犹豫地带着一种执着与悬念,一遍又一遍叩访我们脆弱的神经。

进去和买可是两回事。我进去,是为了切换一下场景,把刚才的事忘掉;我进去是因为我累了,我让大脑来散散步;我进去是为了让眼睛适应一下世界都在贩卖什么,我进去是为了锻炼双腿,或者我进去只是因为情绪问题,我进去的理由太多了。那些空着手进来又空着手出去的人,别看她们有多高贵,想法应该和我如出一辙。如果有最低消费的话,这些情况可以避免,人们重新又都走在大街上，路两边可能又会催生出其他什么俏行业。不过服装店不会这样做，服装店讲究人情味，有人情味才有人气，有人气就会带动一切。所以服装店总是把玻璃门开到极致，并把这一风格延续到深夜，服装店在等，女人嘛，善变、爱冲动，总会有蓦然一甩长发，知音竟在那里的欣喜。服装店就在等那样一个时刻。服装店不怕失望，服装店就没有失望过，服装店比我们还了解女人。

这回我进大楼服装柜台，看到一个不一样的东西。一双纤长的胳膊交替一块叠伏在一个玻璃圆桌面上，一头栗色的长发散乱地披在上面，玻璃的光芒映衬着它，青春、美丽、忧伤。它的下半身光光地、木木地坐在离玻璃桌面不远的地方，它身上的衣服穿在一个中年女子身上，那女子在镜子面前一动不动地审视着自己，我似乎看到那个纤长胳膊的"女孩"身子在波浪起伏，并听到她轻轻的压抑的啜泣声。

对这类"女孩"我向来就没有要和她多说话的意思，她们用色彩、姿态、青春挑逗着我们的视线，"她们"炫耀骨感美，挑起肥瘦战争，唤起贫富差距，她们站着的时候总是挺着脊梁、仰着头、睥睨着双眼，坐着的时候总是翘着腿，一副见多识广很世故的样子。她们穿着的不是衣服，是感觉，是自大自怜。看看她们鄙夷的神态，就知道我们有多落后，有多么俗不可耐。但是眼前这个伏在桌面的姑娘是如此招人怜爱，一个人总有她不为人知、不得已的一面吧，即使模特也不例外。

我逛服装店，也不全冲着服装来，有时也是冲着这里的姑娘来，她们白皙、高挑、画着重眉、涂着眼影，我们这里的姑娘偏爱淡绿色眼影，她们早早在柜台前迎着你。"欢迎光临某某品牌，姐，你来得真巧，我们家才进了新的款式。""我们家的衣裳每个款式每个尺码只一件哦。""我们家的设计师是全香港最有名的，荣获某某国际大奖。""这件衣服是韩国进口面料，这件是进口桑蚕丝，姐，你摸摸这手感。"我喜欢听她们说话，有着浓浓的青春的味道，有体贴有温度，和那类女孩的漠然有着天壤之别。我不由自主步子放慢，身子放松，灵魂轻飘，我已进入逛的境界。

她夸她们的衣服："姐，你看这件衣服的领子，如果放开就是一个小斗篷，如果束起就是一个花苞，斗篷像荷叶尽显时尚气息，花苞则像牡丹显得女人味浓。"

"你看我们家衣服的盘扣，全是手工缝制，看这扣坨多结实，看这扣带多匀称，带头带尾一点也不显山露水。"

她们帮你试衣服，手指在你身上丝丝缕缕游动，帮你抹平衣襟，拉上拉链，女人衣服的拉链多在身后，女人得反转着双手，向上拉拉链，向下拽衣襟，女人对这项工作又爱又怨，美与方便总是会在后背打架。这个时候她们会"哧"的一声帮你拉上，她们的双手会从你的脖颈、肩头开始，放射性地伸展到你的指端，然后落实在后腰，指若游鱼向下探寻，最后停留在你的裤管。"姐再换一双鞋子吧，这样更有效果。"这些女孩的声音像山泉，手指却让你身上回暖升温，她们温暖的气息在你身边回流，并且成功引起躁动。

通常我会说，当然是针对某件衣服说的："哦，这件衣服怎么会是无袖的，这样大臂会不会显得粗啊？腰里褶子也折得多了些，松松的，这样腰形效果就不会太好，还有腰里竟然是带子，身后的蝴蝶结可不好结！"

要是刚进店的姑娘这会儿就会结结巴巴，老店员则态度坚决："姐的胳膊怎么会粗，恰恰露得多才显得修长，姐的腰平平的，这几个褶子掐得恰到好处，我们家这件衣服的特色就在这几个褶子上，怎么会突出姐的腰围呢？"她们的手指摩挲着褶子，摩挲着她们的特色，轻柔里有一万种钟爱、怜惜。为证实她的话，她们也一定会让你在镜前扭几下，效果也一定像她刚才说的那般好。蝴蝶结更不是问题，她们会教你，除非带子、蝴蝶一意孤行。

这些姑娘，有些从你一进门，她们就试图一个劲地靠近你，你摸哪件衣服，她就为哪件衣服服务，从款式、质量、出处一股脑儿地跟你说，这姑娘以为我们件件都想买。她的站立总让人有紧迫感，像个监工，她想接近我们的内心，却不知道她在破坏我们逛的心情。这样的姑娘一看就知道是新人。那些老店员却会把你迎进门后，默默退到一边，退到你感觉不到她存在的地方，甚至也感觉不到她的视线。她在给你足够的自由、空间——我们家的衣服够多，慢慢看吧。她耐心在等，她在捕捉变化。当你在某件衣服前停留，向某件衣服伸出手，开始翻看吊牌，或者眼神发生变化，总之某个地方像螺丝一般出现松动，在那个临界点，她们一定会不动声色地出现在你身后，说出你感兴趣的、你想知道的以及有关这件衣服的全部内涵、外延。好店员这个时候推出的是身价、品味。好店员让你觉得捡了一个便宜，并因此而获得了一份惊喜和良好的心情。

我试完了衣服，通常在她们说"姐，把件衣服包起来吧？"之前，我一定会从这家店里走掉，而且走得相当坚决，当然通常我半个小时或四十分后还可能回来，回来了以后还可能再走，走了以后还可能再来。本来我只是逛，只不过逛得有了点瘾，瘾是很重要的，瘾里面隐藏着点什么，而这点什么又常会击破我的防线，让我的心底成功地发生化学改变。这些店给我们发短信的时候我们来，不给发短信的时候也来，店里搞店庆了没有？那件衣服还没打折？我们活在一个打折的年代，衣服的价格总是让人高山仰止，我们不能不重视打折这件事。而衣服的打折竟也是寻常事，似乎店也得要靠打折才能存活下来，要是店不打折我们的日子可能就会像死水一样难起波澜，我们的幸福感就得下降。整个夏季我都逛啊逛的，或者说整个一年一有空我都在店里逛啊逛的，一直把衣服逛得都打折了，都过季了，过季的衣服当然不能再买了，我们不能穿反季节的衣服，我们不能过回去，当然我们也不能活在陈旧里。那些姑娘就一直这么对我好脾气地笑着，帮我穿呀脱的，她这一年都在为我服务，我觉得我剥削了她们。她们总是这样被人剥削。

有一次我看见两个姑娘站在中央电梯当中，她们穿着店员的服饰，在电梯的升降过程中，她们像童话里的公主一样美丽。假象有时候像空中楼阁一样引人。她们这时候肯定到楼上搬运什么东西。她们的工作地点应该是在入口、顾客身边，或在狭小的库房里翻来找去。

有一次可能没生意，在一个柜台里两个姑娘像两只小鸟缩在一个角落里，她们一直在小声对话。和身后成排的衣服相比，她们那么渺小，和这座大楼相比，她们更是微不足道，她们被衣服淹没了，被这里的镁光灯淹没了。在这里任何一种东西都是商品，不是商品的东西在这里没有价值，她们也是廉价商品。白炽的灯光照在她们的脸上，她们的脸年轻得还来不及长皱纹，她们那么平淡平静。她们也让大楼熠熠生辉。她们租住的小屋子是什么样子？她们会有自己的房子吗？在这里会有她们的家吗？她们有没有"三金"？顾客是上帝，她们什么时候是上帝？

我年轻的时候还羡慕过这些姑娘，当我们穿着厚羽绒服时，她们在温室里穿着薄衫露着光光的臂，当我们在大街热得透不过气来时，她们穿着挂着吊牌的服饰安然地吹着冷气。现在我不这样想了，这些衣服穿在她们身上总是冷冷的、僵僵的，她是她，衣是衣，新衣并未带给她小时候过年般的欣喜。当外面雷电交加时，这些衣服可曾温暖过她们？当酷暑来临时，这些丝、帛可曾沁入她们的心脾？

这些穿着吊牌衣服的姑娘似乎总是不安心。我乡下姨家的女儿先是在百货大楼里看着那几件国际时装品牌，我见了不到几面，后来在肯德基店里看见她给顾客夹烤翅，后来又在眼镜店里看见她给人家拿护理液，看着看着我就看不见她了，听说到路边卖裤子去了。这些时尚大楼里的时尚的岗位总是难攻难守，有人坚持，有人放弃。

她们多住在附近的乡下，这个城市里所有的岗位她们似乎都想尝试一遍，这些朝气蓬勃、又孤单、又生涩的孩子。她们为数众多，多像潮水在流动，她们在流动中追求着一种叫作向上的东西。有时候我想她们就像扑倒在玻璃桌面上那个嘤嘤哭泣的姑娘，有青春有笑容，美丽又哀伤。她们需要有人拉她们一把，她们都需要有人照顾。但这纯属乱想。

她们毫不掩饰对城市的喜欢，城市也掩饰不住对她们的渴望。城市渴望她们加入，城市总是不拘一格地欢迎一个美丽女孩的到来，每一座时尚的建筑，每一个开放的岗位无不在印证我的这个结论。那些建筑因为有她们而不再觉得阴森生硬，那个柜台因为有她们而一日比一日清亮。她们互为臣民，只不过她们永远是最低档次的那一个。没有人在意她们的到来，也没有人在意她们的离去，告别只是一个人的事。

有时我看着坐在柜台后面的她们，不知怎么的我就想，人的一生最重要的是品质，一个人应该保持自己的本真，纤尘难染。我是在欣赏她们。我不是说她们有些人幕后或者说后来都做了些什么，我是说现在坐在柜台后的年轻的她们，让人感到清凉，赏心悦目。我不知道她们这个样子能坐多久。但是想想城里的人现在都在做些什么，城里人给了她们什么，城里人对她们又做了些什么，我们凭什么一直要求她们本真？我们这个城市还需要不需要这种格格不入的气息？我们自己还清纯不清纯？我们又如何要求她们？

我在店里一年一年地走着，只要我活着，我便会一遍一遍地在这里走，把老店走得翻新，把新店走成记忆。在这里，你不可能看到时光的味道，姑娘们仍然年轻，衣服们永远崭新，而实际上她们都换了一茬又一茬。四季在轮回，我自己在轮回，我们都活在轮回中。我自己的脚步也一年一年慢下来了，高跟鞋走成平底鞋，桃红变成了赭绿。但是只要有服装店，我依然会在，我永远都在。

天黑的时候，一个男人缩在大街的角落里，手里夹着一支烟，在淡淡的燃烧中，那个男人成为看不见的灰烬。这个时候，那些女孩子们从店里下班了，她们一群一群地走散，她们都走到哪去了呢？夜色逐渐加重，这个庞大的黑暗，我总觉得有什么东西在支撑着。但是这些人我们现在看不见了。

有一次晨起，大街上还只是一些微曦的光，我看到一些姑娘们在街上茫然地奔跑，那是一粒米在奔跑，一棵青菜在奔跑。街两边的玻璃橱窗、玻璃门露出初醒的光，这些光芒倒映着她们的身影，也倒映着她们的紧张。这些失去村庄的孩子，用一种姿势让清晨把她们记住。

消失的村庄

走向一座村庄，走着走着路就断了。在我记忆中先后消失的村庄，有荣家渡、南前嘴，而现在正在消失的这个村庄叫打雁刘。不是村庄被夷为平地，而是在村庄中等候我们、惦记我们的人，被时光夷为一座草坟，少了那一个人，再大的村庄、再鲜活的村庄，于我们也只是一座空城。

首先消失的村庄叫荣家渡，这是几十年前迎接我的第一个村庄。这不是个山村，但被藏在三省交接处，偏僻、与世隔绝就成了它的特点。一条路像一条蛇，穿过坚硬、孤僻，执着地来到这里，于是路上就有了叼着烟袋、驼背上背着麻袋的行人，他们固执地向外界传达这个小村的意图，固执地从外界背回有用无用的消息。因此这条小路倒也不寂寞，纵是雨天，小路上的泥水也被踩得足以糊墙。一条叫漯河的河满怀好奇，探密似的、弯弯转转找到这里，小村依偎着它，田地依偎着它，这里竟是旱也丰收、涝也丰收，几百里田地一马平畴养活着一代又一代人。漯河在这里打个弯留下几棵老柳树，又泄密似的流走了。柳树下系着乌篷船，日久成了古渡口，一个荣氏家族的渡口。这里人并不以摆渡为生，漯河两岸芦苇飒飒，芦花满天，村西头还有一大片苇堂，苇子多了，落户的鸟儿也多，常见一些"苇喳儿"从荡内打出荡外，打得兴起时不小心掉在地上，好事的孩子一拥而上，仗是拉开了，可是往往，这些小鸟还是身首异处，这是贫寒岁月小孩子常玩的一种拙劣游戏。这里家家以编席、编折为生。冬春两季，家家院子里的苇子攒得像个小山，门前的石碌子在庄稼汉的脚底下，像长了眼似的稳稳当当地从院子的一头碾到另一头，劈苇子、轧苇子的声音"噼啪"响个不停。蹲在席上缩在墙角的人一声不吭，不一会儿那席就像影子一样被拉长了一截，早上起的头儿晚上就可收工，一条席当年可挣好几角钱呢。

这里既是荣氏家族的渡口，荣氏人就占了一多半，一队、二队、三队、四队，四个生产队的人小队长全姓荣，十几户武姓人家丈量土地、挣工分、分财物并无说话权，至于一些宅基地纠纷、一棵树的归属、一条田埂的演变，武家人毫不例外全败下阵来。不知何时，武家人像钉子一样一户一户被拔起，又一户一户被钉到外地，之所以说被钉到外地，是因为迁出的人都像钉子一样在外地立住脚。等到恢复高考，武氏竟是人才辈出，不出二十多年，这个渡口竟真的只是荣氏人的渡口了。武氏人成了教育脱贫的楷模，成了方圆几十里无人不知的人物，这让不知高考为何物的外族人妒忌不已。我的父亲和大伯就是从那样环境中走出来的学子，虽家境贫寒得乞讨、抽梁，但最终他们走出了村庄，成了城里人。后来祖父母去世了，留下几间空荡荡的草房，父亲和母亲掂量了很久，最终连房带地一块处理掉了。那一天大姑父听到消息从很远的地方赶来，抹着眼泪说："这下可好了，这下可好了，'连打鸡的坷垃都没有了'。"村庄一定伤了父亲的心，因为别时，父亲阴沉着脸就没有回过头。村庄，父亲的村庄从此活在父亲的沉默中，老了以后村庄就活在父亲的叨念中。到了我们这一辈，武家的孩子更像长了翅膀，两家十个孩子，其中有八个女孩，两个到了淮北，两个到了广州，两个到了宁波，村庄于我在遥望中，村庄于她们已是在梦境中了。如今通向那个小村的路多了、路宽了，那个地方也不再偏僻了，但是故乡，却回不去了。

其次消失的村庄叫南前嘴。因为二姑的存在，那个村庄一度是我们年少时的最爱。那一带的土壤特别钟情瓜果，二姑父最擅长种瓜，他只种香瓜，黄皮的、绿皮的、花皮的，既有又香又甜的"姑娘脆"，又有一咬满口沙的"老婆婆笑"。瓜熟蒂落之时，二姑父会准时出现在我们门前的小路上，他背着大号的粪箕，人累得歪歪斜斜的，粪箕里的老面瓜却咧着一条一条长嘴。我们这些面黄肌瘦、营养不良的姑娘们一跃而起，争瓜、分瓜、吃瓜、藏瓜、赏瓜，成了物资贫乏时期，我们最闪光、最富有的一幕。可是节衣缩食也不能让二姑家填饱肚子，接二连三的生孩子、月地里的亏空，让二姑的肺病日益加重。在一个春来的日子里，二姑父青青的瓜藤也没能系住二姑，她终于摆脱了哮喘，平静地躺在了瓜地。又过了几年，二姑父也回到了瓜地中间。如今香瓜依然吆喝着卖，有时我也停下来，仔细地看，但是我知道再也挑不出粪箕里的那种香瓜，再也吃不到那种瓜的味道了。如今二姑的村庄听说也不种瓜了，种不种和我们又有什么关系呢，种瓜的人已经被埋葬，再甜的村庄也只是车窗外的一片尘土飞扬。

现在正在消失的村庄叫打雁刘。这个刘姓村庄背靠天井湖，水多滩涂多，是古时大雁的栖息地，年年进贡的大雁让明太祖朱元璋垂涎不已，亲口御赐"打雁刘"三个字。可是大姑是这个光荣村庄里最黯然的一位。无儿无女是她一个人、一辈子的过错，她得为此负疚、负累终生。她拉扯大养女，给养女招了女婿，带大了养女的孩子，完成了她的使命，和大姑父一起退缩到一个小得不能再小的角落里。大姑父去世后，日渐衰老的她坐在面西的厢房前，终日等候着我父亲的出现。她在等待中存在，她在等待中消亡，最终她张着嘴走完行程，那时七十多岁的老父正在千里之外的小妹家看病。奔丧的途中父亲的鼻子出了血，唉，父亲，姐弟情像一棵老树，少了哪一个枝丫，那个地方就永远是一片光秃秃的痛。我们这些侄子侄女是她最想念的人，却不是为她号啕的人。我们是她最亲的人，却不是她最熟悉的人。坐在她曾经坐过的板凳上，坐在四面漏风的房里，看着不再有热气的灶台，看着灶膛口无人问津的麦草，看着已空去的床铺和那床永不再打开的破被，哦，那个想把我们捧在手心、想把我们揽在怀里的大姑，那个每次见面局促不安、总觉得屋里找不到地方坐、总怕板凳弄脏我们衣服的大姑，这次真的是孤零零地走了。隔着几十里的路途，隔着城乡差别，我们不如这间草屋熟悉她，不如那扇小窗熟悉她，不如门前的弯月、草垛、那一片杂树杂草熟悉她。辛勤、辛酸、隐忍，像屋前的那片芦草、像旮旯处的那棵老柳，八十多年的狂风怎么就没有过早地吹折她呢？就凭这点，大姑，我为你鼓掌！

没有人告诉我，为什么树要从泥土中钻出来，而人却要回归土地。

没有人告诉我，为什么种子可以发芽，而人却不能。

没有人告诉我，一堆黄土埋藏的究竟是悲还是喜。

如今大姑也要回到那里去。不久也是一堆黄土、一片茅草。天涯相隔，村庄从此活在别人的脚步里。

不仅是大姑，不仅是一个村庄。想想我们分布在各地的至亲、朋友，那个地方也许我们去过，那个地方我们一辈子津津乐道，那个地方也许我们一辈子不会去，但那个地方我们一生牵挂，那个地方我们耳熟能详，那是我们的地方，因为有你在呀！

还有叫家的地方，只要父母在，再远的儿女都会奔在回家的路上。

也许你孤身在外，也许你离我很远，但是你的那个地方，点满了烛火。我的心里通透着、灿烂着，因为有你在啊。请为我点亮一座城，请为我守一座城，请让生命像星河般广阔，请为我保重吧！

离开大姑的村庄，父亲一遍又一遍地说，不会再来了，不会再来了，言语里尽是些枯草般的苍凉。父亲啊父亲，我的鞋底黏上了一层厚厚的泥，它是想告诉我，我永远是这里的亲戚？

雁过留声　人过无名

大年初三，空旷的田野上只有我们一家人，扫墓人早已离去。之所以没有在年前，是因为四小姐总是年三十才能赶到家。墓地早已没有坟头，只是一畦微微隆起的庄稼地，上面种着一垄一垄的麦子。

坟离城五里，我和姐常来，地里有时种着玉米、大豆、开着花的豌豆，节前来、年前来，没事的时候也来。外婆离开我们五年了，活着的时候既没吃着，也没闲着，死了以后希望她在这里能闻到庄稼的香味，听着鸟雀的闲言闲语，看着野花花开花落、日升日落。天气好的时候，我和姐有时一坐就坐到日落，那时满湖的庄稼地只我们俩，我们像坐在失散的家园里，静静地说一些话，感伤的、忧郁的，还有淡淡的笑，满湖的庄稼都是一只只竖着的在倾听的耳朵，我们的声音甚至还惊动了一些鸟。阳光在生与死之间来回走动，我们说的话外婆一定也听到了，要不我们为什么会到这里说呢？

既是四小姐，就已暗示上面已经有了三个同样的，小时候她只是四丫头，在穷乡僻壤如果家里没有男孩，就不能算是一个正常的家庭，在村上就抬不起头来，她的到来受到的欢迎程度是可想而知的。村对面的一户人家本想生一个女孩，不巧又添了一个男孩，双方的父亲不知怎么就有了一点想法，母亲在绝望、失望中竟掩面答应。交换那天，外婆才知道，外婆说什么也不答应，声称如果你们坚持这样，我就把她带回去当小狗小猫养，母亲泣涕涟涟，终于将递过去的孩子又搂在胸前。外婆这就在我们家住下了,洗衣做饭,拾柴耙地,喂猪喂鸡,一直到我们姐妹全长大成人。直到我们全家迁到城里,也没谁说四妹好看过。可是到了初中、高中,四妹皮肤也不黑了,头发也不黄了,水汪汪的一双眼,配上一张桃花脸,拨动了多少男孩情窦初开的弦啊,到了医科大学,更是那些未来医生的偶像。四妹结婚那一天,可惜外婆已患了老年痴呆,不知道她用米浆、米糊喂出的"小狗"是多么光彩照人啊!

每年四妹回来,总是和夫婿双双跪在外婆坟前。有一年满头白发的爸跪在坟前大声地说:"感谢你啊,让我这么多的孩子没有一个受亏、受委屈的!"爸的话说出了我们的心声,但不足以抵补外婆为我们所做的一切,我们被时光搁在河的这一岸,我们无能为力。但外婆一定知足了,这是她这一辈子听到的最好听的话。

每次来看外婆,我心中都是深藏内疚的。小时候上学我总赖床,早一分钟都不能起来,起来了抹一把脸就往外冲,在姑娘们的卧房和厨房间挪动着小脚、来回了好几趟的外婆赶紧把馍、稀饭往我手里塞,馍路上可以吃,稀饭只有当场喝掉,可是稀饭总是烫嘴,有好几次我大声斥责她,生气地把稀饭掼在桌上,稀饭溅了一桌子。如今上班了,我依然赖床,依然抹一把脸就往外冲,有时一上午饿肚子,我就坐在那里想馍和滚热的稀饭,再也没有那样的时候了,那个为我热了一遍又一遍饭菜的人再也不肯回来了!

我的内心还深藏着另外一种不安。外婆去世后回到老家,和乡下的外公合葬在一起。地下的两个人,一个是二十岁出头的洋学生,一个是一介村妇,且以九十高龄躺在这里。下葬三天母亲头一次到新坟前,含着热泪说:"回到你这一辈子想念的人身旁吧。"只是外公会像外婆一样在那个世界里等她、爱她吗?

外公一直在村里念私塾,等摇头晃脑地把所有私塾上完,忽然发现外面已是谈天说地、洋学生的天下了,家人只能把黍稷不分的他又送到外面的洋学堂。而外婆那时家境还没衰落，应该还是地主，只是唯一的兄弟有点弱智，爹娘把所有的爱都倾注在外婆身上，十八岁的她出落成当地最漂亮的村姑。才子佳人暑假订了婚，出嫁时嫁妆摆了一二里地。又一个暑假到来，外公回到家里，村上已是土匪成患，庄稼人推选最有学问的人和土匪谈判，每年进贡一定的钱粮，让土匪们不要再来打劫。外公和另外五六个学生光荣入选了。到了镇上的集合地，土匪们却一脚踹开门，端着枪向屋内一阵狂扫，学生们应声倒下，那一次死了四个人。外公被抬到家的时候，还没断气，断断续续地说着谁也听不懂的话，外公在外婆哭天号地声中，慢慢流尽了最后一滴血。母亲在外公去世整整七个月后来到人间。后来我们问过外婆，为什么一直没改嫁呢？外婆叹着气说："有谁能像你外公那么爱干净呢？他清清瘦瘦的，头发中分，白衬衣上挂着钢笔。"就是这么一个文弱书生，耽误了外婆一辈子。

如今村里已少有人记着外婆了，外婆在这个村庄渐渐消失、不久就会无影无踪。

隆起的庄稼地不久也会被夷为平地，谁还记得黄土下埋着什么呢？

空中的大雁嘎嘎地飞过，飞去了再也不会回来了。第二年、第三年仍有大雁飞过，它们飞着相同的阵形，发出相同的声音，让我们误以为那只雁还在。可是外婆去了，我们再也找不到她的丝丝缕缕了。

外婆活着的时候叫张氏、张张氏，她没有自己的名字。

柴堆生活

在城里的闷罐里密封久了，就想出去转转。可是已无故乡可回，那就到别人的故乡里去吧。七月份我居住的地方尘土飞扬，山间的小村在我的眼前越来越清晰，阵阵的松涛、潮湿的空气、飞流的瀑布、滴翠的树木、遍地的瓜蒌都拥挤着来到我们的眼前。

果真就去了，果真就找到了这样的地方，一簇一簇的青山像轴一样立着，水泥路就像棉纱一圈圈绕着轴转，转累的时候，会有磨盘大的地方空出来，就会看到一座石桥、一棵歪脖子树，然后就是进村的水口，几排起落的粉墙黛瓦，后面是青翠竹林，前面是水汪汪的稻田。也许我会就此停留，也许我会到更平坦、更开阔一点的地方去，但是毫无疑问，那扇窗，当薄暮降临，我是多么渴望能呆呆地立在那里，那时候暮色一点一点降临，画中的村庄、画中的人儿后来就融为一体。

每到这个时候，就会有一个问题适时地、不怀好意地冒出来：如果可以留下来，那么我可以在这里停留多久呢？一个月？太长。半个月？还是太长。那么是三五天了？是了，只能是三天。我心中无数次向往的地方，我跨越了无数山水，就只为了这三天。

城市有什么好呢？我仔细想了想。那么多的高楼大厦和我有关系的也就那么几座，工作的地方、睡觉的地方、学校、医院，这几个地方我又想了想，关系最大的还是学校，为下一代能有一个好的教育环境，其他的各座大楼包括政府大院、党政机关、金融保险、建筑安装、服务娱乐……可以和我有关系，也可以没有关系，但我却为此付出巨大的代价。一早晨楼下就是噼里啪啦的声音，各种车辆启动的声音，上了路不是堵车就是红灯，满打满算八小时，不小心还得加班，回到家里，门上插满小广告，关上门还不时有敲门声，收水费、电费、煤气费、电梯垃圾费、物业费，还有推销产品或是随访，一会儿没接电话，一大堆垃圾信息……还不包括求职、升迁、跳槽、加薪、买房、股市焦虑……

那么我为什么要在这堆乱柴堆里生活三百六十五天，却要在无数次魂游过的地方只待三天呢？

在电脑屏幕上，我曾一个一个看过去，安静下来的时候它跳出的是清山、绿水、竹筏、草坪，或者还有一个圆溜溜的高尔夫球，你绝不会看到高楼大厦、万家灯火、街头闹市，你再移一个场景、再换一个画面，看到的还是一样的情形。像是一片菜地，可以引来几只蛙；像是一口池塘，可以引来几只水鸟；像是一叶荷，可以诱来我们的心灵。在越来越快的步骤中，我们心中还是牵挂着那份宁静。

可是爱你，为什么还要离开你？

一位诗人说过："故乡，如果说我爱你，我为什么还要离开你？"

一代一代面朝黄土背朝天的汉子走出家门，朝着那个拥挤、污浊的地方。

一个一个寒门学子走出村头，梧桐树没有等回金凤凰。

那片长满水稻苞谷、长满野花野趣、养眼养心、滋肝润肺的地方，到底是伊甸园、还是茅草坪？它到底是仙女还是村女？

我说我爱这个地方，是真心实意永远也不会改变。但是我也怕你问我，梦寐以求地来到这个小山村，你又能做什么呢？挖沟引水、种稻采茶，采摘山果？面对这样的质问，我会无语，因为我也是和别人一样站在田头上，凭借自己的喜好说三道四、指手画脚，一旦我的双脚落在秧田里，诗不再是诗、画不再是画、凤凰眨眼变山鸡……

曾经去过一个山村，年轻人基本走完了，只剩下老弱妇孺，可是游人一批批走进来，他们来看石门、石寨、石溪，看梯田买山茶品野果，一批批游人来了又走了，这里竟也是每天热热闹闹的。哦，村庄，不论你多么偏多么远，你永远是城市的后花园，你留一片开阔、留一片葱翠、留一片新奇治疗远方的焦灼、困惑、失眠……

希望村庄发生变化，又希望它不要发生太多变化。城市的路有千条万条，条条都通向村庄。城市千变万化，每一条都通向简约大方。

爱你，我还是要离开你，我不能解释我的行为，但也不代表我有多么虚伪。离得越远、离得越久，越希望快马加鞭地赶回。哗哗的落叶归于根部，这棵大树一定长在村庄。

明天我又要去接受城市的烟熏火燎，村庄又在绿绿地、长久地等着我。村庄于我又仿佛是一件奢侈品。

水滨庄园

这个庄园想是已经沉寂很久了吧。

这个时节园子里已经没有桃花可供出售。上百株桃树在园子正中,地势高,沙土地。我第一天拖着行李从大巴车上下来时,人和行李一下就陷在桃树正中。阳光正从高处密集而又分散地照下来,仿佛在给桃林授粉,桃树一棵一棵地蹲着,任阳光随意拨弄。被修剪过的光秃秃的枝条,粗一点的、细一点的全都不由自主地向外打开,枝条像要开放,思想像要飞翔。它们也许会在某个时辰忽然收拢。我细看这些枝条,黑,带刺,丑。但是里面深藏着花朵。凡是有思想的地方明年都会开出花朵。

桃林旁边是半亩水塘。水至清,无鱼,不动。万株枯荷忽然从天而降,像一只只长腿青鸟,单腿伫立,低头不语。我站在那里多久,怕是它们就要深思多久,它在等我离去,可是我愿意和它们融为一体。是秋风先来的吧,秋风掀翻它们的衣裙,起先它们还要理一理,可是秋风还是不停地掀,掀翻它们的裙子,掀翻它们的日子,终于它们低下头,一大片折凝成一握,弯转成一句叹息。如果是雪先来,怕是就不一样了,雪把裙摆打垂打落,让它收折成一把伞,当初冬雨雪再来造访时,伞可以再次打开,如果池塘愿意。可是秋风先行把这个园子点化了,它可能觉得这个样子更有味道。

沿着庄园的围墙,是一架葡萄藤,像过年时举着的一条草龙,无始无终。此刻举着草龙的汉子,包着白羊肚手巾已经在家喝酒了,草龙还逶迤着,无数的柱子支撑着龙身。藤上没有葡萄,也没有叶子。葡萄在葡萄节时全采光了。叶子在叶子节时全掉光了。此刻只有藤了,干巴巴地行走在光阴中。

这个时候想必我们该来了,园子把一切属于我们的东西都配备齐了,秋风、瘦桃、枯荷、干葡萄藤。没有游人,除了几个管理员,什么都没有,一所空荡荡的大园子。在合适的时间,在合适的地点,园子等到我们这一批合适的人。可不是吗,一切都与众不同。

这个园子叫水滨庄园,离市区三十公里在一个叫大圩镇的地方。我们是来参加"安徽省第二届中青年作家高级研讨班"学习的,我们住在园子的后边,12幢别墅,前后3排,42个男男女女分住两面,在随后的8天里园子里终于有了人声,只是还略显空荡。

白天我们在教室听课,课间座谈。在这里经济工作者不谈经济,教师不谈育人,农民不谈种地。上帝造人时把我们造成各式各样,42个人有42种职业,并且分散全省各地。但是有一天我们会相聚,对此我们深信不疑。上帝在我们心中多播了一颗种子。一颗文学的种子。凡是拥有这颗种子的人,不论面目有多么的不同,他们都是兄弟姐妹,他们终究会相认,这种叫作基因、密码的东西不会搞错,它们会把散落的我们叫到一起。

晚上除了这三排灯火,偌大的园子里全是黑黑的。这里没有信号,外界想世俗一下我们也不太可能,别墅成了文学的别墅,园子成了文学的园子,黑暗也成了文学的黑暗,不知是谁说,真理与光明总是隐藏在黑暗当中,无穷的黑暗里,我们是最光明的了。

八天的培训费用部分是文学院负担,文学院为此次活动付出了艰苦的努力。部分是我们自理。我们中没有谁是专业作家,靠写作养活自己是要胆量的,不是谁说,要饿死诗人了吗。我们得靠其他路子养活自己,养活文学。有自己吃的,就有文学吃的。有自己住的,就有文学住的。我知道那个送啤酒的，硬是争取了一个学习的指标，那个种地的，送上了几麻袋粮食的钱，还有几个家庭妇女，把自己打扮得漂漂亮亮的，参加到诗歌当中来。文学是个贵族，与文学相伴的人都是贵族。文学从来不说要给我们什么，它只是像一个长者，给我们指明人生方向，让我们欢欣鼓舞，抚慰我们的伤痕，它像一道阳光跟着我们，让我们拥有春天的脉搏。除此之外，我们还需要什么呢。

此刻三十里外的地方，早已是人声鼎沸，灯红酒绿，车灯闪烁。灯灭了酒醒了，城寂了，高楼之上，在想什么。他们还在追寻的路上，他们的脚步不愿停息。这个城市也在追寻的路上，夜以继日地赶路，总想着更高更大。世界的脚步越来越快、越来越纷乱，我们在人群中机械而又饥饿地穿行，没有谁知道下一站的停靠点，没有谁知道明天会变成什么样子，只是知道要不停地赶路，方能跟得上明天。我们在追寻什么，谁吹落我们心中的花朵，我们到底要得到什么。

在外国某个电影镜头上，繁华的街道旁，在飘着落叶的长椅上，或是在广场，那一对对头发银白的老人，他们阅读的样子是多么宁静感人。或者是一个普通的人，或是日子过得粗糙的人，只要他们还能拿得起书本，我都会觉得他们是一个富裕的人。必是心灵有足够的空间，方能让阳光与虫鸣走进。

繁华过后，浮躁过后，粗糙过后，我总是相信那些个匆忙赶路的人、那些个夜以继日的城，他们会在某个时候忽然停下脚步，和文学打个照面，并用深情的眼光凝视着文字，慢慢走近文学的城池，这是一种本能，文字本能。人与城总是要回到富裕安宁，回到那一种境界。人与城的脚步会朝那个方向迈进。

我们是幸运的，幸运被上帝选中。辛勤、辛苦、寂寞、清贫而又幸福。我们对文字的执着，让人心酸，也让人心痛。

文学不会孤独，也不会没落，也无须坚守，我们只是在做着自己喜欢做的事。上帝也并不会把大把大把金色的种子撒给每一个人，上帝也是一个吝啬的人。

在这个深秋的园子里，我们沐浴着文学的光泽，聆听着草木的声音，过早地洞察着世事。

吴校长

人的一生会结识很多人,就像一整面星空。有的星不知是怎么来的,又是什么时候走的。倒是在晨起、雾散、阴霾时,那几颗特别亮的星很能引起人的注意,那就是人生当中的朋友吧。

很多人和我是怎么认识的,早都被风刮跑了,但是和吴良森老校长的认识有一个很引人瞩目的开始。宿州有个诗人开作品研讨会,我去参加了。到会时偏又去迟了,大会来宾介绍已经结束,百十来人把会议室挤得满满的,我坐在会场最后一角,索性听大家的研讨。中午吃饭好多桌,年轻人爱扎堆,又多是写诗的,喝起酒来也疯,饭后又搂搂抱抱地照相,和各地名流合照、单照。后来从二楼一直照到一楼,一楼门厅里摆满鲜花、红绸,我们在红绸中,这样那样地摆姿势。

一个老者在别人的搀扶下,面带微笑地站在门口,如果他再胖一点,就是肯德基门口的卡耐基了,只是一左一右多了两个搀护。他个头适中,头发全白,脑门上数得过来的头发一丝不苟地向上梳,向后拢。他像孩童一样努力让腰杆挺直,努力保持儒雅的风度,他要让别人相信,他不需要搀扶也能行,和他衰老的身影相比,那两个年轻人就像两棵挺拔的葱。就这么近一小时的工夫,与会者分了数十拨在门口拉拉扯扯地道别,说走又不走,十几分钟还站在那里,老者就这么一直绅士般地站在那里,等他确定那几个人真要走了,他再一次抬起枯干的手,挥着,他已挥了好几次了。

最后还剩我们几个在花丛中笑。那个老者终于被架回,坐在大厅一侧的一个简易长条桌后面,由于人瘦小,一个花篮刚好挡住他。我问旁人,他是谁,他们说,这就是吴良森老校长呀,今天研讨会的主办者,这本诗集的作者。我这才注意到,我方才领的书沉甸甸的,厚重得很。

在这过去不久,宿州举办了一场"桃花诗会",我有幸参加。唐河岸边,春水连天,蛙声如鼓,十里桃花,红红艳艳。一行人在坝上走几步停停,不是停下看桃花,而是等后面的人。过一会儿听到后面有人喊:"莫走了,莫走了,后面的人走不动了。"后面有一帮老先生,其中就有吴良森、孟青禾、时红军等。大家就都站住了,想看看情况是不是真的。久等果不见他们的踪影,我们一行人只得蔫蔫地往回走。十里桃花就看到十几棵。但是,总算是看到了,坐在车里,我这样想。中午是吴校长做东,十七八个人挤一大桌子,大家的情绪又都上来了。最后吴校长问:"还有没到的吗?"大家说还有一个师傅在下面停车,马上来。吴校长却说:"他来干什么,又不懂诗,让他下去吃。"七八个人一齐说:"不要紧不要紧,也不少他一个,上午都一同看桃花了,都是朋友了。"然后又有人给他找凳子,司机就进来坐下了。吴校长却对身旁的一个年轻人说:"小谁,你带他到下面吃,我们要谈诗。"一桌人都震住了,不相信这是真的。年轻的诗人小谁也不知怎么办好,坐在座位上发呆,一桌子人这回也没有人拉场,小谁只有站起来,讪讪地来到司机旁,对司机耳语了一阵,自己面红耳赤地把那个木木呆呆的司机领下楼去了。吴校长开始举起了杯子。我再看吴校长的司机,那家伙鬼精,早逃得不见人影了。我擦擦手心的汗,心想以后要努力了,要不有一天也会被当作"白丁"给扔出去。这就是有名的"桃花门事件"。

谁知随后就出了一个"桃花诗事件",我和吴校长进行了一次正面迂回。宴会上吴校长布置任务,每人写一篇桃花诗,发到他和孟青禾老师主办的报纸上。那十几棵桃花树很快被我捕捉到诗里,通过电子信箱传过去了。吴校长的短信随后就追来了。

他说,你的桃花诗写得很好,最后一句能不能改改?我翻翻诗稿,也没看到最后一句有什么问题。

短信又来了,他说,最后一句改了没有?传到我信箱。

短信又来了,他说,最后一句怎么能这么凄呢,年轻人应该充满朝气的啊。

短信又来了,传来他写的桃花诗,很工整的律诗。他说,请你也给我指点指点,我们互相指点。你忙,不打搅了。每条短信后面他都要加上这一句。

我对律诗并不懂。因此我像一只秋后的寒蝉躲在树叶背面,并不作声。

短信又来了,他说,我把你的诗最后一句改了,你看可否?最后一句被他改成很工整的律诗。

后来,我常常传一些诗给他看,因为他认真、较真,敢提意见。

我源源不断地收到他的短信,收的多回的少。我隐隐觉得我欺负了他。

时隔不久,因颈椎病我住进了医院。一个疗程十天,再观后果。我的一个上午就耗在那里了,身子多半被固定在床上。躺在床上我给吴校长发短信。

我对他说,我在病床不能动,着急,我们谈谈诗吧,你发短信给我看。

他马上回应了,问在哪里,我去看你。我暗自后悔说,不要不要,小毛病。

后来他就发短信了,现摘抄如下。

"昔人谓'诗中有画，画中有诗'，然绘画者不能绘水之声，绘物者不能绘物之影，绘人者不能绘人之情，诗则无不可绘，此事尤为妙也。"

"诗的韵律不在字的抑扬顿挫上，而在诗的情绪的抑扬顿挫上。"

"新的诗应该有新的情绪和表现形式。所谓形式，绝非表面上字的排列，也绝非新的字的排列，也绝非新的字眼的堆积。"

"学高为师，身正为范。所以我说：无能为师也，年高只为长者。"

他一直不肯让别人称他为老师，原来是这样。

后来，他真的让人扶着，颤颤巍巍上到医院五楼来看我，还带来一些礼品，这让我惶恐不安，这种感觉让我觉得我在欠着，以后是要偿还的。临走他还一再交代，病好了一定要到宿州下关中学看一看，年轻时他是那里的校长，现在是董事长。

走时又有一个小插曲："他说不要忘了，带四本你的书。"我一向吝于送书，一则自己的书羞于见人，二则要书的人多，多半是好奇，其实并不看，日久便出现在废旧书摊上。我像被逼在洞口，有点狡猾地问："他们都爱诗吗？"

他说："你问得奇怪，不爱诗，我能让他们坐在我的办公室？"

我只好说："那，也好。"

他说："'也'字用得也奇怪。"

病好了以后，我去看他。下关中学是民办中学，有十几幢教学大楼，占地四十余亩，五十多个班级，师生员工四千余人，是国家教育部命名的"全国先进民办中学"。从他的书中我还得知，他当过兵，1960年举家逃荒，在外穷得两分钱一盒的火柴都买不起。夫妻俩上山拉石头卖，卖饲料。改革开放后，承包了几个酒厂的酒糟，硬是挣了几十万元的血汗钱，他破烂的家也一路从睢宁乡下辗转到了淮北农村、宿州郊区，人也从风华正茂变成干枯老者。挣了钱他开始办学,为的是让农家子弟都能有学上。多办一所学校,就少办一所监狱。这是他当时的想法,他的事业从艰难中起步了。

由于是事先约好去看他,我到二楼,他已经等在那里了,茶叶已经泡开,不冷不热。我们正式开始谈话,谈什么都忘记了,只是他不停地低头看桌上的稿纸,等他出去给茶壶添水时,我偷看了一下稿纸,一共列了六条,他照着稿子在讲,这老头真认真。

他回来之后,问我能否到他和孟青禾老师主办的小报编辑部来上班,我想了一下说,不行,我上班离这儿远。他说,那你双休能来?我又飞快地转动了一下脑筋,告诉他,不行,凡事都要尽心,不能半途而废,否则我是在毁你的牌子。

他满脸失望,说我和你孟老师都是七十好几的人了,干不动了,总得找一个看得上的人来接吧!

我终于明白了他今天谈话的用意了。

后面的谈话没能按章进行。一则他已气喘吁吁,再则他沟壑纵横的脸上布满失望。

他送我出门,像是在喃喃自语,说,你再想想、想想。完全是一个老者的低声下气。

出得门来,校园里蝉依然在叫,我觉得我依然是秋后伏在树叶后面的那只蝉,和校园火热的场面很不相配。

我下楼,他的司机送我回去。刚刚坐定,他的短信就到了。

他说,我们以后还能相处吗?

我说,当然,我们像以前一样谈诗。

良久他说,我也是糊涂掉了,是想留你才想出这么多主意,请看在一个老者的分上,不要和他计较。

良久他又说,你要是我女儿就好了。

我忽然觉得我不欠他什么了。一个孩子能欠父亲什么呢?

只是我以后会多了一个去处，一个可以谈诗，可以说话的去处。要知道，世界上并没有几个地方可供你随意来回，并没有几个地方可供你真心实意地去打搅。

只是你一定要活得足够长久才好。

我的大娘

每当从街上走过,听到这样的歌声:"悠悠岁月,欲说当年好困惑,亦真亦幻难取舍,悲欢离合都曾经有过……"我的眼睛总情不自禁地模糊,不是为故事情节,而是为我今年已75岁的堂婶,她比我的父母年长,我唤她为大娘,我觉得用这首歌来唱她,真是再贴切不过。

提起她,左亲右邻都要叹一口气:"她这辈子是作得哪门子孽哟,这辈子欠了那个丫头的……"那个丫头有一个好听的名字,怡,可是小时候发高烧打青霉素留下了后遗症,两腿萎缩僵直,大脑混沌,说难听了就是白痴。五岁那年她才能跟跟跄跄地走路,几十年来她唯一能说的两句话就是含混不清的"爸、妈——"就是这一声爸妈,大娘注定这一辈子都给她洗尿布,给她喂饭。

大娘是个文化人,县城一名小学老师,学校为了照顾她,特地在学校院里给她建了一所房子,这样她就不用跌跌撞撞地领着怡上下班了。于是学校就出现了这样一幕,怡呆呆地坐在最后一排听娘讲课,听累了就到课堂外靠着墙坐在凳子上,眯着眼晒太阳。下课铃一响,大娘赶紧撂下书,领着怡到厕所强行解决问题。也常有例外,下课得把怡领回家,换衣裤。

大娘很少哭、很少抱怨。可是有一次例外,我放学了和母亲一起回家,老远就看到大娘,背着山一样的怡在前面挪。怡很乖,如果有缺点的话,那就是太胖了。怡长期缺乏运动,头大身大,除了腿外，上身一身肉。怡好像总吃不饱，大娘三餐就用大号的勺子喂。大娘最怕怡生病，那时候街上没有出租车，只能借辆平板车拉她上医院。可是街上平板车很少，大娘一路上歇四下才把怡背到医院。那一次，大娘见到我母亲终于忍不住号啕大哭，这是我唯一一次见她哭。

还有一次不为人知的例外。大娘大爷破天荒地带怡出一趟远门，在蚌埠大街吃了最后一顿早饭，就在那个街头，大爷大娘找个理由走掉了，怡听话地等他们回来，直到傍晚两个人神思不定，相约再去看最后一眼，怡真的很乖，依然保持着他们走时的最后姿势，一直在眺望。大娘痛哭流涕地将怡搂在怀里。怡除了要吃的，像什么事也没发生一样。就这样怡依然是他们最宠爱的女儿，怡今年已经四十岁了。

大娘是有婆婆的，婆婆一直跟他们过。早些年婆婆手脚麻利，买菜做饭，洗刷抹一应俱全，婆媳俩谁也离不了谁，这个做饭，那个就要去洗尿片，这个刷锅洗碗，那个就要去庭院打扫粪便。可是婆婆终于有干不动的时候，只要能动，婆婆的衣服总是自己洗。大娘早晨将菜买回来，婆婆总是将菜理好择好，等大娘回来洗切上锅。后来婆婆只能拄着拐杖在院子里坐了，她的主要任务是看着孙女，这样大娘一下班就能飞快赶到家里做饭。这么多年我不知道大娘是怎么照顾好老的、安顿好小的的，这个家里是永远忙碌，而不是永远吵闹。九十多岁的婆婆一觉睡去的时候，头发理得整整齐齐，身上干干净净的。下葬的那天大娘哭得很伤心，她说："娘啊，你是世界上最了解我的人……"听得我们都是唏嘘不已。

除了怡，大娘还有一儿三女。我的这四个堂兄妹，可不得了，个个相貌出众，才华过人，全都是大学毕业生。也许是贫穷造就了理想，也许是磨难造就了坚韧，也许是大娘教育有方，四个孩子全都飞到了大城市。有一年春节，儿女全回来了，开车的开车、背礼物的背礼物，那时婆婆也还在世，一家人鞭炮齐天。母亲说要不是怡，大娘就是世界上最幸福的人。大娘已经掉了两颗牙，从她那天张大的嘴巴来看，她已经是世界上最幸福的人了，怡也是她的宝贝女儿呀！

　　大爷大娘老了，他们搬到儿子在的那座城市，和儿子住在一起。大娘执意在儿子不远的地方购一处住房单住，她怕怡影响他们的生活。堂哥堂嫂的儿子已经大学毕业留学去了。堂嫂就天天下午到大娘那里去，打扫卫生，帮着洗刷抹，陪她们说话。有一年，我去看他们，堂嫂光洁的脸上已经有了细碎的皱纹，看着慢声细语的堂嫂，我忽然想到，这三个女人怎么像一个模子刻出来的呢？

　　大娘一辈子没得到过什么褒奖，我的堂嫂一辈子也会默默无闻，但是她们的坚韧平和已经构成了女人、断墙、牵牛花一般的风景，这残缺的美温暖了怡，也温暖了周遭的人，但愿家家的围墙上都能开出牵牛花啊！

方老师

他肯定不是为解决我们这个社会的疑难杂症而出生的，因为他不能解决房价楼市、救股市于水火，不能解决我们看病难、看不起病的问题，但他天生是为救急而来的，像120，像消防队。

在大学校园，我们税务干部培训班，任课老师的衔接出了点问题，上课铃响了好久，还不见预定的教授前来，班主任急得满头大汗，手机一直就没闲着，众目睽睽之下她捣鼓了好久，然后满怀歉意又满怀信心地说："好了，好了，这节课由方老师给你们上！"那神情仿佛方老师一来就能化灰沙于和风、化炎日为丽日、化饥渴为甘泉。这句话真的就像强心剂，刚才还歪三倒四的现场，现在好像突然被梳理了一下，拔高了、整齐了。我心里也情不自禁地笑了一笑，哦，是他呀！

他只有第一节课是按课程表上的，其余的课时，全是像拔萝卜，被从原来的方格里拔出来，统统向前移，而且是不定期地前移，既定的老师到不了，赶紧把他挪过来用一下。要是换别的老师，我不知道会不会阴晴圆缺，可是他不，一次都不，一唤就来了。方老师每早十点起床，班主任八点半多把他从床上薅起来，他不到九点就赶到了。他的脸不洗也是洁净的，女人般白皙，头发不理也是整齐的，几丝黑发一丝不苟地贴在额前，脑门宽下巴尖，精瘦的一个人。他的格子衬衣有板有眼，白色长裤合腰合身。第一节课结束，他从电脑包里掏出一个白馒头,一杯咖啡或是牛奶,杯子有点特别,像婴儿的奶瓶。即使在吃东西,一帮老男人也爱围着他,他还像课堂里一样一说话,眼睛里嘴巴里流出笑意,很天真、很单纯的一个人,真不知道是哪片土壤培植出他这么一根大葱,四年大学、三年研究生、两年博士,外带博士后,他以三十多岁的妙龄、以硕士生导师、副教授身份精神百倍地站在讲台上,中国的教育一点都不压制人,一点都不失败。

方老师的普通话说得很动听,但是比朗朗的钢琴曲,还差一点。他说"睡觉"变成了"碎觉","在"字则像哪里少了一根弦,就像那整整齐齐的麦田,一穗麦芒忽然被剪掉一掠,就像那齐崭崭的流水忽然因为一个小石子打了一个漩,就像那圆月忽然少了一条边。那时候,我的思维总是跳一个浪花,感觉到很有意思,在他浑然不觉的时候我遛了个弯儿,然后又急急地撵着他的思维走掉了。

再说姿势。沙场上看见过军人金戈铁马、旌旗挥舞的模样,十字路口也常看见警察戴白手套的胳膊被折得平仄有声,至于把腰扭成麻花状,那肯定是舞蹈家了,教授在讲台上是什么姿态,倒是没有定论。方老师很少坐下,想是怕个子不高,一坐下只能露出脑门,他在三尺的讲台上迈着轻快的步子。讲到鸟飞,两只胳膊用力举起,四十五度倾斜,棱角分明,鸟飞不飞我不知道,但老师的心肯定飞出窗外了。讲到得意的地方,他抬着头,目空一切地看着上方,偶尔有点倾斜,偶尔专注地一笑,像极那个唱歌的费玉清,只不过费玉清是唱,而他是说。他很少看PPT,倒是PPT绕着他转,不仅是PPT,所有眼光都聚光灯般地绕着他转,那一刻我觉得这个不高的老师,光彩极了!

不要以为方老师给我们讲的是诗词曲赋,他讲的是哲学,一分为三与现代思维管理,《论语》《孟子》《大学》《中庸》,就是在"文革"时差点被烧绝的书,他把这些书拿了出来,用这些道理给我们传道授业解惑，解析我们生活中出现的问题。其实这些书在我们这一代不被黄土掩埋，也满是杂草丛生，全球人都亚健康了，谁还会翻越几千年的黄沙，再去消化这些肠胃不宜的东西呢？

但是我们跟着他跌跌撞撞地走进这片枯林倒也不困难，"子绝四——毋意、毋必、毋固、毋我"。孔子说做人要断绝四种毛病，不瞎猜、不独断、不固执、不自以为是。他说，看看这句话，我们这些人再过一万年也说不出。子曰："君子之于天下也，无适也，无莫也，义之与比。"孔子说，君子对于社会人和事，既不在某些方面表现得特别倾向，也不在某些方面表现得特别冷漠、疏远，只以恰当的原则与方式来对待一切人事。方老师说，看看这句话我们这些人再过十几万年也说不出。真没想到这片枯树真真每棵都是绿的呢。

他讲锻炼，大学里一对教授夫妻大冬天凌晨五点，包得像粽子，哆哆嗦嗦地背着一把尚方宝剑就出去了，这是干吗？他指着一行黑字说，什么事都要适宜，老祖宗早就说过了，什么事都要顺其自然，不要适得其反。你看看动物界，有没有一只公羊说，哎，母羊，我们一早去山坡跑跑步吧，有没有一只公狗说，母狗，趁主人今天没事，我们也去踢踢腿。所谓锻炼，全是人类自己搞出来的东西。真是让人捧腹！

他讲居住，现代人全都拥向北上广，他的一位同学，终于挤到了北京，一个月四千块钱，房子位于一个污染的工厂旁，工厂每天冒着毒气，房贷每月两千，老婆还调不过去，老婆每天都向行人兜售苦水，他自己也苦不堪言。每次同学打电话来都说，方老师快来北京吧，我们北京多好！他说，我不去，我们蚌埠正搞大建设大开发，周遭正建高速公路环线，我每天下班在大道上飙车，快活！

他讲教育，说楼上住着一位教授，小孩子学习不好，终于有一天教授绝望了，说，方老师，我决定让孩子改学音乐！他说，你以为音乐都是学习不好的人干的？学不好文化，就能学好音乐？真不知道教授哪天会不会又说，艺术也不好学，改当教师吧！

他的这些话全都是从那些枯林里引申出来的，在鲁国的天空里奔跑，我觉得越来越有意思。原以为这些根深叶茂的大树随着72名弟子的凋零全都化作了腐朽，却不料它的叶、它的花、它的果、它的灵性思维，在时空的隧道里一路洋洋洒洒，还是飘到了现代人这里，也许我们浑然不觉，也许我们习以为常，但是它却结结实实地影响着我们，它在，它还将永远在。统治者撷取了它的叶，把它做成"君君臣臣父父子子"，它的果则变成了"循循善诱""言而有信""见贤思齐""空空如也""三十而立""举一反三""学而优则仕"等成语名言，它的花则开成了一些精致的小故事广为流传。它是精彩的，也是鱼龙混杂的，但是方老师说，我们要用第三只眼睛看待事物，知道吗，一分为三！

我不知道他是怎么来到这片天空，怎么得知这里的一切的，夫子给过他耳语？抑或树林给他传递过进山密码？做不成孔子的弟子，但是听过博士的几节课，也算是此生有幸。

走在财大校园，校园里绿树葱郁，此学院非彼学院，此绿荫非彼绿荫，但是因为有这样一群教授，我们不仅会走向鲁、卫、蔡、楚，我们还会另辟很多蹊径，还会走向未来。

我长久地看着那一片棕榈树林，中间有一条笔直的道，我仿佛看见教授提着笔记本电脑又从那里匆匆走过。

是啊，久旱无雨，树叶都会蒙上尘，我们的心灵也该有人擦擦了。

小陈老师

　　小陈老师是我们单位请来培训业务的老师。鉴于我们单位人员老化，后劲不足，业余时间，园丁经常被请来"面见"我们。

　　小陈老师如约而至。之所以叫她小陈，是因为她比我们小得多，三十多一点吧，圆圆的脸，戴着一副圆眼镜，笑眯眯的，很阳光很和善的样子，头上戴着一朵大花，水晶的，别在脑后。

　　小陈老师开始点名，拉椅子的、翻书的、大声叽咕的汇成一股暗流，让我想起汪洋中的一条船。小陈老师敲敲桌子，说："你们这班果然有点问题。只有失恋的学生才会情绪不安，要不断喝水，不停地说话。我看失恋的学生不在少数，失恋的学生能不能举一下手？"噪声小了下来，有人小声笑。"没有人失恋，那我们大家再看看，看谁将要失恋？"这一下教室里鸦雀无声，讲课继续。

　　说话不可以，发呆、睡觉总是可以的。有的书本立在桌上，脸卡在桌面上，涎水顺势就滴了下来，再放眼望去，警幻状态的人不在少数。小陈老师说着说着，轻移莲步，从讲台上挪了下来，说："我们来互动一下，认识认识，××同学，你来回答一下问题。"这一问，惊散一滩鸥鹭。刚进教室那会儿，每个座位上都贴着名字，按名就座。还很高兴，看人家主席台上，每人面前不就放一个牌牌吗，现在才知道，领导就是领导，席卡上的名字是站着的，桌子上的名字是趴着的，只有被提问的份。如今小陈老师不仅清清楚楚地知道每个人的长相，还清清楚楚地知道每个人的姓名，现在知道什么叫烫手山芋了。自然我们也还是有办法的，几次互动之后，不约而同地，所有的茶杯都像印章一样盖在名字上，没茶杯的，那本书也是中规中矩，不巧放在桌子一角。但是小陈老师很可爱，说"让我们来提问一下班里最漂亮的人"，或者说"让我们来提问一下打扮最漂亮的人"。几节课之后，"我最喜欢的名字""最有学问的人"也都纷纷新鲜出炉。小陈老师很公平，如果一个人不小心被两次评上"最"的话，老师一定请他坐下，她坚持要把名额留给没有评上的人。小陈老师并不经常提问，但要紧的是，不知她什么时候忽然要"评"。又几个星期，我清清楚楚听到有人在喊："我快要疯掉啦！"经过小陈老师的调教，我们班的成绩有了突飞猛进的提高，因为每个人都希望被提问到，而且是尽快地。

陈老师很会抚慰寂寥的心。课间休息，会和男生扎扎堆，说说小闲话，不时引起一阵哄笑，但没有一个男生敢油嘴滑舌，更不用说轻狂了。小陈老师也会经常到我们女生这里来，聊聊衣服、说说化妆。小陈老师很有品位，由不得你不点头。小陈老师还有一手绝活，她会麻利地解开你的辫子，那缕发丝，在她手上扭上几扭，不是一个标志的髻，就是一个迥异的马尾，或是一个风情万种的麻花辫，发卡一别，老树新颜，别有一番风味。小陈老师还会不无怜惜地说"才多大年纪，怎么就会有白头发了呢"，或者说"你这么熬夜可不行，多大的人了，怎么还不会照顾自己"，说得让人心疼，听得让人心疼。不到十分钟，十几个女生都顶着光鲜的脑袋。小陈老师得意地说："怎么样，我的臭美技术还过关吧？"岂止是过关，整个教室都光彩一片呢。小陈老师还会做什么呢？

我们都没敢和小陈老师多说话，都怕被评为"最具亲和力的人"。

后来才知道，领导请她来，是因为在教育圈，她对成人教育是"最有招数的人"，对号入座就是她的一小招。但我们一点都不讨厌她，学科结束的时候,竟有些依依不舍。我以为我对人际关系早都麻木了,却原来是没遇到可以让我清醒的人。

在最不合适的时候,遇到最合适的人,于男女叫有缘无分,于女人之间叫什么呢?我想不出,但小陈老师一定知道。

埋在岁月深处的酒

种子成熟了,风就会把它们传播到世界各地。人也是,二十多岁开始向外漂。可是中国人不同,年三十这天,愣是天涯海角的种子都会拖着毛茸茸的一群回到那叫秧和根的地方。

于是家乡云集了许多新鲜面孔,汇聚了许多新鲜血液。说是新的倒是夸奖了他们,带回的那窝小的,倒是如新出炉的钱币一般,银亮亮的。这几天最受苦的是嘴巴,因为要吃,要说话。

上班头一天,我又接到电话,说我们高一(四)班同学聚会。毕业二十年,许多同学疏于联系,我就去了。

那一顿饭,一桌子二十多人,怎么说呢,天昏地暗。饭店已打烊,男同学才歪歪扭扭地起。在长长的走廊里,男同学将头耷拉在女同学的脖子上,如果他拖着腿,还需要一个人帮着拖,那是真醉,如果那男同学头歪在女同学的脖子上,还能知道是先迈左脚,还是先迈右脚,且嘴巴还滔滔不绝,那一定是装醉。女同学毕竟少数,腿慢的男同学只能扶着墙,不甘心地嘟囔着,高一脚低一脚像踩在云朵里一般地走。到电梯间,只有一个电梯打开,男男女女龙卷风一般卷了进去,于是电梯就抗议、僵持。那一堆人偏像一个包子被捏在一起,上部是捏在一起,腿还互相踢着,电梯里贴烙馍似的,被贴在锅边的人等不及了,几双手硬生生掰出一块,打狗一般扔出去,顺势又踢出两个,电梯门才适时关上,"呜"的一声下去了,我听到外面有人狼嚎。

这些人当中，有几个人在我的二十年的时光中影影绰绰地出现过，他们像黎明前的一只小动物"唰"地一下从草丛中跳出来，吓我一跳，随后草丛又长久地合拢了。更多的人则是我几个小时前才认识的，这许多年他们贴着我的时光隧道飞，并不曾像一只蝙蝠钻进来过。今天当我再次喊起他们的名字，才知道他们并没有走远，或者是我们并没有分开过，出走前的那只小板凳依然给他留着。

对这次聚会，我总结了一下。

场面好。做东的同学要么当官，要么是发财，既是主动请了，要的就是一个面子。也是给在座的外地同学看看，我很能干，我在家乡混得一点也不差。若是财神签单，那用意也很明显，我比你们当官的要强多了。

酒在过去要用牛车拉。二十多个男同学准备了八瓶酒。中间服务员又悄悄提了两瓶来。八瓶酒喝完了，开瓶的男同学在角落又搜到了那两瓶，正要开，有人喊话，那是饭店的酒，不是自家的。男同学手哆嗦了一下，就停住了。剩下一桌子人都在喊，开，开。男同学手也不哆嗦了，"叭"地一下就把酒瓶盖撬掉了。

时间长。一晚上都在磨叽。前世今生的话全都倒出来了，不过多是废话，且重复N次，这一晚上大家统统失忆。

气氛好。像吹气球，越吹越大。狂欢。

不要准备牛奶。统统不许喝牛奶，女同学也不例外。不要准备烟，谁抽死去外面抽。

无领导无组织无纪律。随意坐。桌子直径有一钓竿那么长，热腾腾的饭菜也堵不住他们的嘴，一窝人像野外马蜂隔着时空你叮我一下，我叮你一下，叮成一团。

形象不佳。男同学要么像布袋一样松松垮垮地堆在椅上，要么把发福的肚子挺着，还时不时地用油手拍拍。要么像藤上的瓜，东边歪着结一个，西边歪着结一个。来的时候衣帽整齐光鲜，后来敞怀的敞怀，脖颈处拉链裂开的裂开，眼睛发红，头发支棱，遭劫一般。

　　语言不文明。出场率从高到低依次是，不要脸，流氓，贱。说话的人隔着一钓竿的长度伸长脖子，被说的人也是隔着一钓竿的长度伸长脖子，双方脸一点不红，红也是酒烧的。没有人打圆场，只有人添柴加火，几双手乱比划。

　　话不落地。有几次出现难得的停顿，几个人立马像抢金豆子似的一拥而上，一时竟是撕扯不清，一晚上不掉链子。

　　动作粗鲁。既然别人酒都干了，那么就不能让一个人脱逃。若还想反抗，立刻就有人主动充当门神，一个人按着裂开的脖领，一个人向嘴里灌。还有一个男同学说，吃个饺子再说。立马就有人火烧屁股一般跳了过去，像从鸬鹚的嘴里掏鱼一般，把他嘴里的饺子挤出来，说，喝完再吃。

　　值得表扬的地方，酒只能喝不许洒，打翻了要舔起来，又不是公家酒，不心疼。

　　再从内容上总结一下。

　　怀旧。二十年前谁坐在谁的左边，谁坐在谁的右边，谁离漂亮女同学最近，谁没事最爱往女同学身边凑。谁和谁打过架，谁的书包揣着白面馒头，谁一年到头只吃咸菜，哪个老师猫抓老鼠一般走进教室，哪个老师走路嘎嘎地响，大家赶紧正襟危坐。因版本众多，什么事都要吵一遍方能校正。从他们口中我最终能确定，全班69人，本人学习委员，坐第二排，不理人，走路紧盯地面，胖，还有外号。

　　揭露。谁给谁递过纸条，谁对谁贼心不死。谁和谁真谈了，被老师找去谈话，那男同学就对老师保了证，一生一世不变心，后来是一生一世没在一起。偏是那个男同学正坐在桌上，大家就一定要他亲自讲。男同学不肯讲，说哪壶不开提哪壶。大家就逼他讲，说还想抵赖不成，晚自习课没上完，男的先出去，女的过十分钟才出去，大家眼睛贼亮都看到了。更有一个同学说要索赔，因为他每天晚上都在盼这一幕。

批判。因为一个同学的桌边掉了一个纸团，老师罚那个小组拾一个星期纸团。因一片地没扫干净，老师罚那个小组扫一星期校园。肇事者老了也不能可怜，拉出来批。至于爱向老师打小报告的、爱吃零食的、爱啰唆的一个也不能放过。此刻大家都像一个勤奋的挖掘工，挖出一块砖头瓦碴子，都要叫嚷一番，看看我又挖到什么了。今晚成立一个钻井队，今晚就能掘出石油。

表白。当然是趁着酒多，向女同学表白。过去没敢说的话，现在说起来大言不惭。过去没送出去的诗，也敢拿出来念。过去贼样递过几个纸条，人家将它随风丢在风里的，此刻自己掸掸尘，又从灰堆里捡起来。

怀念。中途"离席"的人值得我们怀念。一个突发心脏病，一个被水淹死。他们永远是高一（四）班相册中的一员。

介绍自己。没有吐沫横飞，清晰、平静，此刻倒不啰唆。当官的今晚也没敢拿架子，普通百姓介绍自己也像涓涓流水。都想得开了，该吃的吃，该喝的喝，穷人今晚还要多吃一点。

没有人展望未来，没有豪言壮语。四十来岁的人了，没有未来了。再说这把年龄，还能未来到哪去呢。

男同学整晚的表现，兴奋、话多、口渴、殷勤夹菜、到处飞、脸皮厚、讲义气。人变矮了，肚子变大了，皱纹多，鬓白。

女同学的表现，你喊我，我不认识你，一点一滴回忆你的过去。有时候看着眼前这个急切等待相认的中年男子，实在不知道抓哪根稻草才能救急。矜持的依然矜持，疯癫的依然疯癫。半大孩子的妈了，青春不再了。

从电梯里出来，在宾馆门口聚齐了，大家又像锁链拉扯了一会儿。在深夜我们的场面尤其显得宏大。我瞅了个空子奋不顾身地走掉了。

迎面走来几个醉鬼,也是像酒瓶子一样一碰就倒,想必也是二十年没见面的同学。

没走几步我听到后面一阵高喊,回来,都回来,办同学聚会,正式办一次,不办不行了,不办没办法向社会交代了。

这是今晚我听到的最后一句话。这个男同学就是我刚才才认识的。

和一座小城相守

如果在古代,你来我的小城,不论你是谁,从何方而来,你都得弃了那个轱辘车,或者把驴马系在古渡口,然后从老槐杨树下登舟进城。又过了多少年,你来我的小城,不论你是谁,从何方而来,你都得绕水问桥,几座木制的古桥,歪歪扭扭地、一笔一画地刻在宽阔的水面,从桥上走过,贩夫走卒也增添了几分雅韵。再过了多少年,你来我的小城,几座长桥远远地迎着你,河水依然会警觉地注视着你,水面留下你清清楚楚的倒影。因此我们小城少有打架斗殴、谋杀事件。

城四周尽是白花花的水,我已在此徜徉了好几个世纪。春天的时候河水带来麦浪、油菜花的问候,河滩上荠菜香了、蒿芽高了、蒲公英黄了、柳笛响了。我在城的这一方,遥望河对岸,一片片羊群在绿毯上走着,几只鹅或者鹤扑着古典的翅膀。夏天的时候,深藏在柳叶深处的渔船忙碌起来,浑浊的河水夹着鱼群滚滚而来,这个时候围网的围网,下箳的下箳,傍晚渔火亮起的时候,胆大的渔夫渔妇撑着船向发白的地方去,在风大浪高的地方,一网下去竟是拉不动,到天刚亮,竟是满满一舱白鱼或是鲢鱼,有时连一条杂鱼都没有,真是奇怪。清晨,主妇相约到坝上买鱼,捡好买好,鲶鱼、黄钢、黑鱼、鳊鱼、花鲢……秋季人闲叶落,坝上少有人来,这个时候是坝上最好的风景。树林是透明的,此岸彼岸,一看一大片,而它们又是一棵一棵保持着孤立，这一棵绝不贴近那一棵，那一棵也绝不远离群体，在薄雾中它们清清爽爽却又不离不弃，整片树林传递着我们小城独有的气息。看着树想起一些人，洪水来的时候，他们也是一棵一棵站在坝上，随时准备抬土扛沙，堵塞漏洞。水退了他们走了，每当我看到这些树，我就想这些树是他们的精魂吧，日日守着小城。冬天到了，河里会结厚厚的冰，偏偏会有一些人，敲冰取水，稳稳当当地在寒风中立上个把时辰，他们哪里是钓鱼，分明钓的是古意、心境。要是下雪，坝上更热闹了，城里怎么会有雪景呢？城里人纷纷挤出围城，寻找什么的都有，何况坝上的确还有梅的踪迹。

我已在城里居住了好几个世纪。我们的小城从南宋时候建县，七百多年间版图几经变迁，内战烽烟曾在这里燃起，侵略者的铁蹄也曾光顾，干旱虫灾也轮番上演，但它拒绝成为废墟。城内树木枯一场荣一场，城内人丁凋一场旺一场，谁也断不了它的人脉人气，我们可是有五条水、五条龙守着呢。小的时候我的家住在县委大院，一二十排的青灰瓦房像棋牌一样整整齐齐，只是父亲一直不让我们接近那个地方，每次我们只能从中间的那条大路，一直走向底部的家属区。附近有一个压水井，井台四周用水泥砌得光滑，里面居住的几十户人家傍晚都会到那里抬水，那时候洋铁桶老是叮当响，有碰着井壁的，也有空桶被孩子一脚踢翻的，在排队等水的空儿，孩子们聚在一起疯打疯玩，女人们一手拿着鞋底，一手扯着麻线。那时候大院的孩子特别多，人人背着一个带五角星的书包，穿着掉了色的、肥大的黄军褂黄军裤，脸上抹着鼻涕、堆着笑容。随着我们的长大，大院里的人好像也暴增起来，以至于这个机关要地不得不移到两公里之外的新县委大院，于是"老县委大院"这几个字被永远钉在路口，成了一个时代的象征。清晨是大院最忙的时候，但是路上走着的人不外乎两拨，出了院门一拨向东去了学校，一拨向西去了新县委。傍晚孩子们排着队唱着歌回来了，一直走到巷底队伍都纹丝不乱，大人们则从西边归来，直到巷底队伍也是纹丝不乱。这个巷子默默无闻地过了多少年，这个巷子辉煌过，这个巷子没落了，但是每一个人都以在里面工作、居住过为荣，从老县委大院出来的孩子，不论到哪里都是一家亲。

后来我嫁出了院子，再后来父母也搬离了院子，但是每年我仍会回去。我去看那些房子。城里的新楼一幢比一幢气派，名字也一个比一个响，它们不甘心待在城里，它们像羊群一群一群往外扩，都快移到我小时候看羊的地方了。看得多了，忽然觉得它们也没啥意思，千篇一律，娇媚的外表下掩藏着一些暴利、掩藏着一丝虚情假意，还有住户的种种不满、和物业说不清道不明的关系，而我们的老县委大院是多么安定和睦啊。大院的房子既不见多也不见长高，依然像棋牌样整齐，凌霄花从院墙翻出来，翻到隔壁那家去了，地雷花红艳艳地从门缝闪出胜似当年，葡萄又熟了吧，苹果树收成怎样……门虚掩着，还是两扇风一吹"吱呀"就开的木门，木门上才涂了一层新漆吧，可是那个门环依旧没变，只要我轻轻叩起，必然会有人应声……走到巷底，几个老妇人还在攀谈，我认识她们，我和她们套近乎，然后指指不远处，说原先我就住在那里，说完我就静静站在那里看着她们怔愣，然后恍然大悟："是老武家的二姑娘啊！"她们欢呼我也欢呼，都在为对方找到自己而高兴。

去老县委大院还有一件事，看树。城里的树像是人的衣服，已换了好几茬了。先是哨兵似的松树，后来挖了栽上法国梧桐，城里过了几年没有树的日子，法国梧桐终于活了长起来了，秋天的时候黄叶落了厚厚一地，我们捡树叶、捡童趣，而那些个毛毛球惹了多少事端啊，它会冷不丁地从男同学手中飞出去，被砸的同学则会红着眼冲上来。在冬季火把节，毛毛球蘸上汽油，一脚飞亮踢出多远。可是有一天早晨上学，忽然发现街头所有的梧桐竟全都底朝天晾着，枯枝残叶堆满大街，满大街人跳着脚走过，路两边则是一个个触目惊心的大坑。不久青年圩广场改造，十几棵老梧桐不巧就挡了规划的道，一夜之间五六棵老树悄然扑地，响声不仅惊飞了鸟，也惊动了全城的人，响声停了好些个日子，全城人的心也揪了好些个日子，可是那些树还是像老房子一样被毫不留情地撅掉了，树没了，火把节失传了。城里又过了十多年没树的日子。如今我从街边走过，昔日弱不禁风的小树已长大成林，硬朗的是银杏，妩媚的是女贞，紫红的是紫薇，有时候一个人停下来注视着树，想从一抹绿间找到一些什么，拨开一层绿再拨开一层绿，什么都没找到。从"老县委大院"几个字前走过，不知不觉走了进去，脚下霍然踩着几片黄叶，抬头看去两行老法国梧桐低矮着腰、伸着手臂、荫翳遮天，这个小城最后几名幸存者把手搭在眉梢，它在注视着我，辨认着我，它在责怪我怎么才回来，不知怎么地，我的心忽然活泛起来，关于小城的记忆全都苏醒了，这条路不仅是这个城市的入口，这条路更是我心灵的入口啊！

小城里有一些东西正了无痕迹，而另一些东西却粉墨登场。城四周再无天籁，坝子徒劳地伸长手臂也挽不住一声芦笛，薄暮中也不再有汽笛叫醒黎明，古码头等不到归来的孩子，废墟上残砖断垣。顺河街消失了，这标志一个行业的结束，因为再也无人来这买渔网、渔具了。铁匠铺子消失了，谁还用那个铁打的刀与火钳呢，酱油铺子、杂货店成了超市的一隅。实验小学门口1角钱一个黄亮亮的面包消失了，2分钱一根的水果冰棒、小豆沙，2分钱一碗的大碗茶，2分钱一截的甘蔗不见了……青石板的小路终于断了，穿着青花旗袍的姑娘已经走远了。夜里推开院门，再也看不见清亮亮的月光，月光再也不会沿着瓦棱倾泻下来。清晨门前再无人吆喝"打豆腐啰——""水萝卜小青菜——"一头担着脆生生的藕一头担着红艳艳的菱的健壮农妇不见了。城里早晚到处都是刺耳的声音，小城在架子里长高一截又一截，素雅一些的那叫写字楼，花花绿绿的那是超市。而那些个低矮的小铺子也特招人喜欢，卖衣服的小姑娘扭着身子，拍着巴掌吸引着客人。她们的头发今天是黑色的，明天是橘色的，今天穿着束着腰的荷叶小摆，明天穿着恍若无物的韩服，今天穿的鞋又尖又小，明天的鞋可又是圆头阔边，今天静若处子，明天走起路来风风火火。

夜晚小城醒来了。这些个灯光每夜都在闹着革命，这边是七月流火，那边是星星点灯，这边诡异，那边阴晴不定。而那些永不停下的，是一些人的脚步，一群一群行色匆匆，他们已习惯在暗夜活动，他们永远都走在途中。

所幸的是，小城里的人们热热闹闹地活着，安安静静地睡去。

如今县委、县政府两大院竟被挤出城去，再次搬迁到城之南、河之南了。他们日出而作日落而息，清凌凌的河水照着咱当家人。走出城去作为一个领头雁，走回城来让老百姓睡一个安稳觉，是河之低语，是桥之低语？还是我之心语？清凌凌的河水穿城而去，那里落下星光、落下灯光，也落下满城人的憧憬。

麦穗女孩

我没有偷窥欲，别人的事我可不想知道，更不可能费尽心思去打听。

但是这个女孩我可是大大方方窥视了几个月，且这无心的一窥，好奇心没有了，心中却暗暗生出一些情意。

我和她被同一个城市的同一个单位调用，单位给我们安排同住一室。在这个人满为患，在这个高铁呼啸而过的地方，我们远离市声偏居一隅，偏安生活。一早，我们像两个甲壳虫忙忙出了家门，吃完同一家铺子的早点，向着同一个地点走去，晚上在单位用过晚餐，一前一后走回相同的家，长长的路灯下，有时我是她的影子，有时她是我的影子。到了宿舍我们共用一盏灯，一个网线，想有隐私那是不可能的。

这个女孩打破了我的马路潜规则。我一上路就是个机器人，两眼乱看，其实什么也没看到，只是迈着机械的步子。她忽然说，耶，是小狗耶，她倒像一只小狗从我身边奔了出去。路旁大树下一个自行车后座上捆一个竹匾，匾里有几只小狗仔，那些小狗一看她来，争先恐后地向上跳，几个胖胖的身子互相倾压打转，它们哼哼唧唧的，她也哼哼唧唧的，如果在草坪上，她（它）们立马会滚作一团。

接着她向前走，我也跟着走，忽然她又说，耶，是老头子狗耶。我一看，那个妇人牵着的可不就是一个老头子狗嘛，那眉眼、那鼻子、那胡须，活脱一个山寨版的老头，老头狗蹭着那女人的腿颠颠地向前跑，她停下来看它，它像算准她心思似的，转回古怪的脸也看她，两只眼对着两只眼，人和狗似乎有了一丝恍惚的错位。走着走着她忽然又说，耶，我心想又遇到狗了？这回她在一个簸箩面前停下，簸箩里是一小堆蚕，这个我不看，我不喜欢上面的疙瘩，她说你来摸摸，它们冰凉而又湿润，这回我没有听她的话，她独自摸了一会儿，我们又继续走。忽然她又说，嘘——我心想怎么又改成"嘘"了，她飞快地掏出手机，瞄准，然后"咔嚓"一下，一只蓝喜鹊飞上树梢。我们不会逗留太久，因为上班不能迟到。

我已经很久没有这样走过路了，二十年前在乡下，我也曾走走停停过，一朵从岩缝里蹦出的小花会让我观察良久，一朵流浪的白云也会让我呆呆坐到傍晚。现在我也偶尔回去，走一回那样的时光，我喜欢那种时光错顿的感觉，山路上不仅开满着野花，还开着自我。多年的城市生活，在尘土飞扬的大街上我早已成了木偶人，木偶人是不会有感情的。这个女孩像个引导者，我跟着她走遍这个城市的角角落落，我们从拥挤中找到平和，在阴霾中找到春天，木偶人也是喜欢春天的。

有时她在前面走，我觉得她就是一只小狗，而我是那个牵狗的妇人。她向前我也向前，她向左我也跟着向左，有时走到单位门口，她恍然大悟地说，刚才走错路了耶。我也恍然大悟地说，可不是嘛，是走错路了。有时候我走在前面，她跟在后面，我觉得她还是一只小狗，颠颠地跟在我后面，这是怎么回事呢？她矮了点？她聪明活泼？她有狗缘？好像有点是，好像又都不是。也许她是我身边的一个精灵吧，小狗总是比妇人聪明的，我是这样想的。

晚上她不出去，我也不出去。这个城市还没有接纳我们，不过按我们这个性格，我们注定是这个城市的边缘人，我们在这个孤独的小屋中互相取暖。洗漱完毕，在长条桌边，她打开她的手提电脑，我也打开我的手提电脑，有些话我们还是更愿意跟电脑说。网线只有一根，小绿灯一会儿在这个电脑上闪闪，一会儿又到那个电脑上闪闪，插头总是很自然地从一端挪到另一端，仿佛从左手转到右手。我们多数还在做白天没做完的事，写个信息，做通讯报道。有时她喊累，有时我喊累，我们无限怀念以前在家乡的日子，但又知道想改变现状是不可能的，劳累有时让我们落寞地坐着，相顾无言。

我一会儿上床，靠着床头随意翻我闲散的书。一会儿她也上床了。从我的光圈里向她的光圈里看，她穿着肥大的睡裙，两腿蜷起，湿漉漉的长发披在腿上，她在一针一针地缝。白天我看过那幅刺绣草图，一棵惊天动地的大树，火红的，此刻她扭头看一眼床单上的草图，转回脸额头贴着膝盖，细长的手指向下扎一个孔，然后拉长线，再扭头看一眼草图，再在两膝间扎下一个小孔，绣成那棵大树得千针万线。她说她送给同学的一幅结婚礼物，花了三个月才绣好，这幅会花更多的时间，到时候她会用玻璃把它装裱好，放在屋子里，我疑心是放在她的新房里，也许新房不大，但这棵树会让新房有火热的情怀，会让阴天为之一亮，这样的屋子本来就不需要大吧。

每天晚上，她坐在明晃晃的光圈里，一针一针地拉着红线，我在我的光圈里捧一本书，看一眼她，又看一眼书，再看一眼她。不知怎么想起昏暗的煤油灯下，一针一针曾为我纳过鞋、补过衣裳的人。曾经的那个人是那么的衰老、沧桑，眼前的这个女孩陶瓷般光洁可人。这两个不相干的人，为什么会一同出现在我的眼前？如果毕加索在，她可能会是一幅深藏在卢浮宫里的画，随着时间的流逝而散发出陈年的墨香；又或许贝多芬在，她可能会是一首曲子，一叹三咏地回荡在时光的河流里，可是因为我在，她就只能罩在光圈里。有一刻我想下床，把箱底的相机拿出来，我想留住这一刻，可是我又不知道如何向她解释。

我对我的衣裙向来不注重，对她的服饰也不敢恭维。这个女孩也就是三五件短上衣，配着三五件短裙长裤，没有丑女孩，只有不会打扮的女孩，可是反过来，不打扮的女孩肯定不是丑女孩，因为她们镇定、有自信。看看她棉质的上衣，红的是红棉，白的是白棉，在这炎热的夏季，我没有觉得酷暑难当，想是她的衣衫吸收了太阳的光线，想是她给我带来一丝凉意吧。

这个女孩也不香风飘飘地出门。我清点过她的化妆品，瓶瓶罐罐、汤汤水水还没有我多。刚洗的头发松松地披在肩上，要出门了，才用发带略略地挽一下。这个女孩也没有过多的首饰，一棵大树，还应该有一根藤萝、几束鲜花装饰呢。可是她让我相信，没有首饰的女孩一样清新可人，白皙的脖颈，纤长的手臂，好女孩不是装饰出来的，好女孩是修养出来的。

我去过一次她的办公室，那时快要下班了，我找她打印一份材料，几十页。中午不见她回来吃饭，也没有回去休息。后来我才知道她的打印机坏了，放一张纸打印一页，她一中午就看着打印机一张一合，我听了心中很后悔，抱歉地说下午也可以接着做啊。她真是一个实心眼的人。

我想，人间女子有像苹果，有像蜜桃，有像樱桃，良好的家世，优越的环境，精心的栽培，她们俏在枝头，甜美可人；人间女子也有像辣椒，像洋葱，她们得靠自身的努力才能在周边站住脚，她们散发着独有的魅力，让人欢喜也让人流泪；而这个女孩显然不是蔬菜，不是水果，也不是鲜花，她太朴实，朴实得让我们在欣赏风景时一眼滑过她。在城市我找不到一样东西来形容她，在平原我只能用一棵麦穗来称呼她。

我们这个城市的周围到处都是麦子，麦子正从地里向我们走来，这个女孩就是我身边站着的一棵。

秋天让我们走进田野

喜欢城外的世界。城外仰头就能看到饱满的天空，新鲜肥沃，洋溢着年轻，星宿在那个地方隐隐约约的完好无损。太阳在这里像雨水一样充沛，没有谁从半空截住它们，并且制造出巨大的阴影，每一根小草在地面都能找到自己清晰的影子。城外的土地不愿每天摆着一副老面孔，它每天都在制造新闻，它的每棵草都是那么真实灵动。我在这里散步、奔跑、大声说笑，不像在城里，不要说搬动一下身子，就是搬动一下思想，还怕会砸到人。田埂上少不了老牛的身影，它们黑黢黢的身子懒得动一下，但是灵巧的舌头不停地卷着，粉色的舌尖让人担心绣花针、小石子一样的东西。它们卷完了一块地，又到另一块地，吃完了今年的草，再去吃明年的草，日子就这么悠悠地过着。

可是最近出门却有点不妙，因为是秋天了。我没有见到邻家的牛，也没见到粉红色的舌头。路两边的落叶已悄无声息，像是被刚刚捡拾过，我看到树下有巨大的黑色舔痕，像蛇爬过一样，我向四周看了看，我担心那东西盘起身子躲在什么地方。后来那条蛇游离到田硬，我没有看到火红的信子，但是我敢肯定野苍耳、茅草、芦荻相继进了它们的肚子。它们在成长、壮大，它们总也吃不饱，小径上到处留下它们贪食的黑色线条。终于它们小心地拐进一块豆地，豆子已不知去向，豆秸们东一棵西一棵地靠在一起，它们小心试探了一下,又试探了一下,终于它们张开嘴,遗落在地上的豆子响起"毕毕剥剥"的惊爆声,可是和这些胆大的火舌相比,它们的声音太小了,没有谁来驱赶它们,只有风。它们或是单个行动,或是倾巢而出,它们像是一群海盗在夜幕的掩护下做着打家劫舍的勾当,后来在白天也偶尔聚众闹事。田野的上空、村庄上空开始有雾,后来飘着阴云,黑压压的,没有人能搬走它们。

火终于走近了那块玉米地。它们窥视她们已经很久了。她们轻盈妩媚,胸部鼓鼓,揣着炫目的爱情,她们是不食人间烟火的仙子,风一吹就可以齐齐腾空而去。就是走在城市的舞台,和那些自封的玉洁冰清相比,她们只会更胜一筹。现在她们有点累了,她们刚刚娩出金灿灿的小太阳。她们憔悴地站着,头发有点纷乱,她们或是干脆并排躺下,眯着眼睛享受太阳的一刻温情。而它们,蓄谋已久的流浪汉,因等待因热烈而满脸通红……

火恨她们,恨一切美丽的女子。它们从小就被关在狭小的一隅,半眯着明明灭灭的眼睛。它们看着她们顶着两片泥土钻出来,大睁着两眼好奇地看着一切,而那些可恨的小虫子,没有经过它们的同意,肮脏的身体却在她们的叶片上蹭来蹭去。还有那些呆头呆脑的鹅,不好好地走路,被牧鹅姑娘赶着赶着还是钻到地里,高一声低一声地叫着,有一口没一口地啄着青草虫子,谁知它们大睁两眼在看什么。暮归的牛时不时伸着舌头卷一把,长长的玉米叶在嘴里蠕动,它们嚼得满嘴流油,路边齿状的叶片全是它们昨日的杰作。这些傲慢、毫无纪律的家伙肆无忌惮地靠近她们、亲近她们,而它们,神圣的火焰,却只能在梦的一隅,一遍一遍琢磨着她们的味道,想着她们的好。

可是玉米们爱着太阳,从她们的神态可以看出来,她们爱着那一团可望而不可即的虚无的光。太阳来了,她们全身泛着年轻的光芒,如果那一天太阳没来,她们全都蔫蔫的像生了病,她们想着他,她们活着的目的就是为了等他。还有月亮，半夜不好好在天上待着，每次总是迫不及待地钻到玉米地里，玉米肥大的叶子遮着她，没有人知道她们在干些什么。夜里的风吹着吹着，也会钻到玉米地里取取暖，清晨出来时已是清清爽爽的模样。还有那些可恶的蛙，吃饱了，编着一些响亮的歌谣，在深夜里一遍一遍地唱，讨她的好。它们恨那些雨水，在天上飘着飘着，然后就一头撞下来，齐刷刷地扑到玉米地里，野蛮地吻她，清晨的叶片上挂满晶莹的水珠，像她昨夜的泪滴。雨水顺着秸秆往上爬，雨水浸透到她的血液，雨水让她们受孕，她们结出的玉米粒像雨滴，隔壁的豆子结出的是雨滴，稻子结出的也是雨滴，草结的也是雨滴。火只能把想法埋在心里。

　　它们一直等着这一天，疲惫的农民衣服上沾着土，头上插着草叶，他们睡眼惺忪地走过来，用粗糙的双手拍拍鸡鸭的笼子，说，出来吧。它们等着这一天，他们也会走过来拍拍它们的笼子，说，出来吧。饥饿也在等着这一天。天空也在等着这一天。

　　我不再想到田野里去，就是偶尔从公路上走过，也惊慌地像只兔子，我怕它们爬上水泥路面咬我。公路上的车比我更紧张，它们一个劲地往前蹿，怕火烧到它们的屁股，怕烟熏红它们的眼睛、烤掉它们的眉毛。唉，你们跑吧，火跑得可比你们快多了。

　　村头的打谷场已没有了高高低低的草垛，孩子们都长大了，不用再捉迷藏了，黄鼠狼也适应了潮湿的地穴，月亮自然会找一面土墙、一座土山去卧。城里的风不用再翻过草垛，它们直接就会到农家做客。在一个打谷场前，我长久地停下来。一只怪物"突突"地嘶哑着嗓子，正机械而又奋力地摆着双臂搂着秸秆，打捆、截断、整理、打包，然后再用力把它们甩上一辆大卡车，卡车上四平八稳的小草垛被码成四平八稳的大草垛，它们的高度还在增加。这横突出来的怪物和庞大的卡车、空旷的田野相比，它的身影是那么的单薄渺小，但是它喷着热浪的气息，它的奋力不止，都让我感到振奋，它让我又有了继续走下去的勇气。

沿着小路我慢慢往回走。火最终也会沿着这条小路往回走，火最终会走进石头里。

它们什么也找不到，不回到石头又能做什么呢？

暮色中，一位年老的妇人背着今秋最后几穗玉米。秋天最终会把她做成完美而又高清的封皮。

第三辑
开窗的人

三只碗

　　正月十一走在回乡的路上。正是大雪过后,天空用一种虚拟的蓝,虚拟地透露出一种旷世的希望、旷世的寒,路边的树木、麦田却都真实地覆盖着一层白,远处的房屋远远地露出一块黄或灰,像是一些暗伤,这是些美好的暗伤。路上遇到一个迎娶新娘的车队,车上的彩带、红气球带着天生的骄傲低低飞翔。要是初六下乡,公路上的迎娶队伍怕是要碰头了。一切都是美好的,都是新的。
　　我回乡却是为了处理一些旧事,卖房子。在这个叫五河的地方还有多少旧事要处理呢?
　　上次回去正在年中,房子的价格已经议好,中间人正等我们回来收中介费,买家把钱也已凑齐。他不想提这个事,我也不想提,我们都装着什么事都没发生,我们住在他母亲家里都心照不宣地过年。毕竟这是在五河的最后一桩旧事了。
　　这个庞大的旧东西只剩下一个旧壳了。因房子的主人三个人还生活在外地三处,所以屋里的旧床、旧沙发、旧餐具、旧电视全搬到了我妈妈家,旧红木箱、旧相册、旧钱币、几坛老酒全都搬到他妈妈家。也没有叫搬家公司,我妈妈家的几个乡下亲戚一直在城里搞房屋装修,一个电话开了一辆货车来,几个人哼哧哼哧把这些硬东西从四楼托下来,又哼哧哼哧地托到车上去,临了我又硬行塞走我的几捆旧衣,乡下人如今也不穷,是我们旧东西没处放。他的旧衣也一并被他家亲戚拿走。女儿的旧东西随她塞哪去。倒是有一双溜冰鞋，六岁时买的吧，她舍不得扔，带着又嫌重，带到大学校园也派不上多少用场，她从这个墙角提起，又到那个墙角放下，犹豫再三，后来也不提哪去了。房子最后露出它的虚弱、无助的一面，它等着一个收垃圾的人光临。

这么多年我一样一样把东西买回来、背回来，一件一件把舍不得用的东西整理好，收藏起来，并时不时拿出来看看，擦擦晒晒，我积攒了满满一屋子家业，我以为能天长地久。到底没能归我所用，到底没能传给儿女，到底我也没能守它们到老，它们在半路上一件一件走掉。我守着的却是这样一堆垃圾，我成了一无所有的人。

这些有形的东西我可以看着它们走向何处，可那些时光呢，那些我们的美好岁月呢？想是一部分到了我妈妈家，一部分到了他妈妈家，还有一部分跟随到了乡下了吧。但是事实上不是，我能强烈地感到它们的存在，我伸手能抓住它们的影子，它们就住在这个屋子里，在我周围，它们哪也不去，谁也撵不走它们。它将执拗地和这家人和平相处，他们吃他们的饭，它们睡它们的觉，它们只是无言地在这间屋住着、飘荡着、旋转着，没日没夜守着自己那份不告而别的青春岁月。房子在，它们住在这里，房子不在，它们也还住在这里。它们是遥远的炊烟，是喑哑的弹唱，是寂寞的抒情。我们走了以后，它们就成了守望者。

它们还能等到我们回来吗？我想起父亲的房子，那个叫荣家渡的地方，门前老是有晒不干的杂乱脚印，一并排五间的瓦房，父亲卖掉后，人家不久就打倒重盖，厨房的门也由面西改向面东了，父亲每年上坟腿不听使唤似的，总是不知不觉很顺当地走到那家人门口，乡下人眼尖，到底也豁达，每次像迎接主人似的大开院门，欢迎父亲到来。那家一年比一年衰老的庄稼汉，似乎一直就蹲在院门口向阳的几块半截旧砖上，他似乎就是蹲在旧砖上老掉的，他专门等候父亲到来。父亲总是在院墙里站一站，站一站，并不进屋，也并不站很久，指一片人家晒鞋、晒红薯的地方，给我和弟弟说，这里原来是一棵枣树，这里原来是一棵楝树。父亲，你不说我们也知道。我们一年又一年吃着枣子长大，我们坐在楝树下，一年又一年用肮脏的小手抓楝枣玩抓窝窝的游戏。从我们进屋那一刻起，那躲在屋子里的旧时光早已就扑面而来了，它们在阳光底下沸腾，在我们的眼眶里旋转，父亲我们怎么能不知，它早已告诉我们一切了啊。

现在，我们的这间房子能等到这一幕吗？我们这样一群人多少年后打狼似的站在这黑暗的通道里，通道能不能站下，人家问我们来找谁，我们如何回答？我们东一个西一个地回来，还有没有勇气伸出手指去按响这家的门铃？

在房子搬空后的一两年，我回来过五河几次，我妈妈总是说到你屋子里看看，看可遗落了什么东西。她怕我有金银首饰落在灰尘里。我倒不认为有金银首饰，但是心里疑疑惑惑总觉得应该再去翻翻，我担心的是什么呢？我顺着墙角东看看西看看，逡巡在一堆又一堆的垃圾中，每次真的总有所获。一两个作业本，一个小发卡，一幅歪歪扭扭的画，一张黑白小照，真是像金子一样贵重，如果是我的，那就不值什么钱了。我每次总是带一包这样的东西回去，并且把它们放在我租住的屋子的几个箱子底下。

后来有一次我站在灰尘里，心想下次不来了，照这样扒拉下去，旧书、破报纸、纸屑都会跟着我源源不断地走掉。我知道那本书是怎么来的，知道那本杂志是谁买的，那件和垃圾混在一起没人要的毛衣是我早年编织的吧，那里有我的白天和黑夜，有我笨拙的青春和幸福的滋味。这里的哪一样东西不在诉说往事，哪一样东西不在表达一个情字呢。看看厨房里那个长发披肩、高高擎起果盘的姑娘，这块瓷砖是我选的，卫生间的腰线是我看着一块一块贴上去的，马桶是我看着背上来的，吊灯是按我的意愿配备的。我还知道衣柜门上哪一处微微鼓起的漆泡是油漆工不慎造成的，哪块漆皮是我拉柜门磨损掉的，在我看来一屋子都是新的，就连边缘被磨出清晰木纹的电脑桌面，也是新的，我把这些东西统统让给了别人，在她却是一屋子旧的，要彻底清理、翻修、装新。

那把门锁自从我们搬进来之后，一次也没换过，倒是越锁越牢靠，这屋子从没有经历过偷盗，也没有经历过险情，这把锁多么结实，它曾经锁住三个人，那么多年他做他的相公，我做我的妻子，她做她的孩子，一个人回家了，等另外一个人，另外一个人回家了，两个人一同等第三个人。时光就在这么开门、关门中度过。后来一个人拿着一把钥匙走掉了，他不再回来，再后来又一个人拿着一把钥匙走掉了，她也不再回来，最后的那个人终于有一天，叹口气，"哐"的一声带上门，头也不回，也走掉了。什么能天长地久呢，那么牢固的锁都锁不住。锁既没有锁住人，也没有锁住东西。锁都锁不住一切，我们还能相信什么呢。

后来三个人三把钥匙在这个落满灰的屋子里偶尔生涩地聚在一起，聚一次就说房子的事，如何处理房子，要不要卖，什么时候卖。房子惊心动魄地等着门响，房子与锁惊心动魄地等了三年，这个问题讨论了三年，最后房子知道和这家人断绝关系的一刻不可避免地要来临了。房子心里倒十分平静。

其实这套屋子应该归另外一个人，在我把房子锁了一年之后，我的一个朋友托了一个中间人来说想买房子的事，中间人亦是我们共同的朋友，那时候我还把房子当家，一个在外的人哪能没有家，我想把房子锁一锁再说，似乎还在观望着看一家人能否再住回来。其实我心里也在担心另外一种情况，他叫我出一个价钱，我叫他出一个价钱，他忸怩着不肯说，让我说，我也忸怩不肯说，让他说，双方却都涨红了脸。我们都坚持让对方说，我们的朋友据一方意见说出了一个价，另一方却支支吾吾、言顾其他，我们的朋友又根据另外一方说出了一个价，原先的那方却吞吞吐吐、云里雾里言而不答，原本坦荡通透、知根知底的三个人，被一套房子绕得迷了眼，心里渐失平静。这笔买卖以未谈告终。其实这房子若跟他，房子白天休息，晚上养精蓄锐跟他读书，看他写书。房子跟我汲取文气静气，房子跟他不仅汲取文气静气，还汲取豪气。房子跟我会成为一个儒雅老妪，房子跟他会成为一个睿智老翁，房子守着那么多书，房子最终会成为一个饱学之士，雅舍、雅居。但是房子跟着一个陌生人走掉，房子会成为什么样的人，房子对自己的前途担心吗？房子会伤心吗？钱比情重，即便是亲情，即便是友情，即便是爱情、恩情。一处好房子没能在我手里好好传承。这在我是一桩引以为憾的事。房子就此告别了读书生涯，它换了一种活法，它会习惯吗？

　　三个人从不同的地方汇聚到老房子楼下。到楼上站一站，站一站。这话不知是我说的，还是他说的。三个人凭着直觉拐弯上楼，甚至楼梯的感应灯也没有捕捉到我们的脚步声，三个人不约而同地在一扇最暗、锁得最结实的门前停下，他掏出钥匙开门，地板很光亮，灰尘与报纸都还在。他径直走向卧室，他去开衣柜。我径直走向厨房，我去开橱柜。我看完了低处的柜子，仰头高看，在抽油烟机的旁边，我隐约看到了一丝红，我抬头看清那是一只碗，我踮起脚，看到了另外一只碗，我搬了一个灰凳子站上去，我看到了第三只碗，它们叠在一起缩在柜子的最高、最远处。小心翼翼地把碗捧下来，放在黑色大理石台面上，白瓷红花儿，碗的一圈镶的金丝有点磨损，像是谁的手指轻轻抹过，原本是红花开得却有点泛白，像是经历了几个大太阳，但是很固执还没有散、还没有乱。碗的唇边也不再圆润，分别都有了小小的磕痕，露出了呆板的白。这三只碗显然不再新，也不配套，所以它们被留了下来。原本买来的时候肯定不只这三只，但是到最后只剩下这三只，这是绝无仅有的三只碗，人世间再找不到这样一模一样的了，我敢肯定。这三只碗已分不清哪个是他用过的，哪个是我用过的，哪个是她的专利，这是我们的。我们的双手都捧过它们，我们的唇印在上面，我们的指纹印在上面，上面有我们的温度。像是平地忽然出现的奇迹，空荡的大理石台面上，它们像鲜花盛开，像风信子。这是房屋送给我们的最后礼物，它们在应该出现的时候突然出现，它们一直在等待这个时刻的到来。圆满是它的使用价值，残缺却是它的珍贵所在。三个人面面相觑地看着这三只碗。默默地我从客厅拿了一张报纸来，撕了一角，裹住一只碗，塞在他的包里，对他说，天寒的时候用它装碗汤。又撕了一角报纸裹住另外一只碗，对她说，漂洋跨海，用它盛装乡音，碗会发出声音。却对自己说，这只碗善等，它能等到相聚的时候。碗有灵性。

在房产交易大厅，一干相关人员早就等候我们的到来。房产证、身份证、结婚证、户口本一一拿出来，在复印件上签字、按指纹。在相关文书、合同上签字按指纹，一本一本也没有细看，制式条文，看不看都这样签。最后以后面墙为背景，两个人靠在一起合影，打出黑白照，又在各自的身边签字按指纹，我没有笑，看他墨色的身影比我还严肃。随后便是对方的事，我们等着拿钱。拿手纸擦掉手上的红漆。房子就这样没了。钱真是好东西，一个本子，不论多少都能带着上路，不像房子死心眼，村庄小城都是死心眼。

站在房产交易大厅的门前，高远的蓝空之下，又飘起了小雪花，这场雪是两天前就预测到的，现在雪准时到达。三个人在门前站定，也没有说互相珍重，在雪下大之前，三个人各揣着一只碗各自上路。

共　游

　　秋天我们坐在山地的面包车上，开车的是个女的，就这我们也被颠得前仰后合的，淮河流域的丘陵有时也不是温吞吞的，有时也有了一些山的个性与品质。我回头看她和他，四只手靠在一起，紧紧抓住前面的椅背。

　　眼前是一爿又一爿石磨似的小山，有的可以磨一千斤的粮食，有的可以磨一百斤的粮食。它们在偏安一隅的地方磨天磨地，我们到的一瞬它们恰恰卸磨停止。磨上是蓬蓬秋草，其实是一棵又一棵落光了叶子的疏离的树，树被白雾浑圆地锁住。沉郁，凝重，又飘逸，深入骨骼之美，我是这样认为的，但不知道可是误读。回头却又对他们说，明年春天我们再来一次吧。我想让他们满意，但又拿不准他们的心意。

　　车到山脚，禅窟寺还在山腰。我望望台阶，又望望他们，彼时她76岁，他80岁，而我也已人近中年，晨中的镜里已不知不觉用一缕的黑去掩那一丝的白。刚才她一只手在包里乱摸老年证，人家说，算了上去吧。她平时总拱着腰，我有时认为她是故意的，便多次对她说，你能不能把腰直起来再说话，她把腰板挺了一挺，但是那一坨肉在她的肩背上纹丝不动。他背部还算直，但是耳背，二十年前头发全白了，最近眼里老爱淌泪，为此口袋里经常塞一个揉皱的手帕。他腰疼，在我这里躺了两个月，他这是第一次出门。

面对山坡,我对他们说,你们行吗,心里却暗自后悔,我也是第一次来。她说,行,我倒听出了底气,也听出了她年轻时的一丝犟气。我似乎一直在石阶上等他们,我在看风景,偶尔回头找他们。不知怎么想起小时候那个孩子在路边玩耍,一脸泥浆,两手泥巴,然后猛然回头找妈妈的情景。所不同的是,细细的山路上没有别的人,他们像两个巨大的蜗牛一直在格子路上晃动,而我一直在闲等。她的背驼得更厉害了,身上斜挎着一个棕色格子包,她需要一个拐杖。而他似乎也矮了许多,两手空空,跟在她后面,他需要更加小心。

在禅窟寺的四合院,我们坐在长条凳上彻底歇歇。四周是长长的廊檐,光线照不到的幽暗大殿里,是一尊又一尊的佛像,正南面是大雄宝殿,初冬的阳光照着这里,庭院幽深,禅意幽深。她头上冒着汗,把医用腰围解开,腰围里已是热气腾腾了。她把包在石凳上敞开,里面是零零碎碎的纸与水杯等杂七杂八的物件。他拿着手绢擦眼,擦脸。四周多么安静有序,我们在禅院的钟声里,是人间挑选出来的三个最俗气的人。

他想独享小院的安宁,想在这里等我们回来。她说,你给我走吧,语调还是平时的语调,不知怎么我却听出来她想央他一块儿走的意思,或者也有命令。他犹豫了一会儿,还是跟着了。

前面是禅窟洞。窟顶是大大小小的钟乳石垂下,有的一直垂到地面,我们只能绕着走,路面是水泥小径,我们一会儿俯首,一会儿抬头。在洞内大厅,我们三个人齐仰着头,像看星宿似的看星星垂下,几亿年前它们就是星宿,发着光,某一天天体忽然冷却下来,变成了今天这个样子。他们俩扛着头,老眼昏花地看着这一切,有点恍然不清,有点语无伦次,用手乱指点,这么简单的道理都想不透,老得有点糊涂了。

她说下喽,我和他串成锁链状,弯腰跟着她下。她说上喽,我们三个人又一块跌跌撞撞上,在黑暗当中,我把她抓得紧紧的,这样防止她一时逞能摔倒,他又把我抓得紧紧的,他肯定也怕我摔倒,在黑暗当中没有人看到我们臃肿、亦步亦趋的样子。她说,走喽,我们就停止观察、停止胡思乱想,马上又跟她走。在这个洞里,真是深渊有深渊的峭,临池有临池的幻,天庭有天庭的仙。她又说,见天日喽,一轮天日隐隐可见,那是出洞口。她难得有这么高的兴致,话也说得少有的轻松,他也一路跟着附和。他有时跟在后面喊,抓紧锁链抓紧锁链,走慢一点,看着脚下,他东倒西歪的脚步声里,心里嘴里只有了别人。

在天日洞口,三个人又靠在一起在石条凳上歇歇。洞口没有桃花,只有桃树,阳光暖暖的,洒在桃树上,也洒在我们身上,阳光比桃花还好。我们站起身来,走下台阶。她把胳膊伸向他,他恰恰站在第一个台阶前。她年轻的时候就骂他是木头,木头骨碌、木头棍子,而他也的确像木头一样,憨厚、木讷、儒雅,他年轻时也的确是玉秀临风的,我看过他的黑白照,"五四"青年一般新潮,这点她是不提的。事实上也没有谁能像他这么理解木头,他年轻时就喜欢刨子、锯子、钻子,各式铁钉、老虎钳、小锤子充斥在门后的木头箱子里,木头箱子贼沉,上了锁,落上一层灰,老鼠打洞也钻不进去。前不久他在老家,将他藏在门后的木料,大的改成小的,小的改成更小的,并为此锯闪了腰,她就骂他一辈子就死在木头上。如果他一辈子真的是从事和木头有关的工作就好了,他一定是个好的育林工、好的木工,或者好的木屋设计师,但这一辈子他对自己不满意,他没能成为一块好木头,而现在他分明就是一块朽木头了。在石阶前,她把胳膊伸向他,这是我不敢相信的一幕。石阶前就有一棵树,她没有把手伸向那棵树,也没有伸向我。他比一棵木头强,他肯定比一棵木头强,木头哪会伸出手呢。

我们走走停停,走进了一个山谷。这就是狼巷迷谷了。我能想象出一千多年前,一群狼瘦长的身子在这山谷里绕来绕去,绕不出来的情景。这里的山谷当地人叫巷子,这个巷子也只适合狼走,只有狼才能顺顺当当地走,也只有狼才能顺顺当当地走出去。如今狼没了,只有人在巷子里绕来绕去,体会当年狼的种种乐趣。

两侧的石壁,有的像瓦一层一层堆起来,有的像纸一沓一沓加起来,有的像海带,风一吹似乎还能飘起来,但是都堆得不甚牢靠,一阵狼嚎便能崩塌。我们看的是这个样子,不知道当年狼看到的是什么样子,狼可知道这叫地质公园?

我侧着身子在谷中行走,有时要抱着一块石头慢慢蹚过,像怀抱一块石头摸黑过河,有时则要后仰,让身子像风扁平切过,他俩比我落后多了,穿得那么笨重,在缝隙里像圆球,我担心他俩会被石缝卡住,但石缝也没过分难为他们,他们伸呀蜷的,到底也能过来了。这到底是健腰呢,还是损腰呢,我也不知道,但是在这块土地上走路,看来要习惯前仰后合。有时我抬头看天,有一块圆石刚好被缝隙卡住,这缝隙颇合人意,该夹的时候夹,不该夹的时候只是吓唬吓唬你。有时我低头,心想这缝隙幸好没有进水,否则不要说船,细绳头子也救不了你。有时候他在后面说,这是瘦人谷瘦人谷,只有瘦子才能过,有时他又喊,这是胖人谷,其实只是一个人正面身子能过。

在亭子里我们歇息,顺便再研究一下地形,从亭子里经常理出几个线头,她果断地说,打求救电话,求救电话就挂在一棵大树上,我果真拨出电话打求救。后来又经过几个路口,她都果断地说,打求救电话,求救电话果真有用,又快又准。她为自己的决策正确而开心。倘若每个路口都能这样让她开心,纵是打一个国际长途又有何妨。年少的时候,她总是徘徊在生活的十字路口,但是那时候树上从来就不曾撂下一个求救电话。她年轻时候的笑应该是很好看的,但是她不笑给我们看。而现在的她满脸找不到一丝光滑的痕迹了,笑起来脸更褶了,眼更皱了,皱了的她,我发现笑起来一点也不难看。

腰不疼的时候，腿不疼的时候，牙不疼的时候，各家儿女都不吵不磨的时候，她依然会笑的，只是这种笑依然很少。但都没有这一次笑得舒展，来得开心。

我们坐在谷口一块高高的石头上歇息，都像散了架似的，她说，这么大年龄了，还能穿过这样的山谷，是疯了吗？

他用已经有点污了的手绢擦眼、擦脸、擦贴着头皮的稀疏白发，说，这一天真充实。他是这么说的，充实。这是十多年的光阴中他们最充实的一天，也是我十多年的光阴中最充实的一天。我们每天都争分夺秒的，说今天真重要呀，离不了。今天是最不重要的一天了，最不重要的一天，却承载了三个人十多年来最灿烂的一笑，而那么多重要的日子我们却一个都记不住，真不知道重要和不重要是怎么划分的。

夕阳西下，我们坐在回去的车上。他俩花白的脑袋胡乱地耷在椅背上，有一下没一下地颠簸、沉睡。疲倦，没有生气，不知怎么想起小时候暮色中她背着柴火回家，他从三十里外的粮站买来米面，在黏土似的小路上用木板车推回家的情景。还有她一辈子的怨与怒。这会儿他们安静地坐在一起，她贴车窗，他贴过道，像许多老夫妻一样，依偎在一起，让人看着幸福，也一定是有幸福的。

本来我还另有安排，那就是我们在山脚下住一晚，明天去找她几十年前的同学。来这里玩的前几天，她就说，她有两个同学在那里哩，一辈子在同一所学校教书，现在退休了。错不了，就在那所学校。我就给她计划，明早打车到学校门口，找到他们，然后一块儿去看明城墙、明皇陵，在残缺不全的石马、石羊前，让他们抚古叹今。她休息了一晚，腿不疼了，她得了重病的男同学，也一定神清气爽了。因为是双休我不着急，我在享受我的计划、我的成果。

但她不愿意，她一定要下次准备一番，专程前来，似乎这样仓促拜访，是对五十年前的友谊不够尊重，行为上也不够真诚。其实偶遇是最美的，偶遇因稀少而珍贵，而往往不敢被人奢望。顺路拜访，倘若能拜访到，意外之美也会像火花一样擦亮夜空、照亮人心。我终没能掀起另外一场高潮。她执意庄重而来，我尊重她的执意、她的庄重。

今天是收获的日子，也是播种的日子。把这个心愿像种子一样深埋土壤，让它沉睡，也让它苏醒，我们借以度过漫漫长冬，来年春天我们准备另外一场花事。在枝枝蔓蔓的纠葛中，说不定还有一次意想不到的返青。

"还有"，"还有"，这是一个多么光华灿烂、令人神往，多么让人舍不得放手的词。

苍绿的老

母亲到我家好多日了。

清晨我急呼呼地想抬脚出门,母亲却急促地、意外地叫住我,说,把被子举到阳台上吧。我抬眼看阳台的铝合金窗已被擦得透亮,窗口大开着,两根晾衣竿空荡荡地悬着。她一定早上几次想开口了,在我洗脸的瞬间,在我涂脸的瞬间,在我吃完饭又奔向卫生间的瞬间,她一定想说的,但是苦于没有机会。我举着被子从窗口垂下去,横在衣竿上,母亲在我身边站着,一米七的个子现在不敌我的肩了,她后背驼起,双手下垂没有一丝力气。力气像一缕游丝,曾经是光量的游丝,像太阳的光线,现在却从母亲的胳膊上悄悄滑下,像影子落在地上,然后起身掸掸尘,悄没声息地走了。清晨的晾衣竿被擦得光亮亮的,它空荡荡地等着,它在等着一双熟悉的胳膊,但那一早它没有等到,另一双胳膊接替了她。一个人的老年原来是从晾衣竿的等待开始的。

我和母亲一同坐公交车。她似乎老早就准备着车子的到来,手是紧张的、腿是紧张的,老年卡早就准备好在手里握着,车子果然来了,那两个台阶于她像是登泰山一样的难,一样的慢,后面的人不推她,前面的人给她空地方,她小山一样地起伏、晃动,在车厢里站定,喘息着抓住栏杆,另一只手却摸索着上衣口袋,其实老年卡就在她手里。两个小姑娘赶紧起来给她让座,她坐稳了,车子开动了。老给了母亲切实的难堪，唉，谁能不老呢，一个人的老年原来是从众人瞩目，从一辆公交车的谅解开始的。

晚上我和母亲一同逛超市。我们相约想吃什么买什么，一定拣好的买，拣贵的买，小时候我们可是拣孬的买、论堆买的啊。我和她沿着货架一排一排地转，一样一样地看，她和我都珍惜这样的时光，可是最终我们还是转出来了，好时光真是经不得消磨、品尝。我们两个人的手都是空空的，既没有买用的东西，也没有买吃的东西。一个连吃都不想的人是一个无用的人了，连吃都不想还能做什么？母亲这样说。于我这个年龄，豪华的床上用品也不再能打动我，高档的化妆品也没能挽住我，精致的糕点也没能捕获我，在这个样样俱全、甚至让人有点想打劫的地方，我心惊我也是一个过客了，这于我意味着什么？母亲的牙多是修理过的，我的牙却还是好好的，但好好的并不代表它还有什么想法，想法是什么时候偷偷溜走的呢？一种失落是从一家大型超市的失望开始的。

有一天上班前，我对母亲说，下午去给我买几个面包来。这是一个忽然涌出来的想法，很心潮很心动，多么美好，晚上我们两个人吃着面包，喝着小米粥，说一些温情的话。晚上我回来，面包如愿摆在餐桌上，三个一排四个一行，小脑袋紧挨着，油亮亮地冒着热气，我说，咦，没有肉松，哦，也没有生菜，也没有甜酱。她有点惊慌失措地看着我喃喃地说，那样好吃吗？我还特意怕你吃不惯，也不知糊了什么在上面，黏黏的，也不知是生的熟的……母亲买的是写实版的，我脑子里想的是限量版的。我没有责怪她，总有一天我的想法会和她重合到一块，总有一天我做的事亦即是她现在做的事，我已经沿着她的步子在往前走了。她不再愿尝试新的东西，即便是食物。有一天，我也是。

人老了便啰唆。每早七点多，她准时推开我的房门，又像是怕惊着我似的，压抑着嗓音说，起来吧，起床吧，起来吧，每次都是这三句话，隔着三五分钟，便又过来喊一次。这声音实在太熟，余音绕梁，三日不绝，熟到我小时候一听便把头蒙进被子，心想她改变一下平仄也好，每次多喊一句或者少喊一句也好，可是她不，这个声音像是从模具里钻出来的，把自己喊老了，把我也喊老了，模具还是没有一点松动变形。中午吃饭，她会忽然把筷子停在半空，像有重要事情跟我商量似的，说，锅里还有干饭，吃完再盛。要是早晨她会说，锅里还有稀饭，吃完再盛。我从来没有添第二碗的习惯，但是她总记不住，她以为她说了，我就会起身添饭，就会改变这一习惯。还有时吃饭吃到中间，她会突然停止嚼动，筷子指着菜说，吃呀，把菜都吃掉，这么多菜不吃掉怎么办，再或者还有一句，盐不大，正好吃。似乎盐的大小是衡量这道菜好吃不好吃的标准。母亲一辈子源源不断地把酱油醋倒进锅里，一辈子把身子埋在烟熏火燎里，她做出可口的饭菜，在餐桌上却再也没有有滋有味的话对儿女讲了，她重复来重复去的，只有这几句干巴巴的话。母亲不再鲜活，她已经贫瘠、枯萎，没有新意、没有创意了。就像一块土地，献出了稻子豆子，现在空荡荡的，面对走过去的我们，再也给不出什么。母亲的爱陈旧了，但是到哪里能找出一份新鲜的爱来代替她呢？

有一天晚上破格地我们穿过大街小巷，夜游了一遍这个城市，并且母亲一改往日走路的无目的性和方向性，眼神变得专注，思维变得清晰，腿脚和我一样稳当。因为第二天要到一个单位去开会，我对她说，我到楼下去寻公交站点，她说我和你一块儿去。我们俩走在人行道上，脚低眼高，搜索半空。五分钟过去了、十分钟过去了，因为一直相信站点可能就在下一秒，希望可能就在下一步，不知不觉中我们走了半个小时，后来失望实在大于希望，一问交警，此站点不在这条路上，先前人家告诉我的错了。我对母亲说，你打车回吧。她说，我不，我要帮你看站点。我们沿着新的路线往回走，五分钟、十分钟、半个小时地步行回去。我们等的那路车果然很神秘地出现了，母亲很激动，小孩子一样地叫，一个劲地指给我看，并且踉跄着紧跟几步，她以为她能跟得上。以后每找到一个站台母亲就兴奋一次、眼神仔细地打量一次，我也和她一块儿兴奋。我们不仅找到了我们要找的站台，顺便把回家的站台也找到了，母亲一直跟着我，她还是那句话，我要帮你看站台。母亲自己没有站台了，昨天和今天过得没有分别，但是这一晚她一定过得光华灿烂的，有什么比帮女儿找到站台更开心、更值得投入精力的事呢。倘若我以后的人生旅途上还有站台要寻，而她还能帮着我一块儿寻的话，她一定很乐意、很尽职，而我以偌大年龄，还能有一个人处处帮着我点，纵是站台多点又有什么关系呢。

　　母亲手里握着一张宝贝，老年卡，怀揣着这张宝贝，坐哪路公交车，公交车都得"嘟"的一声，绿色通道畅行无阻。因为这张老年卡，母亲知道了哪家超市的东西贵、哪家超市的东西便宜，若是肉鱼比我们家乡贵，母亲能理解，若是蔬菜比我们家乡便宜，母亲便是不理解了，一个劲地问这是怎么回事？她不明白，我也不明白，我们家乡四周可都是青青的蔬菜啊。因为这张老年卡，她下午有时到大塘公园去转转，听那里人唱歌；因为这张老年卡，她还有时到龙湖去转转，回来给我说一下午的见闻；因为这张老年卡，母亲去了不少的地方，和这个地方有了一定的沟通。她有时不安地说，我户口又不在这个地方，又不曾为这里做一点事，我白坐人家的车，人家还给我让位，你说我是不是在占用人家的资源？我是不是属于白吃白拿？我说，你当了一辈子的老师吧，培养出了许多学生吧，有不少学生在这里工作、做官吧？她说，是的。我说，你看，这就是你对这个城市的贡献啊，你天天给我做饭，让我下班有饭吃，上班不迟到，这也是你对这个地方的贡献啊。这就是人情味，我们这个地方就是有人情味的地方。我这样说心里也是想让她多来几次、多住一会儿。她听了我的话，思忖良久，似乎才把这桩心事放下。

有一天我下班，母亲心情很好地对我说，她明天就要回去。我说，干吗这么着急，她说，你爸还穿着过年时你们给他买的皮衣，你说糊涂不？我说，为什么不换？她说，我不在呀，以前都是我找好衣服摆在床上，放在他面前，他才知道套哪只袖子，我不在，没有人给他找衣服。她一边整理包裹，一边又第一千次地描摹她心目中的景象，要是我走在他的前面，任何人都不能把他伺候好，十指不沾阳春水的人……

　　母亲以前是抱怨他的，现在我却听到了不一样的味道。一种受用的、满足的、有着浓浓人间烟火的味道。我抬眼望去，母亲依然是苍老的，一种苍绿的老，即便是这般苍绿，因为有人等待有人需要，这绿便若雨后的苔藓一般，有了生机有了盎然。短暂的一生或长长的一生，这般匆忙地老掉，老到还时不时被人从破旧的时光中翻出，就凭这一点我想她是可以聊以自慰的，冥冥之中也是可以向自己的一生交代过去的。这便是修行，这便也是爱情吧。

姐姐搬家

晚上，一个人坐在家里，母亲给我打电话了。

母亲说，今天你姐搬走了。

我说，哦，我知道，前两天她还给我打电话，说要到合肥女儿处看看。

母亲说，不是看看，是你姐搬到合肥去住了。锅、碗、电磁炉、衣服、被子全搬走了。

我说不会吧？但在黑暗当中，我的心还是明明白白地收缩了一下，随即我便反应过来母亲说的话是真的。

这一天我担心很久了，但是当悬念落下的时候，我和母亲还是感觉像棒槌击落在水中一般，母亲早把后半生她可能遇到的事都一一滤过了，包括姐离开她的这件事，但今晚她还是少有的不平静。母亲住在淮河的北岸，我住在淮河的南岸，只是我们错开足有一百多里路，今夜我们俩都坐在起伏与动荡之中了。我能想象出来家里的老房子一夜之间更空了，空得只剩下两个人，今晚空得连落针的声音都能听见。老房子墙上父亲的影子久久地没有挪动，我听到木质地板干裂似的叹息了一声。

我知道我们生活中有一些东西从今夜将要发生变化了。先是我和母亲的通话。我经常想换一些新鲜模式的，但最后总还是会照搬照套地问上午干什么了，下午干什么，最近身体怎么样了。母亲会一一作答，母亲一般报喜不报忧，偶尔也会说，你爸前几天咳嗽住院了，吊了几瓶水，吃了什么药，现在怎么样了。说不多久她又把话抢回去说，不要紧，有你姐在家呢，你们该干什么就干什么。母亲的声音又响又脆，仿佛正在印证那句话，你爸真的没有事。"有你姐在家呢"这一句话，可以让母亲报报小忧，可以让母亲心底无忧。"有你姐在家呢"，这一句话仿佛是一剂解药，也治好了我们的担忧，实际上我们内心也真的很少为家担心过。现在没有了"有你姐在家呢"这个事实，我们和母亲的后面通话将会说些什么呢？

　　我还知道我们的心境，包括我的两个远在外乡的妹妹的心境，从今夜也要发生变化了。多少年来，我们可以为少打电话、忘打电话而心安，为父亲节母亲节的缺席而寻找理由，为一年半载不回去而寻求辩解，反正"有你姐在家呢"。"有你姐在家呢"这几个字像是满天的星斗，照亮了我们家乡的夜空。可是，姐搬走了，在这个安静的深夜里，满天的星斗瞬间化为乌有，我们内心的大厦也轰然坍塌了。我们失去了指望的心，现在还能恢复到以前的晴朗与安然吗？

　　姐搬走了，对于母亲来说，闰月鞋没有了。端午节那天没人煮粽子。得一个人去洗澡了，得和爸爸两个人上医院了。每天上午，爸和妈两个人一同上菜场，买好菜，回家洗好、切好。爸十一点钟会准时把门打开，留一条小缝，"等你姐回来炒"。姐这回搬走了，母亲还会不会说这句话呢，爸还会不会老早把门留一条小缝呢？

　　多少年了，我都把她们当作一个人了。母亲走在前面，姐姐跟在后面。姐三十多岁下岗，后来零零碎碎找过一些工作，但都没有长久。到父母家便成了她日常的主要工作。有一年姐病了，很严重，我们姐妹几个瞒着父母，把姐送到上海一家大医院，又是开甲状腺，又是开脾，索性没什么大碍。一两个月回来后，母亲又哭又笑的，哭我们瞒着她，哭我们长大了、长本事了，都能把这么大的事情处理好了，哭要是你姐有什么，我还能活吗？那个时候我惊呆了，我看到两个灵魂生死相依的情景。我们以为姐会始终和母亲在一块儿，会为母亲养老送终，但姐因为女儿一个人在外地的缘故，姐还是搬走了。她怎么能搬走呢？

我长久地坐在黑暗里，我打电话给小妹，我对她说，姐搬到合肥去住了。她支支吾吾地说，我知道了。然后她像是呓语似的说，怎么办呢？又不能说不让她走。你们都走了，凭什么她就不能走？她一个人照顾爸妈几十年了。隔着几百里地，我们俩的心都像今晚的月亮，阴晴不定，我们两个拿着话筒，似乎也找不出多余的话要说，等一会儿我们便把电话挂断了。

我又打电话给大妹，我说姐搬到合肥去住了。她说，怎么办呢，让爸妈到我这里来住吧。爸是怎么也不肯住到女儿家的，我说那我们凑钱在某个女儿处给你买套房子，母亲又说，不劳这个神了，还不知能活几天呢。你看看，一说就这个态度。今天夜晚似乎很漫长，我们谁也没有多说话。今晚谁也不能把黑暗从我们心中移走了。

过两天我打电话给姐，姐说，是的，是搬到合肥了。姐既没有想象中的高兴，也没有悲伤，我们平平常常地拉了一会儿呱，平平常常地互相叮嘱了一些生活中都要注意的事项，然后就平平常常地挂掉了电话。

现在，我们来看四个女儿是怎么一个一个走掉的。先是小妹，似乎是她先启动了这个轮盘，她总是比我们好奇，先前我们姐妹四个可都是在母亲的身边安安稳稳地工作、成家的，我们以为我们都会在这个北方的小县城安逸平静到老。小妹结了婚，不久便热烈地追随着夫婿到了南方，那时我们没有肯定也没有否定，看着小妹一脸的向往劲，我们也还是给予了热烈的祝福。几年之后大妹终于也抛弃了那条通往乡村小学的风雨飘摇路，和妹夫风雨兼程地也奔向了南方某个热闹处。这样又过了十几年，我从家乡调到市里，母亲的担心、不安终于从心里挂到了嘴上，最后姐跨过我的身边，直接比我更多走远一步。母亲再也没有担忧了，她再没有多余的女儿要离开家了。

母亲的失落不是从今天开始的。姐结婚的时候，我和妹妹三个呆呆地站在母亲身边，看着母亲抹眼泪，我们不能理解母亲，只知道那天母亲不让我们上学。我们只知道那天对于姐姐是不同寻常的一天，我们不知道对母亲来说意味着什么。我结婚的时候，姐姐已知道安慰母亲了，我出门的时候，她失手打碎一个碗，手腕被锅里的热油烫伤一层皮，我回门时，大热的天她手上左一层又一层缠着手绢。大妹结婚时，我和姐一个劲儿地夸妹的长裙有多长有多漂亮，拉着母亲一块儿照婚纱照，后来看照片，只有母亲笑得最不自然。小妹结婚时，不论她打扮得有多漂亮，我们都没笑成，最后一个闺女出门，不放心总是多些。

结婚后我们都住在县城里，那时候我们常回来，一个一个地回来，两个两个地回来，带着孩子拉帮结派地回来。母亲傍晚常坐在楼下的青石条长凳上，她在等待。嫁出去的女儿原以为嫁一个少一个，谁知嫁出去后，却是带回来一个又一个。那时候母亲常是高声大笑，母亲的等待和别的母亲一样是圆满的。后来，回家的女儿们再难凑齐了，母亲还是坐在青石条长凳上，只是那等待像人群散去后的黄昏，终是有些空寂了，后来暮色中只有姐常常挽着母亲上楼。而现在等待单纯就成为一种等待了，母亲想一个人填补这一段渐渐暗淡下来的时光吗？如今只有我离母亲最近了，可我也只有让母亲等待。母亲生了我，我却常奔在看别人的路途中。和别人团聚的念头也还是有的，那时我可能还要飘远，飘到我目前还不能确定的某块土地上。那时母亲还会不会坐在长条凳上等呢？

我们这些女孩儿在别人的家里生根发芽，在别的土地上又重新扎根开花。生女儿伤心，生了一个又一个女儿更伤心，嫁女儿伤心，女儿远走他乡更伤心。谁能说出这些女孩儿的前世与今生，谁能说出母亲和女儿的关系到底是什么，谁又能知道母亲作为母亲的全部意义。姐搬走了，姐和我们一样过起了自己的日子。生活又按自己的轨道无声无息地运行。

可是父亲为什么说什么也不愿意离开呢？父亲哪也不去，父亲守着自己的家。父亲以为我们还会回来，他以为我们还会一个一个带着长大的儿女回到他身边吧。我觉得父亲不仅仅在那里为我们守候着家，父亲在那里也守候着一个叫荣家渡的地方。我们希望他们能多到女儿处转转，在多方劝说未果之后，我们只能说行走是一种宿命，留下也是一种宿命。父亲的守候更像是一个仪式，一种信念。父亲在家，父亲永远在家。

我完全能够想象出来，我们走了以后，他们过的是什么样的日子，早晨烧着两碗稀饭，蒸着两块馍。上午的时候到杀鸡的地方看看，到卖鱼的地方看看，只是看看，他们血脂也高、血压也高，早没有胃口享用这些东西了。但是儿女们要吃呀，父亲一定是这样想的，他们转到卖鸡的地方，卖鸡人把鸡从笼子里提出来，熟练地称好，算好价钱，但父亲却突然止住了，父亲发觉再也没有人吃他烧的鸡了，卖鸡人失落地把鸡放回笼子里，卖鸡人不知道是自己出了问题，还是鸡出了问题。卖鱼的老头也不明白，这老两口儿，买了几十年的鱼，现在怎么忽然就径直从他的鱼摊前不闻不问地走过了呢。但他们俩总还是在这些个地方转呀转的，他们在找什么呢？或者他们在温习什么呢？

整个下午，父亲陷在沙发里，全白了的脑袋上，挂着一副黑框老式镜，他的膝盖上铺着一张大报纸，两眼盯着电视屏幕，电视的频道好久没换了，也不知道父亲看还是没看，看懂了没有。傍晚的时候，母亲到楼下青石条长凳上去坐了。她没有孩子要接，没有女儿要等，也没有谁来喊她回家吃晚饭，她坐在那里一动不动。那个被风吹动头发的老人是谁呢？再也没有比暮色更为浓重的悲伤了。

我和姐又通了一次电话，我们还是拉着一些无关紧要的话题。在整个事件当中，有一个问题我始终没有问她。那就是她搬走，没有和我商量，这在以往是不可能的。大凡一点事，发生的和将要发生的，她总会找我商量，我们商量来商量去，一些事在商量中如愿得到解决，一些事在我们的叹息声中化为沉默，但就是那一声叹息，我们的步调也是一致的，我们的两颗心是相依的。这件事她没有找我商量，她不辞而别。她把难题留给了她自己。

还有一个人我始终没有问。那就是母亲生了四个女儿，终于盼到的弟弟。我没有问他，我等着他来问我。

有一天，一定会有一天，他会打电话来问我。他问我，母亲身体不好，你何时能回？

那个时候我可能正在办公室手忙脚乱，也可能正在出差的途中，或许深更半夜刚刚躺下。

我能否即刻就回？我何时能回？弟弟若问我，我该如何回答。

我将情何以堪。

父爱是一个抽屉

中午在家,嗓子发炎了,伸手去开药柜。那柜子有些年头了,抽屉拉了一下照例没动,照例又狠狠地拉了一下,这回动静很大——"咣当"一声,满满一箱药栽在地上,一个药瓶当即炸出了花,一把白色药片儿滴溜溜地在地上打旋,整个楼梯和我在明亮亮的中午打了个寒战。

把药扒拉到一边,那抽屉变了形儿,努力把它们凑到一起,却像两个吵过嘴的人,不是一个腮帮子长,就是一个腮帮子斜,把手的那面,不用拉,自动决裂出去了。

五分钟之后,我提着这件世人看不懂的家什,向我父母家走去。路上行人不多,太阳暖暖的,我的心里竟有一种安详。

父亲开了门,生气地说,怎么又买东西,我和你妈什么都不缺。我说,不是,给你看样东西。我把两件套放在八仙桌上。父亲带上老花镜凑了上来,眼光慢慢柔和了,鉴赏宝物般,翻过来调过去地看,"喏,很好的料儿。"他敲着边儿说。

父亲年轻的时候,是我们大院最好的木匠。祖传的刨床——一个结结实实大木凳架在门前的树下。我们自家所有的家具都是父亲一手打造的,也就是一个桌子,几把椅子,几个很重的盛衣的木箱子。他的那件宝贝是祖上营生,父亲也跟着学了一些。父亲后来成了公家人,并不用这来挣钱,那时候也没有第二职业。父亲多数替大院里做一些简单的东西，最多也就是修复那些缺胳膊断腿的玩意儿。那年头孩子又多又调皮，父亲就少有闲着的时候。好听的话听多了，父亲经常飘飘然，沉默的脸上挂上了在单位找不到的自信。

后来我们家也分了楼房，那时还不兴装修，只要把四面墙涂白，水泥地抹平，挂上电棒，就很好了，旧家具是统统搬上了楼，那件宝贝居然也没丢，和缝纫机一并放在一起，母亲后来在上面裁裁剪剪。父亲偶尔很压抑地在上面也敲敲打打过几回，也做出几件还算像样的家具，但那声音还是惊人，楼上楼下很快就找上门来，父亲只得连连道歉。

再后来姐姐结婚，那会儿时兴陪嫁"几条腿"，父亲很想大干一回，但苦于没有场地，付清嫁妆钱，除了木料之外，父亲狠狠算计了一下，被店老板"坑"去了多少钱。后来我和弟弟成家，有了新房，到处花钱找木工，父亲看着我们，我们都没有作声。父亲憋不过，就在弟弟的房里打锣开张。请的木匠在客厅里电锯吱吱响，父亲躲在狭小的一间，仍然一只脚踩在凳子上一下一下地锯。我去看过几次，父亲明显老了，原本很直的腰，驼峰似的聚在一起，像他那个刨床一样，显出很陈旧、很颓丧的样子，他和他的刨床是同一时代的。我几次想讲，你这是何苦呢，但我终于没有讲。过了二十多天，父亲硬是用碎料拼成了一张宽宽的、结结实实的大床。他对我母亲说，我终于为你做一张新床啦。搬床的那天，几个人吭哧吭哧的，终于将那件庞然大物运回父母居所，据说那几个人后来抱怨了几天。但父亲精神很好，坐在床沿上，拍拍这儿，摸摸这儿，笑眯眯的，我再也没听到父亲喊过腰疼。

在这之后，父亲的木工生涯仿佛停止了。那件镇宅之宝也不知弄哪去了。直到前年春节照全家福，选镜框时，最次的那种也得八十多元钱，要做六副呢，父亲显然不干了，坚决揽了这件活计，我们这回没有争。领全家福的时候，我们脸上笑开了花，都夸父亲做得好，父亲一个劲儿地笑，老眼里溢出光彩来，比镜框里好看多了。以后我们一看照片，父亲就会有意无意提起他的镜框，我们也不厌其烦地夸他好，父亲就会满脸挂上满意的神色。

因为父亲有这样过硬的手艺，我相信这个抽屉不久就会完好如初，而且肯定比以前结实。

父亲问我急不急，我说，爸，不用急，我又不等用。

其实我真急等用，但我竟希望这个抽屉能在父亲那里多待几天。

我曾想，父爱是什么，对我而言，父爱就是一个凳子，在我需要的时候，能结结实实坐上去；父爱是一个镜框，能将全家人的欢笑都框进去，现在，父爱就是一个完美无缺的抽屉。曾多时，我们穿梭在岁月里，忘了它的存在，其实它一直静静地守候在角落里，只等着我去取。

我再也找不到比他更好的木匠了。

人在途中

每到礼拜五,精神就有点恍惚,思忖着下午这段路怎么走。

做父母的总是望子成龙,盼女为凤,恨不能从幼儿园开始,就把孩子送进重点、示范、实验,然后就等着他们能像芝麻一般,节节开花,冒出香油来。近几年求学有了新动向,乡下的转到县城、县城的转到市里。我也跟风倒腾一番,凭空给自己倒腾出一段路来。

孩子进了省重点高中,那三百里路就成了我的人生必经之路。周五下班了,别人回到热乎乎的家,我则匆匆挤上一辆车,穿过黑暗、穿过颠簸、穿过呼啸而来的灯火、穿过胃肠不适,在灯火明灭中才到达那个地方。清晨为了上班不迟到,得在鸡打鸣之前,像薅草一样把自己从被窝里给薅出来。炎热夏季,铁疙瘩一般的车厢快被烤焦了,只等我这个肉馅放进去,做成现成的铁板烧。冬季,车轮碾碎冰层,发出咯吱咯吱的声音。我曾被十二月的浓雾包围过,也曾亲眼看到一棵树"咔嚓"一声被雷电击倒在车前。

如果没有顺道的小车,得坐大巴,情况比想象得还要糟一点。大汗淋漓地赶上车,老爷车终于上路了。不到二十分钟,车门开了,进来一个提着袋子的农民,有位子,很开心地坐下。如此几番,位子满了,终于可以畅行无阻了吧?但是,不,售票员变戏法似的拿出一摞叠起的凳子,一一分发给站着的和即将要站着的人。走道坐满了、站满了,车门还在不停地一张一合,吐出去的是少数,上来的见缝插针。车子摇摇晃晃，不满情绪随时都有可能被晃出来。车子里乱糟糟的，售票的妇人除了要干好本职工作，还得负责把车里一拨一拨不安的、不良的、蓄意谋反的情绪给镇压下去。妇人的嗓子哑得很厉害，我才知道这是职业病。终于到了目的地，我感觉自己像那些行李一样，要散架了。再看一看从顶棚上提下的一串一串上气不接下气的鸡鸭，不知怎么的就有了一些共鸣。

但是我不敢说辛苦。透过车窗，我看见太阳底下，成片成片的庄稼地里，时有农民弯着腰、戴着草帽在锄地。我来的时候，他们在，我不来的时候，他们依然在。年复一年，日复一日，他们收获了一茬又一茬庄稼，直到岁月把他们收去为止。收割了，他们也会毫不客气地占用我们的路面，把麦稻沿路两边摊开，路伸到哪，他们就把汗水铺到哪。傍晚，我不知道他们是怀着怎样的欣喜，把那一袋又一袋圆鼓鼓的麻袋运回去的。西瓜摘下来了，路两边堆成小山，瓜农和他的瓜暴立在烈日下，瓜农会以最低廉的价格，一股脑儿将他的瓜全部倾销出去，不是不心疼，一场大雨会让他的瓜永远地留在地里。

比起我的外婆来，我更不敢说辛苦。五十年前，小脚的外婆将她唯一的孩子（我的母亲），挣扎着送出那片土地。也是十五岁的少女吧，怀揣着从全村借来的十几块钱，战战兢兢地到了我女儿目前上学的城市，上了一所初中师范。冥冥之中，我们四代人走过这同一条路，我们四代人在这同一条路上留下最美的年华。这是外婆出的最远的门儿，也是外婆一生中到过的最大的地方。有一次，外婆又出远门了，唯一一件碎花新棉袄穿在身上。直走到天黑，投宿到一个农户家里，在烧草的铁锅门口蹲了一宿，天亮了，盖在身上的棉袄不翼而飞，一个漂泊在外的妇道人家，有什么理可说呢，外婆拄着棍子，一步一流泪离开了那里，那件碎花棉袄被永远地、鲜亮地留在了外婆记忆深处。

如今我从这条路上走过，看着林深处跑过来的一户又一户崭新的农舍，我总是在想，到底是哪一户人家呢？到底是哪一间房子呢？我并没有要回那件棉袄的意思，我只是想知道我外婆曾经留下的足迹。如今外婆已走完她的人生旅途，在一块庄稼地里长眠多年了，而在上面耕作的人们，一年一年还在继续着他们未完的风霜旅程。

　　终于到了学校，小孩子小鸟一样扑进怀里，先是翻翻包，看带了什么，然后迫不及待地说这一个星期的见闻，她唯恐说漏一件，我唯恐听漏一件，有欢喜的也有不如意的。亲爱的小孩，我现在还不能断定，把你送到这里，远离母亲的目光，是聪明的还是愚蠢的决定，但是母亲当初用意是好的，你一定要理解母亲的良苦用心。

　　如今我像候鸟一样来回，像班车一样准点。这是我人生旅途中多跑的一小截，我希望在沿途不仅能看到风景，当秋季来临，我也能收获一捆一捆的喜悦。

家有考生

陪　考

家有小女，小时候是陪走，后来陪读，再后来陪考。

小学是将她送到小学校园考试，初中时将她送到别校校园考试，陪着陪着怎么就陪到高三了，这回是陪她到大学校园去考试！

考虑到路途遥远，我们开车去。这是女儿近年来第一次出远门，她应该很高兴吧。上车时，我想陪她一起坐在后面。女儿说，坐前边去！不要影响我。我赶紧不说话，下车坐前面去了。

我们这次是去参加本科大学自主招生考试，是高考前一步，考得好不好，直接影响到六月份是麦熟还是麦枯，意义不比往常。以前陪考要注意说的分寸，这回还要注意坐的分寸。一路上我们都不说话。我是想说的，老毛病，一个劲儿地想说，那些励志的话几次就像豆子滚在嘴边，可是我忍住了。我回头看了看女儿，她侧身贴在玻璃上正向外看。她的脸轮廓分明，即使是冬天，她的脸色也是胭红的，像刚运动过的那个样子，鼻翼与额头、脸部轮廓则白皙如细瓷，精致的五官边缘没有一点褶，倒像抛过光，想是上帝之手捏她的时候也没舍得用力吧。她的长头发在顶部紧紧地束了，到肩部时则如波浪般散开,黑漆一样披在圆润的肩头。她叠坐在车座椅上,身材和我一样高,她已经是一个青春少女了。此刻她一只手提着一个塑料袋,袋子放在膝上,里面是半袋洗好的草莓,另一只手则机械地将草莓一个一个往嘴里送。吃东西好,要不这三个小时做什么呢,不过草莓吃多了也会拉肚子的。我不知道要不要在这个草莓时光里加一点儿盐。

于是我将脸也挪向窗外。冬天的树依旧高高大大地站在路边,有时是一排,有时是一群,有时是一堆站在馒头状的小山上,山与山之间是白白的水。做树多好,做树可以沉默,不像现在人一旦不说话了反倒浑身不自在。再说树不要选择,人却面临诸多选择,选择错了就像树上长了一个疤,时时能够看到。

比如她读书的这个城市就是我选择的,我征求过她的意见。女儿说要到海边上大学。我问海边有什么好,她说可以捡贝壳。我们在网上,沿着海岸线像土著人似的一个一个翻找夜间适合听波浪、白天适合捡贝壳的城市,然后看近三年的录取分数线,一个一个大学看完了,女儿的热情度越来越低,粉脸上也挂上霜,最后是失望的表情。看得出她终于明白了,这海滩不是淘宝网,想淘谁就淘谁,也不是付一点小费,人家就乐颠颠地将东西送上门来,海边的贝壳也不是人人都能去捡的。最终,我拿出蓄谋已久的方案,女儿这次倒是没争,像一只蔫蔫的小狗,说听你的吧。我们进城了,路两旁的楼房越来越高,人和车则像在沟底绕来绕去,绕得我们东西南北不分了,绕了两个小时还没到圆环中心。我想夸赞一下这座古老的城池,主要也是想顺便表明一下自己的选择没有错,女儿却说,不像想象的那样好,旧。

到了我所选择的大学,门脸不算阔,门楣也不算高,上头匾额有点旧,字迹也已不太鲜亮,外墙的院子倒拉得很大,果然是一所百年老校。院子的水泥路上挤满了人,全是成双成对,个头一般高,有父子俩也有母女俩，也有一边一个将孩子夹在正中，似乎怕那孩子跑掉似的。院中松木很多，一幢一幢的房子隐在松木丛中，每幢楼都有自己的名字，脚下有方向牌，指引我们向左还是向右。弯弯转转走了许多路也不见考场。我说校园大吧，名不虚传吧，女儿又说，不气派，不像想象中的好。后来出现了两个黑人，女儿黑白分明的眼盯着看，等那两个黑色背影走远了，女儿又说，怎么是黑人，为什么不是白人？

女儿的骄傲终于得到教训。下午我们去领准考证。在水泥路的终点我们站住了，前面就是考场，我给她张着袋子，让她再清点一下东西，结果发现少了一张一寸黑白照片。我让她再检查一遍，还是没找到。于是我们到路边的一棵松树下，两个人蹲在草坪上，将袋子底朝天倒过来，我们将书、笔记、本子"砰砰"地抖，抖得汉字都快要掉下来了，自己抖过了，又交换过来抖，证件也是一页一页翻过来看。在确信没有之后，我终于忍不住了，恨不得拿手指头点着她说，估计脸也黑得像锅底。女儿站在树下，像是一只待宰的小兽，脑袋耷拉着，眼里噙着泪水，粉脸更红了，这回她倒没说话，两只手交替捏着。

我气哼哼地走出校门。女儿在一个小照相馆中嘴角上扬努力微笑补拍了一张黑白照，一个小时后我们又来到松树下。我想缓和一下气氛，我说，贝，有我跟着好吧，饿了买吃的，困了住宾馆，不会问题随时开电脑（我还提着手提电脑），哪像《聊斋志异》里赶考的书生，他的书童只会挑担子，只会找荒山寺庙，不懂文化，处理问题也不灵活。女儿这回倒正眼瞅着我，恨恨地说，就是这个妈太飙了，再发飙，就把你开了。

女儿噔噔就上楼去了。

第一天的时间就过去了。

第二天正式考试。早起，吃饭，她不想吃，我让她多吃，包子送到她嘴边,临走又让她加喝一杯咖啡。车子将我们送到考场门口,女儿像一只小雀蹦跳着在门口站定,回头摆摆手,就进去了。

中午我们在老远的地方就餐,她不说考得如何,我也不问。吃完后,我们到车子里休息会儿,等她再一次蹦跳着走到大门口时,我终于松了一口气,我的这次陪考之旅算是落下帷幕了,剩下的事得她自己面对了。

回家的路上,路还是那条路,景还是那些景,但车里气氛已大不相同。车跑得轻快,人也轻快。女儿说,我第一次知道原来出门这么难,你知道吗,我看到你一家一家找宾馆,一个一个台阶上,最后强撑着爬上去,你知道我心里多难受。我们是找了二十多家宾馆才住下的。女儿又说,我看到你在小餐馆被别人推来推去,硬是给我端来饭菜,你知道吗我的眼泪差点掉下来……

她的这些话让我感动又难受。我在学校门口伸长脖颈、寻她回家的次数一次比一次少了,等到我终于不得不松手,心里竟满是失落。十七年前,我第一次松手让她独自蹒跚行走,那时候满心是欣喜,而现在再次松手,怎么满心都是不情愿的了呢。

赶 考

两个女孩到外地赶考,一个是我女儿,另一个是别家女儿。两个人同为高三,同市不同校,且父母也不认识。因为同到一所大学参加自主招生考试,我带着我的女儿,她带着她的女儿,我们就认识了。俩姑娘都属鸡,这两只青春的小鸡一相遇,就斗鸡眼似的对视上了。

也是有起因的。礼拜六参加考试,我们前两天就收拾妥当了。我们准备吃完早餐就走,她爸爸正在交代一些行程上的注意事项,有人打电话来，她爸爸接了，是一个同事说有一个熟人的女儿也要去参加考试，能不能捎她们一块儿去？这也不是什么大事，她爸爸说好的，并让我们一会儿去接她们。那熟人就欢天喜地放了电话去了。不到一刻钟，电话响起了，熟人吞吞吐吐地说，那女孩非要下午去，母亲协商了十几分钟也没有用。女孩的意思是，上午课程耽误不得，又不是下午赶不上，为什么非要上午去呢？熟人传达她母亲的意思，看能不能跟我们协调一下，那就下午去？

未及我们说话，我女儿就像一只狸鼠弹跳了出来，说她是谁，凭什么我们等她？坐我们车还要讲条件？让她滚，不带她。我知道女儿的心思，人家明摆着惜时如金，那她不是一上午都在抛金子吗。我也不同意，准备好的事怎么能因为一个陌生人说改就改，且假也请了，难道让我们坐在家里东看看西看看不成？我们两个吃完饭，爬上车，女儿叫师傅赶快开车。

中午我们在大学门口安排好住宿，下午女儿在屋里安静看书，暮色加深时，我们在学校旁边的一家精致小餐馆，准备高考前的轻松晚宴。师傅电话响了，是我老公的，让我们给那娘俩留个位置，她们二十分钟就到。老公又说，你们等她们一块儿吃饭吧，同事的朋友，怎么好意思推辞不搭理呢。师傅出去了，女儿是坐在餐桌边的，我听到她平放在地上的脚跺得"砰砰"响，嘴未及说话，两弯能滴出春水的细眉此刻能拧出墨汁，甜桃脸已经鼓成苹果脸了，她挑衅似的看着我。师傅安排好回来坐下了，菜也上来了，二十分钟也到了，女儿终于发话了，我要看看是什么样的大小姐，能有这么大派头，看我不弄死她！我这个和事佬只能绕着苹果脸转，赔着笑，毕竟女儿明天要高考嘛。

过了一刻钟，那三个人裹着一股寒气到了，和我们一样，娘俩带一个师傅。那母亲是一连串地抱歉，声音像是手指飞快地划过琴键，又响又脆连绵不断，且带着诚意，让我们根本插不上话。我们俩的眼睛同时盯着那女孩儿看。那女孩足有一米七，身架宽宽大大的，身上肉倒不是很多。如果说我的女儿是一棵杨柳，那女孩儿就是一副门板。她的额头宽宽的，下巴稍尖，圆脸上泛着青春的光泽，眼睛、鼻子、嘴巴没有什么刻意，也没有什么得意的地方，但整个面孔看起来和谐流畅，那女孩一笑露出一板白白整齐的碎牙，让人看着舒坦。我暗自心惊这女孩沉稳端庄，日后稍加修饰、稍加调理，便是一块难得的美玉。那母亲手脚麻利，用汤勺将盆里的汤汤水水往女儿碗里装，我女儿立马把勺子接过来，将汤汤水水往我碗里装。然后她闷头刨饭，饭粒不时刨到桌上，筷子有时将碗底刨得叮当地响。

吃过饭，我对女儿说，难得你没有修理她。

她说，看她那副可怜的样子，就饶了她吧。女儿自认为胜她一筹了。

她问我对那女孩的看法，我如实说了。本来我的本意是，那女孩长相不错，成绩也很好——从她母亲谈话中得知上周才参加过"北约""华约"联考，这回又参加"卓越"联考，想是成绩非凡，你们日后可以好好相处，说不定以后可以用得着呢。

谁料我的话再次点燃女儿心中尚未熄灭的余火。她连珠炮地说，就那个长相还算不错？你的眼光有没有错耶？看看她额头上的那片青春痘，要是我早拿砂纸打掉了。

打招呼只知道喊"哎——"，就不知道喊叔叔、阿姨？吃了我们的饭菜，连谢谢也不说，只知道抹嘴走人。

考"北约""华约"就了不起啦？还不是考崩了，想得高崩溃得快。

只知道自己闷头吃饭，也不知道给妈妈夹菜，考取北大也只能去卖肉！

第二天早晨在餐厅吃饭，我们吃完了才见到那对母女像一对惊慌的兔子，跌跌撞撞地冲进来，将站在门后收餐券的服务员也吓一跳。我女儿冷冷地看她们一眼。我的这个女儿倒是守时得很，早晨手机刚在被窝里"嘟嘟"地响,她就"嘟嘟"地爬起来了。等我到卫生间时,她头发已经束好了,脸洗净了,牙刷完了,我的牙刷上也挤上了牙膏。不要以为我的牙膏是从袋子里挤出来的,我的牙膏是从她的牙刷上挖一块过来的,她总是把牙膏挤多。如果我的脸在旁边晃动,且又刚好是洗过了的话,往往她会从自己的脸上刮下一块,抹在我的脸上,毫无疑问护肤霜抹多了。如果我去晚了一会儿,化妆品的瓶盖常常会反放在显眼的地方,盖子里多了一层粉脂,那意思很明白,先用这里的。今天早晨在宾馆房间,我慢走了几步,她"唰"地将房卡拔掉了,害得我在房间差点碰壁。在餐厅,女儿颠颠地端着餐盘跑回来,我眼睁睁地看到一个包子从盘子里滚下来,气得我指指包子又指指她,女儿倒也理亏得很。

吃完早饭,我们坐在车子里等那娘俩,等她们下来时,我女儿腿上盖着毛毯,手里捧着书已经安静地看了半个小时了。等那娘俩上车,我女儿已戴好口罩、套上露出尖尖十指的粉色手套,她已经是一副下车的打扮了。

在校园里,女儿黑白分明的眼从口罩上面望出去,东看一眼,西看一眼,一会儿问那幢楼为什么是三角形的,一会儿又说,那堵墙为什么设计成倾斜的,像是要倒了似的,那个是桃花还是樱花,春天还没来,它怎么就要谢了呢……那女孩跟在后面,笃笃地走着,没说一句话。在考场前我们站住了,俩女孩在一幢楼考试。那个女孩将手放在上衣两侧的口袋里,像是怕冷似的左右摆,眼里流出的依然是淡定、从容。我女儿也将手放在袋中,清亮亮的眼睛从口罩上面望出去,依然东看一眼、西看一眼,悠闲得像一只鹤,其实我知道她紧张得很。

中午照例是我女儿先从考场奔出来,我们先到了餐厅,等她们。她一会儿高兴、一会儿忧愁、一会儿说那题做得对,一会儿又觉得跑题了,她不停地伸长脖子向窗外看。等那女孩从车里下来时,女儿透过玻璃墙热烈地向她挥手。女儿问她英语有某某题吗？她说，有。我女儿问最后一题是什么？那女孩说是什么什么，是一样的题目耶，女儿兴奋地说。然后又问作文是什么，她们俩竟是一张试卷，那女孩是理科，我女儿是文科。她们俩一题一题地讨论，一会儿我女儿声音高，一会儿那女孩声音高，一会儿她们的声音我们就分不清了。她俩吃的是一样的东西，是女孩的妈妈特地从肯德基店里带回的。我女儿先吃蟹肉、鸡肉卷、土豆条，喝热咖啡。那女孩是先喝热咖啡，然后是土豆条、鸡肉卷、蟹肉。不知道这中间有什么规律没有。

　　晚上依然是我们先回宾馆，我女儿只考数学，那女孩还要加考物理。数学难度很大，很多是竞赛题，女儿像是被考糊涂了，在房间既不开电视，也不看书，也不捣鼓 MP3，一米六七的个子在床上时不时"呼"地翻一下身，还嫌房间灯亮，我赶紧关掉了两个。两个小时以后她急忙给那个女孩打电话。那女孩考完直接开车回去了，上第二天课要紧。我女儿的心却紧随着那辆车跑去了。她们在电话里叽叽喳喳地说数学，女儿还是喜一阵叹一阵，后来声音像是鸟一样嘟嘟囔囔低下去了，估计不是说数学了，数学哪能说大半个小时。孔子说，三人行必有我师。两位赶考的女孩，从陌生变成了知己。

　　白天在校园我问了那女孩的母亲，昨晚孩子学习学到很晚吧，她说不晚，十一点多。我赶紧不作声了。因为我女儿说，学习重在以前积累，重在以后长远，不在乎这一晚上。九点多她的书就从枕边滑下来了，直愣愣地站在床边。人家女儿的书是躺了一夜，我家女儿的书是站了一夜。

　　不过我们重在素质，我们这回就是冲着综合素质来的。

录取通知书

暑假里，一旦手里的事做完，我总是不知不觉地蔫蔫地坐在院子的小凳子上，高考完的女儿默不作声地坐在我的后面，头发长长地披在肩上，裙子长长地曳在地上，只是神情和我一样。我时不时地叹一口气，女儿总是闷不住的，她说："哎，你能不能不要这样，不就是一纸通知书吗，大不了我明年再考！"

这张通知书，我比女儿看得重。它是入场券，让你继续有学上，它是出场券，决定你在社会上是出席，还是缺席，决定你是昂着头，还是低着头，它是护身符，是挡箭牌，它最弱的功能也是一张饭票，在人的一生中它将被999次提起，又999次落在表格里，它恒久地让你自豪，也恒久地让你受伤。

高考过后的当天晚上，我终于可以迫不及待，无所顾忌地问她了，她说，数学不好，一题、二题、三题……没做，我急了，也恼了，问不是请老师补习了吗？你是怎么发挥的？你平时到底学没学？女儿也恼了，说，咦，你上午不是还说，考好考孬没关系，考好考孬都不怨我，只要尽力做就好了，怎么这么快就变卦了？我不理你们了！她身子一扭，房间门"啪"地冒出火花。

两天后我坐在她身边，看她估分数，实际是监督。她看着电脑一小题一小题地对，我不时提醒她，分数要最小化，错误要放大化，要舍得扣。其实我像文盲一样坐在那里，你想我能看懂啥。经过一番缜密计算，女儿鼻头上冒出汗，她有点张皇地看我一眼，离北大、复旦差得远，比大专高许多，就是这么一个状况。一家三口无语了好多天。后来我们时不时地追着问，"再算一下，到底能不能考这么多分？"或是"能不能再赶超点？"她恼了，说，是你让我这样扣，扣过了又不相信。不理你们了！她又一扭身子出去了。后来，她连会同学也不肯出去了，全城的人见她都要问一句，能考多少分？关键时刻谁愿意忘掉对一个小女孩的关心呢。原来她对这个分数把握还是很大的，别人一问再问，她也茫然了，后来她也不知道自己能考多少分了。

把分数揣在怀里、悬在心里懵懵懂懂地过日子。央视第一时间公告明天上午十点公布分数线，那一夜我就没睡好。第二天一早，我妹的电话就来了，我说还不知道，要等到十点。她高声说，你怎么能沉得住气，浙江都公布了！天津都公布了！我们慌忙趴在电脑面前，她叫我查，我叫她查，终究她自己打开电脑，奇了，网页打不开，迫切的人群把网站挤爆了。又打168查询，也打不进去。我松口气心想晚点也好。

下午四点，我们终于从网站看到分数了，面熟，和我们事先商定好的一样。先是我和她沉默，然后是三口人沉默，再是两家人沉默，女儿又恼了，说："你考给我看看，你考给我看看。"

下面就是最大限度地报一所旗鼓相当的学校，不能浪费每一个分值。地点女儿限定，东南沿海，专业，她说反正她以后要去创业，创什么还没想好，再说也还没有创业这个专业，那就随便吧。她说得轻松，一辈子的大事还是撂给我们操办，这是一个让人受内伤的过程。好在半年前我就开始通读《报考指南》了，一二志愿冲，二三志愿稳，四志愿保本，第二志愿到底是冲还是稳？这都要深挖细琢的。

我们在等待中过日子。等待让女儿不安，却让我恍惚，这小东西气定神闲地一会儿照镜子，一会儿拖着长裙顾影自怜地在院里走，零食却少吃了，这是她心焦的表现。我们都怕滑档，滑档就是深渊，是补习班。后来，她有点怕见到我，看到我就故意昂着头，哼着小调，像个小公鸡似的蹦跶着走掉了。我也不逮着她就问了,问她能问出个什么,得问教育部。

这段时间电话倒是不停地响。一本网上都公布了,你家闺女有没有?我说没有,来人就很体贴地说,没有关系,没有关系,早着呢。二本都开始取了,还没收到通知?我说没有没有,心中早是底气不足。两家亲戚似乎比我还急,那关切的小箭头不停向我家里射,我每天的任务就是拔箭、清理场地,给他们腾地方让他们第二天接着射。

女儿的名字终于从网上跳出来,那一刻我觉得是一朵荷花忽然绽开,然后是刮开奖券中了大奖的感觉。

我卷个话筒,采访女儿,问她高兴不?她有点茫然地说,我还没准备好,这就上大学了?

又不是上北大、清华,你那么兴奋干什么?

赶紧把客请了,我同学说越早请客,说明你考得越好。

这回我要单独出去了,看你还有理由拦我不?

我要用打工的钱带你们出国!

我把门后成捆的小箭头附着在QQ群上一并发出去了。亲戚是女儿一一通知的。她的奶奶外公外婆一会儿高兴,一会儿落泪,都在担心这么远的路,一个从没出过远门的孩子,感冒发烧可怎么办的问题了。

这个时候通知书还在后面慢吞吞地飞,这个时候满天都是通知书,女儿的只是普通的一封。但是我们觉得好,那就好。也许她以后还有一个普通的人生,只要她觉得合适、幸福,那就行。

回家的女儿

我仔细思索了一下我昨晚说的话,可有词不达意、欲盖弥彰的地方。

临近中午我是躺在床上接到她从外地打来的电话的,她说,妈,你好点了没?我一会儿就到你那里。本来我像是缺水的、蔫了很久的,这回听了她的话,像是叶子马上立起来的苔菜,活回来了,嘴里却说,别回来呀,你千万别回来。心里却转动心思,赶紧到火车站去接她。

我想起我妈妈,除非她病到不能下床,否则她一定会和爸爸一起摇摇晃晃地挣扎着到医院,再除非是医院盛情挽留,否则她还是不会给我们打电话的。病痛不计前嫌,他们是自己的防护带,他们有自己的底线。我则悻悻地替自己开脱,我妈妈有五个儿女,一个事情可以翻来覆去说五次,而我就这么一个女儿,说着说着,把自己说穿、说疼痛,那是完全情有可原的事情。

我还清楚地知道她爱吃的饭菜,只是她离开我这么多年,三年高中、三年大学,我拉着她手的时光简直就像雨后的彩虹一样稀少,现在城市都看不到彩虹了,我的胳膊经常挽着的是空荡荡的风。我不知她胃口变了没有,再看看我瓢盆遍地、缺油少盐,自从她走了以后我疏于管理的厨房,我实在不能保证我能做出一顿像样的饭菜来款待她。

在火车站她见到我一下子扑了过来,一连声问,妈妈怎么样了,我担心死了。

我领她到餐厅,她说,妈妈这么破费啊,我饿死了,早上没吃饭。服务员给我们每人倒了一杯水,她一边喝水一边说话,我早晨一起来就慌乱地收拾东西,我室友问我干什么,我说回家看妈妈,妈妈心口闷喘不过气。我的室友们都说,那得赶快回家看妈妈,星期一的课我们帮你请假。谁说现在的独生子女自私、冷漠,那是我们总爱用全面的、发展的眼光审视她们,我们太希望她们完美,有一点缺点我们总是惊慌失措地把它们放大,好多东西都是交流出来的。家长们都爱犯自以为是的毛病。其实她们不是这样。我昨夜的手机一直都没有关,我担心听不到妈妈的声音。她边吃边说。

吃完饭在我叫服务员过来之前,她把鸡头夹到一个空盘子里,说,鸡头里有重金属,妈妈不要吃;她把鸡脖子也夹出来,说脖子里腺体有毒素,妈妈也不要吃;她把鸡翅、鸡爪子也挑出来,说,妈妈牙不好,也不要多吃,剩下的东西放在冰箱里超过三天你就倒掉,妈妈不要太节省。

中午到家,天热冲澡,她说我给你擦背。她拿着搓澡巾,搓得很慢,很轻,专注地像在看一件东西,现在的大学生气力是差了点。我想起我给妈妈搓背,像搓澡工一般用力,我就这么搓啊搓的,搓了几十年,妈妈的腰变粗变下垂了,妈妈的身架变宽了,妈妈的个头塌陷下来了,那一小堆肉不知道什么时候固执地拱在妈妈的后背上,像是我搓上去的,妈妈被我搓老了。如今我和妈妈一块儿去洗澡,我站在水龙头下,她坐在水龙头下,矮矮的松松的一堆。我给她搓背,总是擎住劲,我怕把她搓垮。如今这个女孩像擦镜子似的擦着我的后背,她专注地盯着镜子看,她在想什么,她以后会想起什么。

洗完澡她先到房间里去了,是她外公外婆常来住的房间,一张大床,席子早被我擦得光亮。收拾完东西我站在客厅里,我该回房间午睡,我想睡到她那张大床上去,我躺在床上,她欢呼着打个滚滚过来，热热的胳膊和小脸贴着我、倒向我，她小时候的时光。我轻轻推门进去，门没有发出一点声音，一米八的床头并排放着双肩包、化妆品袋、抽纸、手提电脑、一摞书，人趴在一个大开的资料上，像考卷，这双肩包真盛货。她的小腿折在半空，足踝在我面前晃动。我悄悄地想走回去，她却回头，说，妈你想干什么？我说我看你睡了没有。我轻轻把门带上，门还是没发出一点声音。

傍晚我回来早点，她说妈你要买件衣服，我们去逛百货大楼。百货大楼的生意正好，灯火通明着，在光洁的地板上，她在我左或右，我们眼睛望着别处，她长长的胳膊不停地荡在我的胳膊上，她的手指终于柔柔地勾住我的手指。刚才在街上走，我们的胳膊像一个架上的两条长瓜，经常晃荡在一块，毛茸茸的，像要触电，我总想起小黄鸡或她的毛茸茸的小脑袋。但是我们家族上辈人的触觉就有点愚钝，感情含蓄。我从未揽过我妈妈在街上走，也没有搀扶过她，即便现在，除非过马路，除非上公交车，除非一定要搭上一只手或一双手，过了那个险要关口，那只手就立马缩回去，我总是让妈妈自己走。明知道搭上一只手感觉肯定不一样。但是我们从来不能明目张胆地示爱。我们都太含蓄。如今这个女孩的手轻轻搭在我的手上，像一只小宠物的爪子轻轻搭在我的手上，有一种羞于见人的慌乱。我不知道是怎么反手抓住她的，我与她又一同走在光洁的地板上。

她放开我的手，说妈妈你要试衣服。她总是叫我试。我得做出样子给她看。对好的食物没有占有欲望了，对好的衣服也同样是，衣服是衣服，人是人，人心不鲜活了，什么衣服也扮不出靓。在试衣间，我轻轻撩开裙角一边，我在看我的小腿，有一块像血管扩张又像要静脉曲张，它们已发出暗示，想要征服我了。

她心目当中的妈妈，知性，穿着职业装，脑门光亮，发髻高挽，涂着口红，信心满满地走向大楼。下班和仨俩闺蜜在小酒馆或咖啡屋说着知心话，轻轻地摇晃着高脚杯。妈妈稍稍胖一点，富态，皮肤白，珠光宝气，妈妈整晚微微在笑。她让爸爸能带出去，能让她在室友面前有面子。那是韩剧里的妈妈。

到底一件衣服也没买。因为我实在没有大的场合要去，也没有让我焕然一新的人物要见，似乎也不是买衣服的时机。现实中的妈妈常闭着嘴，不说一句话，即便现在也是。一晚上想的只是牵手，只有她遗憾。

晚上回来冲完澡，照例她先回房间。我收拾完东西，站在空荡荡的客厅。夜的深处没有一点回声。我轻轻地推门进去，双肩包依然朝我开着，它还在兜售它的东西，东西这么真实醒目，她的小腿折起，足踝在我的面前晃动。我想走出去，她说，妈，你早点睡，我要考试，再看会儿书。我走回自己的房间，一页一页地翻书，书页在我的手指上轻轻划动，直到她先睡。

第二天下午我早回，送她到高铁站。一白天总想着要回来看她，终又克制住。在候车厅，我们在铁质椅子上并排坐下。空气中流动着一种躁动不安。她的头轻轻搁在我的肩上，我的头也靠过去。我们用这种方式来抵御不安。火车一阵一阵无声地从大玻璃透视墙飞过，她的头轻轻摩挲我的脖子，轻轻地拱着，试图想要寻找什么。终于列车员说"G7293次列车马上就要检票"，人群"呼啦"一下长高了许多，好多人和包快速拥向闸机口。我们俩在同一个时间站起来，她一把抱住我，我则轻轻拍她的后背，她的后背平平的，瘦削柔软，我轻轻地拍打着她的后背，连同贴在她后背的长发，直到人所剩不多。她背着硕大的双肩包，走到闸机口，票塞进去，吐出来，她走出闸机口，转身向我挥手，朝前走了几步又回头看我，第三次回头的时候，没有找到我，她略带失望地逡巡一阵，和她的双肩包一同消失了，她要回到自己的世界中去。

闸机口开，闸机口关，闸机口不再动了。闸机口不知道什么叫铁石心肠，闸机口不会受伤。

"妈妈是个美人,岁月请你不要伤害她。"下面还画一个娃娃的脸。这是母亲节她送给我的微信。

现在你已消失在闸机口的另一端,我怎么能相信岁月。

饺中岁月

母亲在生下弟弟之前，一口气生下四个姑娘，那个时候母亲的腰难得有直起的时候，头发上粘着柴草，整日整夜沉浸在洗尿布、洗棉裤之间，就是过年也没个笑脸，那个样子仿佛正在印证别人的话"你妈的命真不好"。时来运转，十几年之后，我又听别人说，你妈命真好，一连生下四个姑娘。若是过年，我们回家一次，邻居们就说一次，似乎我们家人口结构发生了翻天覆地的变化。

姑娘们嫁做人妇之后，不论有多远，大年初一这一天全都拖家带口聚在母亲这里，母亲不到九十平方米的小屋顿时鸡飞狗跳，孩子们挤在一起，你推我一下，我搡你一下，哭一阵子喊一阵子，姑爷们则聚在客厅打牌，他们年年牌桌吵，酒桌也吵。上午母亲和我们几个在厨房干活，下午在厨房说话，厨房暖和、安静，再说也没其他地方可去。

孩子们今年明显懂事了，谢天谢地终于不闹了。这会儿两个大的坐在沙发上头靠头看电子书，三个小的穿着鞋蹲在沙发上，扒住他们后背伸长脖子看。我正庆幸他们今年终于不在屋里放炮了，却见他们把电子书一扔，"嗡"的一声炸开了，他们飞奔到牌桌前，从各自爸的桌前，抽出一张钱，又"嗡"的一声向门外飞走了，我最小的侄女抱着她爸的腿急得直摇晃，在得到一张钱后，红绒衫在我们厨房门前一个趔趄，没命地向楼下跑。他们消费去了，没准儿还聚在一起喝一杯。

  一盏茶的工夫,我听到"咚咚"上楼的声音,我女儿翼一头冲进厨房,扒开三个姨妈、外婆,把嘴凑到我耳朵前,气呼呼却又是小声地说:"又是我付钱,气人!"说完,跺着脚,扒开人群,一扭一扭地坐到客厅沙发上去了。他们会年年为谁付钱、谁付多了、谁付少了而争吵不休,店里小吵,家里大吵,一路上掉着薯条、爆米花。但是今年我暗自心惊,翼不是一早晨起床就发誓了吗,今年绝不付钱,要是付钱又怎么怎么地,怎么这么快就变卦了?剩下的孩子这时才一阵风地冲进来,小妹问自己儿子,今年谁付的钱?这个上初中一年级的男孩子连喘带笑透不过气来,指着最小的那个说,你问她,你问她。小学二年级的侄女说,我翼姐让我付钱,我说,你都世界国际大美女了,凭啥叫我付?男孩子接着补充,本来我们五个人站在付款台前,谁都不作声,后来我翼姐一听妹妹这个话,激动得浑身颤抖,赶紧把钱付了。男孩子说完,又在沙发上打滚放肆地笑,除了小侄女外,我们都笑,只有翼把头低在膝盖上,长发遮着脸。

  我们的厨房也很热闹。我的左手是姐姐,她套着大号围裙,靠近炉子,两个妹妹靠外,给母亲按腰捶背。过年前我几次来娘家,天黑了也不开灯,母亲和姐姐两个人一个和面、一个拌馅,一个擀皮、一个捏皮,一个又一个的饺子在沉默中被装进冰箱。她们两个人都爱穿着围裙,都是短头发、微胖、不多语,且经常面对着面坐在矮小的板凳上,择着菜、削着马铃薯、芋头。她们两个怎么越长越像、越来越有相依为命的感觉了呢。

  我的这个小妹妹话题更是不少。有一次我的颈椎病犯了,去医院推拿,脖子被高高向上吊着。这个时候推拿科的门被风风火火地推开了,院长穿着白大褂领着一个病人进来,他眼力甚好,一眼就认出我,他说,你不是那个那个谁吗?我说,我就是你说的那个谁。

他说，你妹妹好啊？我说，好着呢。我知道他说的是我哪个妹妹。他有点气急败坏地说，你说我妈，当年要是再下点功夫，不就把你妹妹抱过来了吗？现在她三天两头住医院，你说我们四个大老爷们儿，谁能天天去服侍她。移交掉病人，院长又想和我说妹妹，又要去接待病人，还要去看看妈妈，临走时用已经不大干净的白袖子擦了一下脸。谁家遇到这样的事都想要个妹妹，院长家也不例外。

我手扶着满满一匾的饺子正等着下，窗外的爆竹把锅里的水催得更响了，姐已经对外面高声喊准备收拾桌子，吃饭。我把饺子一个一个提起，情况却不妙，饺子似乎生了根，不愿意站起来。母亲大吃一惊，也赶紧来帮忙，可是使劲一拽，就露馅了。母亲急得直抱怨，人老了，不更事了，昨晚还惦记着要铺一层面呢……母亲拿过刚才切面的刀，果断地说，让开，她像割韭菜般贴着地皮割过去，果真割出一大块饺子，像草皮一般，放到一边，再割第二块。母亲的身子在我眼前晃动，腰弯了，背驼了，头发更灰白了，这是她几十年的包饺子生涯中，最失手的一次。母亲老了。小妹伸出手说，我来挖，以前我们家院子里的草可都是我挖掉的呢！大妹就接过来，说，三十几年前挖几根草还记得，要是把你送给人家，人家整院子的猪草还是你挖的呢！大家都笑，母亲终于也笑了。

父亲端一碗饺子坐在门洞子里吃。他吃饺子年年不愿意上桌，太挤，后来有一年他又说，吃饺子就要安静吃，才能吃出味道。此刻他坐在一张凳子上，穿着一身臃肿的半旧羽绒服，将半截门洞填得严严实实的。他并不看我，也不看大家，他安静地盯着碗，他在品尝生活。

母亲和我们几个今年吃的是黏在一块的黄亮亮的锅贴饺子，这饺子香，滴着油。这种吃法虽不传统，但饶有风味，让人记忆久远。

等两个妹妹驱车回南方，我们也上班之后，年终于渐渐散了。我还天天在母亲这里吃，吃着吃着，肉骨头越来越散架了，猪蹄越蒸越黏了，包子的裂口越开越大了，四十多天后，父亲开始用小斧子劈咸鱼，咸肉则要连夜地泡了。

说不上喜欢过年还是不喜欢过年。但是时光流逝，忽然有一天不再有人为我们操持年了，不再有人问我们什么时候回家了，那个年将会是怎样的？这样想想让人害怕。

因此不论有多忙，我还是珍惜从我身边走过的每一个年，珍惜和父母姐妹兄弟共坐一桌的时光。

和你一起慢慢变老

当秋风如吹落叶般，又吹走我的一位同事的父亲之后，我真真切切地吓了一跳，好端端的一个人，怎么说没就没了呢？深秋黄叶有时还需用竹竿扫荡一番呢。

每出一回这样的事，在安慰别人的同时，心中也暗自侥幸一回："幸好撕心裂肺的人不是我。"于是去看父母的步子也就勤了一些。

"我最浪漫的事，就是和你一起慢慢变老，老到哪也去不了，我还是你手心里的宝。"这句话用在年过七旬的父母那里一点也不合时宜。他们最浪漫的事情就是半生贫穷、多子拖累、永无止境的抱怨。

母亲应该是个地主的女儿，可一天也没过过地主家小姐的日子，外祖父在母亲还没出生时就去世了，弟兄分家，母女俩分到几分薄田，实际上是被推到外面过日子去了。以后土改，母女俩在富农、贫农之间被推搡了很久，被定为小土地出租。这个小土地出租的女儿，在委屈、怜悯、泪水和娇惯中倔强长大，养成了独立、自主、性急的个性。而父亲是根红苗正、三代贫农。父母后来都成了教师，他们育人风格迥异，母亲激进，父亲内敛。父亲始终这对个社会心存感激，让一个穷孩子翻身成了主人，父亲始终是宽厚的，在他的那块田地上，母亲更像是主人。

孩子一个一个地出生，吃饭、穿衣、上学让日子捉襟见肘。记得有一次学校春游,这可是破天荒的一件大事,满校园背着黄书包、穿着破补丁的孩子全疯了。母亲那时正生病,十块钱的春游费要了几次,就没有着落了。春游回来的孩子个个神采飞扬,写出的游记篇篇都能当范文,没去的那一部分自是人前人后矮了一截。这件事情以后几十年间,我们都没有提起过。母亲六十六岁生日,全家人在一起吃饭,母亲不知怎么提到这件事,话没说完,自己就流泪了,母亲,原来你一直都记着这件事啊!

穷不是主要的,母亲抱怨的是父亲的个性。那时候煤、粮、油、布全是小本子供应,有本事的人家计划内的、计划外的、限量供应、不供应的总能批个条子弄到家来,虽然别人在谈论这件事的时候会压低嗓子,但是神秘之中掩饰不住一种自豪,我们是永远没有机会享受这种神秘的。我们得凭票,在一扇半开的小窗子前排很长很长的队,从早排到晚,排完这队排那队,排队是生活中一件很重要的事。

我们家最艰难的十年,是在孩子一个一个都长大了以后。孩子大了,总得要找份事情干。父亲那时已调到县委,搞党史研究工作。县委大院从书记到局长,一碰就是一堆。但是父亲就是不开口,不是不开口,是不会开口。看着源源不断、行将要走上社会的半大孩子,母亲懊恼、哭泣,父亲却一头扎进历史堆里,再也不肯出来了。这个小土地出租的女儿,少时要为娘俩做主,现在不得不为一大家做主。母亲以少有的耐心、恒心,赔着笑脸,提着少得可怜的一点物品,一年一年和这个社会抗衡。母亲将该送的送到地里去,该嫁的嫁出去,该娶的娶进门来,母亲的头发迅速地变白了。

父母退休了,儿女的日子一家比一家好起来。按说父母之间该浪漫了吧?可是不,父母之间的战争,或者说一个人的战争依然延续着。母亲希望父亲能和她一起跑跑,锻炼锻炼。可是父亲依然躲在他的小屋里写个不停。父亲这一辈子笔耕不辍,在编辑行业已是副高职称,需要说明的是,这个职称可是评的,要是考的那就没有什么悬念了，父亲凭着写的、编的一本本厚厚的书，毫无争议地拿到了我们这个地方、这个行业的最高职称。母亲希望父亲和她一起到外面享受阳光，可是父亲在黑暗中已经找到了属于自己的阳光。母亲一人孤单地在街上行走，心中的悻悻是可想而知的。

最近一场战争，起因是一个梨。天气骤冷母亲感冒了，让父亲到街上买梨。父亲依言去了，在菜市场巡视一遍没有找到，到超市两块多钱一斤，父亲买了一个。母亲洗了、切了、炖了。第二天母亲又叫父亲去买梨，父亲依言又去了，又买了一个，母亲再也忍不住了，多年的委屈一下爆发，且声泪俱下：幸亏我还拿工资哩，幸亏我还能走能行哩，要是指望你养活，要是我不能动了……母亲说这些话的时候，一点儿也不像个高级教师，和一个村妇、怨妇没什么两样。母亲摔门而去。后来我私下里问父亲，不就是几个梨吗，又不是买不起，怎么弄得那么小气。父亲嗫嚅着说，这东西比平时贵了几倍，我每天都去买，这样就不会买多了浪费。我的迂夫子父亲一向讲究实际，可是在社会上、在家里却从来没讨到一点儿好处。

母亲做事有时也让我们意想不到。一段时间母亲去南方小妹家照看孩子，有天晚上，父亲直喊头晕，我们赶紧把父亲送到医院，做了CT、拍了片子，也没看出什么大毛病，我和小妹说了这件事，谁知第二天一早黑蒙蒙的，母亲一个人出现在家门口，弄得小妹的解释电话也风尘仆仆的。母亲并没看片子，径直就做出诊断，"生活不周，营养不良"。母亲照这个方子给父亲治，一个星期父亲的脸果然红润了。我私下里又问父亲，比起你的一个梨来，母亲待你如何？父亲就一个劲儿地傻笑，那局促的样子，就是一个地道的农民。

"我最浪漫的事，就是和你一起慢慢变老，老到哪儿也去不了，我还是你手心里的宝。"这句话用在父母那里我还是认为有点牵强，如果用在儿女和父母之间还是挺合适的，愿天下的父母都能享受到这份浪漫。

四外爹的爱情

如果一个人的眼泪可以填满太平洋的话，那么这块麦地已经被几个太平洋淹没了。先是老头子带着两个女儿，爷三个在坟墓外面哭，后来是爷两个在坟外哭，后来是老头子一个人在坟外哭。没几年老头子也进了坟墓，只留一个儿子在外面了，儿子愚钝，不哭，这个年轻庄稼汉的心被茅草堵住了，流不出眼泪，就像墙角的烟囱，被茅草堵住了，冒不出白烟。

这块土地会吃人，不到几年吃进去了四个，四座坟墓在平坦的土地上，像笔架山一样排着。

最先被这块土地吃进去的是我的四外奶，这个女人命真是不好。

早些年结婚的时候，四外爹就不同意，不是一般的不同意，是像一只头羊要参加决斗时，竖着犄角，抵死不同意。四外爹的爹当然不答应，他说，儿子，我知道你看不上她，可是你以为你是谁，还是洋学生吗？你是一个右派，是反革命分子了，你看咱家这么多年，被斗来斗去、翻来翻去的还有什么？儿子，你也是三十几的人了，总得让咱们见见孙子的面吧。要怨就怨你爹，怨那些书，是那些书害了你。

四外爹家是正宗根正苗红的几代贫农，跟地主、资本家、反革命分子有不共戴天的仇。他的爹一个字不识，但是出于一个老农民对读书人的向往，或者是出于一种对更高生活的向往，送儿子去读书，小时候在村里读，长大了到镇里读，后来考到县里读。外面兵荒马乱，学校散了，他回到家里来，在本村的小学任教员。这么过了一两年，乡公所找四外爹谈话，说看中了他，有文化学识高，让他做乡里的保长，并给了一纸公文，那是对一个文化人的最大殊荣。所有人都可以作证，四外爹从来没上过任，他继续教他的书，上面找他谈一次话他支支吾吾的，再谈一次话他是磨磨叽叽的。逼得紧了这个读书人意志也还算坚决，逃走了，一个人在外头过起了藏头缩面、狗一样的日子。还好不久他就回来了，那块土地上的风向又一次变了。他回来继续做他的教员。再后来斗地主，地主斗完了，斗富农。地主、富农凑不够数量，完不成上面的硬性指标，村里人在乡干部的使劲启发下，终于把四外爹的事给挖掘出来了。所有人都说他干过保长，而且是伪政府时期的保长。村民们也没有办法，如果不把他供出来，那个指标就可能落到他们头上。他成了一条隐藏得最深的蛀虫，一个罪大恶极的反革命分子。他从此走上了一个右派、反革命分子应该走上的路。

四外奶家穷，个子矮，人胖脸也大，嫁了几次也没有嫁掉。她们家看中四外爹的人，白净高挑，自愿将女儿送来做反革命分子的老婆。

结婚那天，四外奶穿着大红袄子走过来，十几里的路哩，人像背着一个大红绸被包似的气喘喘地进了家门。那个盛粮土罐既漏底又漏亮的家庭一下子就被喜庆装满了。四外爹被人牢牢控制住，不许跑。四外爹的爹说，去，给新媳妇端洗脸水。四外爹不动，四外爹的爹就发火，抬腿要踹儿子，四外爹才极不情愿地拿起洋皂，端起早已准备好的洗脸水。所有看热闹的人也都像递洋皂似的把这个消息一块一块向外递，只不过手法极快，全村人都以最快的速度知道了，四外爹给新媳妇递洋皂、端洗脸水了。递了洋皂，端了洗脸水，就说明新娘是新郎的意中人，是诚心诚意对人家好的了。

那个时候四外爹的主要任务就是参加各种各样的运动，接受任何一种形式的批斗。会上的、街上的、站着的、跪着的、挂牌子的、戴帽子的。四外奶主要在田间。不论什么时候四外爹回家，或是闷在屋里一天不出来，四外奶总是准时给四外爹递洋皂，端洗脸水，给他递馍，递稀饭。村子里的媳妇只是日日三餐给男人们端洗脸水，没有谁三餐递洋皂的，洋皂也是要花钱买的嘛，但是四外奶日日给反革命分子递洋皂，没人知道她是怎么想的。

就在所有人都认为四外爹的这种日子要熬到老的时候，有些右派、反革命分子平反了！右派分子一拨一拨到县里找，四外爹瘦弱的影子、花白的头发、热切的眼睛晃动在其中。

一拨一拨的右派分子都摘掉帽子了。四外爹等了又等，名单里还是没有他。一个"伪保长"毕竟名气大，他要能平反了所有右派都得平反。在四外爹等到绝望的时候，矮冬瓜一样的四外奶病倒了，四外奶不是等病的，她只知道人要赶着日头起，傍晚撵着群羊归，季节可不等人，等能等到什么，她是真病了。女儿、儿子们挖蚯蚓、挖壁虎、找蜈蚣做单方，也没能留住她的命，那个背着大红绸包进家门的四外奶像个气球似的，一天一天在泄气，最后渐渐干枯掉了。

四外爹果真补到一大笔钱，要是四外奶还活着，可能是想也想不明白，有些钱竟真是可以等到的呢。

女儿们给爹日日端洗脸水，但是那块洋皂始终放在墙角，再也没有人动过。

四外爹哭了，不知道他哭什么。这不是个秘密，全村人都知道他不喜欢她，一辈子不屑和她说一句话，不正眼看她一次，不给她花一分钱，当然也不会想她心里想什么。这样的女人作为媳妇身份死掉，死了一个少一个，不稀罕。但是夜里有人听到四外爹的哭声，后来全村人夜里都听到了。

大女儿接替了娘的身影活动在庄稼地里，她每天中午都会到娘的坟头上哭。终于有一天中午人们没听到她的哭声,她趴在坟头上睡着了。四周的庄稼刚刚打过农药,那些药物可能看她太伤心了,悄悄在她身边聚拢,她呼吸着它们,就像呼吸着娘的气味一样来到娘的身边。

二女儿得了和娘一样的病,老头子是拼了命也要治好她的。钱是花掉了,可是病越治越重,最后还是不治而去了。

老头子在三座坟前呼天抢地地哭。他想,他要是不平反就好了。他还是右派,他一回到家还是有人给他递洋皂,端洗脸水,女儿们还会围绕在他的膝边爹长爹短,右派的日子真好啊,他愿意天天过,年年过,一辈子也过不烦。他不明白为什么他不是右派了,老天就把她们统统都带走了,他不明白这其中的道理,但是肯定有某种关系。

也许她们就该在他的右派岁月中出现,他一旦不是右派了,她们就得离开他。

他就是带着这种疑问去找她们的,他要和她们在一起,在那个世界里继续过他的右派日子。

表舅的一生

曾经有几个土堆是在我年少时的眼光中堆成的,我见证了那漫天的风沙,见证了一堆人在麦地中间的忙乎,等到他们带着半截黄泥腿离开时,麦地中间崛起了一座山。这是个重大事件,那块土地不再是单纯的土地了,里面又种下一个人。

那个比周围一般荒草堆都要高些的土墓是我表舅的。是我母亲的表兄,关系远了点,我母亲是小姑娘时,外婆时常带她回到娘家,特别是开学时从他那里拿些学费,不是借,没有钱还。等到表舅孤老一人时,他就时常挂着一根棍子,路边随意捡的,或者是被牲畜的嘴随意拱断的一棵什么树,在太阳不打招呼悄悄向西边滚落的时候,他也不和任何人打招呼悄悄向西边城里滚,太阳可不会等人,太阳早早回家休息了,表舅还一人在路上走。到八九点,他才走到目的地,那根棍子靠在我母亲家的一堵墙边,他坐在巨大的影子里默默地流泪,他像一只从泥地里走出来的猪或狼,头发和胡须连在一块已结成泥饼状,脚上看不出穿的是鞋还是树皮,应该是鞋。他像几天没吃东西似的,一把接过我母亲手中的汤汤水水,迫不及待地用嘴吹,他的整个脸就埋在热气里。

他年轻的时候可不是这样,虽是其貌不扬,但高大有力、能说会道,是一个有能力的庄稼汉。要不表舅妈怎么能看上他。在我印象里,表舅妈是一个少有的美人,我认识她时,她那时候有三十多岁了吧，头发黑黑的，梳得光光的，在脑后窝别成发髻，脸盘圆又白净，上身总是穿着蓝土布对襟大褂。她活在漆黑、白净、毛蓝里。我从来没看过那么白净脸盘的人。她个头不高，手脚麻利，走路轻快，说话细语，脸上总是带着和那个乡村不相匹配的笑。这和表舅形成鲜明对比。表舅说话是惊天雷，舅妈就是茅草琴。表舅有三个女儿两个儿子，但是表舅有办法养活他们，他比一般庄稼汉有思想。表舅妈一辈子只在屋里、院里忙，自己生一窝孩子，院子里还有一窝争食的大猪小猪，还不够她忙的。

我小的时候也经常去他家。每次去时，表舅妈都在热气腾腾的锅屋转，灶下是一疙瘩一疙瘩的榆木疙瘩火，灶上是一团一团的热乎气，大雾中只能看到她土布蓝的身影，她会给我们每个人盛一碗滚烫的豆脑，放在屋正中短腿的木桌上。豆脑不好喝，我不喜欢，可是她总是一遍一遍地催，生怕别人说她手艺不好似的。表舅不在家，她忙完人吃、猪吃，就一个人抱着磨棍，推那院中的两爿老石磨，石磨又老又懒，可是从凿纹中还是淌出点点滴滴的白浆，白嫩白嫩的，表舅来家时，豆浆已被点成豆腐，表舅在全村人吃晚饭前，挑出去卖。

女儿们在喇叭声中，被热热闹闹地吹到了婆家，媳妇们又在喇叭声中，被热热闹闹地迎了回来。日子就像门前的老柿树，虽然青一年红一年的，但是总是有盼头的，有盼头的日子就是好日子。

好日子总是有期限，就像流过沟渠里的水没有什么原因，说没就没了，我的表舅妈突然死了。那是秋收秋耕后，表舅领着表舅妈到城里来看病了，在医院妇产科门前，已是满头银丝的舅妈难为情，死活不肯进去，那个庄稼汉蹲在墙角，用平常骂牲口的声音骂她，她才乖乖进去了。后来医生、母亲、表舅合演了一场戏，从没演过戏的母亲把台词背得很顺，医生演完下台了，表舅演技真拙劣，当场就砸了锅，人先是抽抽搭搭的，后来哭得像个没人收管的驴子。中午在我母亲家，吃饭时一桌人头都低着，像是夹筷子菜、盛勺汤都能点爆什么似的。吃完饭,儿女们也都赶到了,开了一辆四轮拖拉机,将娘和老子拉了回去,说一家人晚上商量商量再说。晚上阖家吃了一顿饭,半夜里,表舅妈把一整瓶农药喝了下去,这个不多言的女人用这个不可多得的办法把自己给医治死了。

那个总是穿土布蓝衫的人,到死脸盘还是那么白净,她怎么就不显老呢。

之后表舅就在两个儿子家,这家吃吃那家喝喝。可是邻居们不久就知道,这家饭故意硬,那家饭故意软,这家故意辣,那家故意咸,肉硬、米碜牙,这家锅脏,那家地脏。

儿子们央求爹,少说两句,都是一样的饭菜。

爹说,我不骂她们,她们不长进。

儿子们又央求爹,要说在家说,莫要在外说。

爹却只跟外边人说。

爹要的是当爹的感觉,爹的权威,他觉得他们应该像老婆子一样听他的。

最后改的是儿子们,既然爹不给面子,也不要怪儿子不给面子了。于是两股力量像牛似的,顶起来。

他到哪家哪家就没有好日子过,这是儿子们的话。于是儿子们商量,给爹足够的粮,让爹自己吃。

表舅那时才六十多岁,像日头样虽已西斜,但还有余晖,像老牛样虽拉不动草车,也还有些脚力,自己吃就自己吃。

表舅自己在门口扎扫帚卖,无须本钱,院后到处都是荆条、铁扫帚苗。表舅一把一把地扎。

卖掉一把扫帚就喝掉一把扫帚,卖掉十把扫帚就喝掉十把扫帚,扫帚天天卖,酒天天喝,醉了大冬天也不进屋,大门开着,人就在一堆碎砖头、横七竖八的荆条、几把尚未完工的扫把头上睡,牛还趴着睡,狗还蜷缩着,可是他不,就像一把用旧了的绳子捆不住的大扫帚,大张着两腿。别人把他抬进去,他不肯,一个劲儿骂抬他的人,骂完就哭。

儿子们的脸都给他丢光了。

爹不喝酒的时候,有时也站在门口骂,常常是因为在他眼前飞的那只大红公鸡不见了,鸭子又少了一只,他疑心是儿媳妇偷吃了。亲家爹来了,老头子就一心一意地坐在自己堆满破烂的床上等,日头偏西了,儿子们还不来叫他吃午饭。

爹骂他们是白眼狼。儿子们说他是世界上最难缠的爹。

他们的日子总是隔着一只鸡、一只鸭、一地的鸡毛。日子里总是有风,把这些东西搅得沸沸扬扬、四处乱飞。

后来爹不骂儿子了,他骂鸡,鸡上锅台,掉了一锅台毛,把屎拉在了锅里。他也骂狗,狗把粪便拉在饭桌边。他尤其骂老鼠,煮好的饭里总是有老鼠粪蛋,拣也拣不净。女儿们给他做的寿衣放在墙角的棺材里,几天前翻出来一看,袖头处有一窝毛洞,他多半认为是老鼠干的,但也不能排除黄鼠狼,他觉得它们是天打雷劈的。

他也骂自己的老婆子。骂老婆子不管他了,什么都不问,自己享清福去了。

从那个时候起,他就常常到城里来,也不去逛街,哪儿都不去,直接到我母亲家。

后来儿子们知道了,不许他来,说在乡下丢人还嫌不够,还要到城里来现眼。从那个时候起,表舅的眼就变绿、变亮了,他像一只狼会走夜路了,天越黑眼越亮,再晚总能摸到,牲口、狼是不会迷路的。白天不让来,夜里来还不行吗,夜里来夜里再回去,神不知鬼不觉。

表舅死的时候可风光了,可不就这样活了二十多年,连儿子们都认为他死不了的时候,他却突然死了。那一年夏天雨水大,儿子们的屋子在陆地中央,老头子的一间半屋在水中央。儿子们在台基下开阔的水面上给老头子搭了一个尖顶棚，上面覆茅，四面开放，外面的四根棍子是墙基，里面的四根棍子像一个驴子的四条腿，又瘦又长，摇摇晃晃地站在水中，上面驮着一个凉床板，已经不能下地的老表舅就躺在上面。表舅年轻的时候也没钓过鱼，他用大网撒，用长柄细网的木推子推，老了的时候，儿子们给他建了一个钓鱼台。表舅就是在体验水上生活时突然去世的。

老头子开丧送殡时风光无限，喇叭唢呐吹得比他结婚时还要敞亮，比表舅妈去世时请的人还要多，晚上唱小戏子，全村男女老少都往那拥，这个村子很久没发生什么事了，这件事情把全村人的积极性都调动起来了。表舅的棺木被漆得黑红黑红的，放在大儿子家的墙角，表舅躺在堂屋正中，人还没入殓，只有一盏马灯在草棚头上照着，所有人都去听戏去了，还向往常一样，这些事和他没有什么关系，别人的热闹是别人的，一会儿别人回来，该吃的照吃该喝的照喝，他只管照例远远地看着。老鼠还从他的脚边跑过，不知道这次停下来了没有，谁也不知道他穿的那件衣服，究竟被老鼠咬了多少个洞。

一个硕大的土堆终于盖住了他，他再也不会乱说，用袖头抹他红肿的眼，瘸着腿乱走了。

村子里终于少了一个多余的人，太阳照下来，村子似乎宽敞明亮了许多。

那个硕大的土堆似乎有点张扬，可是一年又一年，它就是见长不见倒。

第四辑
流离时光

与富人同游

遇到富人

最近,李姐正在热心招募亲朋加入去塞班岛的旅行团,我刚好进入她的视野。我算计着多一个人可以多分担一部分费用,再说多一个人多一张嘴,就可以多出很多奥妙玄机。女儿刚好考过试,我们紧急磋商、紧急权衡,又不大有回旋余地地抓紧机会加入了他们。小岛。太平洋。赤道。热带雨林。土著。美国。还有一群有资格能狠玩的人,他们是全国建材市场最成功的企业家,白日散布在全国各地,夜晚挤在一个QQ群里,身价动辄上亿、几千万。现在我们面临的情况是,我们要和他们一块儿旅行,去富人才能去的地方,塞班岛。我们又兴奋,又有一份不自信。大款挥金如土,我们惜金如玉,我们这两下里是混搭。

女儿还在大学校园没回,她打电话给我:"妈,你要把最漂亮的裙子带着。我们这里是冬天,那里是夏天,一年四季是夏天。你要挑最贵的镯子,背最好的包。戒指、耳环最好备一件。我自己的装备这两年已陆续准备好,圆顶大草帽,沙滩鞋,露背拖地裙,花环,丝巾。你不能告诉他们这些是从网上买的,不能在他们面前露出我们没有钱。"这也是我当时左右摇摆，不能立马就跟他们走的原因。

李姐就是一个富人，她家有楼盘，有建材市场，有豪车。这些年李姐和丈夫一块儿打拼，见过各种世面，说话得体，没有富人架子，知道很多事情，喜欢招揽一些事情，所以见面还能说一些话。

富人们相约在广州白云机场见面。李姐、女儿和我，我们三个人拖着行李从同一个城市出发。李姐说，你要换一个行李箱。我看着李姐拖着一个硕大的行李箱，里面可以装下一个偷渡客，再看看我的行李箱，不好意思地说，是有点小。李姐说，到塞班岛买一个。我说，还行吧，再考虑。心里却想，我又不买什么东西，带那个大玩意儿回来做什么，并且是空运，即便是在天上也有点说不过去，招摇。

在北温带最寒冷的季节，我们三个人裹着厚厚的棉衣，把脑袋和眼睛深藏在帽子里，帽檐上有密密的绒毛替我们遮挡寒风，也遮挡视线。我们像乡巴佬似的坐火车赶到省城，从省城再坐飞机赶到集合地。省城正下着绵绵细雨，省城人的小腿也冻得瑟瑟发抖。李姐一路拨电话，追问各路人马的消息，还不时发布自己的消息。我们得知好多富人已经赶到集合地了。富人已经等不及了。富人那边是三十摄氏度的高温。坐在飞机上，明知道一下飞机就换天换地，身子和手脚却迟迟不肯相信，有什么东西能立马脱掉我们的衣服。相信一件事，和接受一件事，这中间是两码事。

富人在机场一楼肯德基门前等我们。我们从下飞机到再登飞机中间只有一个小时的空隙。飞机没有晚点，飞机准时落地，飞机恨不能插翅为我们办点事。我们三个人一下飞机，每人抢了一个行李车跌跌撞撞地到处去找肯德基，顾不上行李车你撞我一下我撞你一下。我们在楼下找，坐上电梯直上直下地找，楼上楼下的人都知道我们在找肯德基，都帮助我们去找，一共找到了三个肯德基，还是没有见到那群等我们的富人。后来女儿说，叫他们到登机口见。这个提议好，那边马上行动。女儿推着行李车，一头一脸的汗，一路小跑对我说，富人也不聪明嘛。

李姐和一班人马终于在登机口欢天呼地地相见，他们你推我我推你不知说了些什么。富人们注意到我们。我和女儿两个人穿着厚厚的保暖衣，脸上滴着汗，头发上蒸着气，富人们穿着碎花裙，白皙的脚上着细带凉鞋，男人们白衬衣、休闲裤，裸露的手腕上戴着表。我们两个人像两个热气腾腾的包子被推在富人面前。我感觉我一下子进入了夏天，并且是最热的一天。

和女儿换好裙装之后，在登机口前我细细打量富人，男人和女人全都年过四旬五旬，女人多烫短发，着半截短裙，不再有身材，有身材也不再想多看，化妆品显然还没有好到能遮黄遮皱的地步，眼角的眼线更显下垂，微胖的手指粗关节上戴着戒指，戒面很大，嵌着足够分量的宝石或钻石，手腕上有玫瑰色金饰，脖子上有玫瑰色金饰。李姐身上就是这种金，李姐在路上有意无意地告诉我，现在富人们都喜欢这种金。不知怎么了，这种金一点也没熠熠生辉，或者这种金已经熠熠生辉了，被金子包裹的女人没有生辉，女人没有被点亮。一点也不像电视屏幕上的华贵妇人，保养得当，衣衫艳丽，高挽凤髻，珠光宝气，再轻摇着一杯红酒。男人也全都没有梳大背头，涂头油，男人们显肚子，似乎还都有些窝窝囊囊的样子。我的心里略略安定一些，富人们就站在我面前，即不气定，也不神闲。富人空着两手，我们也空着两手，富人的行李也没有其他花样。富人没带豪车，他们的优势减半。后来还证明，他们还不能走，优势又减半。

后面人把护照往前传，传到领头的一个人手里，办手续。有人在中间喊，我的护照已经盖满了，要换一个本子。立马有人接着说，我的护照也盖满了，也要换本子。我和女儿是第一次出国，护照还散发着塑料皮的味道，第一页的第一个盖还没落下来。

有人在清点人数，少了几个人。这些人说不来就不来了，机票、旅游住宿是不退的，一万多块钱呢。李姐的丈夫就临时去谈一笔生意，李姐把他的行李搬上又搬下。这些富人还在不停地挣钱，抓住任何机会挣钱，即使碰到例外也不例外。商机倏忽即逝，在商机面前什么事都不算事吧。李姐说他们的身体和时间都不是自己的，不是自己的又能是谁的呢？

登上波音747国际航班，我的眼前陡然一亮，机舱竟是加宽的，比平常的飞机宽出一半，双走道一直通向远方，沿着一条走道一直向前走，走过一个机舱，又走过一个机舱，竟然有三个机舱，真是超大超豪华。女儿走在我的前面用手机这拍拍那拍拍，想是我啧啧有声，她马上转过脸小声对我说："快不要这样讲，别人不知坐过多少回这样的飞机了！"我回过神来，赶紧整妆敛容，学着富人的样子，一本镇定地向前走。

知道飞机正在跨越太平洋，外面天黑，什么都不会看到，所以没有人伸头。但可以想象出来，太平洋的水一漾一漾的，聚成一个大家伙。太平洋有强有力的胸脯，它可以翻手为云，覆手为雨，太平洋什么都不缺，太平洋就是一个最大的富人。它的伟大在窗外，是它自己的。没有一个人为它发出一声赞叹。这个富人失去一次表演的机会，不知道它失落不失落。它的伟大无用武之地。我们小富即安，飞过它。

先看看富人们都在干什么，他们正在看机舱提供的平板电脑，打打杀杀的，在听歌曲。几个富人已扯呼，估计是男富人。女儿缩坐在座位上，身子歪向我这一边，身上裹紧羊毛毯，耳机塞在耳朵里，闭着眼不知道听的是什么。五个小时我一直在看书，也有男富人伸过手来，看我看的是什么书，翻几页又还回来。他们说没想到你这么能看书。

五小时之后，飞机到达地点。在机场大厅排着队，缓缓盖章缓缓离开。打开手机，夜里四点，在我眼神还没离开的瞬间，手机忽然飞快跳动时间，一下子跳到六点。刚一到别国，就被收去两个小时，并且经都不经你的手，我像两手空空似的看看富人，富人一脸淡定，仿佛收走的全是别人的时间，完全不是在国内时时间就是金钱的概念了。这时间被收到哪里去了呢，谁在保管、谁在使用，什么时候会还给我，还给我的还是不是我原先的时间呢？一样的东西太多了。或者这两小时又像押金，一上岛就要先交这笔押金，临走时再故意大大咧咧地奉还给你，还再说一句欢迎再来，似乎他们是全天下最慷慨、最无私、最好客的人，这个岛屿会做人。有人注重金钱，有人注重心灵，我知道我遇到了一个最大的富人，注重时间。一个敢收时间的人，一个能收走时间的人，不是最大的富人又是什么。

我们终于到了富人才能来的地方，富人的天堂，塞班岛。

昔日的战场

十一点钟拉开窗帘，眼前真是换天换地。楼下是两个巨大的露天游泳池，琵琶状，深蓝的水静静地抖动，抖动得我们的心再不能平静下来。再远处是细腻的沙滩，银白色，几棵椰子树有的站着，有的蓬松地垂下，都是经典的梦幻场景。再远处就是无边的蓝色的大海，一种独一无二的、记忆中的蓝，一种快要被遗忘、绝迹的颜色，这种颜色不知怎么会在这里幸运地得以重现。近处海水像怕惊动这个小岛，一下一下并不撞击，只是轻轻地拍岸。远方，就在远方，一长线蓝白交汇的地方，珊瑚礁阻挡住了海水的拳头，海水只得好脾气地驯服下来，变得清清白白地踏上岸来。我和女儿迫不及待地出门来到海边，我在沙滩上走，她兴奋地跑，一会儿提裙子，一会儿拽帽子，大声地笑，让我给她照相，并且使劲向上跳。

十二点在宾馆大门集合，他们从楼上下来，我们从大厅长廊回来。他们惊奇地看着我们，我们问他们在干吗，他们说，打牌，打了一上午，觉都没顾得上睡。这倒让我惊讶了，在这样美丽的小岛屿上，我们的眼睛都看不过来,他们不远万里却来打牌,这有点太另类了吧。中午吃饭,发现多了一个日本人,捂着嘴吃饭,细看嘴巴上贴着邦迪,像个封条。原来这个富人一早上起来刮脸,嘴被刮破了,美国的刮胡刀第一天就显示了它的非凡,让他破相。坐在大巴车上,这就去旅游了。刚走一段,几个富人一同喊停车停车,他们要去打高尔夫球。反正岛也不大,大车把他们送到高尔夫球场,五六个男富人相继下车,其中就有那个嘴上贴着封条的。我们去看圣母洞,一个真人大小的圣母立在山腰,圣母的头上是一棵大榕树,圣母的四周、山顶全是热带树,大榕树、槟榔树、椰子树。坐在树下,每个人捧着一个硕大的野生椰子,免费品尝了一番椰子汁,看了一会儿斗鸡。丛林里多么幽静。导游说这里是第二次世界大战时,全岛唯一没有被轰炸的地方,所以是一块圣地,是岛上居民无比崇敬的地方。我们全睁大眼睛看着圣母,她那么恬静,从树梢中露出的那一小片天空也那么恬静,富人们在不远处打着高尔夫球,我们捧着椰子,不相信这样的天空会掉下炸弹,我们无法把这一切和多少年前联系起来。

去看蓝洞。蓝洞在海边,这里也是最佳潜水地。蓝洞几十米深,蓝得深不可测,蓝得光怪陆离。导游说蓝洞底部是和大海相通的。第二次世界大战时,美国人在一个当地土著的带领下,从这个蓝洞底部一个一个潜上岛屿,一夜潜上三千人,他们摸清了这个岛屿的地形,以及防御工事。这个岛屿当时在日本人的统治之下。美国军队随后炮轰该岛,成功登陆,这个蓝洞功不可没。又是第二次世界大战,心虚似的赶紧查查手机,才知道这里是第二次世界大战一个重要的、也是最惨烈的一个战场。中途岛战役、瓜达卡纳战役、马里亚纳群岛战役都发生于此。在这120平方公里的土地上,美国人投下了50万枚BOB,BOB大概是一种很厉害的炸弹吧。日本军队没有禁住轮番轰炸,日本人惨败,正是这场惨败,才加速日本军队在东亚战场,在中国的全面投降。

不远处就是万岁崖。日本军队为了逃避被俘命运,从这里高喊"万岁"跳下悬崖。再走几步是自杀崖,亦即自杀殉国地,日本军队,日本的老年人、妇女、孩子跳崖自杀的地方。那个时候想是血水一片,现在是蔚蓝的海水。自杀崖前有一长排高矮不一、形态各异的石碑,忠魂碑、慰灵碑,还有观音像慰灵塔,日本人请中国观音为死难者超度。每年有很多日本人来到这里祭奠死者,日本天皇也来这里拜祭过。

前面是原日本海军司令部的遗址,司令部系水泥钢筋浇铸,但墙、门窗已被炸出大洞,露出里面横七竖八的钢筋。草坪上还遗留着一些破旧的飞机、坦克、大炮,它们像是随时整装待发,其实全都锈迹斑斑,面目不全了。草坪上有各种俏拔的树,有修剪得大小适中、造型得体的灌木丛,各种生命从遗址中蓬勃生发,这里已经是一个公园了。这里到底是天堂,还是地狱?你认为它是天堂它就是天堂,你认为它是地狱它就是地狱,在这里它们高度统一,天堂即地狱。

第二天坐小飞机越过海峡,去参观天宁岛。先经过日本雷达情报所,日本偷袭珍珠港的命令就是从这里发出的。后来这里成了76具年轻女情报员的葬身之地,全是自杀。战后美国人将它改为屠宰场,屠宰场也废弃了。现在这里阴森一片,旅游车到这里也不停,阴气太重了,怕犯冲。前面就是两枚原子弹的贮藏地,"小男孩""大胖子"。原先放在水泥槽里,用飞机运出,飞过太平洋,轰炸广岛、长崎。富人们绕着它们转,没有人说炸了好,也没有人说不炸好。但是我们还是要来看看这两枚原子弹的槽子,这是一个重大事件,这两枚原子弹终于崩溃了日本人的神经,也彻底炸灭了他们在中国的非分之想。中国人应该来看看。

中午在天宁岛吃过午饭,下午去浅泳。富人又不干了,富人说我们要去赌场。我当即在心里朝他们狠"呸"了一口。导游把我们都拉到赌场,放他们进去,放我们所有人马进去。我们在里面喝一杯咖啡出来了,五六个富人留在那里开始赌。我们两个小时以后回来,富人们都出来了，在外面圈椅里坐着，都像一堆发面似的，瘫软着。尤其那个嘴上贴着封条的，腿耷拉在圈椅把上，我们问他赢了多少，他眼皮也不抬，一副死相，看样子是凶多吉少，他的富态的、面容姣好的老婆则坐在旁边默不作声地抽烟。还有桂叔，一个七十岁的精瘦小老头，本来一路上数他幽默，现在也一副死相，同样精瘦的桂婶则在旁边吧嗒吧嗒地抽烟。我们后来都对这一胖一瘦的两个女人说，怎么不拉住他们，她们说，年轻的时候都管不住，现在厌烦了，不管了。桂婶的烟瘾很大，满嘴的牙是黄的黑的，这有损于她富婆的形象。

第三天坐游船去看军舰岛，岛屿不大。美军轰炸该岛的时候，发现怎么轰都不沉，后来经过仔细观察，才明白这是一座岛屿，而不是一艘日本战舰。现在的军舰岛是蓝太平洋中的一颗绿珍珠，上面高大的椰子树迎风飞舞，岛的四周一袭银白沙滩，海浪则轻轻地摇晃着这艘战舰。在岛上走动的人、在海里游泳的人都是神仙，富人是神仙，我也是神仙，我和富人现在没有什么区别。看到过这幅美景的人此生都是不折不扣的富人。

我们坐潜艇向下潜，潜到海底看珊瑚群。一个富人喊，我这里鱼多，我们呼啦一下都围过去。另一个富人喊，我这里有一条大鱼，我们又呼啦一下围过去，看他的大鱼。这个时候富人一点也不像富翁，富人就是一个咋咋呼呼的小男孩，富婆也不是富婆，她们就是一群爱捂嘴巴爱吃惊的小女孩。海底的珊瑚群有的像小山一样，但又都飘飘摇摇的。我们的潜艇大鱼似的在山沟里游，在平地上游。在海底，我发现半个机翼，又发现一个横躺的轮子，一个散了架的飞机尾巴。再远是高大的半个船舱，找不到它的锚，看不到它的桅杆。几条大鱼一动不动地悬在船舷边，小鱼群像飞似的在船舱里进进出出，珊瑚则像吸盘似的吸在那里，船舱里还躺着海星，我从来没有看到过这么美丽的场景，这么奢华的战场，再也没有比这里更适合称作是天堂的地方了。

富人、金钱与美景

一路走来，我对这些富人既说不上好感，也说不上坏感。他们凭借自己的小学文化水平，很多富人也的确就是小学文化水平，能成为千万、亿万富翁，也着实不易。他们从倒腾服装开始、从开小作坊开始、从企业改制收购资产，扔掉那么多工人负债开始，辛苦经营成为富人。再后来是一些人凭借房地产，更快捷更迅速地成为更大的富人。他们没有有钱的爹，若爹们有房有地，也叫打土豪分田地分了。他们是第一代富人，是先富起来的人。他们白手起家，摸石头过河，是大浪淘沙淘出来的有韧性的一拨。所以吃的苦也比别人多。李姐说，我流的眼泪比你一生经历的雨水都要多。凭他俩的小学文化，凭他俩的身世，凭他们各自的一堆需要照顾的兄弟姐妹，我能理解她说的这句话里的每一个字的分量。所以他们住别墅，开豪车、穿名牌、吃大餐，我不妒忌，也不仇富。我们各走各的路，每条路都是自己选择的，走好走孬都是自己的事，没有必要走在自己的路上老是窥探别人的路，怨别人走得太快。走好自己的路就行了。

富人们有钱了就过天堂日子？才不是，富人过的日子只有他们自己知道。富人不仅要摸石头过河，富人随时还要推石头上山，推动着他们的企业，它只能像滚雪球似的越滚越大，他得推着这个雪球走向无限遥远。富人无法收回他的手，不愿也不能。再苦再累，他们表面都得装得像个巨人。企业的目标都是做大做强。再说他也不能让工人失业，让他们没有饭吃。他们只能奔走在路途上，那是他们的命。劳碌命。别看他们坐飞机、坐高铁都是头等舱，只有那会儿是他们的私人空间，只有那会儿才能睡会儿觉。富人在外也经常吃着大碗面、喝着白开水。富人也有被人同情的时候。一路上我也听有人抱怨，说实在不想再干下去了。

但是富人也有遭人愤的时候。瞧瞧，有钱了，就去做什么去了。赌去了，抽夫了，包二奶去了。他们是先富起来的人，但他们没有思量着去带动更多的人去致富。富人为富不仁。富人去行贿，顺便还带坏了一批人。喏，就是那个小老头，李姐向一个男富人努嘴，六十多岁的人了，谈了一个小女朋友，回家硬是把老太婆离了。想当年，那个老婆为了一家人的生活，怀里抱着孩子，肩上背着一捆又一捆粗细不一的毛衣针坐上火车，到全国各地去推销。没想到什么都有了，这么老了还被赶出家门，造孽哦。富人不讲道德。富人的良心叫狗吃了。

富人最大的优点，有钱。有钱好啊。没有钱的日子度日如年。钱有一些也就行了。钱只是最美好的东西之一。勤劳、朴实、善良、坚韧不拔的个性、无私的奉献、感恩的心，甚至光明、微笑、阳光……这些东西都是可以和金钱相媲美的。世人两眼只顾去探寻金子，世人没看见金子就在我们眼前闪闪发光，有的人活了一辈子也没濡染上它们的光芒，他的穷困是注定的。当你被房贷、车贷压得喘不过气伸不直腰的时候，不妨抬头看一看，这些东西也许能暂时缓解你内心的焦虑。它们是有温度的。金钱多么冰冷。多少人累死在追金的路途上。那条路没有尽头，它铺满荆棘陷阱，并且永远不给你终点看。

我对女儿谈美景。这一路的美景多么好。美景让我们步履轻盈，思路敏捷。美景和世界上的金银珠宝一样，也是多多益善。多少次我们都想像摘葡萄一般，把它们都摘入我们的篮子。但是我们的篮子太小了，我们需要的也只是那么多。有时候远远眺望，也不失为一种姿态。当你踩着一屋子烂葡萄，并且为此付出代价的时候，那种感觉远不如遥望收成来得更惬意、实在。留恋让人陶醉，止步与走开一样重要。克制是人生最美好的品德之一。

一路上我对富人尊重,但不仰视,对他们客气,但不谦卑。不唯唯诺诺,只若即若离。我们的眼神坦荡安然,我们的步履也是坦荡安然。富人们都在暗暗打听我们是谁。他们一定会知道我们的底细,知道我们并没有多少钱,他们会是失望,还是庆幸?但是我看得出来,他们还是愿意给我们拎包,想和我们套近乎。

她

女儿对我说,你一定要穿最好的衣服。

在家吃饭先练练刀叉。

你不要东张西望。

你不许惊讶。

她这样做,目的是让富人相信,我们一样有能耐,能配得上他们,配得上和他们一块儿出游。

其实女儿不了解她的母亲。她不知道她母亲不需要任何人来配,她是她自己,不喜欢和别人并肩比肩。她用涣漫或者漠不关心来应付着世人,她像日头一样升起又落下。她太普通,普通到什么都不争、什么都不计较。但当富人真就一些有关哲学、艺术以及人类一些重大、需要严肃思考的话题,想要和她谈一谈时,她还会考虑他们配不配。当然这样的话,平常是不能这样讲的,她把它们埋在心里。

女儿最后一条说,倘若我和王子说话,你一定不要打岔,不许拉着我。

她这样要求我,自己却一点也不矜持。身着长裙,头上戴着金色花冠,伸长脖子,睁大眼睛四处张望,一副什么都知道,不在乎,其实又好奇的样子。还特别爱说话。来塞班岛的第一天,就和打扫房间的白人服务员打得火热，叽叽咕咕地讨论这讨论那，还塞小费。下楼吃早餐，她一路问白人餐厅在哪里，问棕色人餐厅在哪里，问土著人餐厅在哪里，这些人恨不能马上领着我们去餐厅。她的六级英语水平还真不是假的。我们坐小飞机跨越海峡，她和机场的工作人员叽叽咕咕一翻，机场工作人员马上笑哈哈地给她安排在副驾座上，她和机长玩自拍，下了飞机机长热情地邀她合影，两个人伸长手臂像机翼一样。在椰树底下，在银白的海滩上，白人、棕色人常hello、hello 地和她打招呼，她也 yeah、yeah 地应和着，也不知道她 yeah 的是什么。别人问她 mum？她又 yeah、yeah，走在她身边，连我的关注度都大幅度提高。

这一路我走得一点都不轻松。我像防贼似的防着她，不许她和富人走得太近。我盯着富人的一举一动。他们是最危险的人，他们最有资格变坏，也最有能力让别人变坏。某些时候，他们就是丑陋的虫子，插着美丽的翅膀，他们让你以为他们是天仙，能带你着飞，飞到玫瑰丛中去，飞到天上去，他们想飞到哪去都行，只是你不能，你只长着两条腿，你若起飞，脚下必是陷阱。

第一个傍晚我到琵琶状的游泳池里游泳，我觉得这个游泳池会弹琵琶，它奏着蓝色的曲调。我套着游泳圈，两手向前划，两腿向后蹬。我发现几个富人都蹲在水里，男富人女富人都会潜水。他们惊奇我不会游泳。他们问，你家前屋后难道没有水塘吗？我说，我家门口有淮河。他们说那该更会游泳呀。我说我从小就是个能教育好的孩子，只会学习。富人就很嗟讶。通过交谈我知道了富人们都有一个屋前有树、屋后有塘的童年，都有一个逃学的少年，都有一个吃不饱饭的村庄。

王哥在岸上过来了。王哥在上海有几个工厂、有几个建材大市场，有别墅。王哥的生意从南向北覆盖，王哥自觉英俊，还潇洒。王哥看到我在水里，表现得很兴奋也很激动，他高喊一声"我来了"，就一个猛子扎下，水花溅得很大，他从水底探出头来，却两手捂着脑袋，这是游泳池，不是他们家池塘，他一猛子扎下去，脑袋拱到马赛克上去了，马赛克当即赏了他一个大礼，回赠了他一个醒目的大包，其他富人哄然大笑。晚上我们在房间休息，女儿手机响了，是王哥打的。王哥说，我为了救你妈妈，脑袋被马赛克撞伤了，你要送一个邦迪来。我心想真是混话，我套着游泳圈谁要你来救。我找了一个邦迪，恶人般地对女儿说，五分钟回来。女儿走后，我就盯着秒针看。秒针蹦得很快，她不到两分钟就回来了，给我脸子看。一晚上不理我，说我不信任她，把她看成什么人了。

去赌场，我们在中间喝咖啡。几个富人头伸着、向前争着去找赌博机。她很好奇，环视着这个金色大厅，这是整个岛最庞大、最神秘的建筑。我觉得不应该让她看到这一切。但我们被别人带到这里。我领着她一同围观。筹码一会儿在富人手里，一会儿在庄家手里，富人和庄家在玩过家家的游戏。等我们从海滩回来，富人全在外面大厅沙发里，我们看到的只是一堆堆肉体，肉体显然刚刚遭劫。我很大气地对她说，何必这样呢，咱有钱就任性，下次多带点钱来，不信赢不了。她没有理我。

接连两晚富人们连逛奢侈品商店。富人邀请我们一块儿去。女儿暗暗对我说，我们什么都不买。富人拿一条链子在她脖子上比划，富人拿一条围巾裹在她脖子里，富人给她卡一副黑眼镜，富人拿一个纤细的小包让她背着，再走两步看看。富人把她当模特，富人认为这些东西在自己身上也一样好看。富人不会英语，他们普通话还没练好。由她来给外国人说。她一长串的英语让营业员白皙的脸一会儿转晴一会儿转阴，她选颜色款式大小，她挑挑拣拣，营业员跟着她的嘴站起又蹲下，跑里又跑外。有时那边几个富人又在喊，"那个宝快来"。她又得颠颠地跑到那一堆人群里去，给他们还价，还价不成再讨赠品。富人像个宝似的抓住她。富人买哪一样东西都得经她过目，她给富人拿意见，富人付钱也付得爽。李姐拿一条链子挂在她脖子上。我们两个人定睛看着她,玫瑰色的金钥匙,镶着点点细钻。挂在她细长的脖子上,珠联璧合。豆蔻年华。花好月圆。李姐说,给她买一件吧。我说,好。她低声又焦急地说,妈妈这样可以吗?我说可以。服务员赶紧开票。在付款的途中,她一路看我的脸色,一边小心追问妈妈这样可以吗?我说可以。我一点也不是被富人逼的。富人划他们的卡,我着急什么。只是觉得不应该辜负这样一件好首饰,它应该有一个好归宿,不该被埋没、辱没。只是觉得在这种场合母亲给女儿买件首饰也是一件天经地义的事情,内心愉悦,正逢其时。私下里心里也还是有一种底气,给女儿添件东西我们还是能置办得起的。后来返程时在机场,我们换了厚衣,她把金钥匙压在厚厚的棉衣底下,还用手按了一按,她说这样回学校,同学们就看不到了。她这样做我甚是满意。

  在返程时,和富人一起聚在机场,我总算弄明白了一些事。爱马仕围巾、迪奥香水、LV 的包、兰蔻的化妆品。富人的大小包全出自这里。富人的衣服和首饰也全都出自这里。富人们的手上、脖子上、臂弯里又增添了新的东西。我现在才明白李姐为什么刚才还叫我买行李箱。完全不是我原来的行李箱大小的问题。在李姐眼里我一定相形见绌。但奇怪的是,我的心在这些东西面前毫无愧色、毫无悔改。金子让我相形见绌,我也让金子相形见绌。它遇到了一个打不动的人。金子应该为此羞愧。我知道自己戴一个大戒指,和不戴一个大戒指完全是一回事,它不能给我增光,也不能给我减光。金子遇到一个照不亮的人。其实金子也没照亮富人。她们还是我原先看到的那个样子,高档的化妆品仍没能遮住她黄皱的脸,画了眼线的眼角也还在微微下垂,但我对自己却有了新的认识,我还是一个视金钱为粪土的人。

  飞机落地后我还遇到一件事。我的两个行李箱让安检扣住了。不知道是哪些东西惹的祸,有些东西你越讲我越不利索,不知道到底要拿出还是拿进。我们等下一个航班，飞机飞到了，行李箱还郑重地放在原地。我们又等下一个航班，飞机飞到了，行李箱越发郑重地放在原地。热带丛林想让我们多遥望一回。若等第三个航班，高铁不愿意了，高铁扭头就走。我们弃行李而走人。留下她和行李箱，深夜返回学校。我讨好地对她说，你要打的回学校。她对我无语。这几个小时以来，她一直对我无语。

我一身轻松、两袖清风地跟李姐回家。火车快要进站，李姐说你问问她是怎么回学校的。李姐似乎是不经意地在说。我说打的吧。李姐说你问问。我给她打电话，她刚到学校，似乎还没歇过来。我问，是打地回去的吧？她说，那哪能呢，坐地铁才四块钱，打的要一百多哦。我诧异地说，那你是怎么搬动这四个大箱子的？她一点没客气地说，你还好意思问。

我放下电话，李姐眼里已有了失落。李姐的小儿子高一就去了美国，谈了一个小女朋友，两个人相约四年把美国走遍，把加拿大走遍，把美洲走遍。然后去欧洲读研，再把欧洲走遍。倒没听他说学习的事情。"不知道这种学法，是好还是不好呢。"李姐幽幽地追加了一句。

我心里也有点失落，我们这一程王子终没出现。

女儿推着四个大包努力地回学校，她把找王子的事，早忘了。

幸福的土著

我还遇到一群人，土著人，一岛的富户。

他们哪儿也不用去，这些棕色人就住在天堂里。全世界海水最深也最蓝的地方，全世界月亮最圆的地方。全世界富人都想来的地方。

他们可以工作，也可以不工作。他们向政府申请补贴，向政府要猪排、牛排、牛奶。他们拖家带口、呼朋引伴领着一帮人，在海边架着炭火，摇着啤酒瓶胡椒瓶，弹着吉他，吹着海风，当然也打沙滩排球。自己的吃完了，下顿吃朋友的，朋友的吃完了，再吃别人的。下个月再说下个月的事，该领工资的去领工资，该领补贴的去领补贴，幸福的生活仍会有滋有味地继续。这个岛上没有夜市，没有人挤灯，灯挤人的现象。夜里只有几家大店灯火闪烁，里面的服务员也是白脸盘、黄脸盘居多，当然也有几个土著人围着草裙、兽皮在门口招揽顾客，这个活儿别人干不了，只能他们干。白日也找不到几家小卖部。水果店、糕点店似乎很稀奇。至于餐厅，让中国人开川菜粤菜，让韩国人开料理，让日本人开烧烤。做导游，中国人去导中国人，韩国人去导韩国人，日本人去导日本人，各自对号入座。也不开家庭旅馆，榕树下、凤凰树下的四合小院空荡荡地留给自己住。很多人家也不拉院门，谁也不用防谁。皮卡车、跑车在路上随处都能遇到，车子用电梯吊上二楼，人在一楼住，一楼接地气。也不用登高，登高做什么呢。当然他们也工作，公司和他们签合同最少三个月，三个月之内你不能开除他们。他们可以迟来，可以打个招呼不来。不打招呼也可以不来。三个月之内反正你不能少发工资。他们只吃猪排、牛排，喝牛奶，在家生孩子。女人生一个孩子腰粗一圈，男人不生孩子腰也一样粗。谁也不要说谁的腰围粗，都一样。他们抖着穿兽皮的腰快乐地生活着，他们得高血压、高血脂、肥胖病，平均年龄六十岁。

如果我生活在这里，当然我的祖上没被飞机炸，没被坦克轰，没吃过草根与树皮，他们成功躲过那些灾难，并且顺利地诞下我们。我们幸福地生活于此。我会让女儿离开。到外面接受良好的教育，去考一系列的证。规规矩矩地去做公务员。开公司，把自己忙得焦头烂额。自己挣钱买房买车。做一个到哪都能生根发芽的黄种人。一个吹不倒、压不垮、随处都能勤劳致富的人。她应该去经历她该经历的一切，那些幸福与磨难。

我会留在岛上，为她守一个家，我无法知道她经营的善与不善。我对她心底还存疑虑。我会像所有的中国人一样开旅馆开餐厅，不让自己的双手闲着，不让自己的脑袋闲着，不让腰早早长肉。提早为自己准备好一切，不等待，在年老来临以前，养活自己，自己对自己负责。如果有一天她回来，或者一无所有地回来，她会惊奇地发现，为她准备的东西已经准备好，它们早早等着她回来。她只管回来就是了。她不会有机会抱怨地说，你知道我在外面有多累吗。

这户人家在岛上会是一个像样的人家。亦即是富人。岛上已有很多这样的人家，那些在这里做各行各业打拼的中国人。从他们忙碌的身影看，他们还在想着点什么，他们一直在创造。或者他们在静静地等，在倾听，他们从不放弃倾听。希望出钱的时候他们会出钱，希望出力的时候他们会出力，别人在振臂高呼的时候，他们会说，瞧，我们的胳膊是好的，我们的腿是好的，我们已经准备好了，我们早就准备好了，我们早该干些什么了……

不论他们活得有多远，他们都清醒着。没把自己的血活冷了，没把自己活没了。

知道自己是谁，应该做些什么，知道该为别人做些什么。

和岛上的居民比，他们还不是真正的富人，没能心宽体胖，没能无忧无虑。

富人和富人之间，可能也还是不攀比，不妒忌，各自幸福着各自的幸福吧。

在山中　在雨中

去的不是名山，这个时节这个时点，名山正为人烦，名山为名而累。

山是什么？山是大地开出的石之花朵，有的石头垒得高些，有的石头垒得低些；有的山开得是重瓣，有的山开的是单瓣；有的傍水之源，有的居水之尾；有的山老些，有的山嫩些；有的以雄性见长，有的以阴柔为美。有好事者便以此为由，将山划为此山彼山。我走在山中，感觉到山与山都是一样的，一样的层峦叠嶂，一样的峰回路转，是什么名字倒不重要，因此我说我来看山。

付了门票，下了索道，还要步行一个多小时方能与山同高，与天平齐。步行十分钟，雾忽然涌出来，雾若雪崩，先从山谷，接着从山脊一下子把我们挟持起来，风也适时赶到，把我们吹得噼啪作响，雨也像想品尝我们的味道似的，吧嗒吧嗒地向我们身上砸，这些山雾、山风、山雨大面积有预谋地一起运作，我等并不是山人，一时竟无人能应付这山规，所有人全都立在石阶上，一脚在上，一脚在下，不知如何是好。只能看山消失了，树全黑了。

雷电饥瘦饥瘦的，似乎想要索取什么。

一行人躲在黑松树下，一会儿有人喊，行了行了。一会儿又有人喊，不行了不行了。

雷电的手臂似乎伸得更长了一些。

导游说，下山。

索道也停了。步行也得下山！导游这么说。

一行人跺山、骂山，骂山心黑。山收了我们的钱，虽然山并没有把钱纳入腰包，这点树可以证明，虽然现在这树也是黑的。但山是主谋、同谋、预谋。那石头山似乎也有点不好意思，虽然我们频频回首，但它也躲得更快，一次也没有被我们抓住过。其实路还在我们脚下，又干山何事呢。

所有人都穿上了雨衣，所有人都低头赏山径之美。这些被凿了纹路的红石，早已不知出身，它们只有一个名字，条石。这些条石一块紧压着另一块，一块紧咬着另一块，一块石的上升是以另一块石的倒下为前提。它们不再是它们自己，它们有共同的名字，某某山石径。沿着这样的石径我们可以抵达我们想去的高度，也可以退回到我们想回之地。条石应该为自己的坚挺、坚守而感动。路边还散落着一块又一块的巨石、散石。在雨中它们袒露着胸怀，自由、散漫，极尽个性之美。世上没有生错的石头，只有生错地方的石头。世上没有无用的石头，只有未被发现用途的石头。石头在人世间都是鼓鼓的胀胀的，它们明白这些道理。

水在路边已是哗哗地向下流了，它还不能倒映人的影子，它还没有这样的胸怀。水从不肯停下自己的脚步，水从不落魄。一个停顿、一个山崖只给它提供了展示自己的机会。水一步一步向下走，水会走入大海，低处的水终于有了先声夺人、摧枯拉朽的气概。水也会中途消失，水用中途消失去赶赴另外一场精彩人生。我沿着水的步子一步一步这样走，我终将走下山，倘若我再沿着水的步子走，我终会偏离人群，在最低之处等来孤独死亡，人的低处只是一个人的事，一个人的销声匿迹。人不能中途消失，因为人不知道前方到底有没有一场盛宴。高处的水，低处的水，半途而废的水，碌碌无为的水用我们看得见的方式演绎着另类不可言喻的道理，这些望尘莫及的水。人不如水。我看着水，水在我脚边，它流的速度越来越快，水怕我问它些什么，水也怕纠缠。

一行人裹着风夹着雨挤进一个亭子，亭子瞬间喘不过气来。以前坐在窗前，我总以为坐在亭子里是最美的，现在坐在亭子里，我又以为坐在窗前是最美的。美真是很难说的一件事。感觉也是很难说的一件事。坐在亭子里，想书中的亭子是最美的，画中的亭子是最美的，诗中驿站边开了一束梅的亭子，无论是否化为尘土，都是难以言尽的。

从亭间望去，一座寺庙透过山谷，在对面山腰隐隐现出昏黄的光，袈裟一样地亮着。这寺的出现应该不是意外，山用朗日把我们招来，又用一场雨把我们送回，难道一座寺庙不应该适时出现适时昭示点什么？眼前一座一座的山也在修炼，日日修炼，年年修炼，山是智者，大音稀声，大象无形。我在山中山不语，我在寺前寺不言，为我遮雨者却是不起眼的亭。

眼前的树哗哗地舞着，一棵一棵，油亮亮的，这棵树、那棵树都应该有名字，每一棵树都应该有名字。还有树下的草，那么密，那么绿，全被掀翻了身子，但没有一棵随风扑地、随风跑掉，它们一棵一棵都应该有名字，这件事大地清楚。

我们坐着都看着亭外，都不说话，始终都不说话，眼睛都有些迷茫迷离。一个人默默地站起来，拖着湿淋淋的雨衣从我们腿上划过，大家都从湿淋淋的雨衣中站起来，一个跟着一个默默地走到亭外，加入到塑料薄膜队伍中去了。现在，人就是最大的风景。每个人身上都发出淡黄、淡紫的光，像企鹅一样，每个人都是塑料人，塑料人排成山径的模样，平平仄仄地向下移。恍惚之间，我们不再有区别，我们都是一样的。

只有一个女子是例外，我们认识她，她是坐我们的车一同来的，但是我们又不认识她，她没有看我们一眼，我们也不便看她，她是谁？

跟谁来？她穿着白色的风衣，脸是白的，涂着墙粉一样的白，似乎唇也是白的，只有睫毛是黑的，长长的黑盖着眼睛，似乎这样别人就看不见她。她穿着一双红色的高跟鞋，走模特步一般，摇摇晃晃又没有人搀着她，一上山便坐了轿子，后来为十分钟行程几个男子帮她同轿夫吵架，轿夫一分钱也不退，后来再付款转脸又把她抬下来。她为什么要穿高跟鞋？看我们的鞋，现在已经是泥水交加的了，我抬头看轿中的她，她的高跟鞋不知何时换上一双绣花布鞋，红艳艳的杜鹃一般地开着了，这鞋是什么时候买的？

　　风雨当中，一个年轻的男孩和女孩躲在一个岬角中，两个塑料人紧紧地拥抱在一起，他们的坦荡、旁若无人，以及青春让人眼红。

　　石阶当中，一个塑料人裹着一个塑料人，他们的前面还裹着一个更小的塑料人，他们走得跌跌撞撞的，但是看他们纠缠的结实劲儿，他们一定可以走下去。

　　松树下，一个塑料女子在为一个塑料男子整理雨衣，她为他系额前的带子，那男子的湿发全部被塞到简易雨帽当中了。那男子已不年轻，她便是他的老妻了。那女子也许并不老，但雨中能伸出双手的人，已经是老妻了。老妻的心中有一片绿，可以随时抽出一枝橄榄枝。她不久就会加入到我们的队伍，她走在我们的队伍中，我们感到安详镇定。

　　山路发着荧荧的光，缓缓地向下移。那荧荧的光一瞬间照亮我的角落，让我的心为之一动又一动，似乎一切都可以卷土重来，一切都是那么真实简单、伸手可得。可不队伍已经重新排了，我和我们已经不在一起，我已在他们之中。我对他们依然有着莫名的好感，我和他们如此默契和谐。可是我的脚是湿的，我穿着世俗的泥鞋，不用转身，我依然可以感受到另一双裤管、另一双湿鞋，以及它们的潮气及暖意。那淡淡的荧光终罩不住一切，我们依然走在世俗的山路上，那小小的世俗的家，在远方此刻如此温暖，又让人期待。

我们就这样一折一折地向下走，我们终于会在山脚下走散。山终于会成为一座空山。

五百年回眸，只为这一次擦肩而过。

坐在车上，撩着湿漉漉的长发，长嘘了一口气。一位同来者忽然把脸凑到我面前，她说，要是明天不下雨，还可以再来一趟这座山，你还来不来？

我的心里一惊，一时竟语竭。她的脸贴我这么近，眼里闪着光芒，让我完全充满了陌生感、异样感。

这不是她在说，这是山在说。

山问我，你明天还来不来？以后还来不来？此生此世还来不来？

我的心竟也一时云遮雾绕，生起了烦恼。

临行的那一刻，不由自主又和山对视了一眼。

青海湖

　　一个"青"字，足以让人内心沉静、沉淀，倘若是青水、青湖，那寂静的青更能撩拨人的情意，让人心生暖意，让人冰清玉洁。

　　到了青海湖，才知道青海湖的"青"以清纯之姿骗了我好多年。我从来没看过这样的青，青黛、青蓝、青靛、青碧、青白。湖水在我的面前直立起来，或者说我的目光直立起来，远方一抹唇线，深黛紧抿，天与地从此相隔，云与水各自分崩广漠离去。青黛之下便是另外一种玄机，孔雀蓝吗？还是上帝眼中注射出的蓝，稍一对视便觉心旷神怡，便觉心慌意乱。青或蓝渐渐沉淀，沉淀成海的汪洋，层叠横逸动荡，碧青由远及近，涣散又推波助澜般走到你的面前，待到脚下却已是青白。我以为我看清楚了，待到转身，或者稍一挪步，它们转瞬又变成另外一种真实或梦幻，速度之快，令人称奇。心旌摇曳便是这种感觉了，这诡异的湖如何能让人看明白、想明白，以青鸟的殷勤也未必全能勘探出来吧。

　　想起赞普林卡、塔尔寺的壁画，历经明清几百年，那青、那蓝至今在墙上栩栩如生、含情脉脉、温润如玉。五色天然矿物质研磨，加上上等酥油糅合，巧手工匠精心绘制，浑然天成。到了青海湖，我以为那壁画中定也汲取了青海湖的青，只有这青才能不甘寂寞、不甘沉沦，才能日月迢迢，才能熠熠生辉。塔尔寺的酥油花，那些用冰冷的手指、那些用矿物质和酥油捏制出来的花、捏制出来的人物造型，倘若没有青海湖水的润泽，那花如何入得佛眼、法眼，那些人物如何再造重生。

我长久地注视着这一片湖水，心想这里便是光明、信仰常住的地方吧，或者叫爱恋、故乡，或者叫内心，人的、湖的、云的内心。我是如此感动，我感受到了奇迹，感受到了爱与善意，感受到了力量。

浩瀚、厚重、简单，青海湖我这样感受着你。以湖的身份渐渐凹陷，凹陷成海的恣意无迹可寻，以海的胸怀去迎接无边风雨，也迎接赞许。无言是庄重的，青海湖用它的深邃诠释了它的睿智。而远处的岸边羊群像白石头卧在那里、牦牛像黑石头卧在那里，只有少数的几个毡房兀立水畔。空旷、含蓄、自由，青海湖，我喜欢。

静水深流。是的，谁知道青海湖的湖水有多深呢，我们只看到它的静，一个"静"字向我们昭示了一切，"静"便是它的深，也只有静才能包容这一切，才能将流水向低处归拢。

一见钟情，我一向以为这是一种肤浅的感觉。待我见了青海湖，便觉根据需要吗，缘由需要吗，只是似曾，只是喜欢，只是愿意活在茫茫水中，并且愿意葬身其中。原来有一种东西是你甘愿放下，并且宁愿不知深浅，并且宁愿飞蛾扑火，并且宁愿赴汤蹈火。

眩晕，一见钟情式的眩晕或是海拔3000米的眩晕，就像许多美好事物中间出现的一个停顿，它用一个恍惚、一个氧原子的逃逸来提醒我，不要沉溺、不要沉沦，你活在此时此地，你在真相之中。

遂与杭州西湖相比。西湖是今世之湖，是醉生梦死、是莺歌燕舞，是苏小小似的邮壁香车，是我见犹怜，是今生今世无悔的追求。青海湖是前世的湖，是无路可达，是可遇不可求，是六字真言，是穿着藏袍弯着腰的坚定行走，是猎猎经幡，是眼前旋转着的转经筒。

唵嘛呢叭咪吽，我不能理解它深刻的含意，想是复杂的咒语，复杂的悲悯，或许也是简单的哲理。普度与被普度，救赎与被救赎，原谅与被原谅，慈悲、解脱。站在青海湖边，我这样解读。

回头望去，天色已青，在与天三分之一高度的地方，青色渐渐沉淀，沉淀成一袭铅灰山脉。水在流逝，山在流逝，无限风光都在并排流逝，它们消失在远方，我看不见的地方。山淡定从容，山已在禅中。在湖边做梦，是一件多么奢侈的事。倘若可以，我愿和你并肩睡去，做一袭离奇而又不知所终的梦。

山上并无高树，只有草甸，高山草甸。这些长着腿的草一步一步走下山，在国道前略一止步，然后跨过去，继续向下走，走到水边，它们总是能听到水的呼唤，找到水源。若是早些时候，青海湖边的油菜花可谓是九曲十八弯，用这样的镜子烛照人世，阴霾可以变成晴天，凡花可以变成锦绣，寂静变成热烈。现在，我的脚下却是一片行将枯萎了的草，在青海湖的风中摇着小小的头颅。我因草瘦而俯首，我因陌生而沉思。用这样的草镜来烛照人世，想是可以照见清冷，可以照见质朴，也可以照见韧性与敬畏。

我抬头，又看见了青海湖。椅子，两张双人坐的长椅，铁制雕花镂空，椅子并排坐在水中，浅浅的清水拂着它们小小的足踝。它们在等谁？一个水月交融的夜晚？一个女子，青衣绿衣，一个施主？

可是我要离去。我感到强烈的依附感、归属感。岁月把湖水淘洗、凝固，谁把我淘洗、凝固？一种静默把我推向极致。每一次无言都是最后的无言，每一次告别都是最后的告别。

静美、冷艳、决绝，没有一丝牵挂，青海湖，我欣赏这种态度。

青海湖的湖水是咸的，应该是眼泪吧，应该是无端的情绪吧。青海湖里只长一种鱼，小小的、无鳞的湟鱼，青海湖只容许这样一种精灵穿梭。这光滑的鱼儿，谁能把它抓住。我不是神鱼，青海湖如何能容我。

我素衣长裙，青色丝巾在风中舞出决绝。我也将不再回头，永不。

来与不来，见与不见，是一个人的事。

爱是一个人的事。
离去也是一个人的事。
遂相信。

堰下人家

下午三点钟,秋阳正好,我们站在浮山堰下。

堰,百度百科词条,基本字义是指:"修筑在内河上的,既能蓄水又能排水的小型水利工程。"例如举世闻名的都江堰。我们现在脚踩的是浮山堰,是修在浮山附近的一座蓄水拦河坝。浮山位于五河、明光、泗洪交界处,淮河浩荡地从这里流过,再流十余公里,注入洪泽湖。

我说我们站在浮山堰下,是说我们正站在古堰正中底下,堰上的黄土已被附近的居民一筐一筐地挖完了,连个坝基也没剩,我们正站在坑坑洼洼里,站在一块裸着地皮的荒草坪上,踩在一块1480年前的遗址上。1480年前南北朝梁武帝强行发动二十万民工一筐一筐地从附近取土,历时两年修成大坝。千百年来,二十多万百姓又一筐一筐地将土从这里取走,填塘、垫地、抹房子、修猪圈,土从哪里来又回到哪里,沧海桑田归于平静,一切从哪来又回到哪里去。

原先的黄土堰下,现在正住着一户人家,一溜排五六间平房,墙高、屋宽、明亮,檐下抹着水泥,屋里铺着黑白相间的地板砖。没拉院墙,屋前宽荡荡的,一家五六口人正坐在那里下花生。花生秧才从地里拉回来,空气中弥散着一股生花生的味道。花生秧铺了一地,旁边还攒了一个垛,垛上、地下一窝一窝带着泥土的花生,正探着头挨着头靠在一起慵懒地晒太阳,见到我们一副待理不理的样子。

我们还在路上时那户农家就发现了我们,几个人早拿眼向我们看,待我们在他家花生秧中间站定,一个中年男子似是早等不及似的站起来,说,吃花生吧,来吃花生。他没有问我们是哪里人,从哪来,到这里干什么,也没猜测我们来路可正,形迹是否可疑,好像他早知道我们这一拨人要来,正有一下没一下地扯着花生等着我们。

看我们并没有弯腰捡拾花生,那鼻子眼像是揉皱到一块的中年男子赶紧伸出一双关节粗大、粘着泥土的手擎起脚边的一个几乎装满花生的簸箕,端到我们胸前,说,吃花生吃花生,才下的花生新鲜。我们都说不吃不吃,男子说,怎么看不起我们乡下人?口中已有一种被小瞧被冷落了的失望与不满。我们才赶紧伸出手,有的从簸箕里抓,更多的是从地下拣。鲜花生味道真好。我们问他,你知道这里原是一个大坝吗?他说,知道,听别人说过。我们希望从他这里多听到一些,那个人却窘得一句话也说不出来了,只说,我带你们去看牌子。他的大脚"噗噗"地踩在花生秧上,如履平地一般三步五步穿过院子走到他家东南角,那里果真立着一块碑,水泥墩底座,大理石面料,白底黑字刻着"浮山堰"三个字,下面是"明光市政府立",总共半人高。这里已是明光地段。碑后果是一段黄泥残坝,一二米长或是更短些,几百斤黄泥土的样子,坝南倚一座紫砂小丘,丘上覆茅,住着人家。

似乎看出我们的落寞,中年男子说,来家坐坐,来家坐坐。我们都说不坐。转过头却又站在他家房前,欲走未走。几只巡视似的鸡,也学男主人的样子在花生秧上踩来踩去,不时低头觅食,一只狗吐着舌头趴在一边。屋前有一口压水井,中年女主人,一个头发贴着头皮的婆子样的人物,已经从花生秧中撤离出来,从屋里舀出半瓢水,说,这压井得救才能出水。她把水全倒进去,然后咔嚓咔嚓一上一下按动手柄,水果然哗哗流出来了。妇人说,打这口水井的时候可不容易，打下三四十米深没见水，全打出这么大一块一块的黑石头，她用手比划，比碗口还粗，原先没有水，后来奇怪水就出来了。后来全村人都吃这口井，这井水甜。至于井这么难打，当然了，一个大坝上得站多少人、得堆多少土、得夯多少下才能建成这么一个结实的庞然大物，一个大坝又僵卧在这里这么多年，打井能不难吗。至于水甜，这许多年流在地下的水终于重见天日，这水能不甜吗。一个理应埋在黄土坝下的水井。一个遗址上的水井。一个让古人匪夷所思的事情。

我们沿坝向北走，或是沿着遗址向北走，堰所要拦截的淮河还在北边亘古不变地东流。跨过一条村中路，路两侧断续有一些积水的塘，半塘子水，这应该是淮水泛滥冲刷留下的痕迹。远一点的地方几个大塘就不是，那是当年征夫取土留下的坑。路北的那户人家地势陡高，虽是几间平房却像两层楼房一般招摇，这里原来也是一个紫砂小丘，还是这户人家突然看到这里还有一截高坝残址，赶紧抢先一步就着坝基盖上几间高高的房子？我们使劲向这户人家的地基、屋基看，想弄明白这个问题。磕磕碰碰绕过猪圈转到人家屋后，几个人伸头看向茅草深处，希望能惊喜地发现什么，但是茅厕、茅草、巴掌大的萝卜地、大蒜地盘在一块，人为痕迹太重了。

几个人失望地向北攀，想爬上这座山丘。直上无路，坡上全纷披着庄稼。遂向左转，手拉手逶迤而上。登上坡顶，眼界豁然开阔，景色从量变到质变。眼前长天一色，淮水东流，我们脚下这座小山占了河道的三分之二，这理当称为"矶"了。当淮河进入雨季时，汹涌的河水到了这里受阻，水使劲拍打这座小山，一部分水从主河道泄下，一部分冲向刚才那几户人家的位置，这座小山从远处看像浮岛一般，所以这座山被命名为"浮山"，象形名字。我们几个人站在山顶，浮山堰应该从这里伸向淮河中间，跨向河对岸。可惜梁武帝费尽心机修好的大坝我们没看见，它只存在了四个月就被淮河水冲掉了。梁武帝的本意是修一座拦河大坝，用水位高涨淹没上游被北魏军队占领的寿阳县城。梁武帝的心愿果然达到，汛期来时水淹寿阳，但是他自己的领地，浮山上游一百多里也水漫泽国，浮尸遍地，沿淮戍军百姓数万被卷入河流大海。这是一座军事工程，目的是进攻敌人，却以害己结束。

我们几个人站在空荡荡的山顶，呆望淮水东逝。河水一下一下地冲蚀山脚，听说山下有洞，水然后折回主航道。河对面是大片的麦地、白杨，麦地稍稍前倾作探水状，仿佛要戏水，河道更显窄了。河水为什么要一下一下冲刷这座小山，而不去冲刷对面的麦地？河水为什么非要碰硬，而不去碰软？人们为什么要新挖一条泄洪渠来排这里的水，而不把对岸的河道取直？麦田不作声，似乎作张扬、得意状。

山上散落一些零星纸张、食物袋，看来前不久也有人在这里观光思索过这些问题。山上原先有寺，我们现在看不到了。一行人沿河向东，徐徐下山。山石地表极硬，上面草却是茂盛，在秋阳照射下长发一般闪着栗色光芒，栗草掩盖着下山路，草下有时却是暗沟。我脚下一滑，人差点趔趄下去，虽有同行扶持，却也惊出一身冷汗。翻过这个山峰，眼前出现一个山洼，几个人正在刨花生，旁边惊奇地还出现一片柿子林，头上顶着一层红艳艳的火柿子。他们是突然出现的，我们也是突然出现，两拨人马要相遇了。老远地他们停下手里的活儿，向我们看，然后向我们喊话，来吃花生呀，来吃花生。似乎这个地方花生可以随意吃。我们是一路吃着花生过来的，一路花生秧都铺在地里底朝天晾着。我们中的一个人小声嘀咕，能不能用花生换柿子？我们心里都是这样想的。

等我们走近时，他们说你们有袋子吗，我们说没有，他们又在一片花生秧里翻来翻去，说要找袋子，说要装一袋子花生让我们路上吃，真挚热情让我们这些城里人不好意思，有点脸红。我们谢绝了他们的好意，然后故意弯腰拣花生剥花生，免得他们误解我们的好意，认为他家的花生劣质得不行。山上地硬花生却真是极好。一行人不知不觉折进柿地，柿树却极高，仰面摘柿子是不可能的。一个中年汉子跟在我们后面走进柿林，说我上树来摘，我们都说不要了，不要了，看看就行了。他却兀自三下两下攀到树干上端去了，他连掰几枝，每枝上都挂有四五个柿子，我们都说行了，行了，他说一人一枝。我们说，那你柿子还挣什么钱，他说，我们种柿子都是村里人、过路人来吃，树下是小孩吃，树上是大人吃，有的是摘了送到人家里去，不为挣钱。我看着他粗布粗衫，同样粗质的眉脸，粘满黄泥巴的黄球鞋，乱蓬蓬的头发，心里一时堵塞。

临行，那男子却又随手从地下茅草中摘一把四季豆送给我们，深秋的四季豆紫红色，一筷子长、拇指粗，那男子在地下东抓一把西抓一把，一会儿摘了一捆硬塞到我们手里。一个年轻女子跟在其后帮他的忙，我们问她是谁，男子说，是他的二儿媳妇，我们惊诧，真看不出来，他说，有孩子呢，他指向那片洼地，又说是外乡人，有文化哩。那女孩白皙，一脸淳朴相，光笑不说话，看来外地人嫁到这里，不久也得变憨，变质朴，还有比民风更能熏陶、更能改变人的吗？

四下望去，并无人家，这户人家肯定就是前面住在二层楼高的那户人家了，我们刚才路过时他们家的门是紧锁着的。哦，堰下人家。

这里是五河、明光、泗洪的交界处，是长久的地僻让他们如此亲近外来人？是长久的寂寞让他们渴望交际外来人？是这片多灾多难的土地本身就蕴含着一种善良的渴望？或者那二十万死伤无数的役夫的阴魂谆谆教诲后来人，要勤于持家忠厚待人，方能保一方安宁，方能过世外桃源的生活？或者就是因为有那一条古堰横亘在他们心头，他们就得以诚待人？

夕阳西下，一行人踽踽走出好远，还折回头看，依然是一个山丘，一片洼地，再远看就浓缩成一片茅草地，一堆行将散尽的历史了。

我还记得刚才那个姑娘的话,她说,你回去给我们问问,看看这个地方什么时候能开发。我心中暗自惭愧得很。让我惭愧得似乎还有其他什么东西。

新疆时间

我们应该是在夜色中抵达乌鲁木齐的,下了飞机一看,这个地方什么东西都历历在目,阳光正耀眼地照着。到了宾馆等了又等,不见天黑,难道真的是新疆地方太大,太阳不停地向西滚,向西滚,怎么滚也滚不到地球边缘?

我走在八月初的新疆的太阳底下,几天才摸清情况,早晨六点天亮,晚上十点天黑,向北去到布尔津县城,早上六点天亮,晚上十点半才天黑,新疆的白昼可真长。这么一大把明晃晃的时间,足够我们穿越沙漠跋涉草场的了。我特地问了一下新疆的上班时间,比我们内地推迟了两个小时。乌鲁木齐早上九点半到晚上七点半,布尔津县是早上十一点到晚上十二点。

新疆的时间可真白,白得让人不敢抬头看太阳。新疆的天空是一种不可触摸的蓝,仿佛用手指头点一下都是不礼貌的,几朵白云在空旷的天上缓缓游弋。天空不见灰尘,想是灰尘也怕晒,或者在这圣洁的天空下,灰尘羞于现身,赶紧遁入地下了吧。阳光畅通无阻地照下来,树就拼命地绿着,阳光照在我们的皮肤上,我们的胳膊像涂了胡椒粉一般,热辣辣的。新疆街上随处可见把头、身子都裹得严严实实的妇人。

我们的车子在深山中绕来绕去,这些山都叫天山,在地图上占显赫的一大片。山是黑色的,有沙砾、有土,上面多是尖顶松。我们先是看见山谷正中露出一顶草帽样明晃晃的白,上面尖顶,中间白云,有人喊雪峰,起先人们还不敢相信,后来一车人都在喊雪峰,雪峰,那雪山才不再遮掩,拨开白云露出真容。车子在一个湖水边停了下来,那湖叫天池,水又深又蓝,像一个宝葫芦平躺在山谷之中,葫芦嘴向南正对着雪峰,那雪峰叫博格达峰,海拔5445米。宝顶皑皑白雪倒映在瓦蓝湖中,真是高山平湖,相映成趣。我们穿着夏季的薄薄衣裙,打着厚厚的遮阳伞,仰头是千年不化的冰山,把手伸进天池水中,水是寒凉逼人,这个地方是夏季还是冬季?我们只知道山上开着雪莲,我们脚下的蒲公英也一朵一朵正开得黄艳。

我们的车子从乌鲁木齐向东走,先是经过戈壁滩,后来是一小束一小束红柳沙包,在那里我们遇到一个"天火烤鸡蛋"的人。新疆时间真是一个百变魔女,它让那个地方冷热交加,寒暑不分,却又把这里的沙石当作鸡蛋烤。到吐鲁番盆地下车时,我们只觉得不远处有一个大火炉子在对我们加温,身上没有汗,四十几摄氏度的高温,皮肤上的水分全蒸发了。吐鲁番盆地到处是葡萄,那葡萄树绿得耀眼,仿佛天越热,葡萄树越变绿,葡萄越变多越变甜,似乎是热把一棵棵树的潜质全激发出来了,似乎只有热才能把盆地催绿催葳蕤催熟透。在吐鲁番盆地火焰山,头顶是一面蓝天,中间壁立一堵红色山岩,火焰簇簇,七十几摄氏度的高温寸草不生,脚下是一个大裂谷,葡萄树在沟底一汪碧绿。蓝天漠漠、红沙障眼、葡萄树一沟,这样的景色巍巍矗立,千百年来一成不变,在这个新疆时间里,谁创造出这样一个"人间奇观"?设计的人是怎么想出来的?

我们从乌鲁木齐向北走,继续欣赏新疆的出神入化。先是遇到昌吉市,四周全覆盖深绿的棉花,绿得让人透不过来气,成片黄着的是矮株向日葵,如果不是热,这里像是一个江南小镇。昌吉市向北,就是戈壁荒漠了,梭梭沙包、红柳沙包、骆驼刺沙包、麻黄沙包、罗布麻沙包,矮矮的有时是一簇接一簇,有时是一大片才有一个,很苍凉很漠然,又很倔强的样子,很多地方一块碎石接着一块碎石,什么也不长了,那个地方已经是戈壁荒滩了。看得久了,人有点困倦了,忽然就到了克拉玛依市。这是一个建在戈壁滩上的大城市,它骄傲地立着,似乎是它镇住了这么一块荒漠,似乎是因为它,这块荒漠才没有被风刮走。克拉玛依市四周的抽油机在不停地抽着油,这是一个用石油、金钱堆积起来的城市,市内有绿树、有鲜花、有喷泉,空气清爽,高楼大厦比比皆是,据说比乌鲁木齐还发达、还富有。克拉玛依市向北又快速陷入戈壁荒滩、杳无人烟了。在我们蒙眬之际,一道流水潺潺出现了,这是额尔齐斯河,中国唯一一条注入北冰洋的河,河边赫然出现一个小城,新鲜翠绿,像刚淘洗过一般,这就是布尔津县,一个欧洲似的洁净小城,让人不敢想象的神仙之美。

再向北,新疆时间似乎威力有点减弱,温度是越来越低了,我们下车不得不添衣衫,树却是越来越高了,草场越来越广阔。我心目中荒凉偏僻的祖国西北角长满了冷杉、红松、落叶松,阔叶林越来越多,亭亭白桦似林中少女,娴静大方随处可见。哈萨克的毡房不是建在公路边、山坡向阳处,而是建在低洼的草场正中,或是山间谷地,洁白的毡房蘑菇般聚在一起,或是星状分散开,它们随意就组成一个星宿图案,"斗转星移"是不是就出自这里?新疆时间在这里展现了一派俄罗斯情调,满眼白桦不骄不躁,平静从容。他们的白桦林享誉世界,我们的白桦林可以和他们任何一棵媲美。新疆时间还展现了哈萨克民族的富有、豪放、好客,她们火红的衣衫,他们骑马的彪悍,以及他们的传统小木屋家园都给人一种恍如隔世的感觉。在这里新疆时间就是一杯奶茶、奶酒,是一袭羊毛披肩下面的暖暖、醉醉,是坐在羊毛毯上喝低度酒的感觉。

谁在新疆时间里面最甜蜜?当然是新疆的瓜果了。新疆的葡萄最甜,新疆的葡萄首推吐鲁番,哈密瓜到底是吐鲁番最甜,还是哈密最甜？他们自己可是争了上百年，在我们看来新疆瓜果都甜。它们在新疆时间里面热烈奔放，它们硕大的叶子把大片阳光仔仔细细地收藏，新疆的太阳就是它们甜蜜的源泉。

谁在新疆时间里最勇敢？当然是那些胡杨、梭梭、红柳、麻黄、罗布麻了，风吹不走它们，干旱旱不死它们，热辣辣的太阳烘烤着它们，它们不死也不绝。新疆白昼有多长，它们就傲然挺立有多长，新疆时间有多悠久，它们就挺立有多悠久，它们干枯的身躯和新疆时间同在。新疆时间里有了它们也就有了别样的风骨、风采。

谁在新疆时间里面最风姿绰约？当然是北疆的那些白桦、黑杨、银灰杨，那些松与杉了。它们一年一年守卫着祖国的北大门，与内地同甘苦共患难，它们不抱怨生得偏远，它们高大、健壮、美丽自成风景，它们捍卫着山川河流、守护着牛羊，把自己脚下当作天堂去照管。

谁在新疆时间里最别具一格？当然是那条额尔齐斯河了，高高的白桦在秋天是"金山"，而它就是"银水"了。阿尔泰山的雪水将它注满，它则不声不响地流入北冰洋，寒凉的水里盛产着狗鱼、雪鱼、梭罗鱼等，在北疆我吃过一次烤狗鱼，这冷水鱼肉质细腻，味道真是鲜美无比，如果再能来一杯冰镇的"卡瓦斯"，那日子真是美轮美奂。

谁在新疆时间里面开得最美艳？在新疆我到处都听说在美丽的伊犁河畔，有一片人迹罕至的薰衣草花园，可惜它像达坂城的姑娘一样，我还没来得及去拜访、去揭开它的头盖，只知道它的芳香已经传播得很远。

谁在新疆时间里抛着衣袖载歌载舞？谁把新疆打扮得如此漂亮？当然是新疆人了。在乌鲁木齐街头我看到那么多忙忙碌碌的汉族人，在二道桥大巴扎，我四处看到耸鼻、深目、白皮肤的维吾尔族人，在北疆我看到种葡萄的朴实的维吾尔族葡萄园主，还有他扭着脖子献上葡萄的最美的小女儿，再往北是骑着马的哈萨克牧人，他们羊肥、马壮，蒙古图瓦人守着他们的小木屋像守着天堂。这些人在新疆广阔的土地上播种、耕耘、骑马、追梦，他们都是太阳的，也都是月亮的，他们都是这块土地的。

  新疆还是那个裹着头巾、罩着面纱匆匆走过的美妇人，我仓促一瞥还看不清楚她，我在心中只能赞叹她的种种。在这短暂的几天里，我朝拜了她的阳光，感受到了从沙漠吹来的风，我欣赏了她的舞姿，但是还没能够静下心来聆听她的心声。

  新疆，我就要回到我的平原中去，遗憾不能带走你广阔的白昼，不能带走你的第一缕朝霞，不能带走你薄暮里的最后一声马鸣。

101.1 米的山

女山高仅百米,在明光市的北面。女山原是一座活火山,系火山喷发形成的环形山脉。我们现在走的登山路,是原来岩浆的滚烫出口。余热已散去,这个叫龙躺沟的地方已是芳草萋萋。

沿着小坡缓慢前行,野花野草蹭着脚面,痒痒的让人不停地想弯下腰来亲近,远一点的地方,一大片香蒿夹着一些瘦高个的野花齐齐地向我们瞩目,它们像诗行一样让人心动。我们还在黑黝黝的火山堆积物上看到了当年的气孔,找到了凝固的恐龙蛋般的岩浆,如今野花野草却是这里的主人。

不知不觉中,我们站在环形山的缺口上,这小山真让人眼前一亮。四周全是高高大大的树木,因为得风、因为得雨,树木全像庄稼汉一样粗实,而绿草全是打着滚儿、顺着坡儿向下滑,中间一泓清潭用质朴的嘴唇堵住那曾是血红的火山口。一切那么安静,只有绿风穿过树林,只有白鹭像浪花、像阳光斑驳的光点在绿波上起伏停顿。我真的是那么佩服明光人,停下人类无所不能、无处不在的手,不凿石级,不修水泥路,一切都按照大自然的旨意,舒舒爽爽、随随意意地生长,这里当然也就生机盎然了。飞蓬、益母草是这里最美的花,麻栎、榆、野板栗、野酸枣是这里最美的树,鹭与白鹤是这里的主人。这里还需要什么吗?什么都不需要了,只希望人类在这里少点出没。

在山顶我俯见了不远处山脚下的女山湖，水还是前世的水，可濯衣、可濯发、可饮用，大片的菱还在恍恍惚惚地开，那个渔船上的老人上千年了吧，还在一上一下抖动他的网，湖面看不到边，水面飘着一层淡淡的雾霭……我用迷茫的眼睛打量这迷茫的一切，心想这山这水竟也是如此绝配，山是自然的小山，水是质朴的清水，山做了水的依靠，水把头轻轻枕着小山，这等神仙境地，不知何等物种、何等青鸟、何等人家才有福消受呢！

越来越多的人来到了女山。达官贵人、公子哥儿，以及如今形形色色的考察团、旅游团。但是女山也等到我们这一拨人。我们这一群人到明光来是参加一个诗歌聚会的，我们拉长着距离疏疏落落地走在这山上，我们觉得和这山这水是如此亲近。也许我们就是这座小山早年出走的孩子，它的高度就是我们的高度，它的淡定就是我们的淡定，它的与世无争就是我们的不争，也许我们就是它身旁长着的草与花。

女山原本不是这个样子。它也曾英姿勃发、踌躇满志过，400万年前的某一天，一道火光冲天而起，它的光彩照亮了半边天，岩浆瞬间汹涌而下，那个时候土地成河，草木枯竭。160万年前，没有任何征兆，大火悄然熄灭，肆虐在渐渐内敛收缩，从此女山寂寂无声。雨水冲刷着它的容颜，它不再作声，雨水搬走它肥沃的土壤，它不再作声，鸟兽在山上做窝做巢，野草在这里自生自灭。山像盘腿打坐的老者，低眉顺目，山一次一次放低姿态，直到把自己坐化成大地上的一个草环，直到让后来者都忘掉了它的种种过程。

往回赶的路上，一场突如其来的大雨把我们赶进树林。雨在林外哗哗地下着，而我们的头顶是参天的华盖，我们只听到树木咬耳朵的声音。乘这工夫，陪同我们前来的明光市文史馆的老许同志给我们讲了更多的女山故事。他给我们讲女山名字的由来，一个只能在树林中讲，只能在树林中听的秘密，这里竟是大自然的母亲、是生命的发源地。老许还给我们讲龙女和神龟将军的传说，他又神秘地指着前面一大片高地让我们看，高地上是密密的树桩，仰头却只见黑乎乎的树叶在摇晃，老许说这千余平方米叫无蚊处，这山山顶有蚊子、山下有蚊子，偏是这一块地方蚊虫不生。是树神耶？还是地神耶？老许心中有数，只是笑而不答。老许兴致勃勃地给我们讲蝴蝶谷的故事，正是树木由盛至衰的季节，我们没看到一只蝴蝶，但是满谷的蝴蝶好像都在绕着老许的手指转；老许给我们讲二娘庙的故事，一对姐妹花为避免被恶霸凌辱，而双双殉节……呀，这场大雨原来是想让我们多待一会儿、多看一会儿、多听一会儿、多想一会儿，女山待客之道别开生面、别具用心啊。

　　下得山来，老许又说，此山有宝。我以为说的是百部、丹参、夏枯草、半夏、何首乌、葛根等。老许说不是。那么是浮石了？一种含气孔状的玻璃岩石，掷在水中立即浮起，此为国内罕见。浮石滩上的浮石造型独特，可玩、可赏、可制成工艺品。老许说猜对了一半。老许压低声音，说此山有真正的红、蓝宝石，可以做成钻戒的那种，矿藏还十分丰富，只是此山从不以珠宝示人。这就对了，不以威武屈人，不以珠宝而取悦于人，繁华落尽，光芒内敛，任人世间红尘滚滚，我自睁着慧眼，岿然不动。这样的山谁不欣赏呢？这样的人谁又能不欣赏呢？

徽 娘

去了一趟程朱里学的故乡、"贞节牌坊"的发源地古徽州,见到了当地的特产——牌坊。"节劲三冬""一庭冰雪""脉承一线""扶孤守节""双节孝坊""四节坊"……更多的牌坊已经被淹没在草丛里,变成了残碑断片。这些活化石般的石头多已风化得不成样子,她们像一群老妪还顽强地站着,她们就是一群还活着的老"孺人"。那些个碑在她们还活着的时候就立了,立在她们的心里,等她们一死,它们才能变成一座真正的碑。很多个碑可能早就盼望着她们死了。

要变成一座真正的碑可不容易。首先是丈夫死了。旧时徽州大多早婚,男女婚前不相见,万一死的是没见面的"小丈夫",女孩还没过门,便得守"望门寡",可在娘家守寡。

假如那女孩童年便被领去当童养媳,那是要为丈夫披麻戴孝,守节终生的。至于已经明媒正娶了的,那更是名正言顺地守了。

守节寡妇要遵守妇道、不苟言笑,从思想到行为都要从一而终。"宁冻如寒蝇,宁饿如饥鸢",也绝不改嫁。所以也就有了一本《祁门县志》有四分之一篇幅是用来刊登本县节妇芳名,一本民国《歙县志》十六本书中有四大本被烈女占据,清光绪年间歙县新南街的那座"孝贞节烈坊"一次就集体表彰六万多名节烈女。

我们在徽州巷里走走,随处都可以听到她们凄凉的事迹。几十年的守寡生涯给她们留下的往往是钱箧单薄、门户凄凉、天寒无衣、饥时无粮，漫漫长夜孤灯独坐，可有人听到她们的哭泣？守了几十年寡的兰姑娘变成了兰姑太，夜夜都在弯腰捡铜钱，捡满了一串，"哗"地散开再捡。还有一痴情少妇，丈夫走后，省吃俭用每年以刺绣所得，置一个珠子，等薄情郎返家时，"启箧得珠，已积二十余颗矣"，而那痴情女子已死去三年了。

在歙县棠樾村牌坊群，有七座牌坊一线排开，其中有两座为女人而建，"吴氏节孝坊""汪氏节孝坊"，吴氏从29岁开始守寡，尽心抚育前妻之子，修了鲍家九代祖坟；汪氏从25岁守寡……这七座牌坊恢宏大气，为牌坊中的珍品，外地游人必到之处，这两座和男人并肩而立的碑，算不算为女人争了光，算不算为她们的祖宗争了光呢？

"前世不修，生在徽州。十三四岁，往外一丢。"就算她们的丈夫活着，又能怎么样呢？徽州"七山一水一分田，一分道路和庄园"，十三四岁的男子们就要外出讨生活，这里的男人有个外号叫"徽骆驼"，他们崇尚忠、孝、节、义，他们一辈子在外面都活得很累，而他们也确实很有出息，"三朝元老""父子尚书""尚书坊"……徽州的一大批牌坊都在表扬他们的光荣事迹。这些"老朝奉"们每三年方能探亲一次，所以徽州有句土话，"一世夫事三年半"。而那些生活在阴暗之中、弯腰负重的老孺人们，除了在古巷中一次次回首，除了一次次倾听古巷的脚步声外，还能等到什么呢？

去看徽州府衙，去看统治了徽州两千多年、制定出那么多条清规戒律的地方。女同学陪我去，站在歙县县政府门前东张西望，一府六县的政治中心尽收眼底，只是衙已塌，古城墙也已夷为平地，只剩下东西两座谯楼，在秋风中默默地看着行人，楼已耄耋老矣。东谯楼外威风凛凛的许国牌坊还立在这里，两座三间四柱，面料全采用青色茶面石，上面的雕刻玲珑细致，这位主人曾是太子少保、三朝元老，皇帝也要让他三分。虽是皇恩浩荡，如今牌坊下却是店铺林立、白墙灰瓦、全是两层、三层的徽式建筑，里面经营着各种买卖，衣帽、坎肩、首饰、笔墨，更多的是砚台，这里可是全国闻名的徽墨歙砚产地。店内看店、制砚的多半是女人，她们衣着鲜艳、手脚伶俐，她们熟练地和老外讨价还价，还有不少姑娘穿着蓝色布衫，低着头正精心地将从李坑或婺源采来的石头，一点点雕出花来，那一块块精美的砚石在她们手中，如月亮般一点一点露出真容，销向全国、海外。

女同学和我漫步鱼梁古镇，练江有多弯曲，古镇就有多弯曲，练江有多长，女人的辛酸就有多长。这里是古时通往杭州的水埠码头，一个个重利轻别的徽商夹着雨伞，背着包裹，揣着碎银，一次次从这里挥手离去，母送儿、妻送夫、子送父，生死离别的场景一年又一年在这里上演。清清的练江水流着的是她们的眼泪吧，圆圆的石头是她们搓衣的手一年又一年搓揉出来的吧……这里至今还有"中国东部的都江堰"之称。这里原是茶叶、木材、蚕丝、生漆等集散地，如今已沦为小巷寂寂。踏着卵石的小路，狭窄的小门面全都洞开，灰色高翘的屋檐下，旧时店名、庄号依稀可辨，店内陈列着各式手工艺品，坐在门口的老妪一针一线地还在缝制着什么，我总疑心这是我同学的奶奶或是外婆。

女同学娘婆二家都在歙县，正宗的徽州姑娘，我猜想女同学一定经常走过这样的巷子，在这样的傍晚静静地散发着幽幽的思古之情。女同学面貌姣好、清清爽爽，有着徽州女人的妩媚，若是穿着旗袍从小巷走过，一定是古代徽州女人的翻版。我一直想问她过得怎么样，但又不好开口。她的这段婚姻当年可是在我们同学中出了名的，她比他大好几岁，是个典型的大娘子。当年她和他在一个办公室工作，那个徽州小男人不知怎么就看上她了，寻死觅活地要娶她，没有人看好这段婚姻，女同学自然也不肯，这个徽州小男人发扬了大无畏的精神，七八年间竟将所有图谋不轨、意欲进入办公室有所企图的人统统扫出门外，不知怎么，我的女同学竟然就从了他。中午吃饭他没来，女同学说他在家做饭给孩子吃，晚上总该要来了吧？

晚上他果然来了，中等的个头，文静儒雅。因为是他埋单，众人推他坐主位，他推辞良久，竟是不肯。美酒已经倒上，佳肴已经端上，男主人却倒了一杯热腾腾的茶来陪我们，大家一再给他倒酒，他推辞得脸红脖子粗，女同学也一连说不行不行。席间他用热茶频频敬我们，礼貌周到，这哪里是薄情寡义的徽州小男人，分明就是一个居家过日子的上海小男人嘛。倒是徽娘，爽朗大方，左右举杯，把个场子搅得热气腾腾的，喜得我情不自禁、不由自主地捋起袖子。晚上徽娘一定要带我看徽式歌剧，徽男则结好账，带着孩子默默地离去了。压在我心头沉甸甸的石头，终于被搬去了。就让那些个石碑永远躲在草丛深处，散发着它们腐朽的味道吧。

临行，从曲巷深处购得一方砚台，将青灰的山脉、练江的流水，将洁白的瓦屋、徽娘的身影，都收在这一方砚台之中带回去吧。

红尘中的寺庙

参拜过很多寺庙,每一座都是作为景点去看的。并且佛家事高深莫讳,我又缺乏那方面的悟性,所以除了只记得云烟缭绕之外,其他的看了也就忘了,我继续做我的凡夫俗子,他们继续做他们的高僧、尼姑。

我有一个朋友就非常信,他是做房地产生意的,每幢楼开工之前,必找风水大师用罗盘把地块转一转。接每笔生意,必要跑到深山老林求卦问签,甚至出门之前也要查一下祖传的老皇历,看看"宜"还是"不宜",有钱人的活法也很累啊!有一次我到他那里去,他说中午请我去庙里吃斋饭,我听了真是开心,一是终于免去了酒肉的烦扰,二是借机也可以窥视一下出家人的生活,说不定还能为下半辈子另觅一条出路。

一行人开车在茂林里穿行了两个多小时才到达庙门,果真是千年古刹,半个山腰都被灰瓦覆盖,檐牙斗角在山岚中时隐时现,园内古木遒劲撑天。第一层大殿供奉着弥勒佛,两侧四大护法金刚;第二层中间如来佛祖,两侧十八罗汉;第三层大慈大悲观世音菩萨;第四层法堂,后面是方丈室、内院。朋友见佛必拜、口中念念有词,红蜡、天灯点了好几对,我心中算了一下已不下千元,朋友也算是信徒了吧!礼毕佛事,登高就餐,斋堂建在一座小山上,很清幽的环境,只几个包间,并不见一个和尚,我心下失望,原来并不是与和尚同吃，也不是吃素馅包子、素菜面，斋堂原来是对外营业的一个小餐厅，当然并不是每个人都能订到房间，想来吃素的人可多了。甜点、凉菜、热炒依次上，瓜甜藕脆、笋嫩菇肥，豆腐面筋、糯米丸子、爆炒葱片，想是经过香火熏陶的缘故，这云烟深处的庖厨做出的菜，确比世间多一分素净禅意、多一分嚼头回味。其中一个朋友两眼白板盯着天花板，他说素油做的菜一点没有胃口，到这里来难道还想吃鱼肉？接着就上来一道红烧肘子，我大惊品尝之后才知道是素鸡做的，后来又上了鱼、烧鸡、烤鹅……我心中百思不明，既已是素食斋饭，为什么还做成鱼肉荤腥？是施主暗示，还是斋堂暗中投其所好？

透过斋堂的窗户，我看见后院高大的榕树下，荷塘深深，而前面窗户下面，是一个硕大的放生池，刚才从池边走过，鱼、鳖万头攒动，已多到倾压、不能翻身，塘水浑浊，上面丢着杂物。施主既然已决定放生，为什么不把它放生到大湖、大海里，反而把它带到深山老林，难道这里更适合它生长？和尚们既已慈悲为怀，普度众生，为何还要设一方囚笼，让鲜活与自由和它们隔海相望呢？万物总是先要求生，然后才能修行、养性啊。

神思回到桌上，嘴里嚼着不知是素食还是荤腥。一个朋友的手机响了，他到外面接，回到桌上，满脸忧郁，他说家里下大雨，墙角不知漏不漏雨，屋外的衣服不知收没收。全桌的人都哂笑他，说几百里路，难道你能赶回家收不成，真是多虑啊，然后约定全桌人以后不许接电话，免得杞人忧天。果真不再有接电话的声音，可是我看到那个反对最狠的人，不时把手机掏出来看看，既已决定不管不问，难道知道比不知道更轻松吗？

出门来遇到两个香客，或许是和我们一样游玩的人，他们两个吃着白面馒头，喝着矿泉水，不知怎么我觉得他们比我们更接近佛祖，至少这一顿饭他们比我们节约粮食、节约时间。可是我的朋友刚才上了很多香、敬献了香油钱,佛祖会更偏爱哪一个呢?

朋友指着我们刚才上山的路,说那边是官道,而我们现在回去的路叫财道,在佛祖脚下吃着斋念着佛,还想着官道财道,到底是我们坠入红尘太深,还是这寺庙本身就是红尘中的一座寺庙呢?还有一点我只是在心里冒昧地嘀咕,大慈大悲的佛祖啊,来朝拜你的人,多半是来求官、求财、求运,如果求官得官、求财得财、求运得运,那么他们会不会在红尘的路上越陷越深?会不会离"成佛"越来越远呢?而且官、财、运总是有数的、相对的,你给了这部分人,那部分人就没了,那些路途遥遥,或是因贫穷,或是因疾病而无法来到菩提树下一睹芳容的人,佛祖的法眼又该怎么办呢?他们可以拖着病躯、可以风餐露宿、可以奄奄一息地来到您的门前,佛祖的法眼会不会越过脚下芸芸众生,看到庙门外蜷缩着的他们呢?这座红尘中的寺庙可不是随时都向他们开着的。

路过一棵许愿树,上面红丝带累累,像火红的豆荚结满着对亲人的无限祝福,还有一棵去愿树,也是红丝带累累,如果你求了不好的签,或是说过不利自己或别人的话,你把它写上去,佛祖就会把它带回去,时光就会逆回从前。红尘滚滚,佛祖门若集市。一群群人挤了进来,又挤了出去,像串门的燕子、像过堂的风,佛祖啊,请原谅他们的好奇、容忍他们的无知、宽恕他们的愚昧,也希望他们没有影响您的布施讲道、普度众生。

一只蓝尾巴的小蜥蜴憨态可掬,它在潮湿的香炉下爬来爬去,但愿这里是它修行的胜地。

怀念一条河流

当一条大河渐行渐远,远到分枯水期、丰水期,远到河床动辄拉着长脸对小舟出示拒行证,或是无奈地剖腹掏心的时候,毫无疑问这条大河快被列入怀念的范畴;当潺潺流水变得污浊不堪、冒着气泡,而行人都唯恐躲之不及的时候,这条小溪也快进入怀念的范畴;还有一些湖泊,先是变成季节湖,后来变成了漏湖、沙湖,最后变成一口废弃的锅,等着黄沙一年年将它掩埋,我们是多么怀念碧水荡漾的时候啊!对于背道而驰的流水,我们怀念着、牵挂着,且心有不甘。

可是面对眼前这条彻底消失的大河,我的心里很复杂,很难用甘与不甘来形容。这个地方叫砀山,眼前的河叫黄河,我站立的地方叫黄河故道。黄河是我们的母亲河,它一直在砀山北面汹涌着。历史上黄河很有名气,"三年两决口,百年一改道",因泛滥而改道共26次,大的改道就有六七次。1185年黄河改道流经砀山,它向南夺淮注入东海,1855年再次改道流经山东,近600年间,砀山和萧县叫黄泛区,其中1597年砀山县城被全部淹没,砀山县城历史上被多次淹没。不仅仅是淹没摧毁,还有粉饰。洪水退却之后,黄土高原的大量泥沙在平原上慢慢沉积,河床被一次次抬高,庄稼地被一层一层淤实覆盖。黄河像一只大手笔,它在这块多灾多难的土地上游来逛去,涂抹着一切,改变着一切,又掩盖着一切。那条赫赫有名的隋唐大运河，前不久在宿州市甬桥区的一个建筑工地突然被发掘，作为隋唐时期的重要南北枢纽，它在宿州的那一段在宋代时就无可挽回地消失了，黄沙把它掩埋了八百多年。可以说砀山没有历史，也可以说砀山是一部完整的历史，它是一座未发掘的庞贝古城。

　　黄河摆尾而去，这个地方就叫遗址。缚着黄龙的大堤健在，均高出地面十余米，当年修堤主要靠人力一层一层夯砸，六寸沙土夯砸结实成为一层。在宿州一段河床东西走向长约九十多公里，南北黄沙宽十多公里。河床里水一段、沙一段、草一段。水深的地方近八九米，而两岸全是逶迤的荷花，花已谢，叶未残，有渔人在打鱼，小船在荷叶间滴溜溜地转，惹得岸上人心猿意马，渔人倒也慷慨，小舟抵岸载了我们复又在叶间穿行，我听到小舟推开荷叶时"叭叭"的声音，藕色、水香遂迎面袭来，"鱼游荷叶东，鱼游荷叶西，鱼游荷叶南，鱼游荷叶北"，这哪里是黄沙漠漠，我们分明行走在江南。渔人却捡起一根棍子，叭叭地向荷叶下面横扫过去，所到之处那荷叶像被刀裁应声栽入水面，渔人像捡草帽般把它们捡入舱内，船上人百思不解，他说，喂羊。我才知道采荷需得此种采法，然后又想起荷包鸭、叫花鸡、烤乳猪之类的东西。但是亭亭荷叶转瞬就变成一群光杆司令，就像朝阳转瞬就变成了落日，就像孩童转瞬就变成了老人，就像滔滔江水转瞬就变成干涸的泥流，这转瞬到底包含多少道理呢？

　　再往前走一段不见黄河水，但见黄沙流，耳里响着的是滔滔水声，眼前却只有荒草煽动洪流，一群羊在河滩上正吃得起劲，它们毛色光滑、膘肥体壮。沙不陷，人走在滩上如履平地，这个地方叫湿地，上有鸟雀盘旋，下有走兽出没，满目荒草无声诉说一条河的尴尬。再走几步河水逶迤清亮起来，芦苇乘机在此安家，它们或是聚成一个圆墩，或是摆成一个方阵，再或者摆成八卦连环阵。水中芦苇不知不觉上了岸，岸上人不知不觉动情落入芦苇阵中。正是清秋季节，天蓝水碧，苇黄虫飞，一切都历历在目。我们仿佛把一切看透，又好像一无所知。而芦草的晃动，更显一条河的宽阔。我们尊重河水，我们也尊重眼前的生命。在这清凉的傍晚，或者在白草晃动的黎明，这宽阔的河床更多是想念大江东去的日子，还是更怜惜眼前的花洲、草洲呢，我不得而知。

故道两岸春天来时白雪压枝，昔日不毛之地，如今却是几十万亩梨树的风水宝地。眼前的梨个大、果正、甜脆、汁多，除了黄河故道，天下再无此梨。清乾隆年间此梨就被御封"贡梨"，砀山酥梨遂名满天下。比起无边无际的梨树园来，故道只不过是顺路而过的一条带子而已。除了梨树，此地也零星种植着红薯、大豆、高粱，之所以提起它们，是因为它们全都饱满、油亮，仿佛那根茎只要一接上土，它们就全来了精神，然后三步并作两步或是三生三世化作一生一世般成长。故道两岸成排的杨树皮白光滑，树桩粗得像乡间大鼓，树高得能把天捅个窟窿。你看这个地方种梨得梨，种树得树，点豆都能成金。总之这要归功于一点，与众不同的土。这块饱经水患的土地，到底该诅咒那条河？还是应该惦记着那条河呢？树与庄稼飒飒有声，却无人肯回答我的问题。

时光最终还是能从苦中溢出点甜来。故道酥梨、故道庄稼应是黄河的另一种歉意吧！

济南泉思

第一次到济南,一下高铁站,阳光就很豪迈地罩着我,让我不由自主地摇晃了两下,在它缓缓打开的新世界里,一只硕大的青莲徐徐高出地平面。傍晚,我在泉城广场转,又看见了那朵似曾相识的巨大青莲或灰白莲的铜雕,四周环饰的小莲也作喷涌状,我似乎听到广场的般若之音。广场一边有桥,桥栏、桥眉,像女人的衣襟不经意也缀上了朵朵小的五瓣莲,这个小图标的最好去处,我以为是在出租车司机的门把手边,一朵小小的莲,师傅开门、关门,似乎是在采莲、送莲。我来济南之前,别人告诉我济南是泉城,这个造型是莲还是泉?倘或别人告诉我那是莲,我多少又有点不甘心,我希望选择它,而又不唐突地失去另外一个,我的内心有点复杂,济南人在考我,后来我自作主张,把它叫作白莲泉。

第一站坐船游大明湖,从护城河码头下。护城河这是个不能让人轻松的话题,似乎一直都是清理整治的对象,护城河里走游船,我的心揪一把,我怕济南不小心露出它的另一面。护城河两边都是小青砖,青砖缝里长青苔,河中只能容两只游船并走。游船要过船闸,后侧闸门关上,游船缓缓升高,前侧闸门开启,放船,这小小的护城河让我想起天堑葛洲坝。河水是清的,一直在清,我忽然听到哗哗的水声,扭着头却见一股暗流哗地冲了进来,幸亏导游即时说这是泉水。这些泉水有的是自己摸着窍门像小蛇样游进来的,有的则是顺着管道冲进来的，有的则是从龙头龙嘴里喷出来的，导游说护城河里全是泉水，我们这是在泉水上行舟哩。护城河渐渐开阔，有一大群人在游泳，一些脑袋浮在水面，一些人光着膀子扭着胯站在岸上看，有的人朝我们热烈挥手，他是看我们游船漂亮。他们的这些造型无非是向我们表明，一济南很热，二济南人很好客，也很健壮，瞧他们雪白的腱子肉，三是泉水洗澡，养人，有实例为证。这完全不像是护城河应有的景象。

眼前陡然一亮，船被推入更辽阔的水域。泉水，这里全是泉水。这里不用绿、碧形容，这里用明，大明湖。大，指它的范围，明，指它的色泽。泉水湖才明、才亮。此刻，大明湖是安静的，它的安静，是为了让我不安静。船边是荷叶，远处是亮水，再远是绿荫里的亭阁。它的美，我绕不开古人，也说不过古人，暂从他们那里挑一些出来理一理。"眼前一寺钟渔寂，七十二泉来入湖。"说的是源头。"四面荷花三面柳，一城山色半城湖。"荷花、柳、半城湖。"出门十步是烟波。"烟波。"寻常一样垂杨柳，栽向明湖便有情。"寻常柳。"滟滟清波淡淡风，垂杨垂柳小桥东。"小桥。"纵横水路各东西，船虽相近不相逢。"船。"一钩斜月半帆风"，斜月、帆。"倒影摇青嶂，澄波映画楼。"画楼。"铁公祠下水潺潺，古历亭前碧水环。"注意，出现祠、亭。"日日扁舟藕花里，有心长做济南人。"心愿。景借诗长出翅膀，诗在大明湖上经久不散，情不自禁地撷取。

走在湖边，浸在历史岁月，诗人们的足迹我们已经找不到了，即便是写下"历下亭"牌匾的乾隆皇帝的踪迹，我们也找不到了，帝王的尊严有时竟比不上草芥，草芥此刻在湖边正青着，历史有时也是瞬间，他们的轶事有赖于我们口口相传。而济南人却为少数的几个男人在湖边建立了永久家园。铁公祠。大明湖北岸。明建文帝时，燕王朱棣南下谋反，这个叫铁铉的人，誓死守着济南。朱棣攻下南京，自立为帝，铁铉兵微被俘，这个男人在殿上挺而不跪，破口大骂。凌迟处死。此人被尊称"城神"，此庙被称"忠祠"。

大明湖南岸，还有一个把"栏杆拍遍"的辛稼轩纪念祠。"醉里挑灯看剑，梦回吹角连营。"每读一回心里为他破碎一回。这位壮士一生都在寻找机会抗金收复失地。当然最后老死退隐的乡野。大明湖水曾经一定为他们起伏成浪过，他们的忠、他们的勇、他们的悲、他们的怆，统统收拢在大明湖里，这倒也合适。没能"了却天下事"，却也"赢得身后名"。大明湖是有情的，它腾出一席之地，让这几个男人安身立命。在远方水样的空白里，有一种东西明澈苍凉又温若脂玉，这让别的水无可比拟。

船随泉走，一直赏的都是卧泉、流泉，在趵突泉看到的却是直立的水，它抬腿让自己走远。"三窟并发，势如鼎沸。"这力量之泉，这昂扬向上的一种精神。这些水想是受到压制或挤压吧，现在它只想奔涌或倾诉。它想倾诉什么呢，这大地深处的事情，我们终无从知晓。隔着围栏，隔着三千多年的岁月，和这老泉默默对视一会儿，终不知该想些什么，不知这三千年它向上追寻什么，也不知这三千年流走多少风月，更不知道以后还会流走什么。和泉终没达成默契，抬腿走进李清照纪念馆。

这个素衣女子端庄地站在大厅正中间，云鬓高绾，面无表情，两眼平视看着远方。在明亮柔软的午后，她的眼睛空洞、无神。她在看她的下半生，金华、杭州、绍兴。她散落一地的金石碎片，她的牢狱生活。站在她身边，摩挲她的衣衫，心中只有两个字，归来。从孤苦无依中归来，从破碎山河中归来，从漫无目的中归来。回到生你养你的地方，煮茶、弹琴、吟诗、说爱。趵突泉千年不断地流淌，它想说的可能就是这个心愿。它在召唤。也只有泉能洗尽你内心的伤痛。泉是济南的标志，你是我们心目当中的济南的标志，不论你走了多久、多远，也不论你是不是再回来。

到老城区去寻泉，走的是更夫巷，顾名思义，这里原来是一个高衙大院，清山东巡抚衙署，此巷按更夫级别而建，一个老男人提着灯笼能踽踽独行就行。如今游人增多，每个人享受的也还是更夫待遇。巷子两边如今密布着百姓人家，漆了又漆的双扇木门，铁质门环不知叩响多少故事，如今推开的还是一段吱吱哑哑的过往。门边老墙，左侧挂的是"泉涌一池春"，右侧挂的是"柳堆千叠绿"，楹联全都嵌在木板上，木板嵌在墙上，铆钉上下铆得结实，任再大的风也推不动，更吹不走这户人家心底的泉与柳。继续走下去，看到的依次是"古巷烹茶香，清泉称人意""万家垂柳绿盈门，一掬甘泉醇胜酒""桃红柳绿鸟无眠，月朗泉清鱼可数"。这个小巷飘出的不仅是茶香，飘出的更是醇厚的诗书礼仪长。

寻到"腾蛟泉"，蛟龙两千年前已经腾空，只剩泉水被砌在方形池里，汩汩上涌，伸头往里看，也没看到龙宫，池边两个妇人一边择菜，一边用龙宫里的水洗菜，看我们都伸头往里看，她们无声地挪挪板凳又挪挪板凳，一脸老济南人的淡定。

寻到濯缨泉，一个巨大的泉水池子，"沧浪之水清兮，可以濯我缨"。我们可以想象出清官帽在清清的泉水中，红缨子飘呀飘的情形。此泉还叫"王府池子"，说它的贵族身份，即使现在已经没落在民间，它也还是贵族，不可小觑。有人在王府池子中洗澡，只露出头部，此人的胆子真大。

寻到起凤泉，起凤桥下，泉水向低远处暗流，流水虽洗尽铅华，岁月脉络仍依稀可见。泉边有人在涮拖把，不论她们怎么涮，泉水依旧新新地走过家门前，泉水终究是泉水。泉眼被锁在一户人家院内，"起凤桥街9号"，主人今天不在，大家统统不要集体围观。"铜锁深春锁二乔"，二乔锁不住，泉水可以被锁成精。

意外寻到文庙，穿棂星门，过大院，蹬泮桥，左泮池，右泮池，泉水，这里肯定是泉水，要不这文庙哪能有这般文气、灵气，要不是这汪泉水，文庙哪能端坐城中，接受世人朝拜，果然这池水是和大明湖相通的。

这老城区的房子真旧，旧得越来越有味道。这里的巷子真幽，幽得不知道通向何年何月。这里的地价真高，高得给多少钱也不卖、也不搬，我们家的院子里住着泉水，我们家淘米做饭、洗衣、浇花、涮拖把全用泉水。我们家不铺自来水。即便有的人家院子里不冒泡，那也没有关系，揭块地砖挖两锹，也能溢口人工泉。这方圆几公里的老城区，光有名有姓的泉就有一百多口。这里的水咕嘟咕嘟往外冒，每天流出几个大明湖。以至于政府不得不下令，堵住一些人工泉，你们家的泉水往外冒，附近珍珠泉、趵突泉的泉水就不再冒了。这里的地价有泉水养着，房价当然居高不下，这样的风凉水便之地，人间再也找不到第二块了。房子和人只有逐泉而居，哪有往外撤的道理。

漫步济南老城区，脚下踩着泉眼，头上顶着绿柳。凡有井水处，便有柳成荫。济南是泉水，养的当然是泉柳，泉柳当然也与众不同了。它是淑女，也是绅士，也是山东大汉。它柔韧也刚劲，低垂或挥舞钢鞭都是它的形象。风来挡风，雨来遮雨，电来挥电。济南是以柳的形象站立的。我们这个团队在大街上走着，带队的小伙子伸手从头顶摘了一枝柳，他挥舞着柳鞭说，跟我走喽，跟我走喽，世上从此诞生一个"柳枝"团队。其实来到济南的人，每个人都是"柳枝"团队中的一员，每个人都有他心目当中的一枝柳。

"海右此亭古，济南名士多"，杜甫写的，意思是海的右边历下亭最古老，济南名士最多。凡有泉水的地方，绿柳簇拥而坐，人的心思也最鲜活，名人当然多。这是一个又一个光明的出口。济南是泉眼多，还是名人多？老济南人都搞不清。除了直面遇到的几个以外，其他名人都隐藏在浓荫绿波中。若有空顺着线路图，沿着小巷弯弯转转来到泉水边，向泉边人家讨个小板凳坐一坐，沏杯茶，和老街坊聊一聊，在绿树下买本书翻翻再翻翻，仰着头想一回再想一回，这才是寻访者的姿态。名人是要访的，这是我此次来的遗憾。

　　流不尽的泉水，数不清的绿柳，访不完的名人，思不厌的青山，济南，有爱就有遗憾。

栖霞枫叶

一

在一个层林尽染,万类霜天竞自由的日子,我去朝见栖霞枫叶,我想去寻找一份暖意。

从南京市中心坐十几站地铁,从学则路站出来,再花5块钱乘坐当地6人座或8人座的小面包车,十几分钟便到栖霞山脚下。这几日栖霞小镇满是背包客、驴友团、旅行团,墨镜、长短照相器材暴露了他们陌生人的身份,众多的独行者,众多心照不宣的人,这里看一眼那里看一眼,更使他们像一个心怀叵测的人,偷渡者、淘金人。各色人种也不甘缺席,凑热闹似的夹杂其中。

我们从售票点附近挤进去,挤进栖霞古寺。默默在心中敬了香参了佛,步履默默遍及各大殿、各神院,我笃信只要心中虔诚、只要心中有便是敬重,形式当然重要,但是形式也并不是必不可少,心思才是最重要的,人的心思佛祖不会说破,但不会看不破。这里的佛多数都镀了金身,这里回廊多数漆以深紫,这里的人群各式各样,但是每当我稍稍走远了一些,每当我回首,看到的却都是一大片灰色,鸟的翅膀一样沉重地覆盖在这里,这片灰色廊檐是什么时候建的?

它经历了多少次刀伤、剑伤、烽火？它们时而香火鼎盛，时而断砖残墙，贱若衰草。它们是看不明说不透的，它们是历史的。

寺庙不远，便是一座舍利塔，隋朝时建造，五层八面十几米高，塔基外壁刻有释迦牟尼出家修道的故事，从脱胎到苦行、说法、降魔、涅槃，修行者可追寻其栩栩如生之步履。可是更引人注意的，或是更让人触目惊心的是上面一道道的斫痕，是斧砍还是锤击，硬生生让檐角蚀去一块又一块，一座硬塔更是像一个残柱，抱残守缺地立着。从这伤口可以看出建造者的用心，塔虽小既已出世，便也要顶天立地地承载。那石材如此厚重，可斫其肤，但不可伤其骨，可锤击但不可动其根基。这厚石天命所归，物尽所用。塔果然立了千年，可那伤痕如此突兀醒目，虽饱经岁月还宛若渗血，让观看者似还看到火花迸射，似还听到杀伐撞击之声，一种狠劲儿穿过烟尘，在这里留下惊心。历史在这里露出残酷。我们在这里欣赏的可是残缺之美。

塔不远便是南朝石刻千佛岩，一个一个佛窟，站着或卧着的是大小佛像，一个佛窟里有一尊佛，或有一组佛，最大的是无量寿佛，顶天立地让人不敢抬头观瞻。在佛祖面前张嘴仰头我以为是不敬的。有的佛龛已经是空荡荡的了，佛是坐化了，还是被人请出去了呢？有的佛却是缺胳膊少腿的了，衣衫不整地迎着游人，佛想哭。但佛是微笑着的，佛的眼睛微微低垂，他轻拈手指，传授着天机。

阳光在我身后微微伫立，它看着寺、塔、佛在山脚下从无到有，从有到无，看着它们光鲜入世，看着它们剥脱容颜，模糊双眼。阳光无声无息地转动，它是一种什么样的存在？它用什么样的眼光打量着这一切？

我渐渐远去，远离这一片苍凉与繁华，虔诚与厚重，远离这一片肃杀与狼烟。我渐渐走向大自然，走向那一片开阔、旷远之地。

二

俨然已是落叶季节了。栖霞山下落叶成裘。这是一个晴好的天气，久不下雨，山上这一片树叶黄透，闪着油光。我一看到这些树的时候，它们有的就已有上千年的树龄，有的有上百年的树龄，当然还有如我一般大小的幼树。它们在我头顶一同成熟。每一片叶子的成熟都伴随着轻微的"啪"的一声，那是一种许可，像是大笔轻轻一挥。再不起眼的一片叶子，上帝都会给它们"啪"的一声，那是一种权力，半空竟全是急促的，或是悠闲的杂沓之声。那个是明镜湖吧，白玉观音低眉俯首，轻泻净瓶。观音的头上有光波抖动，像是水蒸气，应该是一缕阳光在抖动，虽然是微微的，但我还是看到了，几片落叶不失时机地飞旋而至。我坐在青条石凳上，面对着观音，或者观音面对着我，观音在想我是不是看到了什么。我坐在低处，观音也站在低处，黄叶在头顶翻飞，整个天地一片禅意，我也是落下的一枚叶子，在这深秋我应该和它们融化在一起。

抬头满山树木叶落过半，山是半透明的山了，山把我围住，再向上看天空如此高远。不仅是高远，还应该是空旷，还应该是高古。是这些树木把栖霞山衬得这么高，还是某些原因使这里的天空就比别处高？我略带怅惘地注视这一切，琢磨着栖霞天空的过人之处。

我更是带着敬畏坐在这里，这高处这低处，这明处这暗处，如此整饬有条，连落叶也是循规蹈矩，有如此错落之美。草发芽了，树长高了，枫叶红了，雪花落了，一切都在更替。山脉在旋转，太阳在旋转，天空在旋转，一切在往复。这一切我们把握不住，我深信只有顺应。这里应该有一双大手在操纵，否则一切就不会这么简单，一切就都不会按部就班，有些东西就会飞出去。这里没有神，这里是大自然，但是这里有一种叫作规律的东西，规律就是神，我对规律有了迷恋与恐惧，我觉得规律就应该是规律，规律不可以变，栖霞就应该是深谙规律之道才有如此之金黄，如此之神性光泽吧。

如果可以我愿意坐在这里，看树木发芽，看树木开花，看它们变黄，再老去，我想成为规律当中的一员。但我不可以守着它，我注定会提前离席，这也是规律。

我忘掉我的来意了，我是来看枫叶的，所有的人这个时间来都是冲着枫叶来的，我们被古寺羁绊了，被落叶缠绕了。一个凡夫俗子在强大的诱惑面前，总是经受不住考验的，一叶障目就是这样。我们上山去吧。枫叶在高处等着我们。

三

我是携女儿一同来的，这是天底下最好的旅伴。不知不觉中我们偏离了主航线，人群往那边去了，而我和女儿往这边来了，我们是环绕过一座山才发现这个问题的，那边是主流，我们是非主流了。考虑到时间还早，有足够的时间返回去，我们就按自己的路线走，何况水泥路面早帮我们铺得好好的呢。女儿说，这样好啊，这里所有的枫树都是我们两个人的了，这才是看枫叶啊。这里真的，千万棵枫树都是我们的了。

这个在南京上大二的女孩，一会儿奔向一棵树，她抱着它，亲着它，那棵树似乎也被弄得不好意思起来，脸也更红了，她一会儿又想在草地上打滚，在枫叶上撒个欢，这会儿她正蹲在路边，正专心致志地撕一个巨大的种囊，那些干枯的皮紧紧地贴在一起，收缩成一个难看的球，她想撕开它，她用力地拽，她想知道里面有什么，可是她不得不一片一片地剥，她用手指轻轻一夹，一簇绒毛"倏"地从她手中银亮地飞散，她吃惊地仰头看，然后惊讶地向我喊，妈，你快来看呀，真漂亮！

真的，她真漂亮！

阳光从头顶照下，她的浑身散发着柔柔的光芒。她的额头在舒展，眉毛在舒展，眼睛在舒展。

我想想自己，也才四十多岁，怎么就不能像她一样高兴起来了呢？心里怎么就像有了阅历有了风霜似的，怎么就像沧海桑田一般，充满了感慨了呢？

我被一种叫作能力的问题深深困扰。我们是一群被驯化的人，被知识驯化了二十多年，我们成功地脱掉愚昧、无知，我们不再是一群野孩子，我们有知识有智慧，天文地理似乎无所不知。当别人夸我们温文尔雅、谦恭温良时，我们露出感激的一笑，当别人向我们扬鞭时，我们赶紧低头吃草，重新变成一群无公害的羊。我没能改变这个世界、没能推动这个世界，我只是跟着别人的步伐往前走，如果没有了别人，我该去做什么？我能组建一支团队？我能去领导别人？我能够去创造奇迹？我应该有大房子吧，应该有车子吧，在同学面前亲朋面前应该有面子吧，但是我没能成为那样的人，我是一个远离光环的人。四十多岁是一个装着隐痛，却又装着什么都不在乎的年龄。

三十多岁时我以为我把仕途看透了，既和自己的八字不合，索性就放弃，干脆就远离，这一索性、这一干脆，那艘装载命运的航船当真就撇下自己，装着别人驶向远处了。四十多岁当别人坐在主席台上，我坐在主席台下，当别人坐在主座，我坐在陪座，当别人向我的同行殷勤伸出双手，并亲切地喊他"某某领导"的时候，我想我是在意的。我终没能放下这一切。当初的大气，如今化成一句深藏不露的叹息。红尘当中，没有比一顶桂冠更能让人看得见，也更为实惠。

我这样解剖自己，是为了修正别人。这女孩儿噘着嘴在吹那个种囊，她在阳光下旋转，旋转，让我炫目。

一切都从最初开始。

我把我能给予的美貌都给了她，这点任何人都能看得出，她的美秉承于天性。

四岁的时候我把家里的钥匙给了她，这不仅是信任，不仅是责任，也不是权力，那时她还不知道什么叫权力，我想给她的是一种重视、平等，一种参与、主动。我希望小小的她坐在我对面的地毯上，不仅能聆听我们的所谓教诲、教导，也能和我们平起平坐地讨论一些问题。

六岁时她以手指头短为由，抵御着钢琴。那钢琴从此就不再弹了吧。这世上就此少了一个钢琴家，却多了一个如释重负的人。她当时的开心一笑，如今我在她的脸上依然还能找到。

初中时她不再名列前茅，高中时她不在重点班，但是她的课代表、学习委员一职做得很出色。

大学时她不在重点院校，但是一进校门，学生会副主席角色就落在她的肩上。

这些不大不小的官衔也足以给她找些面子，也足以和那些戴着厚眼镜的尖子生平分了一些秋色了吧？

我亦不希望她是女强人，不希望她有一个大起大落的人生。我希望风来的时候她能迎着风，雨来的时候她能迎着雨，她能妥帖处理好擦肩而过的任何问题，而不是躲避，也不是指望。既不惧事，也不多事，游刃有余，恰到好处。我希望她是不要操劳的一生。

我亦希望她的婚姻，无须大富大贵，只需意气相投，只需知冷知暖，只需互敬互重，相守终身。

不要矫枉过正。这是生活给我的警示。

希望这一切在无声中进行。

但是今天我似乎又给她领错了路，人群都在那边呢，只有我们在这边，但是我们很快乐，这应该不是一条错路吧。

幸福有时候是创造出来的，有时候是别人给予的，也有时是上帝赏赐的。今天我的幸福是蓝天、枫叶赐予的，是这个女孩儿带给我的。这个时候我竟希望自己消失在大自然之中。

手里不知不觉握着几枚枫叶，不知是何时采的，不知是在哪棵树下采的，更不知道是在何种心情下采的。栖霞枫叶如此拨动我的神经。

站在高处，看灰色的人群在灰色的大殿中进进出出，那一片黄叶还在半山腰飘，我没有看到观音。

栖霞枫叶有褪去历史厚重，淡忘大自然敬畏的功能。

栖霞枫叶有打捞过去，呈现自我之功能。

栖霞枫叶如此沉静。

它又如此清凉、镇定，具有安抚我们情绪的功能。

从山上回来，满眼就只有那一片枫叶了。

阳光之村

我从来没看到这么多的石榴树，明清的时候近千亩，现在也是八万多亩，也没看过这么丑的树，在冬天石榴树简直就是自己枯瘦的影子。并且一出生就这么丑，那株株小树这么苍老，像是没人疼的孩子，一点也不鲜活水灵，模样直逼它们的祖先。棵棵石榴树像是没有造型，没有造型就是它们的造型。和它们可媲美的还有桃、梨、苹果、葡萄，它们的花可入画，果可入诗，它们的母体却让人大失所望，这么大相径庭不知为什么，不知这里面可有什么哲学讲究。因为丑，不成材，砍了只能当柴烧，我们淮北平原可不缺柴，所以它们躲过了成为栋成为梁的命运，弯弯转转地活了下来。这不，在明清石榴园，百年以上的老树就有近六百棵，年龄最大的四百多岁，每到秋天，这明清的老石榴树结的老石榴直打人脸、胸和膝，连路都没有办法走了。真是草莽有英雄，赖树有华实。

石榴树环绕着塔山长，塔山位于淮北市东部的烈山镇。塔山又叫白石山，这在淮北平原是一座让人难堪的山，我们淮北平原撒豆成兵，一棵树有一棵树的架势，一株草有一株草的收成，各种东西、各种想法都是见风长。塔山也有收成，塔山长白石头，老远就看见白花花一片，像羊群又像冰。山也不见长，一年一年都是这模样。山的外形倒也圆润俊朗，作缓缓的流水状。山的海拔二三百米高，作为平原的制高点，山上只疏疏长了几棵松树，瑟缩着似乎也没有什么创意表情，山已是尴尬模样。塔山脚下是绵绵延延的石榴树，大概有几十公里长，这里是中国软石榴籽基地，这石榴为塔山争了光，或者塔山把这荣誉揽在怀中，这石榴名字叫塔山石榴。在山脚我抓一把塔山泥土，红色褐色，破碎岩片状，干生生的，捏一把才勉强成土，这怎么能叫土呢，充其量只能叫岩土。还应该只是薄薄一层，这应该是老干虬枝的原因吧，明显着敷衍了事，作应付状。石榴树已经不抱怨了，甚至已经习惯了，树和土一俯一仰已是相依相承，或者树和土为对方都已经尽力了。

　　石榴林前，有炊烟村庄，这里叫榴园村。红瓦白墙，二三排整齐排列，全都有一尺多高蓝的灰墙脚线，这是村人独创，其他地方少见，两层，前带院，院里有花草，有石榴树逸出。有孩子在路边临摹，在捕捉灵感，好作品是要有灵魂的，这村庄就有灵魂。我们车子从石榴林里钻出来，一辆车从一棵石榴树旁直接驶入村庄，我因忙于给一棵树拍照，一停顿，不知道前辆车从哪棵树旁进村庄了，我们的车只得胡乱找了一棵树进村，向左转没看到同伴，车子掉头向右，还是没见到同伴。车子再沿一棵石榴树向前，向左，向右，二十来分钟工夫，我们把小村转个遍。村庄路面看着不太宽展，但是就是不堵车，路上经常有其他车辆呜呜驶过，不少人家的墙脚线边也停着车，但是路不堵车。这个村庄给人的感觉是雍容大度的，有多少车都能停得下。听说这个村的停车场正在修建，这是为外来人准备的。外来人一来就麻烦了，他们不知会拉来多少东西。村子的正前方远远的还有一条公路，路两边空荡着，路上车辆稀少，这条路拉开架势，随时准备着把村里的东西往外拉。

　　在村里转悠，感觉这里很阔绰。所有的房屋，不炫耀抢前，一律憨厚低姿态，像这里的村民，不露富，不比富，这应该是一种繁华过后的返璞归真，应该是历练之后的删繁就简，是沧桑之后的与世无争。村里人怎么能知道他们应该活在这种境界里呢？阳光亮亮地照着路，照着院，照着榴林，照着白塔山，高地矮地阳光抢先无处不占。在远古这里就是世外榴园，在现代这里应该叫什么别墅。他们当然不是有钱人，他们是村民，喝着自来水，点着路灯，逛着农家书屋，拍着篮球，他们也还是村民。白天到榴林里转转，更多的人到石榴酒加工车间去。不知怎么便向往起这里来，这里也不要改名叫什么别墅村，以后也不要改，就叫榴园村。不要向外面的人学习，千篇一律未免流俗。也不要赶时髦，很多东西时髦着、低俗着、浅薄着。要让别的村来这里学习，让别墅里的人也来看看别人的别墅。

参观村里的民俗馆，看这里的旧事。院子里陈列着巨大木头轱辘的大车，几匹骡马拉着，浩浩荡荡地从乡间小路上吱吱地走过，泥巴裹满轱辘。看这里的石磨、磨盘、石碌、臼、牛槽。屋里正中摆着一个散了架的家伙，听人介绍才知道这是织布机，有犁耙、耩子、镰刀、铡刀，有芦苇编的毛窝鞋，各种带棉芯的破油灯，折子，这东西可以折粮食，在这里应该折石榴吧。我以为这里还应该陈放着打井用的锤、凿、钎，这里的井每口都是岩上井，在岩石上凿的，以四眼井为例，那是在 1952 年，全村一百多口壮劳力，硬是凭着双臂，凿了一年多时间，凿了四十多米才见水。为表此井珍贵，村民们在一块厚石板上凿了四个洞盖在这口大井上，一口井变成四口井。这里的村民真的有一种刨根问底、打破砂锅的狠劲。别的村庄有过的艰难它一样有过，别的村庄没有的艰难它也经历过。这些东西应该陈放在这里，这是一部村庄史。

看这里的新事物，乡村大舞台。榴花红了，或是摘了石榴，央视主持人端端正正地坐在广场中央，石榴一筐一筐地被摆在长条桌上，石榴酒则飘着凛冽的香，村民们围坐一起，吹拉弹唱，接受采访，额上扎着白毛巾的腰鼓队随时准备上场。这样的节目已经做了几期，已成功举办了几届石榴文化节。晚上这里更是活动中心、秧歌中心。苦尽甘来，发自肺腑地扭一扭，唱一唱，每个人都是这舞台的主人。

我们在村中徜徉，村中有一个广场，广场两侧建有长榭长廊，见我们走过去，廊下老妪立刻用手指指身边，说，歇一歇再走吧。老人眼角布满岁月褶皱，言语里有着恳切，眼神里有着提炼之后的温纯。这温纯我以为早都过时了没有了，在城里找不到，城里人不和陌生人说话，陌生人脸上刻着太多的不安定。原来是我们找错了地方，它们在它们该待的地方，稳稳地发着酵。我们停下站在那里，远处一名坐着的红脸老者立马提着马甲走过来，他摸我们随行一位老者的棉衣，说穿单了，又问腿脚还行不行？老者的烟杆长长的，烟嘴老玉油光墨亮。老者说这一辈子就好这一口了，换别的不行，这烟锅够劲。我们掏出照相机给他们合影，这红脸老汉马上像兄弟一样靠过去，对着镜头咧开大嘴，他这一生一定活得精彩又单纯，他头上那个散开耳朵的三块瓦棉帽替他印证了这一切。我们走时频频回首，这村庄用另外一种东西牢牢把我们拴住。

我们体会到的这只是乡村一脉，在廊下三三两两下棋打牌的老者中间，和城里扎堆的老者相比，其实掩藏着更多不同。他知道他叫二狗子，他还知道他祖上的小名，他还知道他家祖坟，而他对他同样如数家珍，他们彼此是对方的活化石。他们都活在对方的世界里，互不缺席，不抛弃。他们就像那石榴树，枝与枝靠在一起，根与根缠在一起。我们有什么呢？看看我们的小区，看看我们的廊下，我们有什么？扎堆的老者中间，他们的过去在哪里？谁在谁的记忆里出现过？这是一笔财富，村庄的、村民的财富，是我们用多少钱都打造不出来的。

在村里走动，遇到一户人家正在办喜事。院子里人头攒动，院外像打麦场一样的空地上，搭起巨大的彩虹拱门，帆布大棚下，几十桌村民挤挤挨挨地坐在一起。吹喇叭的老者鼓起腮帮，扩大鼻孔，把喇叭口对着天空吹。这是村庄的大事，喇叭一吹，全村人的心思都把持不住了，全村人会聚到一起，男女老少的心思随喇叭声一遍遍起伏，这是全村人在办喜事。在城里办喜事，要早早预订大酒店，要有司仪，红地毯上，新娘的母亲为女儿盖上洁白的婚纱，父亲则挽着女儿的手，走过长长的走廊，把她交到早已等候的新郎那里，他给她戴钻戒，喝交杯酒，说温暖感人的话，几欲让人落泪。城里人的婚庆什么时候也欧化了呢，是文明高尚的就好吧。而在这里，吹喇叭的人只管朝天朝地地吹，这热辣辣的乡村之风，吹高了天空，吹远了大地，把榴乡人的心思吹得一拨一拨的红。他们还固守着这民族之风，他们用自己的方式热烈地活着、爱着、火热着。

我以为我看得明白了，其实这里隐藏着更多的乡村秘语。比如这个村庄北靠塔山，南面是龙脊山，这里是龙脉，地气硬，有支撑。这里的石榴树是硬的，村庄是硬的，村民也是硬的，没有刚烈之气，石头之上如何能开花、生根，这里又暗含着一个奋斗的主题。这里还有文化底蕴。这是张果老的出生、出家修行之地，张果老就是从这里骑着毛驴走掉的，在这里我们还能依稀寻找到他的仙踪，还能隐约闻到他的仙气。村民们都说这是真的，是不是真的已经无从考究，但村庄已用自己的方式呈现着、绽放着，它已经打动了我们。

这里也是一个缺少修辞的地方，这里是原生态。山不修饰、树不修饰、人不修饰，这里用不上形容词。我们不讨厌人类的繁华，但也怀念一个村子的简单。我们辛苦着、打拼着、创造着，但不希望无奈奋斗，过劳死。简约着，美丽着，对一个村庄的向往是这样，对人心也是如此。这村庄因简单而可爱，因执着而又永恒。

这是个有味道的地方。一切乡村的味道，猪马牛羊的味道，它都有，这些味道还没有散发尽，它还有石榴酒的味道。它还有另外一种味道，一种感觉、知觉、眼神，不是贵族式，不是平民式，不是浓酒淡水，你无法言说，只能过后细品，好东西只能用来品。那些有味道的人，那些有味道的地方，我们一生只能幸会。

这里没有太高的山，没有太高的树，也没有太高的房屋，甚至没有太高的心愿,这里一切和高大无关,和出类拔萃也无关。充其量这里只有胸怀,阳光眷顾的地方,一定是有胸怀的。这里只是一个普通小村,阳光村落。待到榴花红了,石榴醉了,你来这里,这里便又是另一番不同。

附录：存在的取向与问题
——读武稚的散文《我的诗意栖居》

每个人都是一种存在，每个人都有不同的存在取向与问题。安徽女诗人武稚一组万余言散文《我的诗意栖居》，说的是"我"存在的取向与问题。

由荷尔德林策启动议、海德格尔跟进阐释，二人间时隔空联手炮制的"诗意栖居"，几成大家伙儿尤其读书人与小资的一宗向往、一笼心结。就此，英国小说家伍尔夫说得更为坦率，他说女人的诗意栖居，起码得匹配"一间自己的小屋"。鸟儿的"小屋"是窝巢，树的"小屋"是根脉，人类的"小屋"是地球，哲赫忍耶的"小屋"是金积堡、是张家川。

《我的诗意栖居》中的"我"当然没能超然物外，当然也有对"一间自己的小屋"的向往与心结。这是她存在的取向。每个人的存在，每个存在的人，都面临一种人生取向，从一生下来一懂事就开始了，甚至还在萌芽懵懂状态下就歪歪扭扭咿咿呀呀有意识无意识地摸索爬行了。

从"我的诗歌"始，"我的家园""我的房东""我的小屋"，一路下来，作者马不停步、一刻不休地寻找、建设"一间自己的小屋"，并在这一路上遇到各种问题：乡村的白日、宿舍里的集体、旅店的房东。这些问题、阻碍、吓跑了存在的诗意。她最终租到了

"一间自己的小屋",她如愿以偿了,她诗意缱绻了,但她很快发现,充斥小屋的有诗意,同时还有"我的敌人":时光、人言、颈椎。弱不禁风如黛玉的诗意哪是"我的敌人"的对手,一番博弈下来,诗意消弭殆尽,"我"的阳光命运变成如铁似霾的宿命。

可以肯定了,作者以流畅、性灵的文字为肢体与器官,一路寻找的,是有砖瓦有吃食的物质的小屋,更是诗意垒砌的精神的小屋。

写到这里,我突然惊惶起来。我是把《我的诗意栖居》这件优雅唯美的作品当作散文、诗歌来读的,还是当作小说来读的?如果没有这种不自觉的误读,我怎么会拿武稚作品中的主角反复变脸:"我"、她、作者?

当然,首先是当作散文来读的,甭管文字文种的飘香把我带去了多远,都有作者自定的"散文"地标,把我吆撵回来。

关于散文,有句经典老话叫作形散神不散。《我的诗意栖居》的形不仅散,而且散得很开。一会儿乡村夜晚,一会儿乡村白日,一会儿城市宾馆,一会儿集体宿舍,一会儿闹市旅舍,一会儿牛气房东,倏忽又是租房独居又是顾影自怜、人言可畏和颈椎病犯;一会儿梭罗测量瓦尔登湖,一会儿乔治·桑神奇私奔;一会儿写得粗枝大叶,一会儿画得细致入微,一会儿云里雾里虚写,一会儿见骨见血实记。最实的莫过于"我的房东",实到了近乎现实底层生活的原态,最虚的莫过"我的小屋",虚到了通篇都是想象的膨伸。但无论作者的笔触横向铺排多宽、纵向奔蹿几深,作品的神一直在那儿,一动不动,像命穴,像前定——读者就在它布下的气场中,欲罢不能,脱身不得。作品从头至脚浑身上下都是"诗意栖居":逼近"诗意栖居",疏离"诗意栖居"。这个神也是武稚狠狠砸进空气中的固若金汤的钉子,钉子上挂满了个人奋斗、生存处境、社会百态、世间万物。

表面上看,作者追逐的是小,是从广大的乡村、赫然的城市龟缩到、退步到一间"小屋"的小。但实际上却是以后退的姿态前行，追逐的是大——还有比心灵解放、身心自由、诗意人生更广大的物件与事体吗？为了在针尖上构筑广场，作者变成了一位内向的泅渡者。取静、从心、向小、排外，作者的全部努力，是在一枚坚硬的思想之壳里做无边无际的诗性散步。

"屋子正中是一张黄铜大床，宽得横竖不分，床头上盘旋着卧龙与卷云，床脚从长布幔下稍稍探出，露出四只金灿灿的鳞爪，不知道那是谁的脚趾。""这女人皮肤黝黑，脸长得接近三角形，有点像螳螂……""超市门前有一棵极高的树，一块从木匠铺子或从谁家倒出的装修垃圾中找出的四方旧板挂在树杈上，四个黑压压的大字'天山宾馆'就像驴子的四颗门龇在那里，风一吹就一摇摆，像驴子在笑。"幽默和有趣是否有效楔入与呈现，永远是区分文学品质高下的一个重要构成，更是鉴定一位作家文学天分与教养的一项重要指标。所幸，武稚的才智经得住这番考量。

把散文《我的诗意栖居》误读成诗，从一开始就迷陷了。"傍晚，当太阳由普照改为单独关注时，诗歌就会走出家门，诗歌善于捕捉有温度的眼神。诗歌总是会先来到村庄……诗歌站在村口，它等到了一串杂沓的脚步声，牛哞羊咩，跟着一个黑乎乎的身影，诗歌早一步把他们捕捉到诗里。"武稚一起笔，就把诗歌这头来无影去无踪、只可意会不可言谈、几千年来没人能够定义的怪物，当作人来写了。不仅诗歌被她拟人化，"颈稚"病也被她拟人化了。"我给它好吃的，可是一段时间它还是那么细，我给它好喝的，它一点也不留全给了胃。我给它涂化妆品，白皙的皮肤下，它该痛还是痛。我拿钱收买它，它不要。我唱歌给它听，它不感动。我只有给它们围着大围巾。我日日摸着脖子，头仰着向天上看，人家都说我变得冷漠高傲了。这些小骨头们密谋着造反。它们密谋有一段时间了。"抽象的具象化，具象的抽象化，拟人、抒情、隐喻、意象……好些诗歌的方法与秘密，都从这件散文作品中泄漏了出来。

　　我猜度《我的诗意栖居》应是非虚构散文，但我还是读出了小说的一些滋味。人物进进出出，故事娓娓不断，时空无缝穿插，叙述一波三折，尤其事体的冲突、矛盾与突然反转，无不透呈出小说的章法与路数。这件作品，尚诞生在《黑骏马》（张承志）《信使之函》（孙甘露）《进江南记》（王安忆）的时代，且贴上"先锋小说"的标签，一定能打下一块属于自己的地盘。

　　也许，多文体的杂糅转呈，正是武稚散文的看点与蛊惑所在。

凸　凹
2014年11月30日于成都

后　记

这世间我以为最认真的就是日子。日子一天压着一天，一天赶着一天。日子可以算出来，翻几页日历看看，某月某天在哪里，某月某天就一定会到来。日子是严肃的。要踏实地过日子。这是日子给人的忠告。

而人对日子是最漫不经意的。本来是今天要睡的觉却要等到明天睡，本来该今早起床的，半夜里就睁开眼睛。约定好某时某刻见面的，可以不去。人若是高兴地过一天，那天似乎就太短，人若是悲伤地过一天，那一天就特别漫长。时光给一个人八十年光景，那个人三十年就走完了。在人生的终点有的人就能多熬几天，意志不坚决的就少活几天。人把日子过得乱七八糟，日子才似乎更像日子。把刻板的日子过成丰富的人生，这是人赋予日子的丰富内涵。要不然日子还是苍白的日子。

每个人的日子应当怎么过？我以为踏实又要漫不经心。人是有思想有目标的动物，一个没有目标的人是没有神采的，一个早晨起来不知道干什么的人是悲哀的。但是目标仅仅就是目标。目标的终点可能是大悲，也可能是大喜，或者什么都没有，大悲大喜让人难以承受，什么都没有又让人太失望。所以过程才是最重要的，我以为经意当中，经历些或者寻求些不经意的事才是完美的。

我在说人生，其实也是在说写作。写作的最终结果很难用多成功或多失败来衡量，很难用值得还是不值得来说。所以写作过程中遇到的那些渺小的人和事，才是不可忽视的、重要的。这些东西可能是在懵懂无知中碰到的，一花一草，一风一露，一颦一笑，清新自然地向我们敞开胸怀，我们欣喜接纳。有些东西是要我们去找寻的，一声鸟鸣，一个牛蹄印，如果我不仔细地仰头看，那只鸟我就再也看不到，如果我不仔细地趴在地上找，那只牛就丢失了。这和生活的最终意义没有什么关系，这和写作的最终目的也没有什么关系，甚至是一个插曲。但是我喜欢这些插曲，它让我生活充实，思想丰满，让我有成就感。是的，成就感，这些都不是目标能带给我的。写作的最终意义应该有一个让人类、让自己充实快乐的功能吧。但是谁又能说明哪些东西和写作有关，哪些和写作又无关呢？所以只能说，去生活吧，去接触最低层，去接触更广阔的世界，去接近事物的内心，去寻找写作的本真。

我不知道哪些东西应该写，哪些东西不应该写，这不应该由我来说。应该由经过我的这些事物们来说。有的事物像风，刚好从我身边走过，有的事物像落叶刚好打在我的脸上，而有的东西不声不响地黏在我身上，像我走过草丛中带来的一粒苍耳。那么多人从我身边走过，有的无动于衷，有的人和我打声招呼，有的人拉着我喋喋不休，只因我不小心踩了他一脚。没有谁告诉你哪个可以是剧本，哪个不是，哪个是诗歌，哪个不是。那么就只能是要有一双发现的眼睛。这些个事物已经用他们的方式把信息传递给你了，把体温传递给你了，把眼神传递给你了，一个善于观察的眼睛还等什么？

一个写作者还应该有敏感的内心，超前的意识。如田鼠，在麦子、豆子成熟之前一定要把洞穴填满，不能等到庄稼熟透。还有松鼠下雪之前一定要把榛子藏好。没有谁告诉你庄稼哪天成熟，没有谁告诉你哪天下雪。这一切只有靠自己的触角去碰撞。一个好的作家势必有一个与众不同的感知世界的能力吧。

我为什么要写作？这个问题就像回答"我为什么要活着"一样困难。泰戈尔曾经说过，写作实在不是一个好的情人，她让你一辈子相随，给你快乐，又折磨你一生。可是他为什么要写，我们又为什么要写？这只能说是冥冥之中的事。上帝给了那个人一双健壮的腿，他去练长跑去了，上帝给她一双灵巧的手，她去弹钢琴，上帝给那个人一副好嗓子，她做了歌唱家，上帝给了那个人一个聪明的大脑，他升官有路，生财有道。上帝给了我们什么，要我们去做这等差事？这实在不是一个好的差事，但是上帝有他的想法吧。也许他不想让我们太平庸，也许他不想让我们太寂寞，也许他想通过我们的嘴来说些什么。或者说总得有人去做那样的一件事。或者你也可以说你有天赋。既已选中，无可推脱。

最后一个问题是坚持。什么事情都应该坚持。写作似乎不太适用。必是喜欢才写，必是有话要说才写。每一次写作都是一个欣喜发掘、痛苦捶打的过程。身体可以坚持、工作可以坚持、生活可以坚持、婚姻可以坚持。面对我们看不见的一堆虚无，如何坚持？没有谁告诉我们一定要写一辈子。总不能为写作而写作吧。况且不坚持也并没有错，没有天赋的坚持不也是在浪费人生吗。

对于喜欢写作的人，一遍一遍去重复、一遍一遍去征服、一遍一遍去升华，快乐与痛苦是他们一生的宿命，无关坚持与坚守。

说了这么多，我还是希望经意地活着，不经意地寻找些快乐。

经意地写着，不经意地采一些小花，做成花环草环，做成思想的小蓓蕾，去葳蕤我们的生活。

这是一个写作者内心想要说的话吧。